MICHEL DE GRÈCE

Fils de Christophe de Grèce et de Françoise d'Orléans, sœur de la comtesse de Paris, le prince Michel de Grèce est né à Rome le 7 janvier 1939. À la mort du prince Christophe, la famille royale s'établit au Maroc, en Espagne, puis dans la capitale française en 1948. Orphelin en 1953, Michel de Grèce est accueilli chez son oncle, le comte de Paris. Diplômé en Sciences politiques en 1960, le prince Michel part servir quatre ans dans l'armée, à Athènes et Salonique, et épouse en 1965 l'artiste peintre et sculpteur Marina Karella. En 1970 Michel de Grèce publie son premier livre, *Ma sœur l'histoire, ne vois-tu rien venir ?*, un essai immédiatement récompensé par le prix Cazes. Aujourd'hui l'œuvre de Michel de Grèce compte une vingtaines d'ouvrages répartis entre albums illustrés (*Portraits et séduction*), biographies (*Louis XIV : l'envers du soleil*) et romans historiques (*La Femme sacrée*, *L'impératrice des adieux*, *La Bouboulina*).

LA CONJURATION DE JEANNE

DU MÊME AUTEUR
CHEZ POCKET

LA NUIT DU SÉRAIL
LA FEMME SACRÉE
LE PALAIS DES LARMES
LE DERNIER SULTAN
LA BOUBOULINA
L'IMPÉRATRICE DES ADIEUX
LA NUIT BLANCHE DE SAINT-PÉTERSBOURG
L'ENVERS DU SOLEIL

MICHEL DE GRÈCE

LA CONJURATION DE JEANNE

XO ÉDITIONS

ISBN 2-266-12690-3

From M. to M

1

Le dimanche 20 mai 1436, à Metz, le doyen de l'église Saint-Thibault achève sa messe.

C'est un brave curé comme tant d'autres, charitable et bien intentionné. Non seulement son appartenance au clergé l'a rangé dans la minuscule minorité qui n'est pas illettrée, mais il possède un petit talent dont il est fier, il s'est institué le chroniqueur de son temps. Il rapporte consciencieusement les événements auxquels il assiste, ceux aussi dont il entend parler, il est ainsi conscient de conserver l'Histoire qui autrement irait s'effilochant dans les mémoires.

Par ailleurs, il accomplit parfaitement ses devoirs, et entretient les rapports les plus cordiaux avec les habitants de sa paroisse située près des remparts de la ville. Bien que la tourmente soit en voie de se calmer, les guerres de tout genre, étrangères, civiles, religieuses, continuent à déchirer l'Europe. Pourtant, le doyen se sent plutôt serein, car la ville de Metz possède un statut particulier qui la met à peu près à l'abri des dangers : elle s'est constituée en république quasi indépendante, ce qui donne à ses habitants une liberté d'esprit que pourraient lui envier royaumes et duchés voisins.

Ce dimanche-là, comme les autres, le doyen, au sortir de la messe, s'attarde sur le parvis de l'église pour bavarder avec ses ouailles. C'est alors que son oreille attrape une nouvelle inouïe, que les Messins se transmettent avec ébahissement. Jeanne la Pucelle, Jeanne d'Arc, l'héroïne qui a victorieusement combattu les Anglais — ces occupants détestés —, qui a fait sacrer à Reims le roi Charles VII — jusqu'alors prétendant méprisé et pourchassé —, qui a ramené la bénédiction de Dieu et de la Vierge Marie sur la France et son souverain, le météore qui a traversé le ciel pour apporter l'espoir, ne serait pas morte brûlée à Rouen !

Cette tragédie atroce s'était déroulée à peine cinq ans plus tôt, et la France, mais aussi l'Europe entière, en avaient été bouleversées. Voilà pourquoi la nouvelle annonçant la réapparition de l'héroïne, de la sainte, tout près de Metz, au nord, à côté de Saint-Privat, au lieu-dit La Grange-aux-Ormes, excite tant les esprits…

Aussitôt, parmi les paroissiens, c'est une cacophonie de commentaires et de discussions :

— Jeanne la Pucelle vivante ? C'est impossible, voyons… Elle a été condamnée à mort ! Elle a été menée au bûcher, elle a été brûlée vive en public, devant toutes les autorités, devant des centaines de spectateurs ! Son corps a été réduit en cendres !

— Mais c'est tout à fait possible, rappelez-vous… Dès le jour de son exécution, on a dit qu'on en avait brûlé une autre à sa place ! Et Jeanne, on l'a fait fuir par un souterrain…

À force de supputations diverses, les habitants de Metz sentent renaître leur conviction que Jeanne, la guerrière invincible envoyée par Dieu, n'a pas pu périr de la main des Anglais comme on a voulu le leur faire croire. Tout simplement, elle s'est cachée pendant ces cinq années, et voilà qu'elle réapparaît pour poursuivre sa mission et achever de chasser l'Anglais maudit hors de France !

Le doyen, lui, reste perplexe. Il aimerait croire à la réapparition de Jeanne mais son éducation, son expérience le font douter, jusqu'à ce que l'une de ses ouailles, qui paraît mieux renseignée que les autres, lui en assène la preuve irréfutable :

— Jeanne avait bien deux frères, Jean et Pierre, n'est-ce pas, monsieur le doyen ? Eux aussi étaient persuadés qu'elle avait été brûlée à Rouen, eux aussi l'ont pleurée. Alors, quand ils ont été avertis de la réapparition miraculeuse de leur sœur, ils sont accourus à La Grange-aux-Ormes pour confondre l'imposture. Or, à peine ont-ils été mis en présence de la jeune femme qu'ils l'ont sans aucun doute possible reconnue et se sont jetés dans ses bras ! Si les propres frères de la martyre ont dès le premier instant affirmé qu'il s'agissait bien d'elle, sauf votre respect, monsieur le doyen, ce n'est pas à vous d'en douter !

Abasourdis, pensifs, émerveillés, les paroissiens se dispersent. Et le doyen, se retirant dans son presbytère, s'empresse de reprendre le manuscrit de ses chroniques pour rapporter le prodigieux événement de la survie de Jeanne d'Arc, celle que « l'on supposait *arse* par les Anglais ».

Le lendemain, lundi, ayant moins à faire que la veille, le doyen se renseigne. Il apprend que Jeanne a quitté La Grange-aux-Ormes, que ses frères l'ont emmenée plus au nord et installée à Bacquillon où elle reçoit un flot de visiteurs. Des gens simples ont fait le voyage jusqu'à cette localité pour la voir, mais aussi des notables comme Aubert Boulay, Nicolas Groingnait, Geoffroy d'Ex, tous trois échevins fort respectés de Metz que le doyen connaît bien. Tous l'ont reconnue, sans hésiter, au point qu'en signe de joie et de reconnaissance, ils lui ont offert une épée, un cheval et toutes sortes de cadeaux coûteux, preuves de leur conviction.

Néanmoins, celle du doyen n'est pas entièrement faite. Il est probable que ces braves gens ont connu Jeanne avant sa disparition, du temps où elle guerroyait. Il se peut aussi qu'ils se soient laissé entraîner par leur enthousiasme, par leur désir de la savoir vivante et prête à reprendre la lutte.

Il y a toutefois un témoignage qui ne se discute pas. Nicolas Louve est un des citoyens les plus connus, les plus estimés de Metz, et le doyen le fréquente. Ce personnage a eu l'insigne honneur d'être armé chevalier par le roi Charles VII le jour même de son sacre à Reims, et ce, sur requête expresse de Jeanne. C'est dire dans quels termes d'intimité il l'a connue. Or Nicolas Louve, lui aussi, se rend à Bacquillon. Il ne veut pas se tromper, aussi reste-t-il prudent. Il ne s'empresse pas de la reconnaître. Celle-ci, pourtant, va vers lui. Elle lui glisse à l'oreille des souvenirs, des détails que lui seul peut savoir. Elle lui enlève jusqu'à son dernier doute — et par là même celui du doyen. Oui, proclame Nicolas Louve, la femme qu'il a devant lui est bien Jeanne la Pucelle ! Et comme il n'a jamais eu l'occasion de la remercier pour le titre de chevalier qu'elle lui a obtenu, il lui exprime sa reconnaissance sur l'heure en lui offrant un magnifique cheval et une paire de bottes.

Sept ans auparavant, son apparition fracassante et sa carrière fulgurante avaient enthousiasmé les foules. Il est donc naturel que tout le monde ne parle que de son retour, même si certains s'entêtent encore à la croire brûlée à Rouen, ceux-ci se faisant d'ailleurs de plus en plus discrets, de plus en plus rares.

L'héroïne de cette agitation s'est déplacée maintenant jusqu'à la petite et fort ancienne ville de Marville, au nord-ouest de Metz. Elle y demeure trois semaines, et continue à recevoir des personnalités de Metz et d'ailleurs qui, toutes, l'ont connue autrefois ou le prétendent. Pas une qui ne la reconnaisse… Et à tous elle tient de magnifiques discours. Elle s'exprime en paraboles, et beaucoup de remarquer qu'elle ne dit pas un mot de ses intentions. Pourquoi s'est-elle cachée pendant cinq ans ? Pourquoi réapparaît-elle aujourd'hui ? Que cherche-t-elle, que demande-t-elle, que veut-elle ? Nul n'entend de réponse.

Cependant, elle ne reste pas inactive. Elle écrit des lettres à qui de droit, en premier lieu au roi Charles VII, qu'elle a naguère tiré de la déchéance pour en faire le roi légitime et victorieux. Elle charge l'un de ses frères, Jean, de porter ses missives à la Cour qui réside alors au château de Loches. Le doyen le voit passer par Metz. Plus loin, Jean s'arrête à Orléans. Il y explique sa mission et se trouve somptueusement défrayé par la municipalité. Orléans, la ville que naguère Jeanne a sauvée, et dont la délivrance a retenti dans le monde entier !

Sans nul doute, le cœur de Jeanne est resté à

Orléans, et les Orléanais continuent d'éprouver pour elle une reconnaissance et un amour sans faille. Surexcités en apprenant que leur libératrice a survécu, ils dépêchent vers elle non pas un mais deux hérauts de la ville, Fleur de Lys, puis Cœur de Lys. Ils ont côtoyé Jeanne lors du siège sept ans plus tôt, ils se sont battus avec elle, ont partagé les bons moments comme les mauvais, les fatigues, les épreuves, les dangers. Les deux hommes n'ont qu'à la voir pour la reconnaître sans la moindre hésitation. Ils tombent dans ses bras et tous les trois se mettent à évoquer l'époque fiévreuse et glorieuse qu'ils ont vécue ensemble. Puis les hérauts se dépêchent de rapporter aux Orléanais qu'ils n'ont pas à s'inquiéter, qu'il s'agit bien de la Pucelle, de leur Jeanne qui, par miracle, a échappé au bûcher et se trouve toujours vivante ! Elle a d'ailleurs promis sa visite aux Orléanais, qui s'en réjouissent d'avance.

Entre-temps, Jeanne est repartie vers le nord. Elle s'est rendue à Arlon, chez la duchesse de Luxembourg qui l'a pressée de venir séjourner chez elle. Cette invitation impressionne fortement le doyen de Metz. En effet, cette grande dame, richement titrée et dotée, ne s'abaisserait pas à recevoir une personne dont l'identité resterait incertaine. La duchesse est d'autant plus impatiente de rencontrer Jeanne qu'elle veut soulager en elle de vieux remords et lui demander pardon. Pardon au nom de son cousin Jean de Luxembourg qui, six ans plus tôt, a laissé l'un de ses lieutenant la faire prisonnière à Compiègne. Pardon au nom de son oncle par alliance, le puissantissime duc de Bourgogne, qui n'a pas empêché ce cousin de la vendre aux Anglais !

Au château d'Arlon, Jeanne est choyée, fêtée,

entourée, non seulement par la duchesse, mais par sa famille, par ses amis. Dans ce milieu ardemment français, Jeanne trouve la récompense de ce que naguère elle a accompli pour la France et son roi.

Et digne suite de son inexplicable et miraculeuse survie, la Pucelle se marie, ou plutôt, dans sa sollicitude et dans sa reconnaissance, la duchesse de Luxembourg lui choisit un époux en la personne de Robert des Armoises. Ce seigneur d'ancien lignage possède un fort bel arbre généalogique et de puissantes alliances. Il est riche, honoré, il est bien en cour. Jeanne a beau avoir rempli son siècle du bruit de ses hauts faits, elle n'en est pas moins d'un rang bien inférieur au seigneur des Armoises, et pourtant celui-ci n'hésite pas à accepter l'offre de la duchesse. Il se réjouit même de s'allier à l'illustre héroïne, qu'il épouse donc un jour d'octobre 1436, cinq mois à peine après sa réapparition. La plume du doyen de Metz court sur le papier pour tâcher de ne pas omettre un seul de ces événements surprenants qui se succèdent en cascade.

Bientôt il aura des raisons de se réjouir, car les jeunes époux viennent s'installer à Metz, dans la maison que possédait déjà le mari dans le quartier de Sainte-Ségolène. Le doyen les croise fréquemment. L'épousée s'est rapidement adaptée à sa position et, au vu et au su de tous, le couple mène une existence digne de son rang et de sa fortune. Le mari fait participer son épouse à l'administration de ses biens, et c'est conjointement qu'ils signent le contrat de vente d'une de ses terres : « Nous, Robert des Armoises et Jeanne, la Pucelle de France, épouse dudit... »

L'héroïne, la sainte, la martyre, la Pucelle s'est

maintenant transformée en épouse aristocratique, qui mène une vie rangée. Nul ne s'en étonne, le doyen moins encore que les autres. La réapparition de Jeanne l'a tellement stupéfait qu'il reste depuis ouvert à toutes les surprises en ce qui la concerne. C'est sur une note domestique de bon voisinage que le brave doyen de Saint-Thibault achève le passage de ses chroniques consacré à la survie de Jeanne.

*

Quarante-quatre ans avant cet événement, le roi Charles VI mène une expédition de représailles contre la Bretagne. À l'appel de leur souverain, les chevaliers sont venus de la France entière se ranger derrière sa bannière. Les princes de la famille royale accompagnent le chef de la dynastie.

L'armée a déjà atteint le Maine. En ce matin du 5 août 1392, elle traverse la forêt du Mans. Il fait chaud, très chaud, l'air lourd est comme suspendu. Du roi au dernier soldat, tous étouffent dans leurs pesantes armures et leurs habits épais. À la température s'ajoute la fatigue due aux longues heures de marche. Beaucoup dodelinent, la torpeur gagne peu à peu les autres quand soudain des fourrés surgit une sorte d'homme des bois. Barbu, la tignasse emmêlée, il ne porte qu'une cotte très sale, qui laisse le bas de son corps et ses jambes nus. Il court vers le cheval du roi et en saisit la bride :

— Arrête, seigneur, ne va pas plus loin, tu es trahi !

Violemment surpris, le roi sursaute. Les pages, les écuyers se précipitent, ils frappent les mains de l'homme pour lui faire lâcher prise. Celui-ci fait un bond en arrière, se met à courir et disparaît dans les arbres.

Personne ne songe à le poursuivre, on s'inquiète seulement pour le roi. Heureusement, Charles VI est indemne, hormis le choc de cet imprévu. Mais qui est cet homme et que voulait-il ? Bien sûr, c'est un fou ! D'ailleurs, tous les témoins sont unanimes, il n'avait pas sa raison !

L'armée se remet en marche. Midi approche lorsque le cortège qui, jusqu'alors, bénéficiait des ombrages de la forêt, débouche sur une longue étendue sablonneuse parsemée de taillis épineux. Désormais, le soleil frappe impitoyablement, les chevaux ralentissent l'allure, les soldats traînent le pas.

Le roi ne semble pas affecté par la férocité de cet été, malgré son vêtement de velours noir et son opulente coiffure de drap rouge ornée du chapelet de perles que lui a donné la reine Isabeau, sa femme, avant son départ. Il conserve une vive allure et se retrouve bientôt en tête de ses troupes, à quelque distance de son escorte. Seuls quelques-uns des pages réussissent à le suivre, ainsi que son frère Louis, duc d'Orléans. Charles semble déjà avoir oublié l'incident du fou surgi des bois. C'est à son frère qu'il songe, c'est vers son frère qu'il coule des regards menaçants.

Louis, de quatre ans plus jeune que son aîné, vient d'atteindre ses vingt ans. Charles VI a certes de l'allure, de la dignité, mais Louis est beau et surtout il attire bien davantage. C'est un séducteur impénitent auquel les hommes ne résistent pas plus que les femmes. Et des femmes, il en a à foison. Aucune ne reste longtemps farouche devant ses avances. Même la reine Isabeau…

Charles VI était follement amoureux de cette

femme magnifique lorsqu'il l'a épousée sept ans plus tôt, mais il s'est pris à la haïr depuis qu'on lui murmure qu'elle le trompe avec son propre frère. Ce frère qui non seulement le trahit mais se révèle aussi une tête politique ! Charles sait que son cadet est plus intelligent que lui, plus décidé, plus hardi. L'ambition l'habite, mais dans quel but ? C'est bien ce que se demande le roi, qui vient d'apprendre que Louis n'a pas hésité à franchir le pas interdit et à expérimenter les Arts sombres, les Arts maudits. On parle de talismans, de potions, de poisons, de magie noire, d'évocations du diable. Louis est devenu un homme dangereux. Les yeux de Charles se chargent de méfiance, de hargne, lorsqu'ils se posent sur ce cadet hâbleur qui caracole à ses côtés. Et son esprit s'égare. Il voit des sorciers, des démons, du sang…

Brusquement l'un de ses pages, s'étant assoupi, laisse tomber sa lance sur le casque d'un de ses compagnons. Le fracas du métal retentit dans le silence brûlant de midi. Le roi pousse alors un hurlement :

— En avant ! En avant sur ces traîtres !

Il tire son épée et fonce sur son frère. Celui-ci, malgré sa stupeur, parvient à lancer son cheval au galop pour échapper au coup. Une poursuite s'engage, insensée.

De loin, un de leurs cousins crie au duc d'Orléans :

— Fuyez, fuyez ! Notre Sire veut vous tuer !

Le cheval de Louis est plus rapide que celui du roi, il réussit à se mettre à l'abri. Alors le roi tourne bride, charge ses pages, l'épée pointée sur eux. Avant qu'ils aient pu réagir, il en transperce un, puis deux… Bientôt, quatre jeunes gens baignent dans leur sang sur le sol sablonneux. L'épée rougie toujours pointée en avant, Charles se rue maintenant vers les officiers de sa suite. Ceux-ci n'osent l'arrêter, car on ne peut toucher la personne sacrée du roi. Ils se laissent tomber de leur monture pour éviter d'être transpercés. Charles s'élance dans toutes les directions, faisant de grands moulinets avec son arme, et toujours hurlant :

— Sus aux traîtres ! Sus aux traîtres !

Les princes, les chevaliers, les courtisans font cercle autour de lui, mais à distance respectueuse et prudente. La scène infernale dure des heures, jusqu'à ce que le cheval, malmené depuis trop longtemps, commence à donner des signes de fatigue. Le roi aussi se lasse, son bras chargé de la lourde épée s'abaisse.

Dans le calme revenu, un de ses chambellans, un Normand, Guillaume Martel — qu'il aime particulièrement —, ose lentement, progressivement, s'approcher de lui et, profitant d'un moment où le roi lui tourne le dos, sauter en croupe de son cheval. Il le saisit à bras-le-corps et parvient à l'immobiliser. Charles se laisse faire. Enhardis, les autres se rapprochent à leur tour et maintiennent le cheval du roi. Délicatement, ils détachent les doigts du pommeau de l'épée et se saisissent de l'arme rougie puis, et aidés du chambellan, ils font glisser le roi de sa selle et l'étendent sur le sol.

Louis d'Orléans et les autres princes de la famille royale l'entourent. Immobile, comme sans vie, Charles VI ne reconnaît personne. Ses yeux ne cessent de rouler dans leurs orbites. Les courtisans lui enlèvent son lourd vêtement pour le rafraîchir. Des ordres sont donnés, un chariot est arrêté, le roi y est doucement étendu sur des sacs, des couvertures. Le cortège fait demi-tour et, entourant le chariot, reprend la route du Mans. Des instructions sont envoyées au corps d'armée afin de rebrousser chemin.

Princes et courtisans surveillent Charles. Inutilement, car celui-ci n'a plus aucune velléité de violence. En revanche, il retrouve l'usage de la parole :

— Ôtez-moi les épées que mon frère m'enfonce dans le corps ! Tuez mon frère car il me tue, répète-t-il dans un grognement de plus en plus indistinct.

Louis, qui chevauche à côté du chariot, détourne le regard et baisse la tête. Des messagers sont expédiés vers Paris pour annoncer la nouvelle effrayante, inconcevable, imprévisible : le roi est devenu fou.

*

Situé sur la rive droite de la Seine à la hauteur de l'île Saint-Louis, le couvent des Célestins est sans conteste l'un des plus riches de Paris. Il a pourtant modestement débuté il n'y a pas si longtemps, mais depuis la faveur et surtout les donations royales lui ont donné son opulence. L'église est devenue presque une cathédrale. Des ornements et des parements de drap d'or parsemés de lys, une grande croix d'argent doré, une statue de la Vierge dans le même métal émerveillent les fidèles.

Année après année se sont ajoutés une nouvelle chapelle ornée d'admirables fresques, un cloître, une citerne. Des propriétés voisines, des vignes ont été achetées pour composer un vaste et magnifique complexe.

Paradoxalement, l'occupant le plus illustre des lieux n'est pas un ecclésiastique ; Philippe de Mézières n'a jamais embrassé les ordres. Conseiller intime du feu roi Charles V, précepteur du roi régnant Charles VI, ce n'est pas non plus un politique mais un penseur, un théoricien, un intellectuel, un chercheur, un poète. Naguère, il a beaucoup voyagé, et particulièrement au Moyen-Orient. Il est tombé amoureux de la ville d'Alexandrie où il a longtemps séjourné. Il s'y est frotté à la philosophie païenne, aux hérésies chrétiennes, à la connaissance ésotérique et autres déviations dont les relents subsistaient fortement dans la cité magique.

Cependant, c'est dans un couvent des plus orthodoxe, celui des Célestins, qu'il s'est retiré depuis plus d'une décennie. Il vit dans une cellule identique à celles des autres moines, qu'il a remplie de manuscrits. Et pour remercier les religieux de leur hospitalité, il a financé bon nombre des constructions de leur couvent, leur a procuré des rentes, leur a acheté des îlots voisins, a enrichi leur bibliothèque, grâce à quoi on le laisse faire à peu près ce qu'il veut, et surtout recevoir qui bon lui semble.

Bien que le bâtiment ait été conçu pour garder la fraîcheur à la belle saison, il fait très chaud dans sa cellule en ce soir d'été 1392, d'autant plus que l'étroite fenêtre a été gardée fermée. On ne sait jamais ce que des oreilles indiscrètes peuvent entendre.

Combien sont-ils ? À peu près une dizaine, assez pour que l'on puisse à peine bouger dans la cellule. Hommes d'influence, hommes de pouvoir, et tous ecclésiastiques car l'Église reste le socle de la puissance. Bien que la nuit soit déjà avancée, ils ne semblent ni fatigués ni pressés de partir, ils paraissent plutôt accablés :

— Ainsi notre roi Charles est devenu fou, reprend l'un d'eux. Cette catastrophe n'est pas naturelle. Il n'y a aucun antécédent de folie dans la famille royale, et ce ne sont pas les problèmes conjugaux, familiaux, politiques ou autres qui font perdre la raison ! Non. Notre Sire a certainement été empoisonné… « On » l'a rendu fou. C'est-à-dire nos ennemis.

— Vous vous trompez, corrige Philippe de Mézières, nos ennemis sont certainement enchantés de voir le roi désormais incapable de régner, mais ils n'ont pas attenté à sa raison. C'est une ancienne maladie vénérienne mal soignée qui a provoqué la crise.

— Y a-t-il un espoir de guérison ? demande un autre.

— L'état de notre Sire s'est considérablement amélioré, répond Mézières, mais les médecins que j'ai interrogés sont unanimes, les crises se répéteront avec une fréquence accrue, et, malgré des moments de lucidité, malgré la possibilité d'une longue survie, le règne du roi Charles VI est terminé.

— Donc tout le travail que nous avons accompli depuis des années, tous nos efforts, toute notre œuvre sont anéantis…

— Et pourtant, jamais nous n'avons eu autant besoin d'aboutir !

L'homme qui a parlé ne doit pas avoir atteint la trentaine. Néanmoins, les autres se tournent vers lui avec révérence, comme s'ils attendaient beaucoup de lui. Ce professeur d'université possède le don de la parole qui, si jeune, l'a hissé jusqu'à une notoriété incontestable.

Mézières l'encourage :

— Parlez, Gerson, dites-nous ce que vous avez sur le cœur.

— Depuis trop longtemps l'Église du Christ se pourrit. Ce pilier de l'humanité est mangé aux vers, et la foi se dilue. La faute en revient à la papauté qui mélange l'autorité spirituelle que nous lui reconnaissons à la tyrannie temporelle que nous lui dénions. D'autant que cette papauté s'enfonce chaque jour davantage dans l'abjection. Le schisme déchire l'Église. Il y a deux papes, l'un à Rome, l'autre à Avignon. Les hommes de foi, les prêtres ne savent plus à qui obéir. Les fidèles sont troublés au plus profond d'eux-mêmes, la religion vacille. L'héritage du Christ est en danger mortel…

Gerson s'interrompt juste le temps de jeter un regard à chacun.

— … Aussi sommes-nous un groupe d'hommes qui croyons en Dieu, qui voulons le règne du Christ mais qui pensons que notre devoir est d'intervenir. Nous voulons détacher l'Église de France de la papauté pour la sauver, pour la voir fleurir à nouveau. Nous voulons une Église française indépendante, nous voulons aussi donner l'exemple afin d'être imités un jour bientôt par tous les royaumes d'Europe, afin que chaque Église de chaque nation prenne son destin en main. Ainsi vivifiées, toutes s'épanouiront dans la lumière de Dieu. Et seule la monarchie française peut mener cette croisade. Nous avions gagné à nos vues le feu roi Charles le Cinquième, justement surnommé le Sage. À sa mort, nous avons fondé les plus grands espoirs sur son fils, notre Sire Charles le Sixième. Bien conseillé par son précepteur, notre inspirateur ici présent, Philippe de Mézières, il nous a écoutés. Il s'est entouré des ministres que nous lui avons choisis, il a publié des ordonnances qui commençaient à détacher l'Église de France de la papauté — ou des papautés —, afin de lui rendre sa pureté et son élan.

Pierre Pocquet, l'abbé des Célestins, conseiller du roi et grand ami de Mézières, soupire :

— Avec sa folie, tout est donc fini.

Mézières le contredit aussitôt :

— Non, révérend, tout est à recommencer !

Tous les regards convergent vers lui, en attendant la suite. Mézières poursuit sur un ton volontairement dépourvu de solennité :

— Très simplement en déplaçant « l'intérêt » que nous portions au roi Charles sur son frère Louis, le duc d'Orléans. L'indisposition de son aîné lui donne le pouvoir souverain. Il est désormais le régent virtuel de la France. Vous n'ignorez pas qu'il vient souvent en ce couvent. Il y possède même une cellule, et il me considère comme son ami.

— *Le jeune faucon gentil aux ailes blanches*...

Jean Gerson a murmuré ce vers tiré du *Songe du vieux pèlerin*, l'ouvrage allégorique de Mézières dont toute l'Europe parle et où il expose sous le couvert de la poésie son programme, ses idées. Mézières ne peut s'empêcher de sourire à l'à-propos de la citation.

Un des prélats exprime alors son scepticisme :

— Ne dit-on pas que le champion que vous proposez est l'amant de la reine sa belle-sœur ?

— C'est une calomnie de ses redoutables ennemis qui sont les nôtres ! Nous avons contre nous l'appareil resté formidable de l'Église officielle qui se refuse à toute concession. Nous avons contre nous ceux qui jalousent notre influence, comme le duc de Bourgogne qui rêve de diriger à lui seul la politique du pays. Enfin, nous avons contre nous les Anglais. Oui, ne vous étonnez pas ! Les Anglais sont nos ennemis car ils projettent toujours d'attaquer la France et d'éliminer son roi sans lequel nous ne pouvons rien. Aussi, les obstacles devant nous s'élèvent très haut, le danger ne nous lâche plus, ce qui ne peut que nous encourager à poursuivre. Pour en revenir au duc Louis, c'est vrai, il aime la vie et les femmes, mais nous-mêmes savons bien ce qu'il faut penser des rigueurs imposées par notre confession… Nous ne nous refusons point les plaisirs matériels, ce qui ne nous empêche pas, comme lui, d'avoir une foi profonde.

— Selon certaines rumeurs, il s'entoure de sorciers, il s'adonne à la magie, il évoque le diable !

— Encore des calomnies pour le discréditer. Sans pousser la recherche autant que nous, sans avoir avancé aussi loin dans la Connaissance, le duc Louis éprouve une profonde curiosité qui le fait contourner l'étouffante étroitesse d'esprit imposée par l'Église. Comme nous, il suit des chemins de l'esprit qui conduiraient d'autres au bûcher. Croyez-moi, j'ai souvent discuté avec lui, il partage nos idéaux. Avec notre assistance, il mènera l'action inaugurée par son frère et par son père.

— Et pourtant, ce choix risque de se révéler funeste…

Celui qui a parlé est un homme très jeune. Jusqu'ici, il n'a pas ouvert la bouche. C'est la première fois que les assistants le remarquent à leur séance, mais ils ont été habitués à ne poser aucune question à Mézières. Toutefois, au cours de cette réunion, ils l'ont dévisagé avec curiosité. Le visage long et maigre, le nez busqué, les yeux pénétrants ; l'intelligence, une noblesse innée, l'énergie et l'autorité se dégagent de sa personne. Mézières ne le présente toujours pas mais se tourne vers lui.

— Notre nouveau champion n'a-t-il donc pas toutes les qualités requises ?

— Certes, mais son avenir est inquiétant.

L'abbé des Célestins considère le jeune homme avec une certaine méfiance.

— Je présume que pour en arriver à vos assertions, vous pratiquez l'astrologie ?

Car l'abbé, comme tant de prélats et malgré les interdits et les condamnations de l'Église dont ils sont les hauts gradés, n'hésite pas à interroger l'avenir en étudiant les configurations des astres.

— L'astrologie est une science incomplète et donc trop peu exacte pour que je me fonde sur elle.

L'abbé va répliquer quand Mézières brise dans l'œuf le débat qui s'annonce :

— De toute façon, pour l'instant il n'y a d'autre solution que de s'appuyer sur le duc Louis et d'en faire le champion de notre politique.

Tous comprennent que Mézières vient de conclure la séance.

— Allez en paix, leur dit-il en guise d'adieu. J'ai surnommé notre groupe les Théologues, ceux qui portent la parole de Dieu. Continuez à l'écouter et à la répandre.

Ils se retirent silencieusement, tous sauf celui qui a osé mettre en doute l'exactitude de l'astrologie.

Le plus âgé et le plus jeune restent donc face à face. La cellule sent la sueur, la chaleur. Mézières allume dans un brûle-parfum un encens dont le jeune homme n'a jamais senti l'arôme auparavant et qui doit provenir de quelque lointain pays d'Orient, de lui inconnu. Il promène son regard sur les manuscrits, sur les rouleaux de parchemin empilés en désordre. Mézières hume la fumée odoriférante, puis s'assied, invitant le jeune homme à en faire autant. Ils laissent un silence dense et paisible s'installer.

La nuit est bien avancée et aucun bruit ne parvient

du dehors. Certaines chandelles presque consumées grésillent. Les deux hommes se dévisagent sans timidité. Ils prennent connaissance l'un de l'autre, ils s'évaluent.

— Pourquoi avez-vous voulu me faire entrer dans ce groupe ? commence le plus jeune. Vous savez pourtant que mon indépendance est indispensable à mon évolution, à mes recherches, à mes réalisations.

— J'ai besoin de vous pour assurer ma pérennité, et vous êtes le seul en qui je peux compter. Les Théologues, comme vous avez pu le constater, sont des hommes honnêtes, ouverts, intelligents, puissants, et qui voient loin. Mais ils restent dans l'Histoire… Ils cherchent le salut de l'Église, et pour cela veulent l'indépendance des Églises. Ils ont raison. Quant à moi, j'ai voulu voir plus loin, plus profond.

Mézières se lève et fait quelques pas dans la cellule avant de se rasseoir.

— Depuis l'aube de l'Histoire, des hommes se consacrent à l'exploration de l'invisible. Ils cherchent la vérité, la sagesse, à travers la vertu. Ils sont assoiffés de connaissance et portent en eux la lumière. Ils agissent tantôt individuellement, comme vous, tantôt en groupe, comme moi. Leur but, qui devrait être celui de tous les hommes, n'est réservé qu'à une infime élite, car de tout temps le pouvoir politique mais surtout le pouvoir religieux ont vu dans leur liberté d'esprit l'ennemi à abattre. Rien n'a été aussi impitoyable que l'extermination par l'Église de certains groupes, cathares, templiers ou autres, qui ont eu le tort d'émerger de la clandestinité pour proclamer leurs convictions. Et pourtant, c'est cette même Église qui nous offre aujourd'hui l'abri le plus sûr. Quelle meilleure cachette pour les hommes qu'elle pourchasse, sinon la robe du prélat ?

Le précepteur du roi esquisse un sourire.

— Je vis, je me vêts comme un moine, et cette tenue je vous engage à la revêtir au plus vite afin de poursuivre vos travaux en paix. N'ayez crainte, je ne vous condamnerai pas à la bure du moine et je ferai en sorte que vous portiez la soie chamarrée d'un haut dignitaire. Je sais que vous poursuivez le même but que moi. Vous possédez le DON comme moi, mais à un degré que je n'ai vu chez nul autre, et vous me dépasserez. Je veux que vous preniez place parmi nous pour m'assister avant de me succéder. Je veux que vous aidiez de toutes vos forces les Théologues à atteindre leur but pour mieux les transcender. Je veux que vous les éleviez au-dessus de l'Histoire. Vous serez l'Épiphane, celui par qui Dieu se manifeste.

2

Quinze ans ont passé.

En ce soir de novembre 1407, la nuit est tôt tombée. Dans les rues quasi désertes, il fait sombre. Le froid pénètre à travers les vêtements, l'humidité atteint les os. Les Parisiens se terrent chez eux, une chape de silence semble couvrir la capitale. Excepté en l'hôtel Barbette. La toute nouvelle résidence de la reine Isabeau, femme du malheureux roi fou, se situe entre la vieille enceinte de Philippe Auguste et les nouveaux remparts. Un quartier en plein essor, hérissé de chantiers où les hôtels élégants, agressivement neufs, voisinent avec des terrains vagues.

Comme chaque soir, l'hôtel Barbette scintille de lumière, résonne de voix et de rires. Dans le cabinet de la reine, l'homme s'attarde. Il trouve plutôt agréable de converser avec cette femme, certes épaissie mais tout de même encore magnifique. Il se sent d'humeur paisible et joyeuse. À demain les soucis, les responsabilités, cette soirée est exclusivement destinée à prendre du bon temps.

Apparaît Thomas Courteheuse. Ce valet de chambre du roi vient tout droit de la résidence de Charles VI, l'hôtel de Saint-Pol. Il s'incline profondément.

— Le roi vous mande de venir sans délai auprès de lui. Il a hâte de vous parler sur un sujet qui vous touche de près, lui et vous.

Le beau seigneur émerge de sa béatitude. Le devoir l'appelle. Peut-être n'en aura-t-il pas pour longtemps et aura-t-il le temps de revenir ? Il n'a qu'un très court chemin à parcourir pour rejoindre la résidence royale.

Il sort dans la cour, sans prendre la peine de jeter un manteau sur sa longue robe de velours noir. Pas besoin non plus de mettre une coiffe sur sa tête ou d'enfiler ses gants, et surtout éviter de rameuter une escorte imposante. Les hommes qui traînent autour des brasiers suffiront.

Deux écuyers enfourchent le même cheval et ouvrent le chemin, quelques valets portant des torches éclaireront la rue, un seul page, Jacob Vanmelkeren, un Allemand fidèle et dévoué, marche à côté de la mule que monte son maître.

Les portes de l'hôtel Barbette s'ouvrent et le mince cortège s'engage dans les ruelles. Tout au moment délicieux qu'il vient de passer, le beau seigneur chantonne en jouant avec le gant qu'il tient à la main. Le cortège franchit la porte Barbette des anciens remparts et s'engage dans la rue Vieille-du-Temple. Les deux écuyers sur leur unique cheval ont déjà tourné le coin de la rue.

Au moment où la mule et son cavalier passent devant une maison d'où pend une enseigne de bois peinte à l'image de Notre-Dame, ils surgissent de partout, au moins une quinzaine à bondir hors des encoignures, des portails obscurs. « À mort ! À mort ! » hurlent-ils. Ils se ruent, l'arme à la main, sur leur proie.

Les valets porteurs de torches s'écartent prudemment. Les écuyers, trop loin, sont impuissants. Seul le jeune page Jacob tente de défendre son maître.

Celui-ci n'a pas le temps de tirer sa dague, ils sont sur lui.

— Arrêtez, je suis le duc d'Orléans !

Ils le tirent en arrière, le font tomber à terre. Un coup de hache lui coupe la main, un autre lui fend le crâne en deux. Ils s'acharnent sur lui à coups d'épée, de poignard, de hache. Jacob le page a tenté désespérément de lui faire un rempart de son corps, son cadavre est tombé à côté de celui de son maître.

— Allons-nous-en, il est mort ! crie le chef des spadassins.

En passant, il jette une torche sur l'enseigne peinte à l'image de la Vierge, qui s'embrase. « Au feu ! Au feu ! » lance-t-il avant de disparaître en courant.

— À l'assassin ! clament les habitants soudain réveillés, qui ouvrent avec fracas volets et fenêtres.

— À l'assassin ! répètent les valets et les écuyers revenus sur les lieux du crime.

Tout le quartier est en émoi, la rue est envahie de monde. On soulève les deux cadavres, on les mène dans la maison la plus proche, on les étend sur une table. Les autorités arrivent sur les lieux. On recouvre le corps du frère du roi d'un drap blanc qui servira de linceul, et on le porte à la lueur des torches dans l'église voisine des Blancs-Manteaux.

Le lendemain, les domestiques du duc Louis, l'aube à peine apparue, se rendent sur place. Ils trouvent sur le pavé la main coupée et des morceaux de la cervelle de leur défunt maître.

Un peu plus tard dans la matinée a lieu l'enterrement. Les hommes de la famille se réunissent dans l'église des Blancs-Manteaux. Le roi n'est pas venu. Peut-être est-il en proie à une crise de démence et son état lui interdit-il d'assister à l'enterrement de son unique frère ? Précédée des pages de la maison d'Orléans en tenue de deuil et portant des torches, la bière est suivie par les plus proches du duc Louis, son vieil oncle le duc de Berry et ses deux cousins germains, le duc d'Anjou et… le duc de Bourgogne, Jean. Le cortège n'a pas un long chemin à faire pour atteindre le couvent des Célestins que le duc Louis a tellement aimé et où il voulait être inhumé.

Le soir même, le Conseil royal se réunit. Il comprend les ministres et les princes, Berry, Anjou, Bourgogne. L'enquête sur l'assassinat du duc d'Orléans est solennellement confiée au prévôt de Paris, qui s'empresse d'envoyer deux de ses meilleurs limiers fureter sur place. Des jours entiers, les deux commissaires interrogent inlassablement les habitants du quartier. Ils apprennent que la maison devant laquelle a eu lieu le meurtre a été louée depuis quelques semaines à des gens étranges, uniquement des hommes. Ils ne se montraient et ne sortaient pratiquement pas. Ils évitaient de mener leur monture à l'abreuvoir et se faisaient livrer de l'eau pour étancher leur soif. Voilà au moins une piste ! Les commissaires frappent à la porte de la maison qui porte l'enseigne désormais brûlée où figurait l'image de Notre-Dame. Personne ne leur répond. Ils enfoncent la porte, fouillent partout et ne trouvent rien.

Pourtant, puisque l'eau destinée aux chevaux a été livrée, les porteurs d'eau du quartier doivent savoir quelque chose. Ils sont dix-huit à être convoqués au Châtelet, l'hôtel de la police de Paris. On y interroge mais surtout on y obtient des aveux par la torture. L'un des porteurs d'eau reconnaît tout de suite avoir livré ces étranges locataires de la maison à l'enseigne brûlée. Questionné sur leur identité ou leur apparence, il ne peut fournir aucun détail. En revanche, il n'était pas seul lorsqu'il a livré l'eau, un autre l'accompagnait. Se trouve-t-il parmi les hommes arrêtés ? Non.

Curieux, se disent les commissaires, et où donc se cache-t-il, cet homme qui a refusé de se rendre à leur convocation ? Le porteur d'eau s'empresse de répondre. Ce compagnon insaisissable s'est réfugié à l'hôtel d'Artois. L'hôtel d'Artois ? Mais c'est la résidence parisienne de Jean de Bourgogne !

Le matin suivant, le prévôt de Paris se présente devant le Conseil royal. Évitant de regarder le duc de Bourgogne, il demande l'autorisation de pénétrer dans l'hôtel d'Artois. Pour quelle raison ? Pour arrêter un porteur d'eau présumé complice des assassins de Mgr d'Orléans — arrêter, autrement dit torturer puis expédier au gibet.

Le duc de Bourgogne se lève et prie son oncle Berry ainsi que son cousin d'Anjou de le suivre dans un petit cabinet attenant à la salle du conseil. Il ferme soigneusement la porte derrière lui et s'adresse aux deux princes :

— Je ne veux pas être responsable de la mort d'un innocent. C'est moi qui ai fait assassiner mon cousin.

Les deux autres ont un sursaut d'horreur. Le crime leur semble à ce point épouvantable qu'ils fondent en larmes. Bourgogne reste impassible.

— Que voulez-vous ? Le diable m'a tenté…

Laissant son oncle et son cousin atterrés, il sort de la pièce par une autre porte et quitte le palais. Dans la cour, il croise un cousin éloigné, le duc de Bourbon, qui arrivait en retard :

— Comment, le conseil est déjà fini ? s'étonne ce dernier.

— Pas du tout, mais je vais pisser.

Le duc de Bourgogne mérite bien son surnom de Jean sans Peur mais à ce moment lui conviendrait plutôt « Jean sans Honte », car le lendemain de ses aveux, il a l'invraisemblable aplomb de se présenter de nouveau au Conseil royal pour y siéger comme si de rien n'était. Se croit-il à ce point assuré de l'impunité ? Heureusement, à la porte veille son oncle Berry, qui discrètement lui explique qu'il vaut mieux pour lui rebrousser chemin car certains membres du Conseil n'apprécieraient pas sa présence. Bourgogne n'insiste pas, il a compris. Aussi s'empresse-t-il de quitter Paris et de prendre la route du nord vers ses terres, où il sera plus en sécurité.

*

Deux mois plus tard, les Théologues se retrouvent au couvent des Célestins. Ils ont attendu la nuit et sont arrivés l'un après l'autre, en prenant toutes les précautions pour ne pas être vus. Lors de leur réunion précédente, ils agissaient ainsi par discrétion, désormais c'est par prudence. Ils se sont glissés furtivement dans l'enceinte, avec une certaine inquiétude et non sans avoir auparavant inspecté les environs.

Mézières s'est éteint trois ans plus tôt mais le groupe, sous la direction de Jean Gerson, le théoricien percutant, l'orateur incomparable, continue ses activités. Sa composition a changé. La mort a emporté quelques anciens, d'autres, plus jeunes, y sont entrés.

Tous ont assisté dans la journée à une surprenante séance. Les membres de la Cour, les princes, les parlementaires, le haut clergé dont ils font partie ont été invités à entendre le discours d'un des plus célèbres professeurs de théologie de l'Université de Paris, Jean Petit.

Le titre de sa conférence : « Justification du duc de Bourgogne », avait attiré un vaste public. La harangue de l'orateur dura longtemps mais l'argument en demeura fort simple. Le duc de Bourgogne l'avait avoué, c'était lui qui avait fait assassiner le duc d'Orléans, mais il avait eu de bonnes raisons de le faire. Il était non seulement licite mais louable de supprimer son cousin germain, puisque celui-ci se montrait un tyran et un traître coupable de lèse-majesté. En fait, le duc de Bourgogne devrait recevoir les félicitations de toute la France pour avoir débarrassé la scène d'un tel monstre…

Les Théologues en sont sortis indignés. À peine sont-ils réunis au couvent des Célestins que l'un d'eux fait part de sa colère :

— C'est tout de même la première fois dans l'Histoire que nous entendons un théologien faire publiquement l'apologie du crime !

— Rien n'arrêtera l'audace du duc de Bourgogne…

— Personne pour protester, personne pour proposer de courir sus le criminel !

— Il sait qu'il peut tout se permettre ! Désormais, c'est lui le maître de la France.

— Et personne pour prendre la défense de la victime ! Pour ne pas nous dévoiler, nous sommes contraints de lui rendre hommage dans le secret de cette réunion.

Jacques Gélu, un nouveau venu parmi eux, prend alors la parole. Après s'être destiné au barreau, il est entré dans les ordres. Feu le duc Louis s'était pris d'amitié pour lui et l'a même, par testament, chargé de la tutelle de ses enfants. C'est donc à Gélu que revient le droit de faire l'apologie du défunt que le matin même Jean Petit a voué aux gémonies.

Louis d'Orléans a été « un prince moderne dans un État nouveau ». À ses qualités d'homme d'État se joignaient les vertus d'un humaniste… Malgré la folie du roi son frère, il a su maintenir fermement la barre. Régent sans le nom, son gouvernement a été le meilleur qu'ait connu la France depuis longtemps… Il a justifié le choix des Théologues : directement par la politique de son gouvernement, et indirectement en encourageant le clergé de France, il a poussé à l'indépendance de l'Église française. Il a publié un statut qui, garanti par le roi, lui donne sa liberté. Lentement mais sûrement, il a tiré la France du bourbier fétide dans lequel s'enlise la papauté… Pensez donc, aujourd'hui, il n'y a plus deux mais trois papes qui se disputent à coups de bulles et d'excommunications en divisant la chrétienté ! Le duc Louis a préservé la France de cette abomination. Aussi, grande est la dette qu'ont contractée envers lui les tenants de la foi véritable, et grande sera leur sollicitude envers les enfants en bas âge qu'il laisse…

— Notre inspirateur Mézières avait eu raison en rangeant parmi nos ennemis les jaloux, car c'est par seule jalousie envers sa victime que le duc de Bourgogne a commis son forfait. Il haïssait viscéralement ce cousin du même âge qui avait tout ce qu'il n'avait pas. Il a tenté de le déstabiliser par la calomnie. Louis d'Orléans est devenu impopulaire mais Bourgogne n'a pas réussi à le renverser, aussi n'a-t-il pas reculé devant le crime ! Aveuglé par l'ambition, il a détruit sans savoir ce qu'il détruisait, car il ignorait nos objectifs et ceux du duc d'Orléans.

L'abbé des Célestins présent à la séance n'est plus Pierre Pocquet, rappelé à Dieu, mais Guillaume de

Feu, le bien-nommé. Il regarde fixement celui que Philippe de Mézières a nommé l'Épiphane, et qui porte maintenant la robe violette de grand vicaire. Car ce dernier a en effet suivi les conseils de Mézières, il est entré dans les ordres et, occultement aidé, a rapidement grimpé les échelons de la hiérarchie. Il s'est fabriqué une renommée, toutefois il a évité d'occuper une place prépondérante, préférant rester au centre de toiles d'araignée invisibles, diriger secrètement des réseaux, multiplier les contacts, les ouvertures. Il reste tout à fait accessible et pourtant personne n'ose forcer sa porte, il ne se cache en rien mais nul ne sait trop à quoi s'en tenir à son sujet. Cet être de lumière reste dans l'ombre.

— Mon prédécesseur, commence l'abbé des Célestins, m'a parlé de vous. Vous avez donc eu raison dans votre prophétie concernant le duc d'Orléans, il a mal fini.

— Lui-même l'a su par avance, répond l'Épiphane, il a pu mettre ainsi son âme et ses affaires en ordre. Une nuit, alors qu'il dormait dans sa cellule, ici même, il a eu une vision prophétique de sa fin.

— Comment le savez-vous ? demande l'ami de feu le duc, Jacques Gélu.

L'Épiphane ne répond rien, l'abbé des Célestins le fait à sa place :

— C'est tout à fait vrai, car le duc Louis, effrayé par cette vision, s'est confessé à moi très peu de jours avant son assassinat.

Gélu reprend :

— Effectivement, le duc d'Orléans nous a fait beaucoup avancer, et cependant nous avons été trop loin. En voulant brûler les étapes, nous avons suscité un nouvel ennemi d'autant plus redoutable qu'hier encore il était l'ami le plus proche, l'allié le plus solide sur lequel nous comptions. L'Université de Paris, qui pourtant est notre mère, qui nous a formés, qui nous a dirigés pendant si longtemps, a profité du schisme de l'Église pour s'arroger le pouvoir religieux, comme elle a utilisé la folie du roi Charles pour annexer le pouvoir politique. Alors que notre règle est de garder la mesure, elle l'a dépassée. Devenue fanatique et brutale, elle ne recule plus devant rien et le duc Louis l'avait bien compris. Il a tenté de la contenir dans ses limites. L'Université lui en a voulu et s'est jetée dans les bras de Bourgogne, qui a su la flatter et l'attirer à lui. Désormais, elle constitue une force incontrôlable et destructrice, une force acharnée à nous anéantir. Depuis que nous sommes devenus des frères ennemis, nous sommes tous personnellement en danger, et les précautions que nous dictait notre secret, à partir de maintenant, la menace les impose. Au moment le plus critique, nous perdons le rempart qu'était le duc Louis et, une seconde fois, tout est à recommencer !

Tous se taisent, perdus dans leurs tristes réflexions.

Mézières leur manque. Sa cellule a été débarrassée des manuscrits et des papiers qui en constituaient le chaleureux désordre. Les murs nus la rendent curieusement encore plus exiguë. Il n'y flotte plus les relents d'encens qui invitaient au rêve.

Comme l'avait fait naguère son prédécesseur, Gerson allume une lueur encore faible dans l'obscurité de leur désespérance.

— Le roi reste l'arbre du pouvoir.

— Le roi, mais il est fou, il est incapable de gouverner !

— Il y a son fils aîné, l'héritier, le dauphin, le duc de Guyenne.

— Un enfant, il n'a que douze ans !

— Déjà transparaissent en lui les vertus et les qualités qui en feront le digne successeur de son père Charles VI avant sa folie, de son oncle le duc Louis, de son grand-père Charles V…

— Mais il ne règne pas encore.

— Il est comme une même personne avec le roi. Et si d'aucuns disent que Mgr le dauphin n'est qu'un enfant, je réponds que le roi vit en la personne de son fils malgré sa jeunesse. Le royaume est ainsi uni pour lui faire allégeance. Bref, ce fils est déjà roi du vivant de son père !

Gerson a commencé le travail. Il a publié à l'usage du duc de Guyenne des règles de conduite qui constituent un véritable traité pédagogique. L'intention est de préparer l'héritier afin qu'il puisse dans quelques années reprendre le flambeau.

— Le royaume ne peut être sauvé que si un homme se révèle capable d'être le mentor de l'héritier de la couronne, énonce l'abbé des Célestins.

L'Épiphane sort de son silence :

— Je m'inquiète de l'avenir du duc de Guyenne comme je me suis inquiété de celui du duc Louis.

— Comment ? Lui aussi sera assassiné ?

L'Épiphane ne répond pas, il semble absorbé dans une longue méditation. Il finit par murmurer :

— Et pourtant, un jour quelqu'un viendra, non plus de notre part, mais de la part de Dieu.

*

Le manoir a connu des jours meilleurs. Personne n'y a séjourné depuis longtemps et il tombe en décrépitude. Toutefois, la grande chambre du premier étage garde des traces de luxe. Les meubles —

coffres, cathèdres mangées aux vers — sont ornés de délicates sculptures. Les tapisseries partent en lambeaux mais elles parviennent encore à protéger des courants d'air.

Un feu a été allumé dans la cheminée noircie de suie et le grand lit à baldaquin, qui naguère abritait une famille entière, a été tendu de draps frais et de couvertures de laine écarlate. La femme, jeune et belle, qui y est étendue crie et se tord de douleur. Elle accouche. Une sage-femme silencieuse et efficace l'aide à mettre au monde l'enfant.

Au pied du lit se tient un prélat qui, malgré son impassibilité, n'est que sollicitude, anxiété, amour. Les Théologues seraient bien étonnés de reconnaître l'un d'entre eux, celui que l'on surnomme l'Épiphane. Il a tenu à assister à l'accouchement de l'enfant qui naît de son amour avec une femme mariée…

La femme ne pousse plus que des grognements indistincts qui se transforment en longs soupirs. Un cri clair et aigu se fait entendre. L'enfant est né, et déjà il témoigne de sa vitalité. Le père, rapidement, l'ondoie. La femme s'est assoupie.

Lorsqu'elle se réveille, beaucoup plus tard, la sage-femme et l'enfant ont disparu. L'Épiphane a jeté des bûches dans le feu qui pétille joyeusement. Il a aussi fait apporter un plateau avec du vin aux aromates et des sucreries. Il pousse la femme à se nourrir et à boire.

— Est-ce une fille ou un garçon ? interroge-t-elle.

— Dieu nous a donné une fille.

— Où est-elle ?

— Comme prévu, elle a été emmenée.

La femme frissonne.

— Êtes-vous sûr que toutes les précautions aient été prises, que personne ne saura rien ?

— Vous êtes venue faire une retraite en un couvent dont votre mari est le protecteur. Vous logez dans un manoir voisin qui lui appartient. Quoi de plus naturel ? Je réponds des gens que j'ai amenés.

La femme pose son verre, retombe sur les coussins et soupire, mélancolique :

— Ainsi, notre amour coupable a produit son fruit interdit…

— Notre amour n'a jamais été coupable car il est pur et sincère. D'autre part, nous n'avons fait aucun mal puisque ceux qui auraient pu s'en offusquer ou en souffrir n'en ont rien su.

— Paroles inattendues dans la bouche d'un grand vicaire ! Vous oubliez peut-être que vous avez violé votre vœu de chasteté, mais je n'oublie pas que j'ai commis l'adultère.

— Mon éthique, il est vrai, dépasse les règles étroites et contraignantes imposées par l'Église pour mieux dominer son troupeau. Le fait de tromper votre mari ne vous empêche pas de faire le bien autour de vous, ce qui est le plus important, et le fait de violer mon vœu de chasteté ne me retient pas de poursuivre mon œuvre, que je juge bien plus essentielle. Je vous le répète, nous nous sommes aimés de toute notre âme, nous avons connu ce qui approche le plus du bonheur, grâce à quoi nous pouvons poursuivre notre existence le sourire aux lèvres et la lumière dans l'âme. Nous nous aimons peut-être encore et nous remercions Dieu de nous avoir envoyé cet enfant.

La femme semble apaisée et un sourire attendri se dessine sur ses lèvres. Pense-t-elle à leur amour ou à la petite fille qui vient de naître ?

— Où envoyez-vous notre enfant ? demande-t-elle.

— Comme je vous l'ai déjà dit, j'ai tout prévu. Mes cousins Bourlemont, ou plutôt leur fille, ma nièce Jeanne de Joinville, possède la seigneurie de Domrémy. C'est un petit village d'environ deux cents âmes à l'écart des grandes routes, donc propice à la discrétion. Il constitue une enclave française dans le duché de Lorraine, tout à côté de la frontière, ce qui en cas de besoin permettra d'évacuer l'enfant à l'étranger, et de la mener en Allemagne où, comme vous savez, nous avons de nombreuses accointances. Ma nièce, avec l'aide de son intendant, le sieur Aubry, qui se trouve aussi être le maire de Domrémy, a trouvé pour héberger l'enfant une des principales familles du lieu, les d'Arc. Comme leur nom l'indique, ils sont originaires d'Arc-en-Barrois.

— Notre fille sera donc élevée par des paysans ?

— Ce sont des gens simples mais ils ont du bien. Ma nièce m'a affirmé qu'ils possédaient une belle maison et des terres suffisantes pour leur assurer un revenu confortable, auquel s'ajoute la pension que je leur verse déjà. Le père est d'ailleurs en affaires avec cet Aubry qui a tout organisé, car ils ont ensemble affermé des terres et un château qui appartiennent à ma cousine.

— Comment sera présentée l'arrivée de l'enfant ?

— Elle passera pour leur fille, tout simplement. Ils ont déjà deux fils. Prévenue par nos soins en temps voulu, la femme s'est prétendue enceinte, elle simulera un accouchement.

— Aurez-vous des nouvelles ?

— J'ai prévu de me faire régulièrement envoyer des rapports sur son évolution.

— Puis-je savoir à quoi vous la destinez ? La forcerez-vous à entrer dans un couvent ?

— Je la doterai suffisamment pour qu'elle puisse trouver le plus honorable des maris, qui de plus ne posera pas de questions.

La femme reste soudain silencieuse. L'Épiphane voit des larmes couler sur ses joues. Il comprend la cause de sa tristesse et lui prend doucement la main.

— Je sais... Pourtant, il vaut mieux que vous ne la revoyiez jamais. C'est trop dangereux et vous pourriez vous attacher à elle, ce qui rendrait la séparation encore plus déchirante.

— Vous avez peut-être raison, mais puisque vous me séparez de notre enfant, il faut nous séparer aussi, vous et moi. Malgré ce que vous m'en dites, je sens que j'ai péché. Seule la séparation peut apaiser cette culpabilité que j'ai ressentie en donnant le jour à notre enfant.

L'Épiphane à son tour se laisse aller à une sombre mélancolie.

— Vous nous punissez de nous être aimés ?

— C'est le seul moyen de m'empêcher de haïr cette enfant...

— Vous pourriez haïr un être aussi innocent ?

— Elle est ma honte vivante !

— J'entrevois pour elle un destin si chargé qu'il faut à tout prix lui éviter d'entrer dans la vie avec la haine au-dessus de sa tête. J'accepte donc le sacrifice que vous exigez de moi...

Il s'interrompt quelques instants, puis ajoute :

— Ainsi nous ne nous reverrons plus qu'à la Cour, comme deux étrangers...

Un nouveau silence envahit la chambre. Puis la femme ose une dernière question :

— Avez-vous une préférence pour le prénom ?

L'Épiphane se redresse et d'une voix ferme répond :

— Elle s'appellera Jeanne.

*

Le hameau de Domrémy s'allonge entre les grasses et verdoyantes prairies qui bordent la Meuse et un coteau peu élevé, couronné de bois. En ce lieu paisible, à l'écart des grands axes comme l'a précisé l'Épiphane, il est difficile d'imaginer que, non loin de là, la guerre, la violence font rage par intermittence depuis tant de décennies. Cependant l'Histoire, ou plutôt la légende, est passée par là. Domrémy doit son nom à celui qui l'a fondé, saint Remi, l'évêque qui a converti au christianisme Clovis le roi des Francs, et avec lui les Français.

Les cavaliers n'ont pas voulu forcer l'allure, à cause de l'enfant qu'ils transportent dans un couffin. Ils ont aussi dû attendre que la nuit tombe pour se glisser discrètement dans le hameau. Ils sont descendus de cheval à distance convenable et ont poursuivi à pied en faisant le moins de bruit possible. Ils n'ont eu aucune difficulté à trouver la maison, selon les indications qu'ils avaient reçues. C'est l'une des plus grandes du hameau. Bâtie en belles pierres, elle se situe à l'écart des autres, entourée d'un jardin.

Ils n'ont pas besoin de frapper à la porte, elle s'ouvre devant eux car on les attend depuis longtemps. Paraissent sur le seuil Jacques et Isabelle d'Arc. Sans un mot, les hommes leur tendent le précieux panier, sans un mot le couple le prend. Les hommes font demi-tour, s'éloignent et disparaissent dans la nuit.

Pendant que Jacques d'Arc referme la porte, Isabelle dépose précautionneusement le couffin sur la grande table. L'enfant, qui a faim, se met à crier. Isabelle s'active pour chauffer du lait et enjoint à son mari de bercer le nouveau-né. Tous les deux regardent avec anxiété la porte de la chambre à coucher familiale derrière laquelle leurs deux fils, Jean et Pierre, dorment. Il ne faut surtout pas qu'ils se réveillent et découvrent ce qui se passe. Ils apprendront comme les autres la nouvelle le lendemain matin.

Dans l'agitation de ces dernières heures, Jacques et Isabelle ont oublié le petit Durand Laxart. Ce garçon, qui va sur ses dix ans, est le fils d'amis intimes des D'Arc, qui habitent le village voisin de Burey-le-Petit. Ses parents l'ont déposé par hasard ce soir-là à Domrémy. On l'a installé sur quelques couvertures empilées dans un coin obscur de la salle commune, car il n'y a pas de place ailleurs, et on n'a plus fait attention à lui. Mais l'enfant ne dort pas. Il a été réveillé par l'arrivée des cavaliers, et n'a perdu aucun détail de cette étrange scène.

Sans avoir conscience de ce regard enfantin posé sur eux avec intensité, le couple se penche sur le couffin où la petite fille, apaisée, s'est endormie. Jacques la regarde avec scepticisme, Isabelle avec tendresse. Il n'était pas question de refuser un service à son seigneur, en l'occurrence la dame de Joinville, de plus un service qui, vu l'empressement et l'anxiété de la dame, prenait une grande importance. D'ailleurs, un service bien, fort bien payé. Qui sont ses parents ? se demandent Jacques et Isabelle. Ils font certes quelques suppositions, mais sans chercher à en savoir plus. Ils contemplent cette enfant qui n'aura jamais de véritables parents et, avec un sens chrétien ancré au plus profond d'eux-mêmes, décident de l'élever avec amour et de la rendre heureuse.

Le lendemain matin, la nouvelle se répand dans le hameau. Isabelle Romée, la femme de Jacques d'Arc, a accouché pendant la nuit d'une petite fille. Personne ne s'étonne, puisque tout le monde a été tenu au courant des progrès de sa grossesse. L'après-midi même a lieu le baptême en l'église Saint-Remi, voisine de la maison des D'Arc. De magnifiques vitraux l'ornent, qui représentent saint Michel, sainte Marguerite, sainte Catherine…

Se retrouvent là, autour des fonts baptismaux, les trois parrains et les trois marraines, des cultivateurs, des amis des D'Arc, comme Jeanne Aubry, la femme du maire. Les curieux sont plus nombreux qu'on aurait pu s'y attendre. Rien n'était plus banal que la nouvelle grossesse d'Isabelle, et pourtant les paysans perspicaces soupçonnent un élément peu naturel dans tout cela, peut-être même une part de mystère. On ne dit rien, mais on observe avec une curiosité accrue.

— Les père et mère, demande le curé.

Jacques et Isabelle ont un instant d'hésitation avant d'assumer l'imposture. S'ensuit un lourd moment de silence. Puis le bébé se met à gazouiller, ce qui détend l'atmosphère.

— Je te baptise au nom du Christ et je te prénomme Jeanne, dit alors le curé.

3

Les mois, les années passent, et l'enfant Jeanne grandit, entourée, choyée par les d'Arc.

Bien que Domrémy eût la chance de demeurer à l'écart, le fracas de l'Histoire venait y résonner. Les marchands, les moines, les soldats qui y passaient colportaient les nouvelles. On se les répétait, on les commentait, on les déplorait lorsque le soir on se réunissait autour de l'âtre chez ceux, comme les d'Arc, qui disposaient d'une grande salle.

— Ça y est, ils sont revenus, ces maudits, ils ont débarqué à Calais !

En effet, profitant de la faiblesse du gouvernement royal due à la folie du roi et à l'assassinat du duc Louis, les Anglais avaient repris cette guerre interminable qui, en réalité, ne s'était jamais tout à fait interrompue. Ils avaient anéanti l'armée française à Azincourt, dans l'actuel Pas-de-Calais. La fleur de la chevalerie française gisait dans la boue et le sang. Quant aux prisonniers, ils avaient tous été exécutés sur l'ordre du roi d'Angleterre, sauf le plus illustre d'entre eux, Charles d'Orléans, le fils du duc assassiné. Les Anglais n'avaient pas voulu tuer un otage de cette qualité, et surtout de ce prix.

— Il a vingt-quatre ans, il est beau, il est poète, il se ruine pour réhabiliter son père et il se bat pour son pays ! Combien de temps vont-ils le laisser enfermé dans leurs geôles ?

Dans le même temps, une véritable guerre civile a éclaté entre les partisans du feu duc d'Orléans et ceux du duc de Bourgogne. Paris a été pris et repris par les uns puis par les autres, Paris a vu se déchaîner des horreurs inimaginables. On a jugé sommairement et exécuté à tour de bras, on a torturé et massacré. Des cadavres abominablement défigurés se sont entassés dans les rues ensanglantées. Encouragé par le duc de Bourgogne, béni par l'Université devenue sa féale, le peuple a donné libre cours à une férocité que les imaginations les plus malades n'auraient pu concevoir.

— Ce n'est pas tout, il y a aussi tous ces drames dans notre famille royale ! Le duc de Guyenne, l'héritier, le préféré de ses parents, emporté par une brusque maladie. Il n'avait que dix-neuf ans, le pauvre enfant, et il était en pleine santé...

— Et son cadet, le duc de Touraine, le nouvel héritier... Il paraît qu'il est tombé foudroyé en une nuit par une infection, à dix-huit ans !

— Tout ça n'est pas naturel ! Je vous l'affirme, il y a du poison dans l'air.

— La famille royale est maudite !

— La France est maudite...

— Vous croyez que les Anglais vont arriver jusqu'ici ?

— Pourquoi pas ? Il n'y a rien ni personne pour les arrêter !

— Pire que les Anglais, il y a les Bourguignons, et eux sont tout près d'ici.

— Avant les Anglais, avant les Bourguignons, il

y a les brigands. Leurs bandes armées, par les temps que nous vivons, semblent se multiplier comme les champignons après une ondée. Ils sont partout à la fois !

— Le soldat blessé arrivé hier et que nous avons recueilli affirme qu'ils ont pris Liffol. Ils ont brûlé tout le village, ils ont torturé les paysans pour leur faire cracher leur argent…

— À Gondrecourt, ils ont violé les femmes, ils ont étripé les enfants.

Un silence accablé s'installe. On n'entend plus que les pétillements du feu dans la vaste cheminée. Fausses sont ces rumeurs, mais elles allument, elles entretiennent la peur. Bien entendu, on ne parle pas de ces horreurs devant les enfants ! On attend qu'ils soient endormis pour donner libre cours à ce pessimisme.

Mais les enfants entendent toujours ce qu'on ne veut pas qu'ils entendent, la petite Jeanne en particulier. Parce qu'elle est particulièrement sensible, elle palpe cette peur tangible qui émane de ses parents et de leurs amis, cette peur qui s'insinue en elle et qu'instinctivement elle repousse, cette peur dont elle veut délivrer ceux qu'elle aime. Cependant, elle ne montre rien de ses sentiments car c'est une enfant réservée. Sous la direction d'Isabelle, elle apprend à filer, à coudre. Elle aide sa « mère » dans les travaux de la maison. Elle s'habitue à devenir une femme d'intérieur. À l'occasion seulement, lorsque les bras manquent, elle aide à mener les bestiaux au pré.

Le Bois-Chenu est un bosquet planté à mi-hauteur de la colline. Il marque la limite entre les prairies et la forêt. Il est dominé par un hêtre immense, trois cents ans d'âge au moins, que l'on distingue très bien de la maison des D'Arc puisqu'il ne se trouve qu'à une lieue de distance. On l'appelle l'« Arbre aux Fées » car toutes sortes de légendes circulent sur ce lieu magique.

C'est là où les enfants de Domrémy vont s'amuser lorsque les parents leur en laissent le loisir, particulièrement les filles. Elles amènent chacune du pain, les plus nanties quelques friandises. On puise l'eau à la source réputée guérisseuse. On pique-nique joyeusement.

La petite Jeanne les suit par habitude, pour ne pas se singulariser, mais des poupées elle n'en a pas, à la différence des autres. Les d'Arc ont pourtant assez de biens pour lui en offrir, seulement elle n'aime pas y jouer. Elle n'entre pas dans la ronde parce qu'elle craint de paraître gauche, et elle reste la seule à ne pas accrocher de guirlandes à la branche du hêtre magique car elle n'a pas de vœu à formuler.

Par contre, elle invite l'autre Jeanne, sa cousine et sa seule amie, à grimper à l'arbre, et elle défie les autres de l'imiter.

Avec une dextérité étonnante, elle escalade les branches. L'autre Jeanne la suit, mais avec plus de difficulté. Elle a peur de glisser, hésite, n'ose pas regarder en bas au fur et à mesure qu'elle se hisse. Jeanne d'Arc atteint déjà les plus hautes ramifications. Elle s'assied sur l'une d'elles et regarde alentour le paysage, les prés que traverse la Meuse, et de l'autre côté de la rivière, très loin, d'autres collines couronnées de forêts. Son amie Jeanne la rejoint enfin, essoufflée, tremblante. Elle la fait asseoir à côté d'elle et la calme. Puis, de but en blanc, elle lui demande :

— Tu y crois, toi, aux Dames Fées ? Il paraît qu'elles viennent se montrer ici.

— Je ne sais pas, j'aimerais bien en voir mais j'ai peur.

— Ma marraine, la femme du maire, elle en a vu, ici même, en bas de l'arbre !

C'est au tour de l'autre Jeanne d'interroger :

— Et toi, tu y crois aux prophéties ?

— Quelles prophéties ? demande Jeanne d'Arc d'un ton hésitant.

— Tu sais bien, celles qui annoncent que de ce bois une « pucelle » sortira pour faire des choses admirables.

Jeanne ne répond pas mais fixe longuement des yeux son amie.

— Ne me regarde pas comme ça, tu me fais peur !

— Allons, redescendons.

Lorsqu'elles remettent les pieds sur la terre ferme et qu'elles émergent de l'ombre épaisse formées par les branches basses du hêtre sacré, elles tombent sur les gamins du village qui, exceptionnellement, ont rejoint les filles. Celles-ci dorlotent les nouveaux venus, leur offrant les reliefs des pique-niques. Puis elles vont cueillir des fleurs pour en faire des couronnes qu'elles leur destinent. Jeanne les imite. Lorsque sa couronne de fleurs des champs est terminée, un garçon s'approche d'elle.

— C'est pour moi ?

— Non, c'est pour la Sainte Vierge. Je vais la porter à sa chapelle, en haut de la colline.

Le gamin se met à se moquer d'elle. « Eh, la nonne ! »

Jeanne, sans répondre, prend sa couronne de fleurs et se dirige vers le sentier qui mène à la chapelle de la Vierge. Les autres la suivent en la couvrant de quolibets.

Brusquement, Jeanne jette la couronne de fleurs par terre, se retourne et fonce sur eux. Elle cogne dur et fort mais elle est victime du nombre. Les gamins s'acharnent sur elle, tapant où ils peuvent.

— Arrêtez tout de suite ou il vous en cuira !

C'est Laxart, celui qui tout enfant a assisté à l'entrée de l'enfant chez les d'Arc. Cet adolescent, beaucoup plus grand, beaucoup plus fort que les gamins, les fait un instant hésiter, puis ils se remettent à frapper Jeanne. Mais quelques coups de poing, quelques gifles bien appliquées, un gamin qui vole en l'air, les autres ne demandent pas leur reste, ils s'enfuient en criant.

Maître des lieux, Laxart relève la petite fille. Elle est rouge, échevelée, couverte de bleus et de griffures. Ses vêtements sont déchirés, mais le regard flambant et le port de tête plus fier que jamais. Laxart la contemple avec consternation. Elle éclate de rire.

— On s'est bien amusés !

Elle ramasse la couronne de fleurs et reprend son chemin vers la chapelle Notre-Dame, en compagnie de Laxart.

Depuis le jour où il a accidentellement assisté à l'arrivée de Jeanne, Laxart ne l'a pas vraiment quittée. Bien qu'habitant au village de Burey-le-Petit, il vient sous le moindre prétexte à Domrémy. Il fait presque partie de la famille. Peut-être parce qu'il sait une part de vérité sur sa naissance, il s'est institué son protecteur. Quant à elle, elle éprouve pour lui une confiance qu'elle ne partage avec personne.

— Pourquoi les gamins du village m'ont-ils traitée de nonne ? Je ne veux pas être une nonne, je ne veux pas entrer au couvent !

— Probablement parce que tu vas plus souvent à l'église que toutes les autres filles réunies. Tu es la seule à assister avec les femmes du village à tous les offices.

— Tu sais, Laxart, ce que je préfère, c'est le son des cloches…

Effectivement, le cousin l'a souvent aperçue, à l'heure de l'angélus lorsqu'elle entend les cloches, se mettre à genoux en plein champ et prier avec ferveur.

— Tu m'entends, Laxart ? répète-t-elle. J'ai grondé le marguillier parce qu'il a oublié de sonner les complies, et pour l'encourager à ne pas l'oublier de nouveau, je lui ai promis des galettes.

— Pourquoi cours-tu chaque soir à l'ermitage de Notre-Dame-de-Bermont ?

— Je ne sais pas pourquoi je suis attirée par cette chapelle. J'y vais toujours pleine d'expectation et de joie, et à peine y ai-je pénétré qu'un grand bien-être m'envahit. Comment te dire, Laxart ? Je m'y sens accueillie, comme entourée, bien que je sois seule. Je m'y sens comprise, aimée, mais par qui ? De toute façon, j'y puise des forces, du courage, et chaque fois c'est le cœur léger que je m'en retourne.

— Quel besoin as-tu de te confesser si souvent ? À ton âge, et telle que je te connais, tu ne dois pas commettre beaucoup de péchés…

— Parce que c'est pour moi une occasion de parler de ce que j'ai dans le cœur. Je n'aime pas beaucoup me confesser au curé du village, il est toujours pressé et ne me comprend pas. Je préfère me confesser aux moines de passage. Eux, au moins, ils me laissent parler, ils m'interrogent, ils m'écoutent.

Ce que ni Jeanne ni Laxart n'ont remarqué, c'est que ces moines appartiennent en grande majorité à l'ordre des Célestins. Après avoir entendu en confession les paroissiens de Domrémy, et tout particulièrement Jeanne, ils repartent pour le village suivant, et au bout de leur itinéraire vont faire leur rapport à l'Épiphane.

Jeanne et Laxart sont arrivés à la chapelle de Notre-Dame. Elle dépose sur l'autel, devant la modeste statue de la Vierge, la couronne de fleurs qu'elle a apportée. Après une prière, ils redescendent tranquillement vers le village. Le silence magique de la forêt les apaise. Pas une feuille ne bouge, mais tout là-haut, invisibles, les oiseaux chantent et s'en donnent à cœur joie.

La petite fille et l'adolescent marchent sans se presser, comme s'ils voulaient prolonger ce moment.

— Dis-moi, Laxart, pourquoi on me traite de princesse ?

— Parce que tu reçois une éducation de demoiselle.

— Justement. Pourquoi suis-je la seule enfant du village qu'on force à apprendre à lire et à écrire ?

Laxart ne peut répondre précisément à cette question. Comment saurait-il que l'Épiphane, dans ses instructions, a précisé l'éducation que devait recevoir Jeanne ?

Gros problème d'ailleurs pour les d'Arc, qui ne savaient de quelle manière faire accepter cette incongruité propre à faire jaser au village. Aubry le maire, l'époux de la marraine de Jeanne — mais surtout l'intendant de la dame de Joinville qui avait organisé son adoption —, trouva la solution. Il prétendit s'être pris d'affection pour la petite et vouloir lui donner des lettres. À son instigation, le curé de Domrémy devint son professeur. Jeanne ne l'appréciait pas particulièrement, mais au moins était-il cultivé. Il commença par la débarrasser du lourd patois lorrain que parlaient les d'Arc comme les autres villageois, puis il lui enseigna la lecture en la faisant ânonner des livres pieux. Sous sa direction, elle acquit une belle écriture droite et ferme.

— Pourquoi mes frères tantôt me traitent en demoiselle, tantôt me tapent dessus sans raison en m'appelant eux aussi « la princesse » ? Pourquoi mon père me regarde-t-il parfois de travers ?

Laxart ne peut lui avouer que, malgré le stratagème inventé par Aubry, l'éducation qu'elle reçoit suscite les rumeurs dans le village et une certaine jalousie dans sa propre famille.

— Ne t'en fais pas, Jeanne, tu fais tout ce que tu dois faire envers les tiens. Tu es bonne, obéissante, tu as bon caractère…

— Pourquoi ma mère me fixe-t-elle parfois avec curiosité, comme si elle ne me connaissait pas ?

De nouveau, Laxart ne peut répondre, mais il constate qu'elle prend de plus en plus conscience d'un mystère qui l'entoure. Soucieux de ne plus entendre ces questions embarrassantes, il hâte le pas. Jeanne et lui sortent de la forêt et rejoignent la maison des D'Arc, la première du village.

Ils trouvent la famille et les amis dans une grande agitation, pour une fois joyeuse. Un marchand qui passait à Domrémy a apporté de grandes nouvelles.

La guerre effroyable entre Bourguignons et partisans du feu duc d'Orléans qui écartelait la France va incessamment s'achever, grâce au dauphin Charles, le troisième fils du roi Charles VI. Il n'a que seize ans mais la folie de son père, qui a dégénéré en gâtisme, et la mort de ses deux aînés, le duc de Guyenne et Jean de Touraine, ont obligé les corps de l'État à le déclarer régent. Un régent à peine sorti de l'adolescence, alors que le royaume coule dans une spirale de violence. Cependant, il a aussitôt pris l'initiative de demander une entrevue à son oncle le duc de Bourgogne pour mettre fin à la lutte fratricide.

Serait-il Dieu possible que ce soit bientôt la fin de nos épreuves ? se demandent les d'Arc et avec eux les habitants de Domrémy. La paix et la prospérité remplaceront-elles enfin l'incertitude, l'angoisse et la peur ?

*

Elle s'avère bien difficile à arranger, cette entrevue entre les deux chefs de parti. Le dauphin Charles voudrait qu'elle ait lieu à Montereau, petite ville située au sud-est de Paris, car le gros de ses troupes campe non loin de là. Bourgogne tient à la ville de Troyes, où il est arrivé entouré de ses propres troupes et où résident d'ailleurs les parents du dauphin, le roi fou et la reine Isabeau.

Conseillers, arbitres et négociateurs vont et viennent entre les deux villes. Finalement Bourgogne cède, il accepte de venir à Montereau. Les envoyés des deux partis établissent jusqu'au moindre détail les conditions de l'entrevue. Mgr de Bourgogne logera au château de Montereau, le dauphin Charles en ville, sur l'autre rive de l'Yonne. Entre les deux, un pont de bois. On construira au milieu une sorte de loge qui prendra toute la largeur du pont. De chaque côté de la loge, une porte. Par l'une, le dauphin pénétrera, par l'autre, le duc de Bourgogne, chacun avec douze conseillers. Interdiction de porter des armes ou une cotte de maille.

Bourgogne est sur le point de se mettre en route pour Montereau, lorsque son astrologue le prévient :

— Monseigneur, si vous y allez, jamais vous n'en reviendrez.

— Balivernes ! répond la dame de Giac, maîtresse en titre de Bourgogne.

Et d'expliquer que l'on peut faire totale confiance au dauphin Charles, et que ce rapprochement est indispensable.

— Alors, allons-y, déclare le duc, tentons l'aventure, et même hasardons notre personne pour la paix. Quoi qu'il arrive, cette paix, nous la voulons.

Admirable déclaration destinée à l'opinion publique qui prouve combien Jean sans Peur avait le sens de la propagande.

En ce 10 septembre 1419, il arrive avec son escorte au château de Montereau à trois heures de l'après-midi. Deux heures plus tard, entouré des quelques conseillers qu'il est autorisé à amener, il se présente au pont sur lequel doit avoir lieu l'entrevue. L'y attend le conseiller le plus écouté, le favori de Charles, Tanguy du Châtel. Il porte une hache à sa ceinture, malgré les conventions. Bourgogne le lui fait observer tout en lui tapant amicalement sur l'épaule.

— Voyez donc en qui je me fie !

— Vous avez bien tardé, monseigneur, rétorque le favori du dauphin.

Il le fait entrer dans la loge, et referme si vite la porte que seuls deux des conseillers de Bourgogne réussissent à l'y suivre, les autres restant en dehors de la loge, sur le pont.

En face de Bourgogne, le dauphin Charles,

entouré de ses propres conseillers. L'oncle ôte son chaperon à longue bande de velours noir et fléchit un genou devant le neveu.

— Monseigneur, je suis venu à votre demande. Vous connaissez la désolation de ce royaume, qui un jour sera votre domaine. Occupez-vous de réparer. Quant à moi, je suis prêt à y exposer mon corps, mes biens et ceux de mes vassaux, sujets et alliés.

— Beau cousin, répond Charles d'une voix grêle, vous dites si bien qu'on ne pourrait mieux faire. Levez-vous et couvrez-vous.

— Il est temps ! hurle aussitôt Tanguy du Châtel. Il prend sa hache et l'abat sur la tête du duc en train de se relever. Celui-ci retombe à genoux, tente de tirer son épée. Les autres conseillers de Charles se ruent sur lui. La curée s'achève par un coup d'épée dans le ventre. Les deux compagnons de Bourgogne qui avaient réussi à pénétrer dans la loge sont massacrés à leur tour en quelques secondes.

Dès le début de la tuerie, un courtisan a pris Charles par le bras et l'a entraîné hors de la loge pour revenir en ville. Les partisans du dauphin massacrent alors les autres conseillers de Bourgogne, ceux qui avaient été forcés de rester sur le pont.

Dans la France entière, c'est un cri d'horreur. Bien sûr, Bourgogne était une crapule sanguinaire, un traître qui n'avait pas hésité à assassiner sauvagement son propre cousin le duc d'Orléans, mais le meurtre soigneusement prémédité, exécuté de sang-froid, d'un homme désarmé qui, sécurisé par tous les serments sur son immunité, venait faire la paix paraît le comble de la perversité. Et tout le monde de condamner Charles et ses conseillers, et tout le monde de s'inquiéter, comme en ce petit village oublié de Lorraine qui a nom Domrémy :

— Tout ça, ça ne veut rien dire de bon…

— Ils vont revenir et recommencer à nous menacer ! lance un autre sans préciser qui sont ces « ils ».

— Les ennuis vont réapparaître…

Effectivement, les ennuis ne tardent pas, qui commencent à se manifester par un courrier. Il arrive au galop, cloue une proclamation sur la porte de l'église du village, et disparaît aussi vite qu'il est venu. Précautionneusement, les villageois s'approchent et contemplent le document sans pouvoir le lire. Alors, la petite Jeanne s'avance et lentement déchiffre :

« Le soi-disant dauphin Charles s'est rendu parricide, criminel de lèse-majesté, détruiseur et ennemi de la chose publique. Il s'est fait transgresseur de la loi de Moïse, de la foi de l'Évangile, de la censure du droit canon, de l'institution des apôtres et de toutes les lois. Il s'est constitué ennemi de Dieu et de la justice, et tellement que, par l'énorme crime commis par lui et les siens, il a clos le chemin de la paix…

« Son crime le rend inhabile à toute seigneurie, il s'est lui-même déchu de ses droits. Il s'est exclu de toute dignité et de toute succession pour lui et sa postérité. »

Les villageois se regardent, interdits. Le curé qui, à la vue de cet attroupement, est sorti de son presbytère leur explique que par le crime dont il est accusé, le dauphin Charles n'est plus dauphin, qu'il ne succédera pas comme roi de France à son père le roi fou.

— Mais alors, qui sera notre prochain roi ?

— Le roi d'Angleterre, qui a épousé la fille de notre sire roi Charles VI que Dieu garde !

Le curé raconte ce qu'il tient d'un moine, passé quelques jours plus tôt : au lendemain de l'assassinat du duc de Bourgogne Jean sans Peur, son fils et successeur Philippe s'est jeté dans les bras des Anglais. Le roi Charles VI et la reine Isabeau ont eux-mêmes renié leur propre fils, Charles, ils ont adopté leur gendre le roi d'Angleterre, Henri, et par un traité solennel signé à Troyes ils l'ont proclamé unique et légitime successeur à la couronne de France.

Les habitants de Domrémy se sont scindés en petits groupes qui, sur la place du village, s'interrogent. Ils n'ont pas tout à fait saisi ce que leur a expliqué le curé mais ils savent que cela n'annonce rien de bon. Personne ne remarque la petite Jeanne qui, d'un geste brusque, arrache la proclamation de la porte de l'église. Elle-même serait bien en peine d'expliquer son geste.

Des nouvelles alarmantes ne tardent pas à s'abattre sur Domrémy. Les Anglais ont commencé à assurer leur mainmise sur ce qui reste de la France indépendante. Ils se rendent maîtres de la Champagne, la province limitrophe du village. Chaumont, la ville de Chaumont, ce n'est pas loin, appartient désormais aux Anglais qui y nomment un nouveau bailli. Or qui dit Anglais dit extorsions, violences. Avec à leur tête un roi comme le cruel Henri V, on ne peut attendre d'eux que des souffrances !

Et voilà qu'en ce mois d'août 1422, on apprend à Domrémy que le roi Henri V vient de mourir à Paris d'une maladie bizarre, une fièvre, une infection. Il n'avait que trente-quatre ans. Aussi parle-t-on à nouveau d'empoisonnement, et dans ce cas-là tant mieux ! Empoisonnement ou pas, on est débarrassé du tyran… D'autant plus que lui succède son fils unique, qui n'est encore qu'un enfant !

Bien sûr, un régent est nommé, le frère du défunt, le duc de Bedford. On dit qu'il est dur, exigeant, mais il n'est que le régent… Et puis il y a toujours le bon roi Charles VI. Il est fou, gâteux, il est incapable d'exercer le pouvoir, mais sa seule présence constitue un frein efficace à l'avidité des Anglais. Tant que lui sera vivant, ils ne pourront pas tout se permettre !

Mais les nouvelles s'enchaînent et, à leur immense désarroi, les habitants de Domrémy apprennent que Charles VI est mort lui aussi, à peine deux mois après son gendre, Henri V d'Angleterre. Sa santé déclinait depuis plusieurs années mais, à cinquante-trois ans, on pouvait encore espérer. Une brusque maladie l'a emporté. Il est mort à l'aube, presque seul. Personne de la famille pour assister à ses derniers moments.

— Et surtout pas la grosse Isabeau, sa femme, qui devait se vautrer avec ses amants. Celle-là, elle mériterait bien de le suivre au tombeau, et au plus vite !

— Maintenant, il n'y a plus personne pour servir de rempart contre les Anglais…

— Si, il y a le dauphin Charles !

— Ses parents l'ont renié, il n'a plus droit à rien. Ce n'est pas ce chétif qui nous protégera des Anglais !

Bien avant que les Anglais s'en mêlent, la confusion et l'insécurité s'installent dans la région. Puisqu'il n'y a plus de maître, des maîtres il en surgit de partout. Des bandes armées vont et viennent, se font et se défont, dirigées par des aventuriers aux grands noms qui ont vendu leur âme au diable.

Jeanne, la petite Jeanne, est présente lorsqu'on apprend chez les d'Arc que l'un de ces capitaines d'aventure a enlevé trente-trois hommes d'armes, dont deux habitants de Domrémy, et réclame une forte rançon pour les libérer. Elle est présente également lorsque débarquent à Domrémy un autre chef de bande, Henri d'Orly, et ses soudards. Ils tiennent en respect les villageois accourus. Heureusement, ils n'en veulent qu'à leur argent et non à leur vie, et méthodiquement mettent la main sur les bestiaux qui paissent dans les prés. Pas un villageois ne réagit. Jeanne veut s'élancer vers eux, Laxart la retient par le col :

— Surtout, ne bouge pas !

Jeanne est présente encore lorsqu'un seigneur, Robert de Sarrebrück, en fait un brigand comme les autres, pénètre dans la maison et demande à Jacques d'Arc une forte somme pour assurer sa protection. D'autres notables de Domrémy les ont rejoints dans la salle commune. On marchande fermement, mais l'aventurier ne cède pas d'un liard. Jeanne bout intérieurement. Elle voudrait bouter l'audacieux hors de la maison. De nouveau, Laxart l'immobilise pendant que son père et les autres notables comptent la somme exigée par leur « protecteur ».

Heureusement, tout le monde n'est pas prêt à céder, témoin le sire de Baudricourt. C'est le capitaine de la petite ville de Vaucouleurs, distante d'à peine quelques lieues de Domrémy. Les Anglais, poursuivant leur avance, ont tenté de se l'approprier, mais Baudricourt leur a fermé la porte au nez. Vaucouleurs appartient au dauphin Charles et restera à lui. Pour assurer sa position, Baudricourt se met alors à brigander comme les autres. Il se livre à des expéditions punitives et rançonne allègrement les riches amis de l'occupant. Il paraît aussi redoutable que les chefs de bande mais, grâce à lui, Vaucouleurs reste à la France. Domrémy aussi, pour l'instant négligée par les Anglais, mais pour combien de temps ? Petite enclave oubliée au milieu de la tempête de plus en plus proche, de plus en plus menaçante.

*

Cette année-là, l'été est particulièrement chaud. Midi sonne au clocher de la petite église trapue de Domrémy ; le père d'Arc et ses deux fils sont encore aux champs, la mère, Isabelle, prépare le repas. Elle ignore où se trouve Jeanne mais elle se retient de la chercher. Tout d'abord, cette enfant a l'habitude de disparaître ainsi, et puis elle atteint l'adolescence. Isabelle sait que la puberté suscite en elle cet état bien connu de sensibilité extrême, d'intensité, et qu'il faut se garder de la presser, de la heurter. D'autant qu'il devient de plus en plus difficile d'oublier que Jeanne n'appartient pas à leur monde. Elle-même le ressent plus profondément que tout autre et, isolée au milieu d'une famille et d'une communauté serrée, la solitude la mûrit.

Pourtant, Jeanne n'est pas loin. Elle est au jardin. Il n'est pas bien grand, ce jardin : quelques arbres, un bouquet de buissons, des plantes grimpantes sur un vieux mur. Jeanne ne sait pourquoi, il fallait impérativement qu'elle se trouve là. Cachée par la végétation, elle se tient debout, immobile. Elle voit sans les voir les prés qui s'étendent derrière le mur, les bois qui couronnent les collines et, tout là-bas, l'Arbre aux Fées du Bois-Chenu. Elle perçoit confusément le bruissement des eaux vives qui courent en nombreux ruisseaux vers la rivière. Le soleil darde ses rayons, la lumière est intense. Elle est à l'écoute. Elle attend.

« Jeanne, Jeanne… »

Elle se demande si elle a bien entendu.

« Jeanne… »

La Voix qui l'appelle est claire. Elle vient de la droite. Jeanne tourne la tête dans cette direction. Elle distingue parfaitement le mur de pierre grise de l'église Saint-Remi voisine de sa maison, où elle a été baptisée. Entre elle et le mur, elle aperçoit, suspendue dans l'air, une source de lumière encore plus intense que celle qui baigne la nature en ce jour d'août. Jeanne a peur, elle tremble, elle voudrait fuir, mais rien ne pourrait la faire bouger. La Voix provient de la lumière, et en même temps elle semble sortir de l'intérieur d'elle-même, de son cœur, car elle l'entend bien, mais ce n'est pas une voix humaine. Les mots se forment tout seuls dans son esprit.

« Jeanne, Jeanne, domine-toi, apprends à te dominer, chasse le mal de toi, balaie les ténèbres qui sont encore en toi. Aie la foi, la foi, la foi… »

La Voix s'est tue, la lumière a disparu. Jeanne se retrouve dans le jardin des D'Arc comme si rien ne s'était passé. Et pourtant, quelque chose a eu lieu, et elle sait qu'elle en sera marquée à vie. L'extraordinaire phénomène qu'elle vient de vivre, elle le considère comme un engagement, et tout de suite elle prend sa décision : elle restera chaste. La virginité, c'est la voie de la pureté à laquelle elle aspire. C'est aussi la solution au lancinant problème qui depuis quelque temps vient l'agiter. Elle sait qu'elle n'est pas comme les autres filles, que sa nature est différente, qu'elle ne pourra pas se développer entièrement comme une femme, ni connaître l'amour, le mariage, la maternité. Rester vierge, ce sera sa façon de cicatriser la plaie secrète.

Si souvent elle s'est reprochée de se laisser aller à ses humeurs, à ses coups de colère. Or la Voix lui a enjoint de se dominer. Si souvent elle a cherché à se purifier du mal qui est en elle comme en chaque être humain, et elle s'est blâmée de ne pas y parvenir. Or la Voix est venue l'encourager à le faire. La réponse à cette exigence d'elle-même réside dans la foi. Avoir la foi, toujours.

Lorsqu'elle émerge de son état second, elle n'est ni effrayée ni rassurée, ni malheureuse ni gaie, elle est profondément bouleversée.

Et comme elle est habituée à la solitude, elle sait si bien se maîtriser qu'elle ne laisse rien paraître aux siens de ce qui l'agite.

Le lendemain, elle revient à la même heure au même lieu. Une nouvelle fois elle voit cette lumière, elle entend la Voix qui lui répète le message. Elle comprend que c'est pour la convaincre, pour l'accoutumer.

Le troisième jour, elle attend impatiemment le rendez-vous. Dans une apothéose de chaleur, elle ne sent pas la sueur couler sur son visage, le long de son corps. « Jeanne, Jeanne… » À cet appel, elle tourne la tête vers la droite. La source de lumière est là, entre elle et le mur de l'église. Elle fixe cette intensité quasi aveuglante et qui pourtant ne blesse pas ses yeux. Elle distingue une forme, à peine esquissée. La forme d'un être humain, avec, des deux côtés… quoi ? des ailes ! des ailes qui prennent toute la hauteur du corps. C'est un ange !

« Domine-toi… Chasse le mal… La foi… Seule la foi… »

C'est l'ange qui a parlé. Il vient de la part de Dieu. « Dieu me parle », pense Jeanne. Elle laisse un peu de temps passer pour se reprendre, puis retourne au logis, portant cette certitude comme une flamme allumée au fond de son âme.

4

Raconter à ses parents ce qui lui est arrivé, Jeanne n'y songe même pas, ils ne comprendraient pas. De même, elle ne se confessera pas au curé du village ni à un des moines qui passent par Domrémy. Elle devine qu'ils l'interrogeraient inlassablement, qu'ils décortiqueraient sa merveilleuse expérience, et donc qu'ils la désacraliseraient, peut-être même la désapprouveraient-ils. Cependant, ce secret est si gros, si lourd qu'elle ne peut le garder en elle-même. Un instant, elle songe à le confier à Jeanne, son unique amie, mais elle y renonce. Le seul qu'elle a envie de voir, à qui elle a envie de parler, c'est Laxart. Elle devra attendre sa prochaine visite, en espérant qu'il ne tardera pas.

Peut-être appelé par l'instinct, il se présente le surlendemain. Elle l'emmène aussitôt dans l'église Saint-Remi, et lui raconte ce qu'elle a vu, entendu, ce qu'elle a ressenti. Elle parle sous le regard de saint Michel, de sainte Marguerite, de sainte Catherine qui occupent grandeur nature les vitraux, et pendant son récit, il lui semble qu'une lumière particulière donne vie aux images multicolores.

— Alors comme ça, Dieu te parle ! Tu dois être

plus grande qu'une reine, qu'une sainte, pour qu'il te fasse cet honneur, lui lance Laxart.

— Je suis plus humble que la plus humble. Je ne sais ni pourquoi Dieu m'a choisie ni dans quel but.

— Ça pourrait être le diable qui te parle…

— Ce que j'entends ne peut venir que de Dieu.

— Tu pourrais lui demander de te faire faire un beau et riche mariage, par exemple…

— Je ne demande pas, je tâche d'exécuter ce que Dieu me dit de faire.

— Alors tu n'as plus de désir ?

— Désormais, ma volonté se confond avec celle de Dieu.

Laxart la contemple comme s'il ne l'avait jamais vue auparavant. Il n'a pas voulu paraître trop impressionné, mais depuis le début il la croit. Elle le sait, cela lui suffit.

— Tu ne répéteras rien à personne.

Laxart le jure. Ils se séparent.

Jeanne s'en revient plus légère chez elle. Laxart marche sur le chemin du village la tête baissée, pensif, mais aussi heureux, portant en son âme la flamme que Jeanne vient d'y allumer…

Le curé de Domrémy, de loin, les a aperçus entrant tous les deux dans l'église. Il a attendu qu'ils en sortent. Il a constaté qu'ils y étaient restés un long, très long moment… Il rattrape Laxart sur le chemin.

— Pourquoi est-ce que tu l'as entraînée, la Jeanne, dans l'église ?

— C'est elle qui m'y a emmené.

Telle est la révérence et même la sainte terreur qu'impose l'Église : ce jeune homme de vingt-trois ans n'a rien trouvé de mieux que cette sotte réponse à la question du prêtre.

— Et qu'est-ce qu'elle te voulait, la Jeanne ?

Laxart regarde le curé droit dans les yeux et ne dit rien. Le curé le presse, le menace. Rien n'y fait.

— Peut-être bien que vous y êtes allés tous les deux dans une mauvaise intention ! Dis-moi, vous vous êtes touchés, vous vous êtes caressés, vous vous êtes embrassés sous le toit de Dieu ?

L'indignation de Laxart fait sauter le sceau du secret.

— Elle m'a dit qu'elle a entendu des Voix.

Le curé le prend soudain sur le ton de la douceur.

— Tu vas venir avec moi au presbytère, mon garçon, et tu vas tout me raconter.

Laxart le suit avec réticence.

— Tiens, assieds-toi confortablement et, avant de commencer, prends avec moi un verre de vin.

Après la carotte, le bâton :

— Si tu ne dis pas tout jusqu'au dernier détail, tu commettras un péché mortel dont je ne pourrai jamais t'absoudre. Tu seras damné et tu iras en enfer !

Laxart répète mot pour mot ce que lui a confié Jeanne. Le curé l'écoute intensément, ne l'interrompt pas, ne réagit pas. Simplement, à la fin, quand le garçon se tait, il le rassure :

— Tu as eu raison de me parler, et je te le dis, tu as agi pour le bien de Jeanne.

Laxart n'en est pas persuadé et se demande s'il n'a pas trahi son amie.

Le curé, lui, n'a plus qu'à attendre le prochain passage d'un moine de l'ordre des Célestins. Il lui confiera ce que Laxart lui a raconté afin que le moine fasse son rapport à qui de droit, à l'Épiphane. Car depuis qu'il a confié sa fille à Domrémy, celui-ci n'a rien laissé au hasard. Même le curé du village a été enrôlé pour surveiller l'évolution de Jeanne.

Peu de temps après, le curé de Domrémy convoque Laxart.

— Tu vas aller voir la Jeanne et, sous un prétexte que tu inventeras, tu l'emmèneras à Neufchâteau. Le curé de l'église Saint-Christophe vous y attend.

Neufchâteau, c'est, à trois lieues de Domrémy, une petite ville et un centre notable. Plusieurs routes s'y croisent et il s'y tient un marché important. Toute la région vient s'y approvisionner. Jeanne s'y rend souvent avec sa famille. Il est facile à Laxart de trouver un prétexte, le marché hebdomadaire, une visite à des amis de la famille, pour la convaincre.

Trois lieues, c'est à peine quelques heures à pied. Ils franchissent la porte du gros rempart qui défend la ville et aperçoivent à droite sur une colline le château bien défendu des ducs de Lorraine, car Neufchâteau, au contraire de Domrémy, se trouve hors de France, sur les terres de la maison de Lorraine. Ils atteignent la vieille église Saint-Christophe et trouvent le curé qui les accueille chaleureusement.

— Jeanne, il y a ici quelqu'un qui voudrait te rencontrer. Il est venu de loin pour cela.

Laxart attendra dans l'église.

Jeanne suit le curé dans la sacristie. Un homme se tient au milieu de la petite pièce laissée dans la pénombre. Il porte des vêtements ecclésiastiques de bonne qualité et taillés dans l'étoffe la plus fine, sans la marque ni la couleur distinctive de son rang. Jeanne cependant n'est pas sans remarquer le respect et même une sorte de crainte avec lesquels le curé de Saint-Christophe s'adresse à l'homme pour la présenter.

Courtoisement mais avec fermeté, le visiteur demande au curé de les laisser. Lorsqu'ils sont seuls, l'homme s'approche de Jeanne et la dévisage sans mot dire pendant un long moment. Les traits sont beaux même si le visage est un peu large, en revanche la tête pourrait paraître volumineuse et le cou trop court. Elle est grande, elle se tient bien, incontestablement elle a de l'allure. Elle a de grandes mains, de grands pieds, sa carrure puissante est celle d'un homme. Ses yeux frappent, attirent. Il y a beaucoup de sincérité, de chaleur, de lumière dans ce regard qui semble pourtant le traverser sans le voir pendant qu'il poursuit son inspection. Il remarque les bagues qu'elle porte et dont elle paraît fière. Elle n'est donc pas dénuée d'une certaine coquetterie…

Il lui sourit et elle lui répond par un sourire large et rieur. Cette enfant aime la vie, se dit-il. De son côté, elle sent en lui beaucoup de curiosité mais aussi beaucoup d'amour, surtout une autorité immense. Le regard de l'homme la rassure, la réchauffe, l'encourage.

— Jeanne, voici plusieurs jours que je vous attends.

À la différence des autres, il ne l'a pas tutoyée.

— Que voulez-vous de moi…

— On m'appelle l'Épiphane. Parlez-moi des Voix que vous entendez.

*

Après un été trop chaud, l'automne est vite arrivé, entraînant avec lui des froids inhabituels. Une aigre bise souffle dans les rues qui montent vers la cathédrale de Bourges. Il est minuit passé et l'homme, enveloppé dans une houppelande bordée de castor, marche d'un pas tranquille et régulier. Il n'a pas un regard pour les façades ornementées des riches demeures. Perdu dans ses pensées, il n'en apprécie pas moins cette marche solitaire dans la nuit nuageuse. Il s'approche d'une petite porte et va pour frapper le heurtoir lorsqu'elle s'ouvre devant lui. Probablement guettait-on par le judas son arrivée.

Il traverse une cour spacieuse, pénètre dans un vaste hôtel. Il le connaît bien, mais chaque fois il est frappé par cette impression d'étouffement née sans doute de l'entrelacs de galeries, d'escaliers, de passages, et par la somptuosité des meubles, des tapisseries, des objets. Tout proclame l'immense richesse de ce très haut membre du clergé. Celui-ci accueille le nouveau venu, qui n'est autre que l'Épiphane, et lui demande anxieusement :

— J'espère que personne ne vous a suivi et ne vous a vu entrer. Depuis que la Cour réside ici, les espions pullulent.

Il conduit son visiteur dans un cabinet élégamment lambrissé, où sont rassemblés les autres Théologues.

— Nous n'attendions plus que vous, lui lance Jean Gerson, le chef du groupe occulte.

Puis il s'adresse à leur hôte :

— Veuillez, monseigneur, nous résumer la situation.

Le prélat s'assied dans une cathèdre et, après avoir étalé les plis de sa robe de soie violette, il commence d'une voix triste :

— Le duc de Bedford, le régent, a fait dans toutes les provinces qu'occupent les Anglais reconnaître son neveu, le petit Henri VI, comme roi de France et d'Angleterre. Des Parisiens, il a exigé un serment d'allégeance. Tous se sont empressés de jurer fidélité à l'occupant. Personne ne se montrant plus zélé et plus fervent que nos anciens amis, les doctes professeurs de l'Université de Paris. « Vive l'Anglais ! » s'égosillaient-ils. Quant à nous, nous avons dû abandonner notre maison mère, le couvent des Célestins, depuis que Paris est tombé aux mains des Anglais. La plupart d'entre nous ont dû fuir pour échapper à la vindicte des occupants, mais surtout à celle encore pire de leurs collaborateurs français. Nous avons misé sur Charles VI, il est devenu fou. Nous avons misé sur le duc d'Orléans, il a été assassiné. Nous avons misé sur le duc de Guyenne, l'héritier, il est mort prématurément. Qui donc concrétisera notre rêve d'une Église de France pure, sainte, juste et détachée de la papauté ? Qui donc mènera à terme notre but ?

Jacques Gélu, l'ami de feu Louis d'Orléans, répond :

— Le seul qui reste, notre souverain légitime, le dauphin Charles devenu par la mort de son père le roi de France Charles VII.

Une affirmation qui soulève de nombreux ricanements.

— Quoi ! Cet avorton que même son père et sa mère ont renié ! Il garde bien quelques territoires surnommés par dérision le royaume de Bourges mais, croyez-moi, il n'a aucun avenir. Le régent Bedford, à la tête de l'invincible armée anglaise, est décidé à envahir ses terres, à l'éliminer totalement. Encore une chance que nous ne soyons pas chassés de cette demeure qui nous héberge cette nuit, mais en vérité cela ne saurait tarder.

Un autre renchérit :

— Allons donc, ce roi de Bourges est le dernier homme sur lequel bâtir notre concept révolutionnaire ! Il est aussi laid à l'extérieur que nul à l'intérieur.

— Le roi n'est pas aussi bête que vous le dites, au contraire, il est fort intelligent mais tout aussi dissimulé.

Cette dernière phrase inspire quelque respect, car elle vient de l'un des plus distingués bien que des plus jeunes parmi les Théologues. Ce Machet, évêque de Castres, est le confesseur de Charles. Cependant, son intervention ne les désarme pas tous.

— Si le roi Charles est si intelligent, pourquoi, du temps où il était dauphin, a-t-il commis l'erreur fatale de faire assassiner son oncle Bourgogne, avec pour seul résultat de jeter la France dans l'abîme ?

— À l'époque, il était littéralement envoûté par son favori Tanguy du Châtel, qui pratiquait la magie noire.

— Pour nous, il n'y a, il n'y aura que le roi Charles !

Gerson a parlé d'une voix forte. Depuis la dernière réunion des Théologues, il est intervenu brillamment dans divers conciles pour tâcher de ramener la paix dans l'Église mais il a été chassé de l'Université de Paris sur laquelle il avait si longtemps régné. Ses adversaires, ayant eu le dessus, l'ont poursuivi de refuge en refuge. Il a échappé à mille dangers pour aboutir à Lyon avec son élève Gérard Machet, celui-là même qui, depuis peu, confesse le roi.

Alors, un des plus âgés parmi les Théologues, un des rares encore à avoir connu Philippe de Mézières, leur inspirateur, prononce d'une voix inspirée :

— Dieu ne peut prendre en pitié ceux qu'il punit. Dieu punit ce peuple, ce royaume qui pèche. Il le frappe à juste titre. L'orgueil, l'envie, la haine, la convoitise, la cupidité, l'outrecuidance mettent bien près de la mort la noble Dame France. Elle apparaît chancelante, portant sur la tête, sur son manteau, sur ses atours délabrés les stigmates pitoyables des péchés. Et ces péchés, le roi de Bourges les symbolise, car qui, plus que lui, a péché, lui qui a assassiné le sang de son sang !

Le vénérable prélat a tonné comme s'il s'adressait à une foule.

Gerson se lève, darde son regard de feu fixement devant lui, à tel point que les autres tournent la tête dans la même direction, sans rien voir que le mur. Comme s'il prononçait quelque incantation, il énonce :

— Du Bois-Chenu sortira la Pucelle qui apportera le remède aux blessures. Dès qu'elle aura abordé les forteresses de son souffle, elle desséchera les sources du mal.

Tous ne se laissent pourtant pas impressionner.

— Allons, mon cher Gerson, il vous plaît vraiment de ressortir l'antique prophétie de Merlin l'Enchanteur !

— Et pourtant, rappelez-vous l'expérience qu'a vécue notre roi Charles. Une devineresse, une illuminée nommée Marie d'Avignon était venue le trouver. Elle lui avait annoncé que son royaume aurait beaucoup à souffrir et connaîtrait nombre de calamités. Elle avait cependant eu un rêve dont elle se souvenait dans les moindres détails. On lui avait présenté des armures, qu'une voix lui avait dit être destinées à une vierge qui viendrait après elle, que cette vierge porterait ces armures et délivrerait le royaume de ses ennemis…

— Effectivement, confirme Jacques Gélu, toutes les prophéties, toutes les prédictions annoncent que le royaume de France, perdu par une femme, la reine Isabeau, qui l'a vendu aux Anglais, sera sauvé par une autre femme, par une vierge, par une pucelle. Certaines précisent même qu'elle viendra des marches de Lorraine.

— On assure aussi qu'on la reconnaîtra à une marque rouge qu'elle porte derrière l'oreille droite.

Gerson est sorti de sa transe. Il s'adresse à l'Épiphane qui, selon son habitude, n'a pas ouvert la bouche jusqu'alors :

— Vous avez dit un jour que l'astrologie n'était pas une science suffisamment exacte. Cependant, dans des cas extrêmes, nous sommes bien forcés d'y avoir recours. Aussi avons-nous interrogé les astres et maints ouvrages divinatoires. Non seulement nous avons eu confirmation de l'existence de cette salvatrice, mais nous connaissons la date et le lieu de sa naissance. De plus, nous nous sommes retirés, quelques-uns d'entre nous, pour un temps de prière, de méditation, d'interrogation. Nous avons uni nos forces spirituelles et avons demandé à Dieu de nous éclairer. Ainsi avons-nous eu la révélation de l'identité de cette jeune fille et du lieu où elle se trouve. Dois-je vous les préciser, monseigneur ?

Gerson utilise ce titre car l'Épiphane vient d'être nommé évêque *in partibus*. Il a lui-même choisi le diocèse d'Aphrodisias et étrenne d'ailleurs sa robe de soie mauve et son anneau enchâssé d'un extraordinaire béryl. Depuis que Gerson s'est adressé à lui, il a blêmi. Perdu dans ses visions, il garde le silence. Lui aussi a utilisé la divination, avec des moyens autrement plus précis, plus savants que ceux dont disposent ses collègues théologues. Les observations qu'il a recueillies, les calculs qu'il a faits lui ont fourni la même réponse, accablante à ses yeux. Car s'il les a interrogés, c'était dans l'espoir de voir sa conviction détruite. Il SAIT depuis longtemps et ce qu'il sait l'écartèle. Désormais il n'est plus le seul à être dans le secret, ainsi que Gerson vient de le lui faire comprendre. La question de ce dernier équivaut à une intimation et il n'y a plus moyen de reculer.

D'une voix haute et ferme, il annonce :

— La pucelle qui sauvera la France existe et c'est ma fille.

Les autres en restent comme pétrifiés jusqu'à ce que l'un d'eux élève une première objection :

— Après tout, notre but n'est pas de sauver la France ni le roi, mais de sauver l'Église.

— Jeanne hissera sur le pavois le seul homme au monde capable de nous faire parvenir à notre but et de sauver l'Église en la rendant indépendante et démocratique, Charles le roi légitime de France.

— Et comment donc y parviendra-t-elle ?

— En le rendant victorieux de l'occupant. Elle transformera le misérable roi de Bourges en Charles VII le Victorieux. Sa pureté lavera celui-ci de ses impuretés et de celles de ses prédécesseurs. Il y a de nombreux siècles, saint Remi a miraculeusement baptisé la monarchie française, l'intervention de Jeanne sera son second baptême.

— Beaucoup de Français s'accommodent déjà des Anglais. Pourquoi voulez-vous qu'ils suivent votre Jeanne dans une croisade contre eux ?

— Vous vous trompez ! Bientôt, l'opinion publique chargera les Anglais de tous les péchés. Vous n'en avez pas conscience, mes révérends frères, mais les choses changent, les idées bougent, l'Histoire avance. Vos collègues de l'Université de Paris ont beau se prosterner devant eux et les encenser, les Anglais sont devenus les ennemis d'une patrie qu'ils ont créée sans le vouloir. Jeanne fera l'union des bons Français et sera l'âme de la résistance. Elle fera des fleurs de lys le symbole divin de cette résistance. Elle fera du roi l'incarnation de l'idée nationale.

Un Théologue ose encore manifester son scepticisme :

— Vous voulez que le salut du royaume vienne de la fille illégitime d'un prélat, adoptée par des notables de province et hissée sur la scène de l'Histoire par un groupe de pression occulte d'ecclésiastiques gallicans ?

— Là encore, vous commettez une erreur. Elle sera issue du peuple car elle symbolise le mariage du peuple et du roi. Elle sera une bergère ignorante, fille légitime d'humbles paysans, et pour comble nous la rajeunirons de quelques années afin de rendre encore plus invérifiable son origine et d'ajouter au merveilleux de son histoire. Ce seront ses saints protecteurs, ses anges gardiens qui la mèneront jusqu'à Charles.

— Personne ne croira qu'une simple bergère de seize ans, même inspirée par Dieu, et sans autre aide que ses Voix, puisse avoir accès à la Cour. Des illuminés qui prétendent converser avec le Christ ou la Vierge Marie, il y en a des milliers dans le royaume, et si tous devaient être reçus par le roi… Personne ne croira non plus qu'une bergère fille de paysans se soit transformée, sans avoir subi le moindre entraînement et par la seule opération du Saint-Esprit, en chef de guerre !

— Tout le monde adoptera la légende dorée que

nous fabriquerons, parce que tout le monde a besoin de croire au merveilleux.

Un autre, dans un sursaut d'orgueil masculin, s'exclame :

— Une femme, sauver la France ! Allons donc !

— Justement une femme, rétorque avec feu l'Épiphane. La Vierge Marie était une femme, qui a sauvé le monde en donnant naissance au Christ.

— Pardon, monseigneur, mais vous osez comparer votre bâtarde à la Mère de Dieu !

Gerson vient au secours de l'Épiphane :

— Depuis toujours, des liens spéciaux, des liens étroits, mystérieux, existent entre Notre-Dame et la maison de France, entre Notre-Dame et le royaume de France. Femme, la Vierge Marie veut qu'une autre femme vienne sauver ceux qu'elle protège, ceux qu'elle aime.

Machet le confesseur demande des preuves :

— Sommes-nous certains de ne pas nous tromper ? Est-ce vraiment elle qui est chargée d'une telle mission ?

L'Épiphane reprend la parole :

— Sans qu'aucun doute soit possible, c'est elle qui a été choisie, c'est elle l'Élue !

— Choisie par vous, par nous, voulez-vous dire…

— Choisie par Dieu, révérendissime, et cela bien avant sa naissance. Nous savions que Dieu envoyait l'Élue, il nous appartenait grâce aux moyens dont nous disposons de la localiser et de l'identifier. De plus, j'ai voulu me rendre compte par moi-même. Bien que je me sois promis de ne jamais la voir, je l'ai convoquée. Cette entrevue m'a confirmé ce que je savais déjà sur elle. Bien sûr, elle a derrière l'oreille droite la marque rouge qui est le signe annoncé, mais ceci est un détail, c'est son âme qui est le seul, le véritable signe et qui me permet d'affirmer que c'est bien elle l'Élue, la Choisie.

L'Épiphane dit cela sur un ton tellement chargé de tristesse que plusieurs le regardent avec surprise.

— Sait-elle au moins ce qui l'attend ?

— Elle a reçu l'inspiration divine, elle a déjà la vocation, mais elle ignore encore sa mission.

— Cette mission, j'imagine que c'est vous, c'est nous qui la lui insufflerons, de même que nous saurons l'orienter, la diriger ?

— Il est absolument impossible de manipuler Jeanne. Sa personnalité possède une force qui dépasse tout. Elle se montre bonne fille, elle aime rire, et pourtant elle m'a intimidé, elle pourrait presque faire peur…

Gerson croit devoir insister :

— Je vous l'affirme, Jeanne possède non seulement une personnalité exceptionnelle mais un DON tout aussi exceptionnel.

L'Épiphane le dévisage avec stupéfaction, presque avec effarement :

— Comment savez-vous cela ?

— Parce que, mon cher confrère, j'ai eu la curiosité de lire les rapports qui vous ont été envoyés à son propos et aussi d'interroger nos moines qui la rencontrent et la confessent.

Puis il s'adresse de nouveau aux autres Théologues :

— Je crois en elle et je vous demande de croire en elle avec moi.

Cette injonction soulève une dernière question :

— En conclusion, si je comprends bien, nous misons sur Jeanne parce que son inspiration, sa vocation, sa mission, appelez ça comme vous voulez, coïncident avec nos buts… Mais si un jour il y avait divergence entre nos vues et les siennes, que ferions-nous ?

— Alors nous aviserions. Notre règle, je vous le rappelle, révérendissime, est de ne jamais échafauder de solution avant que le problème ne se présente. Chaque chose en son temps.

Gérard Machet ne quitte pas des yeux l'Épiphane, qui semble en proie à une profonde tristesse.

— Vous semblez regretter le destin exceptionnel qui s'ouvre devant votre fille, remarque-t-il.

Et comme l'Épiphane ne répond pas, Machet poursuit :

— Bien sûr, vous envisagez, vous prévoyez les dangers auxquels elle devra faire face, mais vous avez pourtant le moyen de la protéger…

L'Épiphane relève brusquement la tête :

— J'ai le moyen de la protéger contre tout sauf contre elle-même.

5

Un certain frère Pasquerel arrive un beau jour à Domrémy. Il se présente au curé, muni de lettres de recommandation d'importants ecclésiastiques, en particulier du confesseur du roi, Gérard Machet. Le curé grandement impressionné lui offre l'hospitalité, et frère Pasquerel accepte. C'est un prêtre humble de vêtement, modeste d'allure, au parler prudent, mais qui dégage une autorité naturelle et témoigne d'une formidable force physique. On l'aurait vu plutôt à la bataille que dans un confessionnal. Et c'est pourtant le confessionnal qu'il occupe la plupart du temps.

Le curé se retient de lui poser des questions, et frère Pasquerel ne donne aucune explication. Il entend en confession les villageois qui se présentent, parmi eux la fille de Jacques et Isabelle d'Arc, la jeune Jeanne. Frère Pasquerel la confesse comme les autres.

— Reviens me voir demain au presbytère, murmure-t-il après l'avoir entendue.

Jeanne obtempère volontiers. Frère Pasquerel en profite pour examiner ses devoirs d'écriture et lui fait lire quelques pages.

— C'est bien. Cela peut être encore mieux, nous allons nous y atteler, toi et moi.

Mais lorsqu'il demande à Jeanne de lui parler de ses Voix, il sent aussitôt une réticence. Alors il insiste :

— Celui qu'on appelle l'Épiphane m'envoie à toi. Tu peux me parler avec la même franchise que tu lui as parlé.

C'est ainsi qu'ils se revoient quotidiennement. Frère Pasquerel s'institue son précepteur et en même temps son directeur spirituel. Peu à peu, la confiance naît, Jeanne lui raconte. Saint Michel, sainte Catherine et sainte Marguerite, dit-elle, lui apparaissent souvent. Ils l'appellent « Jeanne la Pucelle, fille de Dieu ».

— Maintenant, les Voix ne me parlent pas seulement au jardin mais dans les champs, dans les bois, le matin à l'aube alors que la brume ne s'est pas encore levée, et le soir quand le soleil frappe les troncs des arbres.

Frère Pasquerel, assis sur la chaise du curé, écoute intensément. Jeanne a plié son grand corps et se tient sur les bords d'un tabouret bas.

— J'attends impatiemment d'entendre mes Voix, lorsqu'elles me parlent je me sens dans un état supérieur de bien-être, et j'ai l'impression de m'élever au-dessus du quotidien.

— Te parlent-elles d'une éventuelle mission ?

— Certes, mais d'une façon assez vague. J'ai compris qu'elles soutiennent le dauphin Charles et elles me répètent que bientôt je devrai me rendre en France auprès de lui.

— Mais qu'est-ce qu'il te veut donc, ce prêtre ? lui demande son « père » d'une voix bourrue.

Jeanne déteste mentir et pourtant elle cache une partie de la vérité :

— Il m'instruit.

— J'espère que tu ne vas pas devenir nonne ! Déjà tu es tout le temps fourrée à l'église…

Isabelle intervient :

— Laisse-la, Jacques, tu devrais remercier Dieu d'avoir une enfant aussi pieuse.

Le temps est venu pour Laxart de se marier. Le confident de Jeanne épouse l'amie de celle-ci, l'autre Jeanne, celle dont elle s'est toujours sentie proche. La noce a lieu à Domrémy. Après la cérémonie dans l'église du village, il y a banquet et fête dans un pré. Frère Pasquerel se tient benoîtement assis à côté du curé de Domrémy qui a béni les mariés, mais il boit sec et on voit bien qu'il aurait voulu entrer dans la danse.

On est accouru bien sûr de Burey-le-Petit où habite Laxart, mais aussi d'autres villages. Seul un invité détonne. À la richesse de ses vêtements, à ses armes, on devine aisément un noble et un militaire. Il est jeune, vingt-cinq, vingt-six ans tout au plus, réservé, un peu sec peut-être. Personne ne le connaît, personne ne sait qui l'a invité. Pourtant, Laxart le présente comme un ami, ce qui surprend encore plus les villageois. Il se nomme Jean de Novillompont et il est originaire de Metz.

Alors que le bal bat son plein, il se lève et s'approche de la table où Jeanne est restée assise. Bien qu'elle éclate de vie et de gaieté, elle se sent toujours maladroite dans ce genre de fête.

— Tu regardais mon épée avec envie tout à l'heure, lui lance-t-il, cela te ferait plaisir de la tenir ?

Les yeux de Jeanne brillent. Le chevalier tire la

lourde épée de son fourreau et la tend à l'adolescente. Un cercle se forme. Les garçons et les filles, sûrs qu'elle va faire tomber l'arme et qu'elle se rendra ridicule, s'apprêtent à se moquer. Jeanne se concentre quelques instants, puis ses deux mains enserrent la poignée et, sans la moindre difficulté, elle élève la longue et lourde épée à deux tranchants. Non seulement elle la tient en l'air mais elle exécute quelques moulinets avec autant d'adresse que si elle avait fait cela toute sa vie. Les spectateurs en restent saisis d'étonnement. Jeanne, comme à regret, rend l'arme au chevalier.

— Si tu le souhaites, je t'apprendrai à la manier.

Elle accepte avec enthousiasme.

Jean de Novillompont reste donc à Domrémy. Il est possesseur d'une lettre de recommandation de la dame de Joinville. Le maire Aubry, féal de la dame, s'empresse donc de l'héberger.

Un matin, le chevalier se présente chez les d'Arc et, d'autorité, emmène Jeanne hors du village, dans un pré.

— Monte là-dessus, ordonne-t-il en lui montrant son cheval.

Jeanne saute en selle. Indigné par cette brusque agression, le cheval, qui est une bête de race, part au galop. Jeanne n'éprouve aucune peur. La jupe relevée jusqu'à la taille, ses jambes nues enserrant fortement sa monture, elle tient bon, ne tombe pas. Après une course folle, c'est l'animal qui se fatigue le premier. Docilement, il revient vers son maître qui le siffle, et Jeanne met pied à terre. Elle est couverte de sueur, cramoisie, échevelée, les yeux plus scintillants que jamais, folle de joie.

— Bravo, Jeanne !

Elle se retourne, voit son ami Laxart.

— Comment ? Tu n'es pas avec ta nouvelle épousée ?

À l'équitation s'ajoute bientôt l'escrime. Novillompont, comme il l'a promis, lui apprend à manier sa lourde épée. Laxart assiste à presque tous les cours. Quelque affaire le ramène sans cesse à Domrémy, ce dont Jeanne se réjouit sans se poser de questions. Grâce à lui, les leçons deviennent un jeu, une compétition. C'est à qui des deux arrive le premier au bout d'une course folle à cheval. C'est à qui des deux fait tomber l'épée de l'autre. Malgré la dizaine d'années qui les sépare, ils s'amusent autant l'un que l'autre.

Puis, à la nuit tombée, frère Pasquerel et Novillompont, qui se connaissent de longue date, se retrouvent soit au presbytère, soit chez le maire, pour discuter de l'éducation de leur élève. Le moine fait apporter un pichet de vin qui disparaît rapidement, pendant que le chevalier s'ébaudit des progrès étonnants de Jeanne.

— En elle, l'atavisme parle, on voit qu'elle a derrière elle une longue lignée de guerriers et de grands seigneurs.

— C'est en effet un être extraordinaire, mais voyez-vous, chevalier, elle m'inspire en plus une affection paternelle car, au fond d'elle-même, il y a une enfant.

— Peut-être, mon père, mais une enfant qui m'effraie un peu…

— Effectivement, elle a une force capable de renverser tous les obstacles et d'accomplir des prodiges.

Les villageois, eux, se contentent d'observer. De temps en temps, une certaine perfidie naturelle leur fait lâcher des réflexions qui enragent Jacques d'Arc et peinent sa femme. Le « père » s'en prend à la « fille » :

— Mais à quoi est-ce que tout cela rime, à la fin ? Qu'est-ce qu'il veut, ce Novillompont ? Et Laxart, il ne ferait pas mieux de s'occuper de sa femme ? Quant à toi, qu'est-ce que tu cherches en imitant les hommes ?

— Ce n'est pas comme ça qu'elle trouvera un mari, soupire Isabelle.

Et le « père » de revenir à la charge :

— Ce Novillompont, il a bien accepté de donner aussi des leçons à Laxart, alors pourquoi est-ce qu'il a refusé d'en donner à Pierre et à Jean ?

Car Jacques d'Arc s'était mis à rêver : puisque sa « fille » suivait l'entraînement d'un noble guerrier, pourquoi ses fils ne pourraient-ils pas en faire autant ? Il était allé trouver le chevalier et lui avait demandé de les accepter dans ses cours. Novillompont avait refusé sèchement, d'où une certaine rancœur.

Un soir, Jeanne et Laxart s'en reviennent tous deux au village. La journée a été épuisante, Novillompont les a contraints à recommencer vingt fois le même exercice. Malgré leur énergie, ils traînent la jambe. Jeanne pose sa main sur le bras de son ami.

— Tu sais, Laxart, je me doute bien que tu n'es pas ici par hasard.

Laxart sursaute.

— Tu te trompes, Jeanne, c'est pour mon seul plaisir que je m'entraîne avec toi…

— Peut-être. Mais c'est aussi parce qu'on t'a dit de le faire, et je soupçonne même qui est ce « on ».

C'est la première fois qu'elle lui parle de sa rencontre avec l'Épiphane, à Neufchâteau où lui,

Laxart, l'avait emmenée. Elle lui raconte que, plusieurs jours durant, il l'a gardée auprès de lui pour simplement la regarder vivre.

— Il ne me pressait pas de questions, ou alors il m'interrogeait en passant, sans en avoir l'air. Il ne me scrutait pas, il s'imprégnait de moi et, au moment de nous séparer, il a eu un profond soupir et il m'a dit : « Oui, en vérité, c'est bien toi qui as été choisie. » J'ai remarqué qu'il avait des larmes dans les yeux. Je sais que c'est lui qui est derrière tout ce qui m'arrive. C'est lui qui t'a placé auprès de moi comme compagnon d'apprentissage. C'est lui qui a envoyé le frère Pasquerel et le chevalier de Novillompont pour m'entraîner…

Laxart garde le silence. Et Jeanne poursuit :

— … il est mon protecteur, et peut-être est-il beaucoup plus pour moi.

Alors Laxart se revoit petit garçon, pelotonné dans un coin de la salle commune des D'Arc, réveillé en pleine nuit par le bruit et observant les hommes qui apportaient le couffin dans lequel était le bébé Jeanne. Et il se souvient de la rencontre qu'il a faite à Neufchâteau lorsqu'il y a mené sa cousine. C'était le dernier jour, juste avant leur retour pour Domrémy. Il avait été convoqué par le personnage mystérieux qui, pendant de longues heures, s'enfermait seul avec elle. Il s'était trouvé en face d'un homme affable mais impressionnant.

— C'est moi qui, par le curé de Domrémy, t'ai fait dire de conduire Jeanne ici, avait-il commencé.

Il l'avait longuement interrogé, non pas sur Jeanne mais sur lui-même. Laxart s'était senti en confiance, il avait répondu en toute sincérité mais avec l'étrange impression que, d'avance, son vis-à-vis savait tout de lui. En fin de compte, l'Épiphane l'avait chargé d'être son protecteur.

— Sois toujours présent dans ce qu'elle fera, accompagne-la où elle voudra, soutiens-la, assiste-la. Je sais que tu le feras, car grande est ta tendresse pour elle.

Ainsi Laxart, au lieu de rester avec sa femme et de cultiver son champ, s'était-il trouvé à enfourcher une monture rétive et à manier une lourde épée. Cependant, le mystère sur la personne et les intentions de l'Épiphane restait entier. Mystère que Laxart essaie de percer maintenant avec Jeanne, beaucoup moins curieuse que lui.

— Je lui suis reconnaissante de tout ce qu'il fait pour moi, dit-elle tranquillement. J'ignore autant que toi ce qu'il attend, ce qu'il veut de moi. En tout cas, il ne me fera jamais faire ce que mes Voix ne veulent pas que je fasse. Seul ce qu'elles me disent a une véritable importance pour moi.

Le grand jour arrive. Lorsque Jeanne et Laxart atteignent le pré qui leur sert de salle de manège, ils constatent que Novillompont a apporté les pièces d'une armure. Porter l'armure ! En Jeanne, l'émotion le dispute à la joie. Évidemment, il n'est pas question d'endosser cotte de maille, cuirasse, jambières, coudières sur des vêtements de femme. Une armure demande une tenue d'homme. Novillompont est trop grand mais Laxart, ayant à peu près la même taille qu'elle, a pensé à prendre un paquet de ses propres vêtements.

Sans honte, Jeanne se déshabille devant eux pour endosser chausses et pourpoint. Ensuite, Novillompont, aidé de Laxart et avec une délicatesse dont on ne le soupçonnait pas capable, lui attache l'une après l'autre les pièces de l'armure. En dernier lieu, il place l'épée dans sa main gantée de fer.

— Et maintenant, tu es prête à entrer dans la bataille ! dit-il d'une voix enrouée, car lui également est en proie à l'émotion.

Les villageois ont espionné. Et ils s'empressent de rapporter aux d'Arc la scène à laquelle ils ont assisté, cachés derrière les aulnes, en ajoutant des commentaires cette fois-ci carrément blessants. Aussi est-ce un « père » en furie que Jeanne doit affronter à son retour.

— Comment oses-tu endosser des habits d'homme ! Ne sais-tu pas que c'est interdit par l'Église ? Que ce manquement constitue un péché mortel ?

Jeanne a l'habitude de laisser passer la tempête sans rétorquer. Mais aujourd'hui, elle répond crânement :

— Comment voulez-vous, père, que j'endosse une armure en portant ma jupe et mon corsage ?

Cette réplique, toute de logique, exaspère Jacques d'Arc :

— Tu as commis un blasphème, une hérésie qui pourrait te faire condamner par l'Inquisition ! Tu risques le bûcher, la damnation, et tu souris bêtement ?

— Mes Voix m'ont dit de porter hardiment des vêtements d'homme puisque je ne peux faire autrement.

— Tu entends des voix, maintenant !

— Celles de mes saintes et de mes anges…

Jacques d'Arc connaît trop bien Jeanne pour savoir qu'elle n'abandonnera pas le terrain. Il quitte la pièce en claquant la porte et en jurant.

Un peu plus tard, un nouvel individu apparaît à Domrémy. Chevalier lui aussi, et lui aussi muni de lettres de la dame de Joinville. Il s'agit de Bertrand de Poulengy, que le maire Aubry, toujours obligeant, accueille dans sa demeure comme Novillompont.

Les deux chevaliers tombent d'ailleurs dans les bras l'un de l'autre, ils se connaissent depuis toujours. Autant Novillompont a le visage long, autant celui de Poulengy est rond et rose, avec une tignasse blonde, des yeux bleus innocents. L'air enfantin qu'il garde la quarantaine approchant trompe sur la véritable nature de ce redoutable batailleur et brillant stratège.

Poulengy ne s'embarrasse pas de faux-fuyants ni de prétextes. Il convoque Jeanne et lui annonce que, puisque son entraînement d'homme d'armes se poursuit de façon satisfaisante, le temps est venu de lui inculquer l'art militaire, la tactique, la stratégie et autres matières qu'un chef de guerre doit connaître. Les leçons se déroulent surtout dans les prés. Des cailloux, des morceaux de bois représentent les régiments qui s'affrontent au cours de batailles expliquées avec concision.

Comme frère Pasquerel et Novillompont avant lui, Poulengy est éberlué par les capacités de son élève. Lorsque, le soir, il retrouve ses deux compagnons autour du pichet de vin traditionnel, il ne parle que d'elle :

— Jeanne possède une intelligence supérieure et un sens inné de la décision !

Frère Pasquerel, qui s'est mis à lui enseigner l'histoire et la politique, approuve avec enthousiasme :

— Elle saisit les situations les plus compliquées, elle pénètre les arcanes du pouvoir sans la moindre difficulté. D'autre part, cette solitaire a besoin de conquérir un public. Elle a reçu le don de parler, de dominer, d'entraîner.

— Ne dirait-on pas que, dès sa naissance, elle a été appelée à commander ?

En ce printemps 1428, Novillompont et Poulengy deviennent nerveux. Ils sont mieux renseignés que les paysans de Domrémy, les courriers qui passent par le village leur apportent des nouvelles. Et ces nouvelles ne sont pas bonnes. Les Anglais n'ont pas apprécié d'avoir vu le sire de Baudricourt, capitaine de Vaucouleurs, se dresser contre eux et réussir à les contenir. Cette fois, ils ont décidé d'en finir avec toute forme d'opposition, de mettre la main sur l'ensemble de la région et d'anéantir tout ce qui tient encore pour Charles VII.

— Ils ont nommé un capitaine de leurs alliés les Bourguignons, Jean de Luxembourg, pour diriger leur armée.

— C'est un de leurs meilleurs guerriers. Et ce n'est pas Baudricourt avec ses quelques dizaines d'archers qui va s'opposer à lui. Mais où vont-ils trouver l'argent pour payer la campagne ?

— Ils ont formé une commission chargée de tirer un impôt exceptionnel de la Champagne. À sa tête, ils ont nommé l'évêque de Beauvais.

— Cauchon ! Celui-là est un coriace. Il paraît que lors de la révolte des cabochiens il a mis la main à la pâte, et qu'au lieu de confesser ou de donner l'extrême-onction, il a envoyé pas mal de bons chrétiens au paradis. Il n'a pas son pareil pour soutirer de l'argent, même au plus pauvre !

— Avant Vaucouleurs, il y a tout de même la ville de Beaumont-sur-Argonne. Elle est bien défendue, bien armée…

— Le roi Charles a envoyé Guillaume de Flavy pour la défendre. Je l'ai rencontré et je ne m'y fie pas. On ne sait jamais de quel bord il est exactement. Ça ne m'étonnerait pas qu'avec lui Beaumont-sur-Argonne ne tienne pas longtemps.

Jeanne, présente, recueille avec application les propos de ses professeurs. Trois noms, Jean de Luxembourg, l'évêque Cauchon, Guillaume de Flavy, trois hommes que le hasard a réunis près de Domrémy, trois personnages dont elle n'avait jamais entendu le nom jusqu'alors, et qui vont être la clef de son destin.

Domrémy reste si paisible qu'il est difficile d'imaginer la menace grandissante. Le printemps règne avec ses fleurs des champs et ses oiseaux joyeux. L'air est doux, à peine traversé de temps à autre par un vent aimable. Le soleil caresse, et plus invitantes que jamais sont les frondaisons du Bois-Chenu.

Cependant, Jeanne ne s'y laisse pas prendre. Elle veut parler à frère Pasquerel. Elle le trouve assoupi après un déjeuner particulièrement arrosé que lui a offert le curé de Domrémy. Elle lui annonce tout de go que ses Voix lui ont donné son ordre de mission.

— Que t'ont-elles dit, ma fille ?

— Je dois quitter mes parents et me rendre à Vaucouleurs pour y rencontrer le sire de Baudricourt, capitaine de la place. Je lui demanderai une escorte pour me mener en France, car le temps est venu que j'aille rencontrer le dauphin Charles.

— Pourquoi, qu'as-tu à lui dire ? En fait, quelle est donc cette mission ?

— Mes Voix me l'ont précisé mais m'ont interdit de le répéter à quiconque, et même à vous mon confesseur.

Néanmoins, son secret la presse. Son exultation se lit sur son visage et heurte les siens, plongés dans leur pessimisme. Autour de la table de la salle commune où ils sont réunis pour le repas, elle sent leurs regards curieux, désapprobateurs, anxieux. Elle n'en peut plus de leurs questions silencieuses. Elle se lève, elle sort, elle a besoin d'air, elle court aux champs, la tête pleine de ce que ses Voix lui ont annoncé.

Les « parents » de Jeanne sont habitués à ses étrangetés. Ils devinent qu'elle prépare quelque chose, ils en reçoivent d'ailleurs la confirmation la plus inattendue. Isabelle la prend à part :

— Voilà plusieurs nuits que ton père rêve que tu nous quittes et que tu pars entourée de gens d'armes.

Jeanne ne répond pas, mais à partir de ce moment elle se sent constamment surveillée par les siens. Pas ouvertement, mais pas discrètement non plus. Il y a toujours désormais un de ses « frères » ou même son « père » pour lui emboîter le pas lorsqu'elle va suivre les leçons de Novillompont et de Poulengy, ou bien se promener dans les champs et dans les bois. Elle surprend ses « parents », l'air soucieux, en train de chuchoter dans un coin, qui s'interrompent à son approche. L'atmosphère à la maison devient irrespirable, le climat de soupçon, de méfiance et d'attente s'épaissit.

Jacques d'Arc finit par perdre son sang-froid. Il convoque ses fils et leur dit :

— Vraiment, si je croyais que ce que je redoute au sujet de Jeanne advînt, je voudrais que vous la noyiez, et si vous ne le faisiez pas, je la noierais moi-même !

Isabelle, pour la retenir, lui répète cet ultimatum.

Jeanne entend les terribles paroles de celui qui l'a élevée et ne baisse pas les yeux.

De fait, le couple est persuadé que la jeune fille veut les quitter pour poursuivre quelque fumeuse aventure, et leur responsabilité les affole. Les puissants protecteurs dont ils ignorent l'identité leur ont naguère confié Jeanne afin qu'ils l'élèvent, qu'ils la protègent et qu'ils la préparent à faire un beau mariage. Déjà, cette éducation a été bouleversée de façon incompréhensible par Novillompont et Poulengy. Elle est belle, la Jeanne, mais pas si facile à marier, avec cette carrure et ces façons masculines. Qui voudra d'une fiancée en armure ? D'autant plus qu'Isabelle d'Arc est venue récemment trouver son mari avec des informations alarmantes :

— Il y a longtemps que je voulais te le dire, mais maintenant ça ne peut plus attendre. Jeanne a une malformation et je ne pense pas qu'un jour un homme puisse la pénétrer. Jacques, écoute-moi, elle n'a pas encore eu ses menstrues. Voilà deux ou trois ans que j'attends pour elle ce moment, il n'est jamais venu. Peut-être n'en aura-t-elle jamais et ne sera-t-elle jamais tout à fait femme…

— Avec la dot qu'elle aura, le fiancé n'y regardera pas de si près, réplique Jacques d'Arc, car tous deux sont persuadés que les protecteurs de Jeanne qui les payent si généreusement doivent être immensément riches. Mais qu'allaient-ils penser lorsqu'ils apprendraient que Jeanne voulait leur échapper ? Non seulement ils seraient furieux contre les d'Arc, mais surtout ils tariraient le flot d'argent qu'ils déversent sur eux.

— Il ne reste donc qu'une solution… annonce Jacques d'Arc.

À son étonnement, Jeanne voit ses « parents » changer d'attitude et lui prodiguer comme autrefois toute leur gentillesse, tout leur amour. Sa « mère » est aux petits soins pour elle. Finis les reproches, finies les scènes et les injures de Jacques d'Arc. Il sourit à sa « fille » quand il est là, car ces temps-ci, malgré l'insécurité qui règne dans la région, il disparaît sans cesse pour de courts voyages ici ou là.

Un jour, ils prennent Jeanne à part et, rayonnants, lui annoncent :

— Nous avons une grande et belle nouvelle pour toi. Tu vas te marier ! Nous avons trouvé un jeune homme de Toul, bien sous tous rapports, doté d'un bel avenir et aussi de quelques biens. Il accepte de t'épouser et nous allons faire la noce le plus vite possible.

— Je n'épouserai ni lui ni personne, car j'ai fait vœu de rester vierge aussi longtemps qu'il plaira à Dieu.

— Dieu t'impose l'obéissance à ton père. Tu épouseras le fiancé que nous t'avons choisi !

— Dieu ne voudra pas que je rompe mon vœu de chasteté.

Son entêtement et l'impossibilité de la contraindre les désemparent, mais ils sont trop angoissés pour être furieux.

Malgré sa fermeté, Jeanne est inquiète et court chez le frère Pasquerel pour lui faire part du projet qui la concerne. Lui non plus n'est pas content. Pendant toute cette période, il a dans ses rapports conseillé à l'Épiphane de rester dans l'ombre pour protéger son identité. Lui-même, Novillompont et Poulengy se sont chargés de son éducation spirituelle et militaire sans qu'apparaissent des ordres supérieurs, mais désormais cette fiction n'est plus possible. La décision des D'Arc de la marier impose une réaction rapide, voire brutale, venue d'en haut.

En attendant, il se déclare impuissant à l'aider. Il ne veut surtout pas la pousser vers le mariage, comme il ne peut pas lui conseiller de désobéir à son « père ». Plus subtilement, il préfère laisser Jeanne se tirer seule de l'épreuve, convaincu que son inspiration et son instinct lui indiqueront la voie à suivre.

Ne recevant aucune assistance de son confesseur, Jeanne est profondément désorientée, et pourtant elle est plus sûre d'elle-même que jamais. Le temps presse, car le mariage auquel veulent la contraindre ses « parents » doit avoir lieu très rapidement. D'autre part, ses Voix lui répètent avec une insistance grandissante leurs directives. Demander l'aide de ses instructeurs Novillompont et Poulengy, elle n'y songe pas, car sa pudeur la retient de les mêler à un drame familial. Reste le seul, l'ami de toujours, Laxart. Il est présent à Domrémy, mais il a son travail, sa famille, ses responsabilités, elle ne peut pas l'en arracher sur un coup de tête…

Il ne s'agit pas d'un coup de tête, lui répètent alors ses Voix. Aussi n'hésite-t-elle plus. Elle trouve le moyen de s'isoler avec son cousin, et brutalement lui lâche :

— Je veux aller en France devers le dauphin Charles pour le faire couronner roi de France.

Laxart a un haut-le-corps devant l'invraisemblable ambition de la petite cousine. Il commence par le prendre sur le ton de la plaisanterie :

— Mais il est déjà roi, ton dauphin, depuis la

mort de son père Charles, alors pourquoi veux-tu le faire sacrer ?

— Il n'est que le dauphin et il le restera jusqu'à ce qu'il reçoive à Reims l'onction sacrée qui en fera le roi légitime. Sais-tu, Laxart, que le Saint-Esprit lui-même a apporté à saint Remi la fiole d'onguent dont l'héritier doit être oint pour devenir le souverain sacré du royaume ?

Certes ! Mais de là à la mener à Vaucouleurs ! Jamais Baudricourt ne voudra les recevoir, si même il ne les fait pas chasser ou emprisonner pour leur insolence. Dans quelle aventure insensée veut-elle l'entraîner ?

Elle se rend compte de son hésitation et, avec un sourire amusé, elle lui rappelle :

— N'y a-t-il pas un vieux dicton qui dit que la France serait désolée par une femme et restaurée par une vierge ?

— La femme qui a « désolé » la France, je sais que c'est la reine Isabeau, la femme de Charles VI, qui a vendu la France à l'Angleterre. Mais la vierge chargée de « restaurer » la France, ce serait toi ?

Pas démontée un instant par son scepticisme ironique, Jeanne lui répète ses instructions :

— Tu vas m'emmener à Vaucouleurs. J'irai trouver Robert de Baudricourt. Et lui me donnera une escorte et me fera conduire jusqu'au dauphin.

— Et comment vais-je annoncer à tes parents que je vais t'accompagner là-bas ?

— Pas question de leur dire la vérité ! Ta femme est bien près d'accoucher ? Tu vas leur dire qu'elle veut que je vienne auprès d'elle pour ses couches et que tu m'emmènes dans ton village dans cette intention.

Laxart se rappelle les instructions données par

l'Épiphane d'assister Jeanne et de la suivre partout où elle voudrait, mais l'arracher à sa famille et l'aider à s'enfuir sur un mensonge constitue une offense grave.

— C'est une folie, assène-t-il.

Et pourtant il accepte.

Plus tard, sa femme, l'autre Jeanne, lui demandera comment il avait pu céder.

— Je ne peux te l'expliquer. Je crois tout simplement qu'il est impossible de lui résister.

— Je te comprends. J'ai la même impression depuis notre enfance.

6

Jacques et Isabelle d'Arc, qui ont toute confiance en Durand Laxart, acceptent volontiers l'idée de ce petit voyage de Jeanne. Ils en sont même ravis. Au moins, ça la distraira de ses folles idées de partir à l'aventure.

En ce matin de mai 1428, Laxart et elle se mettent donc en route. Elle a dit rapidement au revoir aux siens, ajoutant que son absence ne serait que de courte durée, le temps pour la cousine d'accoucher. Elle sent que le point de rupture est venu. Entre eux et sa mission, elle a choisi. Elle sait qu'elle leur ment, qu'elle leur désobéit, mais en ce cas précis ce n'est pas un péché.

— Puisque Dieu me le commande, même si j'avais eu cent pères et cent mères, même si j'avais été fille de roi, je serais partie, explique-t-elle à Laxart.

Malgré sa détermination et son impatience, elle éprouve un curieux désarroi. Elle se retourne pour regarder la maison où elle a grandi, le jardin où pour la première fois elle a entendu les Voix, l'église Saint-Remi dans laquelle si souvent elle s'est réfugiée pour communiquer avec l'invisible. Elle se demande si elle reverra jamais ces lieux.

Elle aperçoit la voisine, Mengette, qui derrière sa haie la regarde passer. D'une voix embrumée par l'émotion, elle s'écrie :

— Dieu soit avec toi. Adieu !

Ils marchent vite, dépassent les dernières maisons du village, se dirigent vers le nord. Ils suivent la grand-route qui grimpe la côte. Parvenus sur le plateau, Domrémy disparaît derrière eux. Le matin même, Novillompont et Poulengy sont partis. Seul frère Pasquerel reste à demeure pour calmer les « parents » lorsqu'ils apprendront la vérité.

À peine arrivent-ils à Burey-le-Petit que Jeanne, la femme de Laxart, accouche. Jeanne participe à l'excitation puis à la joie de la maisonnée. Mais elle est pressée, et Laxart ne lutte pas. Il n'hésite pas à abandonner l'accouchée et le nouveau-né pour l'emmener à Vaucouleurs. Ils ont un peu plus d'une lieue à faire pour y parvenir.

Dix-sept grosses tours jalonnent les remparts qui défendent la petite ville. Beaucoup d'animation, beaucoup de mouvement, beaucoup de bruit dans ce lieu de passage. Sur la hauteur trône la forteresse. Les deux jeunes gens logent chez le ménage Le Royer, Catherine et Henri, des amis de Laxart. Ces derniers habitent une petite maison dans la rue principale, la Chaussée-du-Roy, qui suit le tracé de la grand-route.

Ce matin de l'Ascension, tous deux revêtent les meilleurs habits qu'ils ont apportés, Jeanne une robe de laine grenat, Laxart un pourpoint brun foncé et des braies de toile. Ils suivent la pente raide qui mène à la forteresse. Jeanne s'arrête à la chapelle qui se dresse près du portail, elle suit pieusement la messe, puis elle descend dans la crypte. Là, elle s'agenouille devant la statue de Notre-Dame-des-Voûtes et prie dans la solitude. Car le moment déterminant de sa rencontre avec Robert de Baudricourt approche.

Tout d'abord, comment le reconnaître ? Ses Voix la rassurent, elles l'aideront. Ce grand seigneur allié à d'illustres maisons possède de puissantes relations à la Cour. Les Anglais lui ont volé une partie de son patrimoine, depuis il ne rêve que d'en découdre avec eux. Ce guerrier énergique, voire brutal, reste d'une fidélité exemplaire au roi Charles. Aussi a-t-il été nommé en ce poste clef de la frontière. Il frise souvent le brigandage, n'hésitant pas à razzier, à kidnapper, à rançonner pour la bonne cause.

Laxart connaît la forteresse. Il mène Jeanne jusqu'à la grande salle, où en ce jour de fête Baudricourt reçoit. Parmi les militaires, les civils, les ecclésiastiques, Jeanne, comme ses Voix le lui ont annoncé, reconnaît instantanément Baudricourt et se dirige vers lui. Et qui découvre-t-elle, à sa grande surprise, en conversation animée avec lui ? Poulengy lui-même, son maître en stratégie qu'elle a quitté quelques jours plus tôt seulement à Domrémy.

Elle va pour le saluer lorsque Poulengy l'arrête du regard, la fixe comme s'il ne la reconnaissait pas et détourne la tête. Alors, Jeanne se plante devant Baudricourt qui, le visage fermé, l'expression hautaine, la toise. Sans se démonter, elle commence :

— Mon Seigneur m'a envoyée vers vous pour que vous écriviez au dauphin Charles de faire bien attention. Il ne doit pas entreprendre d'opérations contre ses ennemis actuellement, car mon Seigneur lui enverra du secours avant la mi-Carême.

Baudricourt ne cille pas. Jeanne poursuit :

— Le royaume de France n'appartient pas au dauphin mais à mon Seigneur. Cependant, mon Seigneur veut que le dauphin Charles devienne roi, que le royaume lui soit confié.

Aucune réaction de Baudricourt, sinon ses yeux qui se sont rétrécis et son visage qui se charge d'une sorte de haine. Jeanne reprend :

— Malgré ses ennemis, le dauphin sera fait roi quand même, et c'est moi qui le mènerai à son sacre…

— Qui est ton Seigneur ? laisse tomber Baudricourt.

— Le roi du ciel.

Pas de commentaires. Baudricourt cherche seulement le moyen de se débarrasser de cette folle lorsqu'elle a l'audace de lui demander :

— Donnez-moi une escorte et envoyez-moi au dauphin.

Pour toute réponse, Baudricourt fait un geste vers ses valets pour qu'ils chassent l'intruse.

Par deux fois encore, Jeanne crie : « Donnez-moi une escorte et envoyez-moi au dauphin », pendant que les gens de Baudricourt l'entraînent sans ménagement vers la porte. Poulengy n'a pas bougé.

Que faire, sinon retourner à Domrémy ?

Jeanne et Laxart s'en reviennent donc. Chez ce dernier, l'appréhension qu'il éprouvait à l'aller s'est transformée en abattement. Il est tellement habitué à être convaincu par Jeanne qu'il ne comprend pas son échec. D'autant qu'elle bénéficie, il le sait, de puissants protecteurs. Comment n'ont-ils pas préparé cette entrevue ? Pourquoi par exemple Poulengy n'a-t-il pas réagi, ne s'est-il pas interposé ?

Laxart la regarde. Elle marche à côté de lui, silencieuse, mais elle garde la tête haute. Elle n'a pas du tout l'air triste. Laxart s'en étonne.

— Mon devoir était de convaincre Baudricourt. Je ne vois dans son refus qu'une épreuve à subir pour mériter de mes Voix. Je suis peut-être déçue, mais crois-moi, Laxart, je ne renonce pas, tout au contraire.

— Tout de même, dans quelle situation m'as-tu entraîné ! grommelle-t-il.

— Rassure-toi, l'attitude de Baudricourt n'a rien de surprenant. Mes Voix m'ont en effet annoncé qu'il se conduirait ainsi et qu'il refuserait de m'aider… pour l'instant.

Néanmoins, tous les deux s'inquiètent un peu de la réception qui les attend à Domrémy. À leur stupéfaction, les parents d'Arc les accueillent avec la plus grande cordialité. La « mère » de Jeanne la serre sur son cœur et laisse couler des larmes de joie ; Jacques, le sourire aux lèvres, leur pose maintes questions sur leur voyage, sans chercher à en connaître le but. De fait, ils semblent se réjouir sincèrement de savoir leur « fille », leur pupille, saine et sauve, de retour sous leur aile. Le frère Pasquerel a bien travaillé !

Pendant l'absence de Jeanne, il s'est efforcé de calmer les esprits. Il a aussi envoyé un rapport urgent à l'Épiphane, et des instructions précises ont été transmises par le maire Aubry à Jacques d'Arc. Celui-ci, impressionné par le ton comminatoire du message, s'est empressé de rompre les absurdes fiançailles avec le jeune homme de Toul, sans explication. De plus, conscient d'avoir exagéré, il a décidé de laisser Jeanne en paix.

Les jours passent et celle-ci attend un signe qui tarde à venir. Elle réfléchit, elle prie, elle apprend la dure leçon de la patience. Mais pas un seul instant ce que ses Voix lui avaient annoncé ne quitte son esprit. Un matin, en marchant, perdue dans ses pensées, elle croise une connaissance, un laboureur nommé Michel Lebuin. Elle s'arrête devant lui, le regarde, et brusquement annonce sous son regard ébahi :

— Il y a entre Coussey et Vaucouleurs une pucelle qui avant un an fera sacrer le roi de France…

*

Les Théologues se sont réunis en séance extraordinaire. Ils se trouvent à Chinon car ils y ont suivi la Cour, les fonctions de chacun d'eux exigeant leur présence constante auprès du roi. Ils examinent la situation créée par le refus de Baudricourt d'aider Jeanne :

— Mais enfin, que s'est-il passé ?

— Jeanne s'est lancée dans l'aventure beaucoup plus tôt que nous ne l'avions prévu. Son départ soudain a surpris ceux que nous avons chargés de l'éduquer et qui devaient l'encourager à s'élancer dans sa mission lorsque nous leur aurions signifié que le temps était venu. En fait, Jeanne a bousculé le destin, nous n'avons pas eu le temps de circonvenir Baudricourt. Poulengy, qui s'est précipité à Vaucouleurs pour tâcher de préparer le terrain, n'y a pas réussi. Pis, l'audace de Jeanne a dressé Baudricourt contre elle !

Machet, le confesseur du roi, s'adresse à Gerson :

— Donc, malgré les vertus que nous lui prêtons, elle n'est pas capable de convaincre tout le monde…

— Sa force pourtant existe, elle est vraie, elle est immense, mais sa force, c'est aussi nous qui devons la lui donner. Sans nous, elle ne peut rien.

— Nous n'avons pas assez de temps pour utiliser nos méthodes habituelles et agir en douceur afin de persuader, d'influencer, d'orienter sans nous découvrir. Nous devons chercher une aide extérieure.

Gerson reprend la parole :

— Dans ce cas, je ne vois que la reine Yolande.

Yolande d'Aragon, reine de Sicile, est la belle-mère de Charles VII. De son défunt mari, elle a hérité de nombreux territoires, dont beaucoup ne sont plus qu'illusions, comme ce royaume de Sicile, depuis longtemps perdu pour elle, dont elle s'entête à garder le titre. Chez cette Espagnole aussi solide que les rocs de sa terre natale, l'autorité le dispute à l'ambition. Elle veut chasser les Anglais de France pour voir régner sans partage sa fille et son gendre.

— Je pense, poursuit Gerson, que nous n'aurons point trop de mal à la convaincre. Nous lui dévoilerons la mission de Jeanne, nous lui rappellerons les prophéties qui annoncent sa venue…

— La reine Yolande est trop réaliste, interrompt un sceptique. Pour elle, les saintes, les révélations, les interventions divines ne sont pas suffisamment concrètes.

— Toutefois, la situation est à ce point désespérée qu'elle se raccrochera là où nous lui offrirons le salut !

— Peut-être, mais pourquoi tenez-vous tellement à l'assistance de la reine Yolande ?

— À cause de Baudricourt. Il est le beau-frère de Louis de Beauvau, son conseiller le plus proche. Un courrier d'elle, et Baudricourt fera exactement ce que nous voulons.

— Certes, mais prendre un allié, ce que nous n'avons jamais fait jusqu'ici, c'est la porte ouverte aux indiscrétions, aux imprévus…

— Nous n'avons pas d'autre moyen.

— Même si nous gagnons l'appui de la reine Yolande, l'opération prendra du temps. Et entre-temps…

— Entre-temps, ordre sera transmis à Jeanne de ne pas bouger.

*

Au mois de juin de l'année 1428, la situation devient dramatique. Des bandes d'irréguliers bourguignons commencent à semer la terreur dans la région. Jeanne se croit revenue à l'époque de son enfance lorsqu'elle entend des récits terrifiants, la plupart exagérés, sur les pillages, les massacres. Bientôt, une armée ennemie régulière envahit l'enclave française et se dirige vers Vaucouleurs, avec l'intention d'assiéger la place pour la faire tomber.

À Domrémy, c'est la panique, et avec la panique vient l'exode. Tous ou presque fuient en direction du sud, les hommes, les femmes, les enfants, les bestiaux. La route est encombrée de familles qui, dans la chaleur et la poussière, se pressent, surchargées de tout ce qu'elles ont pu emporter. On se précipite vers Neufchâteau, et on ne respire que lorsqu'on se retrouve à l'abri de ses murailles respectables.

La ville où les réfugiés s'entassent n'est que désordre et confusion. On campe sur les places, dans les églises. Les d'Arc trouvent un hébergement chez une connaissance, une femme surnommée « la

Rousse». Ils craignent le pire. D'ailleurs, tout le monde a peur. Les Bourguignons, en effet, approchent. Que se passerait-il s'ils emportaient Neufchâteau ? Les bonnes gens n'osent l'imaginer, et pourtant ils savent parfaitement à quoi s'attendre. Depuis tant d'années, ils entendent trop de récits horribles.

Les Bourguignons, néanmoins, n'atteindront pas Neufchâteau. Baudricourt, à la tête des maigres effectifs de la garnison de Vaucouleurs, les a affrontés en chemin. Au cours d'un engagement bref mais violent, il a réussi à les arrêter. Une trêve a été signée et les Bourguignons ont fait demi-tour. Les habitants de Domrémy n'ont plus qu'à s'en retourner chez eux, la mine basse. Lorsqu'ils rejoignent le village, c'est pour trouver leur église brûlée par l'ennemi. Elle était modeste, cette église, petite et comme tassée sur elle-même, mais ils l'aimaient. Ils se tiennent silencieux et tristes autour de ses ruines fumantes.

Ce spectacle fait entrer Jeanne en révolte. Elle ne s'est pas manifestée durant le court exode à Neufchâteau, principalement parce que ses Voix sont restées muettes. Maintes fois, elle leur a demandé quoi faire, elles n'ont point répondu. Mais la honte de cette fuite l'a mise en rage, comme cette blessure infligée à Domrémy l'indigne. Baudricourt, voilà l'homme à voir, le seul qui ait affronté l'ennemi et qui l'ait fait reculer !

Elle veut repartir incontinent pour Vaucouleurs.

Mais un contretemps inattendu retarde ses projets. Les d'Arc reçoivent une convocation du tribunal de la ville de Toul : l'ex-fiancé de Jeanne les assigne pour rupture de promesse de mariage !

Au fond de lui-même, Jacques d'Arc est encore

vexé d'avoir dû rompre des fiançailles qu'il avait soigneusement organisées. Il en veut à Jeanne pour ce camouflet, il la laisse donc se débrouiller toute seule. À qui peut-elle demander de l'aide, sinon à Laxart ? Il accepte de l'accompagner à Toul, et assiste à la séance du tribunal.

Petite cour de justice, petite affaire, mais tout de même le spectacle de cette toute jeune fille se tenant debout, seule, devant un aréopage de juges et d'assesseurs, le frappe. Jeanne assure elle-même sa défense qui se résume en un argument fort simple :

— Je ne sais quels engagements mes parents ont pu prendre en mon nom, en tout cas on me les a toujours laissé ignorer. De toute façon, je n'aurais pu les honorer. Depuis que je suis sortie de l'enfance, j'ai juré de rester vierge et de me consacrer à Dieu. Je vous demande de respecter mon vœu.

Les juges, impressionnés par ce mélange de courage et de franchise, la relaxent immédiatement. Sur le chemin du retour, Laxart ne peut lui cacher son admiration, qui la laisse indifférente.

— Mes Voix m'avaient assuré que je serais innocentée, se contente-t-elle de répondre.

De retour à Domrémy, de mauvaises nouvelles les attendent. Le régent, le duc de Bedford, a décidé d'en finir une fois pour toutes avec celui qu'il continue d'appeler avec mépris le « roi de Bourges ». Il a débarqué en Normandie à la tête d'une puissante armée, et rien ne semble devoir s'opposer à son avance. Charles a beau battre le rappel de tous les volontaires, bien peu d'hommes viennent se ranger sous sa bannière, et de plus les chefs de guerre français se disputent sur la tactique à suivre et sur leurs prérogatives.

Sans rencontrer pratiquement de résistance, les Anglais se rapprochent maintenant irrésistiblement d'Orléans. Ils ont décidé de concentrer leurs efforts sur la prise de la ville devant laquelle ils ont déjà mis le siège. Ils ont fait venir de nombreux renforts d'Angleterre et, de Paris où il séjourne, Bedford leur envoie d'autres troupes fraîches. Conscients de la pauvreté de leurs moyens, les Orléanais se savent condamnés. Tous les jours, ils envoient des appels à Charles, qui ne répond rien.

« Orléans, Orléans… », les habitants de Domrémy n'ont que ce nom à la bouche. De l'avis général, la chute de la ville n'est plus qu'une question de jours. Or, si les Anglais réussissent à s'en emparer, c'en est fait du roi et du royaume de France — de ce qu'il en reste.

Jeanne ne veut pas rester un seul jour de plus à Domrémy. Elle doit retourner immédiatement à Vaucouleurs, et tenter de convaincre Baudricourt de la mener à la Cour. Cette fois, elle annonce bien haut son intention. Le fossé s'est si profondément creusé entre les d'Arc et elle qu'ils acceptent de la laisser partir, même s'ils la désapprouvent. L'objection vient du frère Pasquerel. Il a reçu des instructions précises des Théologues : empêcher à tout prix Jeanne de partir avant d'en recevoir l'autorisation. Il va donc la trouver et lui demande de surseoir à son départ :

— Ce sera pour très peu de temps, je vous l'assure…

— Je ne peux pas attendre, je dois partir immédiatement !

— Vous oseriez me désobéir, mon enfant ?

— Sans hésiter, si mes Voix m'ordonnent de

faire quelque chose que vous ne voulez pas que je fasse.

Alors frère Pasquerel s'adresse à Laxart. Il s'abouche avec lui le plus discrètement possible et le supplie de retenir Jeanne jusqu'à ce qu'il lui donne le signal de la mener à Vaucouleurs.

— Crois-moi, mon garçon, si je te demande ce service, c'est uniquement pour la protéger.

De cela Laxart est persuadé, aussi accepte-t-il, mais le moyen de retenir Jeanne ! Elle clame sur tous les toits qu'elle veut partir, et il sait qu'elle ne changera pas d'avis. Aussi invente-t-il un stratagème. Puisqu'elle veut qu'il l'emmène, il l'emmènera, non pas à Vaucouleurs comme elle l'exige, mais chez lui, à Burey-le-Petit. C'est plus près de Vaucouleurs, et là ils attendront le signal.

Impatiente et presque joyeuse, Jeanne le suit. Elle trouve tout à fait naturel de faire halte à Burey-le-Petit pour embrasser l'autre Jeanne et l'enfant. Mais il n'est pas question de s'attarder, elle souhaite reprendre la route immédiatement.

— Non, Jeanne, nous allons rester ici quelque temps, et nous attendrons.

— Attendre quoi ?

— Que le terrain soit aplani afin que Baudricourt ne te fasse plus de difficultés…

— Tout de suite, je veux partir tout de suite !

— Tu n'as plus confiance en moi ?

— Je n'ai confiance qu'en mes Voix.

— Baudricourt t'a déjà renvoyée une fois, et sans ménagement. Pourquoi voudrais-tu qu'il ait changé d'avis ?

Jeanne ne l'écoute pas. Et chaque jour, elle insiste. Inlassablement :

— Mène-moi à Vaucouleurs, Laxart. Je demanderai à Baudricourt de me donner une escorte et de m'envoyer à la Cour…

Comment refuser ? D'autant que sa femme, au bout de quelques semaines, ne peut plus supporter cette interminable plainte. C'est l'hiver, il faut rester enfermé pour résister au froid. Alors, devoir toute la journée entendre cette grande fille formuler la même supplique, c'est trop pour Jeanne l'épouse qui cède la première :

— Vas-y, Laxart, puisqu'elle en a tellement envie ! Fais-le pour elle, mène-la à Vaucouleurs.

Prisonnier des quatre murs de sa maison, pris entre ses deux Jeanne, Laxart, pas du tout convaincu mais résigné, accepte. Tant pis s'il trahit la promesse faite à frère Pasquerel, tant pis si Baudricourt les chasse une fois encore…

*

L'hiver est rude, une bise glacée souffle dans les arbres, les champs sont couverts de neige et le verglas tapisse la route. Une brume opaque enveloppe les collines et assourdit les bruits. Puis le calme feutré de la campagne fait place à l'activité fiévreuse qui accueille Jeanne et Laxart dans la petite ville étriquée de Vaucouleurs. Ils vont droit à la forteresse. Comme l'exige son devoir de capitaine de la place, Baudricourt reçoit qui le souhaite. Il reconnaît Jeanne et fronce les sourcils. Elle lui demande comme la dernière fois de lui donner une escorte et de l'envoyer au dauphin. Il ne prend même pas la peine de lui répondre. Elle insiste. Il s'énerve, il n'a pas de temps pour écouter une folle. Elle répète sa demande. Exaspéré, ce n'est pas à elle mais à Durand Laxart qu'il s'adresse :

— Si j'étais toi, je la reconduirais chez son père et je lui donnerais une paire de claques !

Jeanne et Laxart repartent sur-le-champ. La nuit tombe tôt en cette saison, et ils arrivent à Burey-le-Petit alors que l'obscurité est presque complète, une obscurité opaque et glaciale. Laxart, découragé, ne sait plus quoi penser.

— Je t'avais bien dit qu'il fallait attendre…

Jeanne est furieuse.

— Donne-moi des habits d'homme et je partirai toute seule pour Chinon. Là, je verrai le dauphin.

Partir seule, en cette saison, alors que les routes sont infestées de brigands, de maraudeurs, de soldats ! Se présenter seule au château royal pour être reçue par Charles ! Laxart lève les bras au ciel et tâche d'abord de la calmer, puis de lui enlever cette folie de l'esprit. Rien à faire, Jeanne s'entête. En désespoir de cause, et pour ne pas la laisser commettre l'irréparable, Laxart émet une proposition. Il la mènera de nouveau, pour la troisième fois, à Vaucouleurs. Ils logeront chez les époux Le Royer qui les avaient hébergés la première fois, et là, tout près de Baudricourt, ils réfléchiront sur la tactique à suivre. Jeanne finit par accepter.

Ils ne tardent pas à reprendre la route de Vaucouleurs.

Ils sont chaleureusement accueillis chez les Le Royer, surtout par la femme, Catherine, en leur maison de la Chaussée-du-Roy. Les jours passent sans qu'il soit question d'approcher de nouveau Baudricourt, Laxart s'y refuse absolument. Jeanne se ronge et sa logeuse prend pitié d'elle. Chaque jour, elle l'accompagne à la chapelle du château. Elle reste dans la partie supérieure pendant que Jeanne descend dans la crypte. Le marguillier la voit se prosterner devant la statue de Notre-Dame-des-Voûtes, puis relever la tête, la fixer et rester ainsi de longs, très longs moments, comme si elle dialoguait avec la Mère de Dieu.

De même, Catherine l'attend volontiers pendant qu'elle se confesse au curé de Vaucouleurs, Jean Fournier, bien connu des Le Royer. Cependant, elle a ses occupations, ses devoirs, elle doit tenir sa maison. Quant à Laxart, il se rend souvent à de mystérieux rendez-vous. En fait, sans le dire à Jeanne, il tâche d'approcher Baudricourt, il cherche des intermédiaires. Aussi Jeanne est-elle laissée à elle-même.

Désœuvrée, elle se promène sans but dans les rues où la neige fondue s'est transformée en une boue qui macule le bas de sa robe rouge usée par le temps. Les gens pressés de rentrer chez eux pour échapper au froid ne font pas attention à elle. Désespérée, elle ne l'est pas et ne le sera jamais, mais attristée par ces retards, angoissée de ne pouvoir agir alors que ses Voix la pressent. Et voilà qu'au coin de la rue, elle aperçoit une silhouette familière.

— Le chevalier de Novillompont, mon professeur !

Celui-ci paraît stupéfait.

— Que faites-vous ici, ma mie ? Convient-il que le roi soit chassé du royaume et que nous devenions tous anglais ?

Jeanne lui répond avec sa sincérité habituelle :

— Je suis venue ici parler à Robert de Baudricourt pour qu'il veuille me conduire ou me faire conduire au dauphin Charles, mais il ne se soucie pas de moi ni de ce que je lui dis. Pourtant, avant la mi-Carême, il faut que je sois auprès de lui, même si je dois en perdre les jambes jusqu'aux genoux, car nul au monde — ni les rois, ni les ducs, ni la fille du roi d'Écosse ou autre — ne peut sauver et recouvrer le royaume de France.

Elle a prononcé cela d'un ton ferme, puis Novillompont, étonné, l'entend prononcer cette étrange confidence :

— Pourtant, je préférerais filer auprès de ma mère, cette pauvre femme, car faire ce que je dois faire n'est pas de ma condition, mais il faut que j'aille et que j'agisse ainsi parce que mon Seigneur le veut.

Alors le chevalier l'interroge comme l'a fait Baudricourt lors de leur première rencontre :

— Qui donc est ton Seigneur ?

— Dieu, répond-elle d'une voix qui claque.

Novillompont semble convaincu, il lui prend la main et la serre en signe d'engagement.

— Avec l'aide de Dieu, je te mènerai au roi.

Il regarde furtivement autour d'eux, comme s'il était gêné d'être vu en sa compagnie. Heureusement, la nuit tombante a chassé les habitants des rues. Il prend congé rapidement et disparaît dans une ruelle.

Jeanne n'a rien de plus pressé que de raconter cette rencontre à Laxart.

— Novillompont ici ! Mais qu'est-ce qu'il y fait ?

— Il ne me l'a pas dit, rétorque Jeanne qui lui répète ensuite mot pour mot son dialogue avec le chevalier.

Laxart cherche à comprendre :

— Qu'est-ce que tu as voulu dire en lui affirmant que personne, même pas une fille du roi d'Écosse, ne pouvait recouvrer le royaume de France ?

— Depuis des mois, des négociations secrètes se poursuivent entre la cour de France et celle d'Écosse pour marier la fille du roi de ce pays au fils aîné du dauphin Charles.

Il la regarde avec curiosité. Elle ne cessera donc jamais de le surprendre.

— Mais comment sais-tu tout ça ?

— Frère Pasquerel est bien renseigné…

— Dis-moi, Jeanne, préférerais-tu vraiment filer auprès de ta mère plutôt que de t'engager dans la bataille ?

Jeanne éclate de rire :

— Bien sûr que non, mon bon Laxart. Comment as-tu pu croire cela une seconde ! Simplement, j'avais un moment de fatigue, peut-être un peu de découragement.

Pour tous deux, cette rencontre avec le chevalier de Novillompont représente un premier véritable espoir, même si la route est encore longue.

*

Un matin, lorsque Catherine Le Royer revient du marché, elle trouve Jeanne fort en colère.

— Que s'est-il donc passé ?

Ce qu'il s'est passé ! Pendant son absence, la porte s'est ouverte brusquement. Sont entrés rien de moins que le sire de Baudricourt, l'inaccessible, suivi du curé Jean Fournier, l'ami des Le Royer. Baudricourt l'a amené pour qu'il exorcise Jeanne ! Le curé a revêtu son étole, a récité les prières pour chasser le démon. « Si tu es un mauvais esprit, écarte-toi, si tu es un bon esprit, viens vers moi… »

— Alors, continue Jeanne, je me suis approchée, et je me suis agenouillée devant le prêtre pour bien lui prouver que je n'étais pas la proie du diable.

— Tout cela est plutôt encourageant, s'exclame Catherine, Baudricourt est désormais persuadé que tu n'es pas un mauvais esprit ou une sorcière comme il aurait pu le soupçonner.

— Ce n'est pas contre lui mais contre le curé que je suis furieuse. Tu le sais pour m'y avoir accompagnée, je me suis souvent confessée à lui, je lui ai parlé de mes Voix, de ma mission. Me soupçonner ensuite de sorcellerie et venir publiquement m'exorciser constitue un grave manquement au secret de la confession !

Elle est effectivement blessée, dégoûtée. Catherine Le Royer tâche de la consoler. « Je dois aller au dauphin », répète inlassablement la jeune fille. Catherine n'ose trop se prononcer. Elle aime profondément Jeanne mais toute cette aventure la dépasse quelque peu.

Jeanne devine son trouble.

— Ne sais-tu pas qu'il y a une prophétie d'après laquelle la France serait perdue par une femme et relevée par une vierge des marches de Lorraine ?

Catherine est presque choquée par ce qu'elle prend pour une expression de la prétention de son amie.

— Es-tu vraiment certaine d'être cette vierge miraculeuse qui va sauver la France ?

— Ma bonne Catherine, je ne suis jamais sûre de rien sauf de ce que mes Voix me disent de faire.

Bien entendu, Catherine a également entendu la prophétie, et, même si elle ne l'avoue pas, elle est fort près de croire qu'elle concerne Jeanne. Elle s'en ouvre à Laxart. Lui, ces prophéties, il les connaît depuis longtemps, mais ce qui l'étonne le plus, c'est l'extraordinaire audience qu'elles ont acquise dans ces dernières semaines. Là où elles n'étaient connues que de quelques-uns, voilà que tous les répètent à l'envi :

« Une vierge vêtue de vêtements d'homme, sur l'ordre de Dieu, s'apprête à relever le roi portant les fleurs de lys qui est couché et à chasser ses ennemis maudits, et mêmement ceux qui assiègent la cité d'Orléans, et si les hommes au grand courage se joignent à la bataille, les Anglais faux seront succombés par la mort, par le Dieu de la bataille de la Pucelle... »

« Par elle le gardien du lys, Charles, appelé fils de Charles, sera couronné à Reims d'un laurier fait d'une main non mortelle... »

De plus en plus, constate Laxart, des détails provenant d'on ne sait où s'impriment dans l'imagination populaire pour s'ajouter aux prophéties. Des détails décrivant la vierge salvatrice.

« La Vierge est distinguée par un petit signe rouge qui émerge derrière l'oreille droite. Son parler est lent, son cou est court. »

Des particularités qui peuvent correspondre à sa jeune amie... Insensiblement, on glisse des prophéties imprécises à Jeanne elle-même. Lorsque, il y a plusieurs mois, il l'a menée pour la première fois à Vaucouleurs, personne ne la connaissait. Désormais, toute la ville mais aussi toute la région ne parlent que d'elle. Le merveilleux s'en mêle. Des anecdotes fleurissent sur elle, qu'il apprend de Catherine :

— Dis-moi, Laxart, est-ce que c'est vrai que la nuit où la Jeanne est née à Domrémy, tous les habitants se sont brusquement réveillés saisis d'une inexplicable joie et se sont mis à courir dans les rues en se demandant ce qui était arrivé et que, malgré l'obscurité, les coqs eux aussi se sont réveillés et se sont mis à chanter plus fort qu'ils ne l'avaient jamais fait ?

Laxart a un sourire amusé car la nuit où Jeanne est « née », il s'en souvient dans les moindres détails.

— Peut-être bien, Catherine, peut-être bien…

— Dis-moi, Laxart, est-ce que c'est vrai que la mère de la Jeanne, peu de jours avant de lui donner naissance, avait rêvé qu'elle accouchait de la foudre ?

— Peut-être bien, répète-t-il en souriant.

Pendant ce temps, Novillompont rédige son rapport à l'intention des Théologues :

« *Mon but pour l'instant était de rassurer Jeanne, car j'avais appris qu'elle était inquiète et presque découragée. Aussi me suis-je arrangé pour la rencontrer par hasard dans la rue. Je me suis étonné qu'elle ne soit pas déjà en mission et je lui ai promis mon aide.*

« *Vous m'avez demandé de vous décrire le déroulement de la campagne entreprise pour préparer l'opinion à l'apparition de la Pucelle salvatrice. Les moines célestins vont et viennent. Des lettres de personnages importants circulent, répétant que la vierge destinée à sauver la France existe et qu'elle va incessamment arriver des marches de Lorraine pour relever le royaume et faire sacrer le roi Charles. La rumeur est parvenue dans tous les foyers. C'est désormais la population entière qui attend la Pucelle !*

« *Quant au principal de notre présente mission, Poulengy et moi, nous avons entrepris le sire de Baudricourt. Cela n'a pas été facile, car il était persuadé que Jeanne était un imposteur, sinon une sorcière. Aussi a-t-il voulu la faire exorciser. Elle s'est tirée parfaitement de l'épreuve. Cependant, avec Baudricourt, nous progressons trop lentement.*

Aussi l'intervention que vous nous annoncez serait-elle la mieux venue. »

Novillompont signe son rapport, le cachette et le donne au courrier qui attend pour le porter à Chinon. Celui-ci part au galop. En chemin, il croise un autre courrier qui apporte une lettre de la reine Yolande à son féal, le sire de Baudricourt.

Quelques jours plus tard, Jeanne et Laxart sont convoqués par le capitaine. Le rude guerrier les reçoit aussi aimablement qu'il le peut, le geste reste brusque, la voix coupante, mais plus de renvois brutaux, plus d'insultes. Il leur annonce qu'il vient de recevoir un sauf-conduit pour Jeanne.

— Afin de me rendre enfin auprès du dauphin Charles ?

— Non, pour aller à Nancy. Le duc de Lorraine vous invite à sa Cour.

Stupeur de Jeanne et de Laxart.

— Je ne veux pas aller en Lorraine, c'est en France que je dois me rendre, et tout de suite, pour rencontrer le dauphin !

Baudricourt se contente de faire un geste d'impuissance et Laxart emmène Jeanne dehors. Il tâche de lui faire comprendre qu'il vaut mieux ménager leur hôte et surtout qu'on ne méprise pas ainsi les invitations de souverains.

— Je n'ai qu'un seul souverain, mon Dieu.

Sur ces entrefaites, Novillompont apparaît chez les Le Royer. Il sait déjà pour le sauf-conduit, mais surtout il a compris. La reine Yolande, depuis qu'elle a été circonvenue par les Théologues, a parlé de Jeanne à sa famille. Et son fils aîné a répété ses propos à son beau-père, le duc de Lorraine. Celui-ci avait déjà entendu ce nom et les prophéties la concernant. Dans son duché, à sa Cour, on ne s'entretenait que de cela. Sa curiosité aussitôt embrasée, il tenait à voir ce phénomène. Aussi lui avait-il fait parvenir un sauf-conduit.

Les Théologues avaient eu raison en prévoyant que du moment qu'ils se cherchaient un allié extérieur, ils ouvraient la porte « aux indiscrétions et aux imprévus ». Seulement les Théologues ne veulent pas heurter Yolande, leur indispensable alliée. Or celle-ci cajole tant et plus le duc de Lorraine, car il doit léguer ses États à son second fils, René d'Anjou. Et puisqu'il a le caprice de rencontrer Jeanne, elle verrait d'un très mauvais œil que celle-ci se dérobât. Il est donc indispensable de faire accepter à Jeanne cette invitation, et c'est au tour de Novillompont d'insister. Mais elle s'entête dans son refus. Alors le chevalier emploie les grands moyens :

— Écoute-moi bien, Jeanne. Tu veux aller à Chinon rencontrer le dauphin et je te le répète, je t'y mènerai moi-même. Mais seulement si tu te rends d'abord chez le duc de Lorraine. C'est Nancy et Chinon, ou rien !

Elle est ébranlée, il le sent et ajoute :

— Plus vite tu seras revenue de Lorraine, plus vite nous partirons pour la France. Alors, à quand le départ pour Nancy ?

— Plutôt aujourd'hui que demain, plutôt demain qu'après.

Cette fois-ci, Jeanne voyagera à cheval. Novillompont et Laxart partent avec elle vers le nord, ils vont devoir couvrir une longue distance au milieu de l'hiver, brumeux, glacial, pénétrant. À Toul, voyant qu'aucun danger ne s'est présenté (le sauf-conduit du duc de Lorraine faisant des miracles), Novillompont rassuré fait demi-tour. Il attendra Jeanne à Vaucouleurs, car il ne veut pas lâcher Baudricourt.

Jeanne en profite. Au lieu de se diriger tout droit vers Nancy, elle fait le détour par Saint-Nicolas-de-Port. Le duc de Lorraine pourra attendre pendant qu'elle accomplit le pèlerinage le plus important du pays. Nul Lorrain n'entreprendrait un voyage sans d'abord prier sur les reliques de saint Nicolas. Or Jeanne sait que dès son retour à Vaucouleurs, un long et périlleux périple l'attend et qu'elle n'aura pas trop de la protection de saint Nicolas pour l'accomplir. Ses dévotions faites, elle rejoint Nancy.

Laxart n'ignore rien de la réputation du duc de Lorraine, un fin politique, rusé et sans scrupules. Ses États se serrent entre les Français, les Anglais et les Bourguignons, aussi tient-il la balance en passant allégrement d'un camp à l'autre. De plus, c'est un vieux paillard qui délaisse sa duchesse pour une fille de rien, une certaine Alison du May dont il a fait sa maîtresse officielle.

Opulente est la cour de Lorraine, somptueux le décor et richement vêtus, aux yeux du jeune provincial, les nombreux courtisans. Laxart suit Jeanne dans la grand-salle du palais. Au fond, le duc Charles trône sous un dais armorié. Jeanne s'avance hardiment, pas du tout impressionnée. Elle commence à lui parler de sa mission : aller trouver le dauphin pour le faire sacrer roi à Reims. Laxart frémit car elle s'engage là sur un terrain dangereux. Le duc garde des accointances étroites avec les Anglais et leurs alliés bourguignons.

Pourtant, il ne proteste pas, il la laisse dire. Puis il l'interroge avidement sur sa propre santé. Il est en effet atteint d'une maladie inconnue qui le mine, le vide de ses forces et le conduit vers la mort. Que doit-il faire pour se rétablir ? demande-t-il à Jeanne. Elle-même ne peut-elle faire quelque chose pour le guérir ?

Intérieurement, Laxart s'indigne. Le duc de Lorraine prend-il Jeanne pour une guérisseuse quelconque ?

— Je ne sais rien sur votre maladie, et donc je ne peux rien. Abandonnez le mauvais chemin, et revenez dans le droit.

Autrement dit, quittez votre maîtresse et reprenez la vie conjugale avec la bonne duchesse votre épouse…

Pareille audace rend Laxart fébrile. Pour une telle insolence, le duc, qui n'est renommé ni pour sa patience ni pour sa tendresse, pourrait la châtier cruellement, et lui aussi par la même occasion. Pourtant, ce grand fourbe semble apprécier la franchise de Jeanne. Il met fin à l'entretien, non sans la remercier d'être venue à son appel. Et bien qu'elle n'ait rien fait de ce qu'il attendait pour le guérir, il lui offre un cheval et lui glisse quelques pièces d'or dans la main.

À peine sortie du palais ducal, Jeanne montre fièrement les pièces à Laxart :

— Tu te rends compte, quatre francs, une fortune !

Laxart, quant à lui, se demande comment elle a réussi à subjuguer le duc. Si celui-ci est devenu aussi doux qu'un agneau avec elle, et de plus un agneau généreux, pourquoi ne les dompte-t-elle pas tous, pourquoi Baudricourt lui refuse-t-il ce qu'elle demande depuis si longtemps ?

Revenus à tire-d'aile à Vaucouleurs, ils reçoivent justement une nouvelle convocation de Baudricourt.

Jeanne ne prend même pas le temps d'enlever la poussière de ses vêtements et, suivie de Laxart exténué, court au château. Le capitaine de Vaucouleurs l'accueille encore plus courtoisement que la dernière fois.

À côté de lui se tient un homme reconnaissable à sa grande sacoche noire frappée de trois fleurs de lys d'or. C'est un courrier royal, nommé Colet de Vienne. Baudricourt explique avec une grimace qui se voudrait sourire :

— La Cour l'a dépêché ici. Il est venu te chercher pour te mener au château royal de Chinon, où se trouve présentement le roi notre Sire. De plus, le trésor royal remboursera toutes les dépenses de ton voyage.

Dix mois se sont passés depuis qu'elle s'est présentée la première fois devant Baudricourt, dix mois d'incertitudes, de rebuffades, de frustrations, mais ce triomphe inespéré les efface en un instant.

Les Théologues avaient mis du temps, mais ils avaient convaincu le roi.

Les jours suivants sont consacrés à des préparatifs fiévreux. Ce n'est tout de même pas avec sa vieille robe rouge que Jeanne va chevaucher à travers la moitié de la France ! Novillompont ordonne à l'un de ses sergents de lui donner ses pourpoints et chausses de réserve.

Laxart proteste : il ne laissera pas Jeanne porter les vêtements usagés d'un sous-officier ! Jeanne s'est fait des amis à Vaucouleurs, tout le monde désormais sait qui elle est et ce qu'elle veut. Un mot de lui et des hommes, des femmes, y compris des inconnus, se cotisent et lui offrent des chausses, des jambières, des éperons et même une épée. Laxart n'est pas assez riche pour lui faire le cadeau qu'il souhaitait, aussi partage-t-il avec un ami les douze francs que coûte un cheval, somme que d'ailleurs Baudricourt promet de lui rembourser sur instructions de la Cour.

Avant de se vêtir, Jeanne interroge ses Voix : peut-elle porter une tenue d'homme ? Elle se rappelle l'anathème lancé par son « père » qui brandissait l'interdiction de l'Église. Pour la seconde fois, ses Voix répondent clairement et le lui permettent.

Sa suite s'organise. L'accompagneront bien sûr Colet de Vienne, le messager royal venu la chercher, ainsi que ses deux écuyers. Seront naturellement du voyage Novillompont et Poulengy qui l'ont préparée à ce moment, ainsi que leurs serviteurs. Enfin, l'un de ses « frères », Jean, se joint à l'expédition.

Là-bas, à Domrémy, la famille d'Arc a tout de même compris qu'elle s'était fourvoyée en essayant de retenir Jeanne. Avec l'extraordinaire publicité faite autour de son nom, ses « frères » brûlent aujourd'hui de la suivre dans l'aventure qu'ils imaginent glorieuse. Pour l'instant, un seul peut la rejoindre, l'autre, Pierre, ne tardera pas. Isabelle aussi quitte Domrémy. Frère Pasquerel l'emmène en pèlerinage au Puy-en-Velay pour la distraire, la consoler. Il ne reste plus au village que le « père », probablement celui qui a le moins compris ce qui arrive.

*

Le départ aura lieu en ce dimanche de Carême 1429, après le repas du soir. En effet, sortis de l'enclave française, Jeanne et ses hommes devront traverser un territoire occupé par les Anglais, et pour éviter toute rencontre désagréable, ils ont décidé de voyager dans l'obscurité.

Dès la nuit tombée, la cour du château de Vaucouleurs s'est emplie de sympathisants venus assister au spectacle. Les torches fichées dans les anneaux au mur éclairent une foule de plus en plus nombreuse. Jeanne paraît sur le perron. Elle porte un pourpoint noir, une tunique courte gris sombre et un chaperon noir.

Les soldats de l'escorte discutent de la route à suivre. Il faudrait faire un grand détour pour éviter l'ennemi. Jeanne les entend et intervient :

— Je n'ai pas peur des gens de guerre. Ma route sera libre.

Libre ! Façon de parler. Il y a partout des dangers, partout des Anglais…

— Peut-être y a-t-il des gens de guerre sur le chemin, mais j'ai avec moi Dieu, mon Seigneur. Il choisira la route que je dois suivre pour aller vers le dauphin car je suis venue au monde pour cela.

Le moment des adieux est venu. Catherine Le Royer, son hôtesse, très émue, serre Jeanne contre elle, les larmes aux yeux. Durand Laxart est le plus affecté. Il ne l'accompagnera pas, son rôle est terminé. Il le comprend lui-même mais il est triste à mourir.

— Ne pleure pas, Laxart, sans toi, je ne serais jamais arrivée là, sans toi, je n'aurais jamais réussi, je te dois tout. Et puis nous nous reverrons, je te l'assure car je le sais.

Baudricourt en personne apparaît, bourru, certes, mais presque chaleureux. Il tend à Jeanne une épée, son cadeau de départ. Elle l'accroche à son flanc et saute en selle. Baudricourt tape sur la croupe du cheval.

— Va, va ! Advienne que pourra !

Laxart a suivi la scène. Il devine que Baudricourt a reçu des instructions pour se montrer aussi attentif, mais il comprend aussi que le capitaine de Vaucouleurs s'est finalement laissé gagner par elle. Laxart n'avait pas besoin de s'interroger, Jeanne est une force capable de subjuguer le monde.

Le cortège franchit la poterne du château. Les habitants le suivent en criant des encouragements. Perdu dans la foule, Laxart marche en pleurant. Puis, petit à petit, chacun retourne tranquillement chez soi. Laxart, lui, suit le cortège jusqu'à la porte de France qui donne directement sur la campagne. Il ne distingue plus Jeanne parmi ces ombres qui très vite se fondent dans la nuit. Seul, dans le froid, il reste longtemps à fixer le chemin ténébreux.

Bien sûr, les protecteurs occultes de Jeanne ont agi pour faciliter sa route, mais rien ne serait advenu si au départ il n'y avait pas eu une adolescente solitaire qui, un beau jour, dans un petit village perdu, avait déclaré qu'elle sauverait la France. Voix perdue dans l'immensité de l'univers, voix que personne n'avait écoutée et qui pourtant, poussée par l'inspiration divine et par sa propre détermination, avait fait son chemin jusqu'à parvenir à être entendue. La même assurance qu'elle a gardée dans l'adversité, elle la conserve dans le succès. Savoir qu'elle va être bientôt envoyée au dauphin ne lui a donné aucune bouffée d'orgueil, elle trouve tout à fait naturelle cette évolution du destin. Elle se plaindrait plutôt d'avoir trop perdu de temps…

7

— D'Aulon, approchez donc !

L'interpellé fait quelques pas vers le roi qui se tient debout dans l'embrasure d'une fenêtre, une lettre à la main. Le conseil vient de s'achever. Ministres, officiers, évêques discutent par petits groupes. Certains entourent le souverain, qui déclare :

— Elle est parvenue à Sainte-Catherine-de-Fierbois.

Tout le monde a compris qu'il s'agissait de Jeanne « la Pucelle ».

— Ce n'est pas loin d'ici.

Le roi agite en l'air la lettre qu'il tient à la main.

— Elle m'a écrit pour m'annoncer qu'elle arrivait et pour me demander de la recevoir. Elle m'assure qu'elle a beaucoup de « bonnes choses à me dire ».

Charles a l'air de solliciter un avis, mais, puisqu'il ne l'a pas expressément demandé, chacun se garde d'en émettre.

— D'Aulon, vous allez vous rendre à Sainte-Catherine-de-Fierbois pour rencontrer les soldats de son escorte et pour apprendre comment s'est passé le voyage.

Les conseillers traduisent : Vous glanerez le plus d'informations possible afin de vous former sur « elle » une opinion que vous me communiquerez pour que je sache à quoi m'en tenir.

Le chevalier d'Aulon est jeune, beau, il appartient à une antique famille de nobles guerriers qui ont toujours frayé à la Cour. Des attaches familiales le lient à la reine Yolande. C'est elle qui a placé ce jeune ambitieux au Conseil du roi. Son âge lui interdit d'intervenir d'une façon trop marquée face à des conseillers chevronnés et à des ministres puissants, mais il y est en quelque sorte les yeux et les oreilles de la reine Yolande. Il se montre tout aussi fidèle au roi, bien que gardant une entière indépendance d'esprit. Son seul défaut est de trop dépenser et de faire des dettes.

Charles a donc bien choisi son observateur, car Jean d'Aulon est par-dessus tout impartial. La ferveur populaire lui aurait presque donné des préjugés contre Jeanne, et certains traits de sa légende ne sont pas sans l'agacer, mais il veut juger par lui-même.

Il couvre rapidement les quelques lieues qui le séparent de Sainte-Catherine-de-Fierbois. Au milieu d'une campagne soigneusement cultivée, ce bourg gros et plat est devenu un lieu de pèlerinage sous la protection d'une des saintes qui apparaissent souvent à Jeanne.

D'Aulon se dirige vers la seule auberge des lieux, sise à côté de l'église. Il apprend que Jeanne s'est déjà retirée dans sa chambre, mais il déniche facilement Novillompont et Poulengy, attablés autour d'un repas considérable et de plusieurs pichets de vin. Sa qualité de conseiller du roi délie les langues, et surtout ils ont envie de se détendre, de parler, de raconter.

— Elle nous a fait faire cent cinquante lieues en onze jours, commence Poulengy. Nous sommes pourtant bien entraînés, mais elle a réussi à nous épuiser ! Le repos lui est inconnu, la faim, le sommeil aussi. Ne croyez pas qu'elle est en train de dormir dans sa chambre, non, elle est certainement en prière, elle ne fait que ça. Chaque jour, elle nous a forcés à faire des détours vers quelque église de village ou vers quelque abbaye pour se confesser, entendre la messe. Nous aussi, nous avons la foi, mais nous étions pressés d'échapper aux ennemis qui rôdaient. Elle, pas du tout. Tant que nous n'avions pas trouvé un sanctuaire, impossible de continuer la route ! Et pourtant, elle doit être sevrée d'offices puisque ce matin, ici, elle n'a pas suivi moins de trois messes. Ce n'est pas nous qui la menions, c'est elle qui nous menait.

— Je la connais depuis des années, ajoute Novillompont, or, au cours de ce voyage, je l'ai à peine reconnue. Hardie, elle l'a toujours été, et toujours elle a su exactement ce qu'elle voulait. Mais récemment, elle a acquis une sorte d'assurance tranquille qui me frappe chez une fille aussi jeune. Ne vous moquez pas de moi, seigneur, si je vous dis qu'elle rayonne littéralement d'une lumière intérieure, qu'elle me donne l'envie de la suivre jusqu'au bout du monde.

Le lyrisme de Novillompont n'impressionne pas Jean d'Aulon.

— Avec tous les arrêts qu'elle vous a imposés, comment avez-vous réussi à passer à travers les mailles des Anglais, des Bourguignons ?

— Il faut reconnaître qu'elle a un don, car c'est elle qui nous guidait. « Pas ici, à droite », « pas cette route-là mais l'autre », « ce pont est dangereux, passons en aval ». Elle nous disait que c'étaient ses Voix qui lui montraient le chemin.

— Donc, vous n'avez fait aucune mauvaise rencontre…

— Aucune pendant que nous traversions le territoire ennemi, reconnaît Poulengy, mais lorsque nous sommes entrés sur les terres du roi Charles notre Sire, il est survenu un curieux incident. Bien que rassurés d'avoir échappé aux Anglais et aux Bourguignons, nous continuions à prendre des précautions. Par ces temps d'insécurité, les bandes de brigands sont toujours quelque part à l'affût. Nous avions donc voyagé toute la nuit. L'aube pointait. Nous savions que bientôt il faudrait nous arrêter et camper. Nous avons pourtant décidé de pousser encore un peu et nous arrivons à l'entrée d'un petit bois sombre, épais, malaisé d'accès, le choix parfait pour une embuscade. Novillompont et moi décidons de prendre une autre route pour éviter tout risque. Jeanne, elle, s'est arrêtée. Elle ne nous écoute pas, elle semble absorbée.

« — Inutile de faire un détour, dit-elle, nous traverserons le bois.

« — Mais si on nous a tendu une embuscade ?

« — On nous a tendu une embuscade, mais ils nous laisseront passer !

« Elle prend la tête du cortège et se met en route. Nous la suivons, scrutant le sous-bois à droite, à gauche, la main sur notre épée. Les sabots de nos chevaux ne font presque aucun bruit sur les feuilles mortes. Un silence oppressant règne. Nous avons peur, non pas pour nous-mêmes mais pour Jeanne que nous avons mission de mener à bon port. Un temps considérable semble s'écouler avant que nous n'émergions du petit bois. Lorsque nous nous trouvons en rase campagne, nous nous congratulons.

« — Il n'y avait donc pas d'embuscade !

« — Si, il y en avait une, nous certifie Jeanne.

« — Mais alors pourquoi ne nous ont-ils pas attaqués ?

« — Ils nous ont bien vus, mais au moment où nous passions ils se sont sentis incapables de bouger, retenus sur place par une force supérieure. »

D'Aulon reste sceptique :

— Vous croyez vraiment que les brigands ont tendu une embuscade et qu'au dernier moment ils ont été inexplicablement paralysés ?

— Avec elle, le plus invraisemblable devient vrai.

Brusquement, Jean d'Aulon se rappelle une scène datant d'il y a une semaine à peine. Il se trouvait dans le cabinet du roi avec ses plus intimes. Charles venait de recevoir un courrier.

— Elle a quitté Vaucouleurs et se dirige vers Chinon, avait-il indiqué.

D'Aulon avait enregistré en un éclair les expressions de chacun, la satisfaction de la reine Yolande, qui, chez cette femme austère, se manifesta par un très mince sourire, la rage et la haine chez les deux favoris du roi : la rage chez le sire de La Trémoille, un gros rougeaud impulsif et colérique, un tueur qui abattait impitoyablement tout obstacle ; la haine chez l'archevêque de Reims, Regnault de Chartres, un politique blafard et patelin, ne laissant rien passer, ne pardonnant rien, un assassin en gants de soie épris de coups bas, de coups fourrés, et surtout de coups de poignard dans le dos.

D'Aulon savait, comme toute la Cour, qu'une lutte féroce pour le pouvoir, à coups d'intrigues, de complots, d'enlèvements, d'empoisonnements, opposait les favoris à la belle-mère du roi, la reine Yolande. Celle-ci protégeait plus ou moins ouvertement Jeanne, c'était assez pour que cette dernière devienne l'ennemie à abattre.

Le jour même, ayant eu à parler à son serviteur, d'Aulon s'était rendu dans la partie du château de Chinon où la nombreuse valetaille logeait dans un entrelacs de bâtiments en bois. Passant devant un renfoncement, il avait cru reconnaître ce même La Trémoille en conversation discrète avec l'un de ces spadassins aux noms illustres, presque tous des étrangers, qui traînaient à la Cour. Ils s'y faisaient voir, attendant l'embauche, c'est-à-dire de devenir contre espèces sonnantes et trébuchantes les exécuteurs des basses œuvres de quelque grand seigneur.

Sur le moment, le chevalier avait pensé s'être trompé, mais désormais il changeait d'avis. Était-il possible que les favoris aient décidé d'éliminer Jeanne avant qu'elle ne rejoigne le roi ? D'Aulon les connaissait assez tous les deux pour le croire. Il connaissait bien aussi son souverain.

— Comment peut-elle être aussi sûre que le roi la recevra ? reprend-il après ces quelques instants de réflexion.

C'est Novillompont qui répond :

— Nous lui avons souvent posé la même question, et chaque fois elle nous a répondu calmement de ne pas avoir peur, car « le noble dauphin » nous ferait bon visage quand nous parviendrions à Chinon.

— Elle doit avoir un plan d'action ?

— Pas vraiment. Elle affirme que ses « frères du paradis » lui disent quoi faire. Elle précise qu'il en est ainsi depuis quatre ou cinq ans déjà, depuis que Dieu lui a annoncé qu'il lui fallait partir à la guerre et recouvrer le royaume de France.

D'Aulon, perplexe mais intrigué, aimerait rester jusqu'au lendemain pour faire sa connaissance. Cependant il ne veut pas faire attendre le roi, et il repart donc dans la nuit vers Chinon, sans trop savoir ce qu'il va lui raconter.

*

Le roi est en train de déjeuner paisiblement. Il déguste son plat favori, du jambon de cochon noir en croûte « à la château- chinon ». Sur la petite table recouverte d'une nappe soyeuse ont été disposées la « nef », c'est-à-dire une maquette de vaisseau en vermeil contenant le couvert et le sel, ainsi que les aiguières dans le même métal pour l'eau et le vin. Le souverain prenant ses repas en public, un groupe respectueux de courtisans l'entoure.

D'Aulon l'observe pendant qu'il déglutit lentement. Il l'a vu presque quotidiennement depuis plusieurs années qu'il le sert, et sa maturité, son indépendance d'esprit aidant, il tâche de se former une opinion sur ce personnage divers et fuyant.

Charles n'a que vingt-six ans mais se sent déjà une longue vie derrière lui tant elle a été traversée de rebondissements et d'épreuves. D'ailleurs il est né vieux, son aspect ne le dit que trop bien. Et il se sait laid. Avec ses petits yeux, son gros nez, ses larges oreilles, ses genoux cagneux, il n'a rien pour en imposer. Intellectuellement non plus, car en public il semble lourd et lent, il n'ignore pas qu'on le considère comme un pauvre d'esprit, et pourtant il est fort intelligent, il observe, il perce l'âme des êtres. Outre ses complexes physiques et intellectuels, il en cache de pires encore qui viennent de son intimité la plus profonde. Ses parents l'ont renié comme héritier du trône depuis le meurtre de son cousin le duc de Bourgogne. On murmure que sa mère a été jusqu'à avouer qu'il n'était pas le fils de Charles VI ! Depuis de longues années, la question le torture de savoir s'il est le véritable roi de France ou simplement un bâtard.

Par ailleurs, il est constamment tiraillé entre les différentes factions qui se disputent le pouvoir à travers lui. La reine Yolande voudrait le contrôler pour qu'il mène la politique qu'elle souhaite. On ne peut changer hélas de belle-mère, aussi joue-t-il les favoris contre elle. Et contre les favoris, il joue l'ingratitude, puisqu'il en change souvent. Peu lui chaut que l'un d'entre eux, Tanguy du Châtel, l'assassin de Jean sans Peur, ait été à son tour cruellement assassiné. Son arme suprême contre tous ceux qui le pressurent, c'est l'indifférence, même envers ceux qu'il a le plus aimés.

Cet homme est à l'image d'un terrain de sables mouvants qui engloutit ceux qui s'approchent d'un peu trop près. Il n'est pas faible de caractère comme on le croit, mais indécis, et il lui arrive de changer d'avis. On le serait à moins, mené à hue et à dia et violemment bousculé comme il l'a été depuis l'enfance.

Bien sûr, il est humilié par sa position de « roi de Bourges », bien sûr, il aimerait être pleinement roi de France, mais au fond de lui-même il se contenterait plutôt de sa situation. Il est vrai qu'il ne lui reste pas un sou en caisse. Il y a peu, un cordonnier est venu lui apporter une paire de chaussures qu'il avait commandée, et comme il n'a pas pu la payer, le cordonnier s'en est reparti avec les chaussures. Peu importe, de l'argent, il en trouvera, demain ou après-demain… Les Anglais ont beau le menacer, autour de lui on a beau se désespérer, il lui restera toujours quelque province, quelque château où mener une vie agréable. Il y aura toujours du vin, des femmes et quelques courtisans pour lui tenir compagnie. En fait, il n'aspire qu'à la tranquillité.

Il ne veut surtout pas être houspillé ni dérangé. Or, depuis des semaines, on ne cesse de lui parler de cette bergère venue des marches de Lorraine, qui annonce à qui veut l'entendre qu'elle le fera sacrer roi et qu'elle le sauvera, lui et son royaume. Si encore, autour de lui, on s'entendait pour savoir quelle attitude adopter vis-à-vis d'elle ! Mais d'un côté sa belle-mère Yolande et son confesseur Machet insistent pour qu'il la reçoive, tandis que de l'autre les favoris, La Trémoille et Regnault de Chartres, le somment de la repousser.

Un messager surgit au beau milieu du déjeuner royal pour annoncer que Jeanne la Pucelle se trouve dans les murs de Chinon. Dès l'aube en effet, elle a quitté Sainte-Catherine-de-Fierbois. Elle n'a pas attendu la réponse à sa lettre. Suivie de son escorte, elle a chevauché impatiemment et elle a frémi de joie en voyant au loin les tours de la formidable forteresse dressée au-dessus de la ville aux toits pointus. Entrée à Chinon, elle s'est installée pour déjeuner dans une auberge. Elle a la ferme intention de rencontrer le roi le jour même !

Celui-ci doit donc interrompre son repas, ce dont il a horreur, pour réunir son conseil afin de discuter de la décision à prendre, ou plutôt, selon ses vœux secrets, pour ne pas en prendre… Pour l'amadouer, Gérard Machet suggère de dépêcher à cette effrontée plusieurs membres du conseil pour l'interroger sur ses intentions. Comme si on ne les connaissait pas, alors qu'elle les clame depuis des semaines, depuis des mois ! D'Aulon, qui participe au conseil, s'étonne du silence des favoris. La Trémoille et Regnault de Chartres ne pipent mot. Pendant qu'une commission, aussitôt nommée, se rend auprès de Jeanne, les autres restent sur place, marchent de long en large, confabulent à voix basse pendant que le roi reste assis dans sa cathèdre, son vaste chapeau écrasant son long visage. D'Aulon palpe la nervosité dans l'air.

Une heure ne s'est pas écoulée que les membres de la commission reviennent faire leur rapport. Dès leur première question, Jeanne s'est rebiffée.

— Elle a commencé par répondre qu'elle ne voulait rien dire si elle ne parlait pas au roi notre Sire.

Regnault de Chartres rugit aussitôt :

— Tactique classique pour forcer la main du roi !

— Que lui avez-vous répondu ? s'enquiert ce dernier.

— Que le roi notre Sire lui ordonnait de nous dire le motif de sa mission. Alors elle a déclaré que le Roi des Cieux lui avait donné deux mandats, lever le siège d'Orléans et conduire le roi à Reims pour le faire sacrer.

— Le roi ne doit pas recevoir une aventurière ! tonne l'autre favori, La Trémoille, le taureau rougeaud.

— Le roi doit recevoir une envoyée de Dieu ! soutient le chancelier, une créature de la reine Yolande.

Machet, le Théologue confesseur, intervient :

— Puisqu'elle a déclaré à plusieurs reprises qu'elle avait des « bonnes choses » à dire au roi, le roi devrait au moins l'entendre…

Soutenus par leur infinie mauvaise foi, les deux favoris lui tombent dessus à coups de hurlements et d'insultes, au point que le confesseur se replie dans son silence, se contentant désormais du rôle d'observateur. Les ministres qui servent la reine Yolande et les favoris s'affrontent avec une telle brutalité que bientôt on ne s'entend plus dans la salle du conseil. La Trémoille comme Regnault de Chartres savent que l'intimidation réussit toujours avec Charles.

Effectivement, celui-ci continue de tergiverser :

— Envoyez des clercs, des gens d'Église, l'interroger et l'examiner.

Encore faut-il les trouver, ces ecclésiastiques, et les dépêcher à l'auberge où siège Jeanne… Attendre, encore attendre !

Dans la salle du conseil, la tension monte. Et les ecclésiastiques, lorsqu'ils reviennent, devinant ce qui se passe au conseil, se gardent de prendre parti, n'offrant que des réponses évasives et des avis ambigus. Alors la discussion reprend encore plus violemment. Tous comprennent qu'elle aura pour seul résultat de faire reculer le roi qui remettra sa décision *sine die*, ainsi que le veulent les favoris.

— Écoutez-moi, mes seigneurs…

La voix juvénile, la prestance de Jean d'Aulon font que tous se taisent.

— Laissez le roi recevoir cette fille. Si c'est un imposteur, elle sera aussitôt démasquée et châtiée en conséquence. Si elle dit vrai, le roi y trouvera son compte.

Les conseillers n'ont pas le temps de réagir avant que Charles se raccroche à cette branche tendue :

— D'Aulon, allez la chercher et ramenez-la-nous incontinent !

Le chevalier se précipite vers les écuries, il enfourche son cheval, passe sous la poterne de la tour de l'Horloge où se situe l'entrée du château, et trouve devant lui un véritable mur humain. Une foule dense encombre la route qui descend vers la ville, et les badauds venus voir « la Pucelle » le renseignent : Jeanne n'a pas attendu l'invitation royale, elle a déjà quitté l'auberge et se dirige vers le château. La démarche de d'Aulon devient inutile, d'ailleurs il est absolument impossible de passer !

Vexé de n'avoir pu, lui le conseiller et l'envoyé du roi, remplir sa mission, choqué par l'outrecuidance de Jeanne, il ne lui reste plus qu'à faire demi-tour.

Alerté à son tour, Charles envoie précipitamment un cousin éloigné, le comte de Clermont, recevoir l'intruse. Ses hommes, repoussant tant bien que mal la horde de sympathisants qui veulent la suivre, la mènent à travers un dédale de bâtiments, la plupart en bois, qui se serrent sur les épaisses murailles du château du Milieu. La forteresse en effet n'est pas seulement résidence royale, mais aussi siège du gouvernement et de l'administration. Tous ceux qui forment la tête de la France — ou plutôt du royaume de Bourges — se trouvent réunis derrière ces remparts. Le comte de Clermont conduit Jeanne au logis royal qui s'étend contre les remparts sud, la mène dans une petite pièce du rez-de-chaussée et la prie d'attendre.

Grillant de curiosité, d'Aulon se trouve déjà dans la grand-salle du logis, au premier étage, où aura lieu la rencontre. Elle est bondée, car nombreux sont les courtisans qui éprouvent la même curiosité que lui. Le roi n'est pas encore là. Ils attendent un quart d'heure, une demi-heure, rien ne se passe. L'étonnement, l'inquiétude commencent à se peindre sur les visages. On se regarde avec des questions muettes, on tourne la tête vers la porte par laquelle doit pénétrer Jeanne, on s'interroge sur l'absence du roi.

Jean d'Aulon arrête au passage l'un de ses pages.

— Pourquoi ce retard ?

— Le roi délibère avec ses conseillers pour savoir s'il doit ou non recevoir la Pucelle.

— Encore ! Ça ne va tout de même pas recommencer !

Cela ne recommencera pas car un courrier vient d'arriver de Vaucouleurs, apportant un message adressé au roi. Une lettre bien dans le style de la reine Yolande mais signée Baudricourt, dans laquelle ce dernier dit combien il est heureux que la Pucelle soit reçue, tant sont grands ses mérites... De leur côté, La Trémoille et Regnault de Chartres, sentant que Charles a envie tout à coup de recevoir la Pucelle, n'insistent pas. Leur silence inhabituel et le message de Baudricourt ont raison de l'indécision du roi.

Suivi de ses conseillers, il émerge de la salle du conseil, et deux pages à la cotte fleurdelisée partent en courant à la recherche de Jeanne. À ce moment, un ami de Jean d'Aulon s'approche de lui :

— Tu connais la curieuse nouvelle ? Au moment

où la Pucelle allait entrer au château, un cavalier, qui visiblement n'était pas un sympathisant, a lancé : « C'est ça, la Pucelle ? Par Dieu, si je l'avais une nuit, je ne la laisserais pas pucelle ! » Alors, du tac au tac, elle lui a assené : « Tu renies Dieu et tu es si près de la mort. » Le bizarre, c'est qu'on m'apprend que le cavalier vient de se noyer sans raison dans la rivière.

À ce moment même, les deux battants de la grande porte s'ouvrent et Jeanne paraît. Jean d'Aulon écarquille les yeux comme s'il voyait une apparition terrifiante. Sous le coup de l'histoire qu'il vient d'entendre, il lui paraît certain que c'est elle en effet qui, par un sortilège, a poussé le cavalier qui l'avait insultée à se noyer. Aussi la contemple-t-il avec effarement, presque avec horreur.

Pourtant, elle n'a rien de repoussant. Elle a le teint frais et les yeux brillants. Son visage offre un mélange d'innocence et de vitalité. Ses cheveux coupés court lui siéent bien. Elle est réellement belle, ne peut s'empêcher de penser ce grand amateur de femmes. Cependant, il ne se sent aucunement attiré.

La grande salle est vaste et haute, illuminée en cette fin de journée de mars par nombre de torches et de flambeaux. Au fond, dans une immense cheminée, brûlent des troncs entiers. Les fenêtres donnent sur la ville en contrebas, le long de la Vienne, et sur les champs et les prairies qui s'étendent sur l'autre rive jusqu'aux collines basses de l'horizon. Devant Jeanne s'écartent les ecclésiastiques, les chevaliers (plus de trois cents ! racontera-t-elle plus tard), les seigneurs qui constituent à la fois la Cour, le gouvernement et l'état-major royal.

Jean d'Aulon ne quitte pas le roi des yeux. Il

remarque que Charles recule à l'approche de la Pucelle. Sans doute par timidité, par une dernière réaction de fuite devant l'inévitable. Pas à pas, il va jusqu'à se placer derrière le dernier rang des courtisans, tout contre le mur.

Or voilà que cette fille, les yeux fixés dans sa direction, fend la foule et s'approche de lui. Rien dans l'habillement du souverain ne le distingue des autres seigneurs et son aspect le ferait plutôt passer pour le plus misérable d'entre eux. C'est pourtant devant lui qu'elle met un genou à terre. Stupéfait, ne sachant trop quoi faire, Charles bredouille :

— Comment vous appelez-vous ?

— Gentil dauphin, j'ai nom Jeanne la Pucelle, et le Roi des Cieux vous mande par moi que vous serez sacré et couronné dans la ville de Reims et que vous serez le lieutenant du Roi des Cieux qui est roi de la France.

Elle a prononcé cela d'un ton sans réplique qui l'intimide encore plus. Alors il lui pose quelques questions banales, d'où vient-elle, qui sont ses parents, où a-t-elle été élevée ? Elle répond courtement, puis répète :

— Moi je te le dis de la part de Messire Dieu que tu es vrai héritier de France et fils de roi, et il m'envoie pour te conduire à Reims où tu recevras la couronne et le sacre si tu veux.

La belle promesse, se dit Charles, mais quelles preuves, quelles garanties apporte-t-elle ? Le faire sacrer à Reims ? Comment le pourrait-elle alors que Reims est aux mains des Anglais et que ceux-ci avancent sur tous les fronts ? Et d'abord qui lui prouve qu'il est le véritable roi de France et non pas un bâtard ? Qui lui prouve qu'il a droit à l'onction sacrée ? Cette fille ? De quelle autorité ?

Devant le scepticisme évident du jeune souverain, Jeanne pressent qu'elle avive d'anciennes et terribles blessures. Elle ferme les yeux, elle se concentre, elle prie, demande l'aide des anges qui l'entourent, qui la guident. Ce sont eux qui lui ont montré le chemin, ce sont eux qui lui ont indiqué le roi caché derrière ses courtisans.

— À cet instant, le roi notre Sire a vu un ange qui descendait vers lui en tenant une couronne d'or la plus belle, la plus riche, la plus scintillante qui soit. Il a entendu une voix qui lui disait : « Tu es vrai héritier de France et fils de roi, tu iras à Reims où tu recevras la couronne et le sacre. »

Jean d'Aulon est en train de faire son rapport à la reine Yolande, dont les petits yeux noirs le scrutent intensément.

— Comment savez-vous ce que le roi a vu et entendu ?

— Car moi-même j'ai vu et entendu la même chose et je n'étais pas seul. Le comte de Clermont et d'autres, qui étaient autour du roi à ce moment-là, ont vu et entendu, ils me l'ont dit après la séance.

— Alors tous ceux qui se trouvaient dans la salle ont, eux aussi, vu et entendu ?

— Non, madame, cette sensation est très difficile à expliquer et à décrire. Je ne voyais pas véritablement l'ange car, en même temps, je continuais à voir la foule autour de moi, la cheminée où flambaient les gros troncs. J'avais l'impression qu'à l'intérieur de moi-même je possédais d'autres yeux qui voyaient l'ange et la couronne. De même les Voix, je ne les entendais pas vraiment car je continuais à entendre les bruits autour mais, en moi, une autre paire d'oreilles entendaient cette Voix prononcer les paroles magiques.

— Cette fille a donc le pouvoir de transmettre aux autres ce qu'elle voit et ce qu'elle entend, murmure pensivement la reine.

— C'est de la sorcellerie, madame.

— Peut-être… Quelle a été la réaction du roi mon gendre à ce moment-là ?

— À tous il apparut transfiguré.

D'Aulon a répondu avec réticence, car cette fille habillée en homme, cette bergère transformée en guerrier, qui tue à distance comme ce malheureux cavalier tombé dans la Vienne, ne lui dit rien qui vaille. Et d'ajouter à l'intention de la reine Yolande qu'il sent ébranlée :

— Cette fille a jeté un sort au roi, aux autres et à moi-même.

— Ce n'est pas impossible, mais en tout cas ce sort ne semble pas désagréable.

*

La forteresse de Chinon se compose en réalité de trois châteaux séparés par de profonds fossés secs, le fort Saint-Georges, le château du Milieu où se situe le logis royal, et enfin, tout au bout, à l'ouest, le fort du Coudray. Jeanne y suit le comte de Clermont, franchissant un pont-levis de bois.

D'épaisses et très anciennes tours ceignent un espace limité où se dressent des bâtiments de bois. Clermont mène Jeanne au donjon. Sait-elle seulement qu'au siècle précédent les principaux dignitaires des Templiers, notamment le grand maître Jacques de Molay, ont été enfermés au rez-de-chaussée avant d'être menés à Paris pour y être jugés —

et brûlés ? À la suite du cousin du roi, elle monte au premier étage jusqu'à une pièce ronde. Sur les ordres de Charles, elle y sera logée. Deux fenêtres étroites ouvrent l'une sur les fossés, l'autre sur les autres bâtiments du fort du Coudray.

La pièce est loin d'être vaste, mais confortablement installée. Les courtisans curieux, et parmi eux d'Aulon, assaillent le comte de Clermont de questions dès son retour.

— Elle a l'air de trouver tout à fait naturel d'être logée aux frais du roi, raconte celui-ci. Non seulement cela, mais notre Sire a désigné le jeune Louis de Coutes pour lui servir de page.

D'Aulon s'irrite. Comment le souverain peut-il traiter en invitée de marque une nouvelle venue sur laquelle on ne sait à peu près rien encore ?

Le lendemain, il frémit en entendant pire dans la grande salle du logis royal, l'endroit où s'échangent informations et cancans. Cette fois, ils concernent le duc d'Alençon, un cousin du roi. Il a passé cinq ans dans les prisons anglaises dont il a été libéré récemment, et il est le gendre du duc Charles d'Orléans, qui reste lui emprisonné chez les Anglais. Courageux et énergique, à vingt-trois ans, il éclate de vie. C'est le chouchou de la Cour.

Donc, le duc d'Alençon était en train de chasser la caille sur ses terres non loin de Chinon lorsqu'un de ses intendants est arrivé hors d'haleine pour lui annoncer la nouvelle : la Pucelle qui se dit envoyée par Dieu pour délivrer la ville d'Orléans venait d'arriver à Chinon, avait été reçue par le roi et se trouvait hébergée au château royal. Sa curiosité en un instant embrasée, le duc a sauté sur son cheval.

Pénétrant dans le logis royal qu'il connaît bien,

traversant la grand-salle pour entrer en trombe dans le cabinet du roi, il a trouvé celui-ci en compagnie de… la Pucelle.

— Qui est-ce ? a-t-elle demandé.

— C'est le duc d'Alençon, a répondu Charles.

— Vous, soyez le très bienvenu, plus il y en aura ensemble, du sang royal, et mieux cela vaudra.

Elle n'a pas osé dire ça ! s'indigne d'Aulon. Comment ! cette bergère n'est pas arrivée depuis vingt-quatre heures qu'elle traite bien familièrement les princes.

*

La salle du rez-de-chaussée de la tour de Boissy sert de chapelle au château de Chinon. Trop petite pour contenir tous les courtisans, ceux-ci comme de coutume attendent dehors le roi au sortir de la messe. Il fait chaud, il fait beau ce matin-là et nombre d'entre eux sont enchantés de profiter du printemps plutôt que de multiplier les patenôtres à l'intérieur de la chapelle.

D'Aulon, qui se trouve debout à quelques pas de Jeanne, la voit prier silencieusement. Paraît le roi. Il la remarque aussitôt, elle le salue avec respect. D'un signe, il lui indique de le suivre. Elle se mêle aux courtisans qui emboîtent comme le chevalier le pas au souverain.

Charles quitte le fort du Coudray, emprunte le pont-levis et rejoint le logis royal. Il monte au premier étage et pénètre dans son cabinet où ses conseillers sont habitués à le suivre. Sèchement, il donne un ordre : que tout le monde se retire, sauf la Pucelle. Jean d'Aulon est furieux. Il comptait bien rester pour observer Jeanne de près, et voilà que lui et la plupart des autres conseillers sont chassés comme des malotrus alors que cette bergère est priée de rester ! Pas seule cependant, car le duc d'Alençon et La Trémoille, eux, sont également conviés à cet aparté.

Typique attitude de roi, juge d'Aulon, que de recevoir Jeanne en présence d'un de ses ennemis les plus acharnés. Il déteste le favori qu'il trouve odieux, brutal et malhonnête, mais il n'est pas mécontent que celui-ci assiste à l'entrevue, car si le duc d'Alençon risque de se laisser impressionner, La Trémoille, lui, dira son fait à cette fille. Et le chevalier tâche de se représenter la scène qui se déroule derrière les portes closes du cabinet du roi.

La pièce est agréable et témoigne du goût et de la culture de son occupant. La lumière entre à flots par la fenêtre à ogives, et la vue s'étend très loin sur la vallée de la Vienne. Un feu pétille joyeusement dans la cheminée. Les tapisseries aux couleurs vives, représentant des scènes bibliques, adoucissent les murs de pierre. Sur les tables, beaucoup de manuscrits. Charles, comme toute sa famille, est un lecteur assidu.

Il s'est assis dans une cathèdre ornementée, il a posé ses pieds sur un coussin brodé de fleurs de lys. Il fait approcher Jeanne. De façon embarrassée, avec bien des circonvolutions, il lui fait comprendre que la veille, l'avant-veille, elle l'a certes ébranlé, mais qu'elle ne l'a pas entièrement convaincu. Son langage, son message, la vision qu'il a eue de l'ange posant sur sa tête une couronne scintillante, la voix qu'il a entendue lui répétant qu'il est le vrai héritier des rois de France, tout cela est réellement impressionnant, mais il en faut plus pour balayer le doute qui ronge ce sceptique. Après tout, nul ne sait d'où vient la Pucelle ni qui l'envoie. Nul n'a eu la preuve de son pouvoir, de son inspiration.

Jeanne observe les trois hommes qui la dévisagent, le roi, Jean d'Alençon, La Trémoille. Elle réfléchit, elle tourne la tête et son regard se perd au loin vers l'horizon dans le ciel chargé de nuages légers, puis elle se penche vers Charles et lui dit à l'oreille :

— Sire, si je vous dis des choses si secrètes qu'il n'y a que Dieu et vous qui les sachiez, croirez-vous bien que je suis envoyée de par Dieu ?

Légèrement inquiet, il acquiesce.

— Sire, vous rappelez-vous que le jour de la Toussaint dernière, une nuit où vous habitiez le château de Loches, vous ne pouviez pas dormir et sans bruit vous vous êtes levé sans réveiller aucun de vos valets, et en chemise vous vous êtes agenouillé à côté de votre lit. Vous avez joint vos mains et vous avez prié.

Le roi, qui a généralement le teint animé, est devenu extraordinairement pâle.

— Sire, avez-vous dit à qui que ce soit la teneur de votre prière ?

Il n'a pas la force de parler. Il hoche la tête négativement puis, d'un geste de la main, enjoint au duc d'Alençon et à La Trémoille de s'écarter afin qu'ils ne puissent rien entendre. En fait, dans le silence de la pièce, la voix nette et le parler lent de Jeanne portent si bien que ni l'un ni l'autre ne perdent un mot.

— Cette nuit-là, Sire, vous étiez désespéré, vous vous sentiez pécheur si misérable que vous n'avez osé adresser votre prière à Dieu et que vous avez supplié sa glorieuse mère, la Reine de la Miséricorde, la Consolation des Désolés, que si vous étiez vrai fils du roi de France et héritier de la couronne, il plût à Notre-Dame de supplier son fils qu'il vous donne aide et secours contre vos ennemis mortels et adversaires, de façon à les chasser de France et de pouvoir gouverner ce royaume en paix.

La sueur coule sur le visage du roi, des larmes jaillissent de ses yeux. D'Alençon et La Trémoille font un mouvement pour lui venir en aide. Du geste, le roi les maintient à l'écart.

— Et vous avez ajouté, Sire, que si vous n'étiez fils de roi et si le royaume ne vous appartenait pas, que le bon plaisir de Dieu fût de vous donner patience et quelques possessions temporelles pour vivre dans un exil honorable.

Jeanne s'est redressée. Avec une douceur presque maternelle et une expression d'amour, elle regarde le malheureux recroquevillé dans sa cathèdre.

— Plus tard, le roi a déclaré aux deux témoins — ce sont ses mots exacts : « Tout ce que cette Pucelle m'a dit est vrai, mais jamais autre que moi n'en a rien su. En vérité, Dieu seul a pu lui révéler ce mystère… » C'est le duc d'Alençon lui-même qui me l'a dit, madame. Vous n'ignorez pas qu'il m'honore de son amitié et se confie volontiers à moi.

Fidèlement, Jean d'Aulon fait son rapport à la reine Yolande.

— Vous voyez, d'Aulon, c'est une sainte ! Machet et les autres prélats qui m'en ont parlé les premiers ne s'y sont point trompés.

— Une sainte ou une sorcière, madame, car par la magie on peut savoir autant de choses que par l'intervention divine.

Elle fait un geste de dénégation.

L'entretien se déroule dans la pièce qui sert d'oratoire à la reine de Sicile. Alors qu'une agitation constante règne dans ce château où s'entassent des centaines d'habitants plus fortunés les uns que les autres, la reine impose autour d'elle un climat de calme, voire de silence, d'austérité. Seul un grand crucifix presque de dimension humaine orne la pièce. Elle l'a rapporté de son Aragon natal. C'est une admirable, une extraordinaire sculpture. Elle-même ne se vêt que de noir, robe très simplement coupée et longues manches qui tombent presque jusqu'au sol, mais à son cou, au bout d'une chaîne d'or, pend un somptueux médaillon, une crucifixion miniature en émail sur or, entouré de cabochons.

Le chevalier poursuit le récit fait par le duc d'Alençon.

— Elle a adressé au roi une étrange requête. Elle l'a prié d'offrir son royaume au Roi des Cieux. Elle a ajouté : « Ainsi le Roi des Cieux en agira avec vous comme il l'a fait avec vos prédécesseurs. Il remettra ce royaume dans son état antérieur, il le libérera, il le sauvera, et vous serez le lieutenant de Dieu. »

D'Aulon avoue n'avoir rien compris à ces dernières paroles.

— C'est pourtant clair, rétorque la reine Yolande. En remettant son royaume à Dieu, le roi mon gendre le lave et se lave lui-même de toutes les impuretés, de tous les péchés. Mais surtout, ceux qui faisaient la guerre au royaume de France la feront désormais au Roi Jésus. Par là, le roi Charles devient inattaquable. Sa légitimité n'est pas restaurée mais instaurée de façon définitive. La France appartient à Dieu, ce qui la protège pour l'éternité. Non seulement cette fille est une sainte, mais c'est aussi un esprit supérieur, car il faut du génie et du génie en politique pour concevoir une notion aussi abstraite et profonde. Moi-même, je n'y avais jamais pensé, et personne n'a pu le faire. Cette initiative revient donc entièrement à Jeanne. Je serais d'autant plus heureuse de l'encadrer, de l'orienter.

Un pâle sourire détend le visage sévère de la vieille dame.

— Comment était La Trémoille au sortir du cabinet du roi ?

— Les poings serrés, soufflant, fumant, tel un taureau prêt à encorner le premier venu.

La reine Yolande émet le petit hoquet qui lui sert de rire.

— C'est bon signe pour nous ! Et le duc d'Alençon ?

— Il est tombé sous le charme. Elle lui semble, d'après ce qu'il m'a dit, à la fois tellement claire et tellement mystérieuse. Le duc étant amateur de jolies femmes, je lui ai fait remarquer que Jeanne n'inspirait pas le désir. Il m'a répondu qu'effectivement elle était puissamment bâtie, néanmoins il la trouvait belle et ses habits d'homme lui seyaient. Il ajouta que ce n'était pas tellement la beauté de la Pucelle mais l'éclat qu'elle dégageait qui le surprenait et le séduisait.

D'Aulon devance la question que va lui poser la reine :

— Quant au roi, il se frottait joyeusement les mains, et c'est avec animation qu'il s'est attablé pour son déjeuner. Au sortir de table, il a déclaré qu'il avait envie de faire de l'exercice.

— Mon gendre, faire de l'exercice ! Je ne vous crois pas, d'Aulon. Depuis que je le connais, je ne l'ai jamais vu en éprouver le besoin.

— Et pourtant, à la suite du roi, nous sommes allés aux champs !

Les courtisans d'ailleurs s'étaient étonnés de trouver leur souverain si guilleret qui les avait invités à le suivre pour connaître les joies du grand air. Ils n'avaient eu qu'à franchir le fossé artificiel qui défendait le château côté nord pour se retrouver dans une prairie bordée de grands arbres.

— Vous n'allez pas me dire qu'il a sauté sur un cheval ?

— Non, mais il a longuement admiré la Pucelle qui s'est exercée à la lance. Il a déclaré qu'elle pratiquait ce sport comme un vrai chevalier.

— Et vous, d'Aulon, comment l'avez-vous jugée en action ?

— Il faut avouer qu'elle se défend rudement bien…

La reine se frotte doucement les mains.

— Donc, Jeanne a conquis la confiance du roi. Nous avons gagné !

— Pas encore, madame, car le roi a décidé de nommer une commission chargée de l'examiner.

La contrariété fait grimacer la reine.

— Ce sont les favoris, n'est-ce pas ?

— La Trémoille a fait comprendre au roi qu'il ne pouvait imposer la Pucelle du jour au lendemain. Il lui a fait voir que, plus brillamment la championne du roi se tirerait de l'examen, plus forte elle sortirait.

La reine Yolande laisse échapper un soupir de lassitude :

— Il va falloir encore palabrer, intriguer, soudoyer pour contrôler cette commission…

8

Finalement, chacun des partis réussit à placer ses agents dans la commission, les favoris pour prouver à tout prix l'imposture, la reine Yolande pour défendre Jeanne, mais sans que ses affidés lui paraissent trop ouvertement favorables. Les Théologues, eux, avec Machet leur porte-parole, ont envoyé des juges intègres mais sévères, certains que leur protégée, si elle triomphait de l'épreuve, en sortirait grandie. La commission ainsi formée se retrouve nombreuse, s'ensuit une cascade de questions au cours de séances interminables où les examinateurs se relaient pour briller à tour de rôle.

D'Aulon s'étonne de voir l'adolescente sortir fraîche et souriante d'interrogatoires qui durent plusieurs heures. Fasciné, il ne la quitte plus. Il la suit sans se faire remarquer, il l'observe. Il cherche la réponse à la lancinante question qui l'irrite, parce qu'il ne parvient pas à la résoudre : Jeanne est-elle une sainte, ou une sorcière ?

La voici qui marche de long en large devant le logis royal, elle prend l'air dans le minuscule jardin entre deux séances de la commission. Soudain, elle s'immobilise. Ses yeux s'écarquillent, elle semble regarder quelque chose qu'il ne peut voir. Et elle marmonne :

— L'épée ! Elle est enterrée… L'épée… à Sainte-Catherine-de-Fierbois… dans l'église… près de l'autel. Devant… non, derrière l'autel… Elle n'est pas enterrée profondément… Il faut la sortir… L'épée…

Qui croit-elle impressionner ?

Mais d'autres que lui le sont, et surtout la curiosité est trop forte. On trouve un armurier de Tours et on l'expédie à Sainte-Catherine-de-Fierbois, ce lieu où Jeanne s'était arrêtée avant d'atteindre Chinon et où d'Aulon s'était rendu pour tenter, en vain, de la voir. On demande au clergé du bourg la permission de fouiller derrière l'autel. Permission accordée. On creuse. Effectivement, une épée est là, enterrée à très peu de profondeur.

Jeanne aussitôt informée écrit au clergé de Sainte-Catherine-de-Fierbois, légitime propriétaire de la trouvaille. Les bons prêtres acceptent de lui en faire cadeau, et dépêchent une délégation pour la lui remettre.

— Elle était toute rouillée lorsqu'on l'a sortie de terre, mais à peine avons-nous commencé à l'astiquer que la rouille est tombée et que l'épée est apparue flambant neuve.

Jean d'Aulon hausse les épaules, refusant d'instinct cette apparence de miracle.

Radieuse, Jeanne tire l'épée du fourreau de drap d'or que lui ont offert les habitants de Tours et la fait briller à la lumière du soleil.

— Voilà une arme digne de défendre le roi de France !

Puis l'épée passe de main en main. Certains font le signe de croix en la levant comme une sainte relique, d'autres l'embrassent. D'Aulon l'examine maintenant en connaisseur. C'est certainement une arme d'origine très ancienne, peut-être même a-t-elle été ciselée en Orient. Elle porte sur la lame des signes mystérieux, comme des croix, mais sont-ce vraiment des croix ? De toute façon, c'est une arme exceptionnelle, certainement pas le genre d'épée qui aurait servi à une supercherie.

Jeanne accroche l'épée à son flanc.

— Elle ne me quittera plus.

*

Toujours absorbé par le mystère que représente pour lui la Pucelle, Jean d'Aulon rôde autour de la salle où siège la commission qui l'examine. Il en voit sortir le confesseur du roi, avec l'une de ses créatures, Pierre de Versailles. Machet paraît furieux et, sans faire attention au chevalier, gronde sa colère :

— Mais par Dieu, qu'est-ce qui lui a pris de parler du duc d'Orléans ? Elle va finir par nous dénoncer, ainsi. Les favoris déjà soupçonnent quelque chose et la reine Yolande est trop intelligente pour ne pas s'interroger.

— Que s'est-il passé ? demande d'Aulon à un des hommes de la reine Yolande qui assistait à la séance de la commission.

— Comme pour la énième fois nous interrogions la Pucelle sur sa mission, elle a répondu que celle-ci consistait en trois points, sauver la ville d'Orléans, faire sacrer le roi à Reims — cela, nous le connaissions déjà, tous les jours elle nous le répète —, puis elle a ajouté une nouveauté : « Ma mission consiste enfin à délivrer le duc d'Orléans. » À dire vrai, aucun de nous n'a compris le sens de cette intention, mais le confesseur du roi, vous savez, Machet, a bondi en l'air.

Nul n'ignore que le duc d'Orléans est depuis treize ans le prisonnier des Anglais.

— Et c'est tout ce que la Pucelle a dit à son propos ?

— Non ! Elle nous a déclaré qu'elle avait eu sur lui plus de révélations que sur quiconque, que le duc d'Orléans était à sa charge, et qu'au cas où il ne serait pas libéré, elle prendrait grand-peine d'aller le chercher en Angleterre même.

Or nul n'ignore que Charles d'Orléans s'accommode le mieux du monde de sa captivité. Il ne pourrit pas dans quelque cachot, il est seulement assigné à résidence dans un château, il voit du monde, reçoit des lettres, compose des poèmes qui feront sa célébrité, et il est au mieux avec les Anglais. Alors ? se demande d'Aulon. Alors ? s'interroge la reine Yolande lorsqu'il l'informe. Personne ne comprend cet intérêt soudain de la Pucelle pour le duc d'Orléans, sauf bien entendu les Théologues.

Ceux-ci n'ont pas oublié ce qu'ils doivent au père du prisonnier, le duc Louis, qui, d'une certaine façon, a été assassiné pour avoir embrassé leur cause. En contrepartie, il leur avait fait promettre de s'occuper de ses enfants s'il venait à disparaître prématurément. Les Théologues tenaient parole, ils veillaient sur le prisonnier. Par exemple, le régime de faveur exceptionnel dont il jouissait, c'était à eux qu'il le devait. Cependant, les Théologues, selon leur méthode, œuvraient occultement, sans jamais apparaître. Or, la déclaration de Jeanne devant la commission pointait du doigt les amis du feu duc d'Orléans, autrement dit eux-mêmes. Mais qui donc avait fait cette suggestion à Jeanne ?

Machet mène une rapide enquête, qui ne donne rien. Le frère Pasquerel pourrait l'éclairer, mais le confesseur de Jeanne se trouve encore en pèlerinage au Puy-en-Velay avec Isabelle d'Arc. De plus en plus perplexe, Machet convoque Novillompont et Poulengy.

— Qui a parlé à Jeanne du duc d'Orléans ?

Au cours de leurs nombreux entretiens, frère Pasquerel avait effectivement prié Jeanne de demander à ses Voix si elles avaient quelque chose à dire à propos du duc d'Orléans.

— Et les Voix ont répondu que c'était injustice que le bon duc restât prisonnier et qu'il serait souhaitable qu'il fût délivré.

— Frère Pasquerel aurait mieux fait de se taire, grommelle Machet, et les Voix de Jeanne tout autant.

D'Aulon ne veut pas manquer la séance où la commission va remettre solennellement ses conclusions sur Jeanne la Pucelle. La Cour se trouve réunie dans la grande salle du logis royal de Chinon. Le roi trône sous un dais fleurdelisé. L'entourent sa femme, la douce reine Marie, son fils Louis, fiancé à la princesse d'Écosse, sa belle-mère la reine Yolande, ses favoris, son confesseur, ses ministres, ses conseillers.

Les longues robes arborent les couleurs les plus vives, les immenses et extravagantes coiffures des hommes alternent avec les hennins des femmes. La soie et le velours se mêlent à l'or, à l'argent, à l'hermine. Le royaume exsangue est partout menacé, la Cour n'a pas un sou et ses membres, du roi jusqu'au dernier page, sont endettés jusqu'au cou, mais à tout prix les apparences doivent être sauves, et ces êtres, politiquement, historiquement moribonds, ont revêtu les étoffes les plus somptueuses, les fourrures les plus rares, et se sont couverts de joyaux.

Le président de la commission s'avance devant le trône, s'incline profondément, puis d'une voix forte déclare :

— Nous ne voyons, nous ne savons ni ne connaissons chez cette Pucelle aucune chose qui ne pût être chez une bonne chrétienne et une vraie catholique, et nous la tenons pour telle. À notre avis, c'est une très bonne personne.

Jeanne a donc brillamment passé l'examen. La reine Yolande triomphe, les favoris enragent, le confesseur du roi sourit benoîtement. Dans le silence, la voix grêle du roi s'élève :

— Nous avons décidé que la Pucelle subirait un nouvel examen devant une nouvelle commission, cette fois-ci à Poitiers où nous nous rendons.

Si le gros La Trémoille laisse éclater sa satisfaction, les autres ont assez d'empire sur eux-mêmes pour cacher leur déception, leur irritation.

*

La Cour nomade se déplace de villes en châteaux. Périodiquement, de longs cortèges s'allongent sur les routes, soulevant des nuages de poussière. Princes, ministres, ecclésiastiques chevauchent généralement en tête, entourés de gardes en armure, lance au poing, suivis de nombreux chariots transportant non seulement les bagages, mais encore les meubles du roi. La valetaille suit à pied. Les dames, elles, voyagent en litière. À Chinon, à Loches, on loge dans les énormes châteaux royaux. À Poitiers où il n'y en a pas, on s'installe chez l'habitant. On veut bien croire que celui-ci est fier d'héberger des hôtes si illustres. En fait, on réquisitionne sans trop demander l'avis des réquisitionnés. Jeanne est logée chez maître Jean Rabateau, avocat du roi au Parlement.

Les membres de la nouvelle commission, nommés d'après les intrigues antagonistes de la reine Yolande, des favoris et des Théologues, se rendent à pied au logis de Jeanne. Celle-ci s'avance audevant d'eux.

Pierre de Versailles prend la parole au nom de ses collègues :

— Nous sommes dépêchés par le roi.

— Je crois bien que vous êtes dépêchés pour m'interroger… Je ne sais ni *a* ni *b*.

Elle se moque d'eux et ils le savent. On s'installe dans la salle commune du rez-de-chaussée. On s'assied où l'on peut, car la réunion est informelle. On ne juge pas Jeanne, on examine une invitée d'honneur du roi. Il n'en reste pas moins qu'une certaine solennité plane. Un greffier est là qui consigne les questions et les réponses dans un gros dossier.

Jean d'Aulon est parvenu à convaincre la reine Yolande de l'envoyer assister aux séances.

— Votre avis me sera précieux, est-elle convenue, mes hommes ne me rapportent que le résumé des interrogatoires. J'ai besoin d'un jugement indépendant, impartial comme le vôtre.

Il se fait le plus discret possible pour se glisser dans la salle commune de la maison Rabateau où l'examen se poursuit.

Les questions se succèdent, toujours sur les Voix de Jeanne, sur sa mission.

— Si Dieu veut délivrer le peuple de la France des calamités dans lesquelles il est, qu'a-t-il besoin d'avoir des gens d'armes ?

— Au nom de Dieu, les gens d'armes batailleront et Dieu leur donnera victoire.

— Croyez-vous en Dieu ?

— Oui, et beaucoup mieux que vous.

L'un après l'autre, les examinateurs insistent pour qu'elle leur donne une preuve qu'elle est bien envoyée par Dieu. Il leur faut un signe.

— Au nom de Dieu, je ne suis pas venue à Poitiers pour faire des signes. Menez-moi à Orléans, je vous montrerai les signes prouvant par qui je suis envoyée.

Parce qu'il est orgueilleux, Jean d'Aulon n'avoue pas à la reine Yolande qu'il est de plus en plus séduit par l'intelligence, par la rapidité d'esprit, par le sens de l'à-propos et par l'aplomb de cette toute jeune fille que l'on s'entête à faire passer pour une bergère ignorante. Il se contente de lui répéter ses meilleures répliques. Lorsque frère Seguin, qui garde de forts relents de son patois limousin, lui demande : « Dans quelle langue vous parlent vos Voix ? », la repartie fuse : « Elles parlent un français bien meilleur que le vôtre ! » La reine Yolande a un petit rire puis s'arrête et réfléchit :

— Mais c'est vrai que cette fille s'exprime dans un français irréprochable, or elle devrait parler uniquement le patois lorrain, comme ses frères… Je suis prête à croire beaucoup de choses venant d'elle mais tout de même pas que ses Voix lui ont enseigné le français. Alors qui le lui a appris, et pourquoi ?

Jeanne a pourtant compris qu'elle ne réussira pas à impressionner ses examinateurs par sa dialectique. Alors elle en appelle au surnaturel et leur assène une série de prédictions :

— D'abord, les Anglais seront battus. Le siège mis devant Orléans sera levé et la ville délivrée. Deuxièmement, le roi sera sacré à Reims. Troisièmement, la ville de Paris rentrera dans l'obédience du roi de France. Quatrièmement, le duc d'Orléans rentrera d'Angleterre.

Si aujourd'hui d'Aulon est prêt à voir en Jeanne une héroïne, il ne l'aime pas du tout dans son rôle de prophétesse. Le chevalier n'apprécie pas la voyance, n'importe quelle sorcière de village pouvant prédire l'avenir ! Lorsqu'il exprime cette opinion à la reine, celle-ci prend sa décision :

— C'est bon, je vais y aller moi-même.

Et elle convoque d'Aulon pour une heure matinale du lendemain.

Chaque fois qu'il aborde cette femme sèche, maigre, imposante, qui dégage une impression d'autorité, de volonté et aussi de rudesse, ce n'est jamais sans une certaine appréhension. Dès son arrivée, elle lui demande de la suivre. Elle monte dans sa litière ornée de ses armoiries écartelées Aragon et Sicile, et, entourée de ses gardes, elle se rend auprès de Jeanne, suivie de deux femmes, la dame de Gaucourt, épouse du maître de l'hôtel du roi, et la dame de Trèves. Sous le contrôle de la reine, ces dames feront subir à Jeanne un examen physique.

À la vérité, ces mêmes dames l'ont déjà testée à Chinon, mais la reine Yolande veut être absolument sûre de son fait, et sa visite est un prétexte pour évaluer la Pucelle.

Pénétrant dans la maison Rabateau, elle invite d'un geste gracieux la jeune fille à s'avancer, et la prie de se laisser examiner encore une fois. Les deux matrones l'emmènent dans la pièce voisine, la reine attendant le résultat en compagnie de Jean d'Aulon.

Examen d'abord de virginité. C'est une formalité à laquelle doivent se prêter les femmes qui aspirent à la religion, à la sainteté, car une fille qui ne serait plus vierge ne pourrait prétendre parler au nom de Dieu. Cet examen n'étonne pas d'Aulon, non plus que le résultat. Jeanne est effectivement trouvée vierge. En revanche, le second examen le surprend. Yolande souhaite en effet déterminer le sexe de Jeanne. Déjà son habileté à cheval et aux armes intrigue, car de mémoire d'homme on n'a jamais vu une femme se conduire comme un chevalier. Mais il faut avouer aussi que sa carrure, son allure, soulignées par ses habits masculins et sa coupe de cheveux, pourraient prêter à confusion. Femme, elle l'est, Jean d'Aulon est prêt à en jurer, mais il y a tout de même une équivoque. Les deux matrones, au sortir de l'examen, affirment bien haut que Jeanne est une femme. Elles apportent cependant de curieuses précisions : Jeanne aurait une malformation qui l'empêcherait de pratiquer l'acte sexuel et, selon les dires de la Pucelle elle-même : « Oncques elle n'a eu la maladie secrète des femmes », elle n'a donc jamais eu ses menstrues.

Sur le chemin du retour, Jean d'Aulon ne peut se retenir d'interroger la reine Yolande sur ses impressions, car il sait que, même si elle n'a posé aucune question à Jeanne et si elle ne lui a presque pas adressé la parole, elle l'a jaugée.

— Je ne sais pas si c'est une sainte, mais en tout

cas elle ne feint pas, elle est totalement, absolument sincère. Je croyais pouvoir la conseiller, la diriger, je me suis trompée. Ni moi ni personne d'autre n'y parviendra. Elle a trop de personnalité, trop d'indépendance ! Il y a toutefois autour d'elle quelque chose que je ne parviens pas à m'expliquer. Elle n'est pas manipulée, et pourtant je sens derrière elle des gens très puissants qui la préparent depuis longtemps et qui la poussent en avant. Je pourrais vous citer Machet, c'est le plus évident, mais je suis certaine qu'il y en a d'autres, et je voudrais bien connaître leur identité et leur but… En tout cas, la Pucelle œuvre dans le bon sens, c'est-à-dire celui de la France et de son roi.

Ainsi, la reine avait admis que jamais Jeanne ne serait sa créature, mais que cette défaite ne l'empêcherait pas de l'appuyer puisqu'elle servait sa cause, celle de son gendre, le roi Charles.

La commission examinait Jeanne déjà depuis trois semaines. Trois semaines au cours desquelles on lui posait chaque jour les mêmes questions. D'Aulon, qui se faisait un devoir d'assister à chaque séance, se laissait gagner par la lassitude et se demandait comment elle pouvait résister. Et pourtant, un jour…

C'est au sortir d'une séance particulièrement longue. Les membres de la commission se sont retirés. Le chevalier, qui se demande une fois de plus où tout cela peut mener, est resté sur place. Il s'aperçoit qu'il n'y a plus dans la salle commune que Jeanne et lui. Elle se tient debout, à la place d'où elle a affronté, pendant cinq heures d'affilée, ses examinateurs. Elle n'a pas bougé, simplement elle a baissé la tête. Il lit sur son visage l'épuisement, la tristesse, le découragement. Instinctivement, il s'approche d'elle, cherchant le mot, le geste pour la réconforter. Elle note sa présence. Peut-être l'avait-elle remarqué pendant les séances, en tout cas elle ne montre aucune surprise. Elle jette sur le jeune homme un regard chaleureux qui l'encourage à parler.

— Vos Voix ne peuvent-elles vous assister lorsque vous subissez ces interrogatoires ?

— Chaque jour, chaque heure, je leur demande que faire, et elles se contentent de me répondre : « Lève-toi et prend l'étendard de ton Seigneur. »

La belle affaire, se dit d'Aulon, alors que ses examinateurs la retiennent dans le dédale de leurs questions…

La lumière de la fin de l'après-midi pénètre chichement par les fenêtres à petits carreaux de la pièce. Bancs et tabourets ont été repoussés en désordre. Le silence s'installe, à croire que la maison est déserte. C'est alors qu'il entend Jeanne murmurer plusieurs fois : « Il faut me dépêcher, il faut me dépêcher. » Que veut-elle dire ?

— Je ne durerai qu'un an…

Pourquoi le choisit-elle pour cette confidence, pourquoi marque-t-elle une telle confiance à un inconnu ?

— Que se passera-t-il ensuite ? ose-t-il demander.

Jeanne a simplement un geste de fatalisme et répète :

— Je ne durerai qu'un an.

Le chevalier est bouleversé. Lui, qui pourtant déteste l'entendre faire de la voyance, sent tout à coup que face à elle il perd pied. Un long moment, ils restent debout en face l'un de l'autre dans la pièce gagnée par les ombres du soir, puis, lentement, silencieusement, d'Aulon se retire. Il se trouve trop petit pour aider Jeanne à supporter son destin, et il emporte avec lui l'effrayante révélation qu'elle lui a faite, ne doutant pas un instant de sa véracité.

Cependant, la commission lanterne et Machet sort de sa réserve pour lancer l'argument décisif :

— Perdue pour perdue, au point où en est la situation, c'est-à-dire désespérée puisque, apparemment, il n'y a aucune solution pour l'inverser, pourquoi ne pas donner une chance à la Pucelle ? Elle est la dernière carte qui nous reste.

Alors le roi déclare en son conseil qui se tient dans la demeure de la dame La Macée :

— Après avoir ouï nos conseillers, considérant la grande bonté qui est dans cette Pucelle et ce qu'elle nous avait dit, qu'elle nous était envoyée de par Dieu, dorénavant nous nous aiderons d'elle pour le fait des guerres, attendu que pour ce faire elle nous a été envoyée. Ayant délibéré, nous avons décidé qu'elle serait dépêchée dedans la cité d'Orléans, laquelle est alors assiégée par nos dits ennemis.

— Et les favoris ? demande anxieusement la reine Yolande à d'Aulon qui est en train de lui rapporter scrupuleusement la scène.

— Ils ont laissé faire.

Et le chevalier d'expliquer cette magnanimité inattendue. Comme il a l'art de se trouver là où il faut au bon moment, il a vu La Trémoille au sortir du conseil pousser du coude Regnault de Chartres son complice et ricaner :

— Cette fille, à la tête des armées du roi ! Mais elle ne tiendra pas deux jours. Elle va être traînée dans la poussière, et nous allons rire, beaucoup rire ! Le roi verra ce qu'il en coûte de s'attacher à la première aventurière venue, et désormais il nous écoutera docilement, vous et moi, monseigneur.

Ce que d'Aulon ne dit pas à la reine, c'est qu'il n'est pas loin de partager l'opinion de ces deux crapules. Jeanne lui inspire une grande sympathie, il le reconnaît désormais, mais de là à ce qu'elle conduise une armée !

*

Les habitants de Poitiers ont beau, dans leur immense majorité, être persuadés que bientôt les Anglais seront maîtres de tout le pays, la présence dans leurs murs de la cour de France — qui peut-être dans quelques mois n'existera plus — les survolte. Une extraordinaire animation règne dans les rues jusque très tard, les auberges restent ouvertes pratiquement toute la nuit.

Jean d'Aulon est demeuré dans son logis. Certes il aime les femmes, le vin et la dépense, mais c'est un solitaire. Par ailleurs, il se trouve à ce point de sa vie où il se demande ce qu'il va faire, et même ce qu'il a envie de faire. Continuer comme conseiller du roi à grimper les échelons de la Cour grâce à la reine Yolande, c'est un bel avenir qui s'ouvre devant lui, lucratif et honorifique, mais limité, quelque peu étroit, peut-être même légèrement ennuyeux. Il peut aussi quitter la Cour pour s'occuper de ses domaines en Anjou. Mais vu l'incertitude des temps et la propension des provinces à passer d'un maître à l'autre, cette perspective devient aléatoire. Et il se sent encore trop jeune pour se retirer dans son manoir.

Il réfléchit ainsi, non sans une certaine morosité, lorsqu'il est interrompu. Un serviteur vient le chercher de la part de Mgr Machet. Tout en s'étonnant de l'heure tardive de cette convocation, d'Aulon se laisse mener dans l'opulente maison d'un riche chanoine où le confesseur du roi a élu domicile.

Dès l'entrée, il est enveloppé de calme et de luxe. On le conduit dans une petite pièce somptueusement ornée, aux lourdes courtines soigneusement tirées. Machet commence par lui offrir un verre de vin qu'il accepte, et pendant que son hôte le sert, il l'observe à loisir.

L'ecclésiastique marche légèrement courbé comme pour excuser sa grande taille. Maigre, il flotte dans ses amples robes de soie. Un geste automatique lui fait constamment se frotter les mains l'une contre l'autre.

La tête modestement inclinée, mais dardant ses yeux sur d'Aulon, il se met à parler de sa voix chuintante :

— Je vous félicite, chevalier, pour votre promotion.

— De quoi parlez-vous, révérendissime ?

— Le roi vient de signer ce soir le décret vous confiant la « garde et conduite » de Jeanne la Pucelle.

D'Aulon bondit :

— Jamais !

En un instant, tous les préjugés accumulés depuis qu'il entend parler de Jeanne et qu'il a tenté d'écarter sont revenus. Il a beau, au cours de ces longues semaines, s'être laissé amollir, et même en partie convaincre par elle, il ne veut tout de même pas devenir en quelque sorte le laquais de cette gamine !

Machet se fait encore plus patelin :

— Ce serait le meilleur moyen pourtant d'éponger vos dettes…

— J'aime mieux être jeté en prison par mes

créanciers que d'accepter une fonction par goût du lucre !

Machet se rend compte qu'il s'est trompé sur le personnage et change aussitôt de registre.

— Je sais que vous brûlez de servir notre roi. Or le roi a besoin auprès de la Pucelle de quelqu'un qui le renseigne quotidiennement sur tout ce qu'elle fait, sur tout ce qu'elle dit et même sur tout ce qu'elle pense.

— Je ne veux pas non plus être un espion.

— Pourtant, vous renseignez la reine Yolande…

— Elle m'a couvert de bienfaits depuis mon enfance, et puis je n'espionne pas pour son compte, je me contente de lui donner mon opinion.

Alors, d'un ton très solennel et en même temps très sincère, Machet s'exclame :

— Eh bien, faites-le pour elle ! Faites-le pour Jeanne, elle a besoin de quelqu'un comme vous à ses côtés.

Cet argument détend considérablement Jean d'Aulon. Pour la première fois depuis le début de l'entretien, il se sent prêt à accepter. Aussi prend-il le temps de réfléchir avant d'énoncer :

— Depuis que je l'ai entendue à Chinon, la Pucelle a dévié d'objectif. Elle voulait au début faire sacrer le roi notre Sire, désormais, elle veut délivrer Orléans et chasser les Anglais ! Un être qui se dit inspiré par Dieu peut-il se battre comme n'importe quel soldat ? Peut-il infliger le mal à un ennemi, peut-il tuer un autre être humain ?

— Pour faire sacrer le roi, il est indispensable de chasser d'abord l'occupant, mais une nuance vous échappe. La Pucelle ne veut pas se battre contre les Anglais, elle brûle seulement de se battre pour le roi.

Cette subtilité tout ecclésiastique convainc ou ne

convainc pas d'Aulon qui pose maintenant la question essentielle :

— Pourquoi moi ? Pourquoi m'avez-vous choisi ?

— Parce que vous êtes honnête, parce que vous êtes intelligent, parce que vous êtes totalement indépendant d'esprit, mais surtout parce que vous avez le DON comme elle, même si vous le possédez à un degré différent. Aussi êtes-vous un des seuls qui puissent la comprendre.

Cette fois, d'Aulon est sérieusement ébranlé.

— Je ne suis pas certain de ce que je pense d'elle, et donc je ne sais si je peux accepter. Que se passera-t-il si elle perd toute crédibilité à mes yeux ?

Machet s'enfonce dans sa cathèdre et, à voix basse, répond :

— Écoutez-moi, chevalier, écoutez-moi bien. Elle est le dernier espoir de la France et de son roi. Elle doit être crédible et je vous assure, au nom de tout ce que j'ai de plus sacré, qu'elle l'est !

Soudain, Aulon revoit Jeanne le soir où elle s'est confiée. Il entend l'étrange, la terrible confidence : « Je ne durerai qu'un an… » Très vite, il prononce le mot que Machet attend impatiemment, anxieusement :

— J'accepte.

— Et n'oubliez pas de m'envoyer pour le roi des rapports quotidiens sur elle…

— Je vous le répète, révérendissime, je ne suis pas un espion.

— Vous êtes entêté ! Alors, écrivez pour vous-même ce que vous verrez, ce que vous entendrez, ce que vous ressentirez, et vos rapports deviendront une chronique qui traversera les siècles, car, sachez-le, dès ce moment vous entrez dans l'Histoire, vous appartenez à l'Histoire.

Machet n'avoue pas au chevalier qu'il vient ainsi d'entrer au service des Théologues. Comme le chevalier n'avoue pas qu'il a accepté de devenir en quelque sorte l'intendant de Jeanne la Pucelle pour répondre à l'appel tant attendu de l'aventure.

*

D'Aulon à peine parti, le confesseur du roi, en se frottant les mains selon son habitude et en faisant crisser les soies de sa robe sur les tomettes, descend au sous-sol de la maison. La salle voûtée qui servait de cave a été transformée. Une trentaine de moines sont assis autour de longues tables.

À la lueur de nombreuses chandelles, certains lisent des documents, d'autres en rédigent, d'autres enfin décachettent des lettres à la vapeur. Leur officine constitue l'un des centres installés par les Théologues pour surveiller leur propagande. Leurs agents sont tous des ecclésiastiques, des moines, en majorité des Célestins qui, se rendant de ville en ville, de couvent en couvent, répandent les nouvelles — lesquelles, indéfiniment répétées par le bouche à oreille, s'en vont partout. On utilise aussi beaucoup les correspondances. Un clerc du pape écrit à un abbé qui, lui-même, écrit à plusieurs ecclésiastiques du même rang. Un ambassadeur de Milan raconte à un marchand qui le répète à un poète.

Les Théologues ont des accointances là où il faut, à commencer par la papauté, ou plutôt les trois papautés qui se disputent la tiare. Là aussi, on commet des indiscrétions, on parle, on commente, et les rumeurs vont vite. Une fois lancées, elles grossissent, se chargent de vrai mais surtout de faux, changent de direction. À l'occasion, elles prennent une coloration que n'aurait pas souhaitée les Théologues. Aussi, à défaut de les contrôler, se donnent-ils les moyens de les suivre, et de savoir ce qui se dit partout à propos de leur protégée.

Pour ce faire, ils utilisent le service d'espionnage de l'Église. En ces temps troublés, et même avec trois papes, l'Église reste le seul corps parfaitement organisé, parfaitement international. Ainsi, les Théologues reçoivent des informations sur les gouvernements, sur les cercles privés, sur les communautés. Dans son sous-sol, Machet lit des rapports sur l'état de l'opinion, sur les ouï-dire des populations, il prend connaissance de lettres d'importants personnages que ses services ont subtilisées au passage.

« Une pucelle gardeuse de moutons née devers la Lorraine est venue il y a un mois et demi vers le dauphin… »

Machet se félicite que la légende de Jeanne inventée par l'Épiphane ait si bien pris et se soit partout répandue.

« Elle a annoncé au dauphin que sûrement d'ici la Saint-Jean, le 24 juin, il livrerait bataille aux Anglais et sûrement serait vainqueur, il entrerait dans Paris et y serait couronné… »

Machet n'aime pas beaucoup les prédictions car elles ne se réalisent pas toujours, mais celle-la prouve que l'opinion a confiance en Jeanne et tient le « dauphin » pour gagnant.

« On dit que beaucoup de gens qui ont voulu se moquer d'elle ont péri de male mort… »

Machet hausse les épaules, il n'y a pas eu beaucoup de morts mais un seul, ce cavalier qui avait insulté Jeanne à son entrée au château de Chinon. Certes, cet incident se révèle bien fâcheux, car il assimile la Pucelle à une sorcière lanceuse de sorts, à une magicienne capable de tuer à distance, et cela, Machet n'aime pas.

Il s'arrête pour relire plusieurs fois un passage recopié par ses agents d'une lettre du Vénitien Gustiniani à son père :

« Il fut dit ensuite qu'après la délivrance d'Orléans, ladite demoiselle doit accomplir deux autres grands faits et qu'ensuite elle doit mourir… »

Là, Machet aime encore moins. Il a appris comme les autres Théologues que Jeanne avait plusieurs fois déclaré qu'elle ne durerait qu'un an. Déjà, cette prédiction l'a profondément troublé, mais le fait qu'elle se soit répandue le contrarie, car elle écorne l'image d'une Jeanne triomphante. Et puis, que faut-il en penser ?

9

Le premier rapport de Jean d'Aulon à Gérard Machet, daté du 27 avril 1429, décrit le départ de Jeanne pour Orléans.

« La Pucelle est sortie de son logis cuirassée de blanc de la tête aux pieds, tenant une petite hache à la main, mais elle gardait la tête découverte... »

Un grand cheval blanc qui l'attend, attaché à un gros anneau, se démène comme une bête furieuse. Il hennit, se cabre, rue dans tous les sens.

« J'ai vu la Pucelle s'approcher de sa monture et lui dire doucement "mène-moi à la croix qui est devant l'église auprès du chemin", et aussitôt, comme par miracle, le cheval s'est calmé et s'est laissé docilement monter. »

De sa voix lente et forte qui a déjà frappé le chevalier, Jeanne s'adresse au clergé réuni devant l'église de la petite ville.

— Vous, les prêtres et gens d'Église, faites procession et prière à Dieu.

Puis elle donne l'ordre du départ :

— Tirez avant, tirez avant !

Le page, Louis de Coutes, déploie l'étendard de Jeanne « qu'elle a fait peindre selon les indications de ses Voix, à ce qu'elle dit». Son «frère» Jean d'Arc s'élance derrière elle. L'armée s'ébranle.

«Nous sommes mille deux cents hommes à peine. Je crains, révérendissime, qu'il faille des troupes autrement nombreuses pour libérer Orléans de l'emprise anglaise, d'autant plus que les vivres, les armes manquent et que ceux que nous emportons n'ont pu être réglés qu'avec la plus grande difficulté, les caisses restant quasiment vides. Cependant, tous nos espoirs reposent sur Dunois.»

La veille au soir, Jean d'Aulon s'était présenté au logis de Jeanne et avait fait connaissance avec son entourage. Novillompont et Poulengy, qu'il a rencontrés à Sainte-Catherine-de-Fierbois et à Chinon, ne sont pas du voyage. Ils ont accompli leur tâche, ils ont fait leur temps. Par contre, un revenant a surgi à ce moment-là comme par miracle. Il s'agit du frère Pasquerel. Tout en accompagnant Isabelle d'Arc au pèlerinage du Puy-en-Velay, il se tenait au courant de tous les développements. Le moment venu, il a abandonné Isabelle et les autres pèlerins et s'est précipité à Chinon puis à Tours. Là, comme par hasard, il s'est retrouvé lecteur dans un couvent de la ville, et par le même hasard il a rencontré Jeanne… Tout naturellement, il a repris ses fonctions auprès d'elle, tout en apparaissant aux yeux de D'Aulon et des autres comme un nouveau venu.

Le chevalier s'est soigneusement gardé de décrire dans son rapport l'accueil que lui a réservé la Pucelle.

Il s'est présenté à elle, revêtu de sa tenue la plus élégante. Bien que peu nanti d'écus, il sait s'habiller. Jeanne a observé ce visage triangulaire, les yeux bleus étirés, la bouche sensuelle, le nez légèrement busqué. Mais elle ne s'est pas arrêtée à la beauté du jeune homme qui a séduit déjà tant de femmes, ni à ses regards éloquents, ni à son sourire dont il sait si bien jouer. Elle a contemplé avec une moue dubitative ses bras et ses jambes qui sont en effet plutôt maigres :

— Ce n'est pas avec ces muscles-là que tu pourras me défendre efficacement.

— Mettez-moi à l'épreuve et vous verrez !

La remarque de Jeanne l'a vexé et elle s'en est rendu compte. Elle lui a tapé dans le dos, l'a invité à déjeuner et a versé elle-même le vin.

— Bientôt, je t'en ferai boire du bien meilleur à Paris.

Jean d'Aulon a pardonné.

Cependant, c'est sur le seul Dunois que reposent ses espoirs, ainsi qu'il l'a écrit à Machet. Il est impatient de rencontrer ce héros plus connu sous le nom de « Bâtard d'Orléans ». Fils illégitime du duc Louis, il est donc le demi-frère de Charles, le poète emprisonné en Angleterre. Comme le roi Charles VII, il a vingt-six ans, mais c'est son contraire. Beau, flamboyant, courageux, c'est une personnalité explosive et sympathique. Depuis des mois, il est chargé par le roi de défendre la ville d'Orléans contre les Anglais, quasiment sans troupes, presque sans armes, sans rien que sa vaillance. Aussi les yeux de toute la France sont-ils fixés sur lui.

*

« Voici quatre jours que nous sommes dans Orléans, écrit le 3 mai Jean d'Aulon à Gérard Machet. Le jour où nous y sommes arrivés, alors que nous étions à quelque distance de la ville, nous avons vu des cavaliers en sortir pour venir à notre rencontre. C'était le comte de Dunois avec son entourage. Il s'est approché, le sourire aux lèvres, de la Pucelle. Celle-ci l'a apostrophé d'une voix rude qui n'avait franchement rien d'aimable :

« — Êtes-vous le Bâtard d'Orléans ?

« Avec une courtoisie de grand seigneur, celui-ci a répondu :

« — Oui, je le suis, et je me réjouis de votre arrivée.

« Aussitôt, elle lui a reproché avec virulence de lui avoir fait perdre du temps en l'obligeant à un inutile détour. Toujours le plus courtoisement du monde, il s'en est défendu, expliquant qu'il avait pris conseil de ses officiers et que, puisque la route de Blois d'où elle venait avait été coupée par les Anglais, mieux valait pour sa sécurité faire ce détour.

« — Vous avez cru me tromper et vous vous êtes trompé bien davantage, a-t-elle répliqué.

« Là-dessus, elle lui a demandé, tout aussi rudement, pourquoi il avait fait venir une partie du ravitaillement par terre et non par voie d'eau. Sans se départir de sa douceur, Dunois lui a affirmé que la voie d'eau était impraticable à cause de vents contraires.

« À ce moment même est survenu quelque chose d'inexplicable. Contre toute attente, les vents qui soufflaient fort ont brusquement tourné et les voiles des navires de ravitaillement se sont gonflées, qui les ont poussés vers Orléans. J'y ai vu la main de la providence et non point celle de la Pucelle, dont la grossièreté à l'égard de Dunois m'a paru injuste et pour tout dire choquante. »

Néanmoins, Dunois a l'amabilité d'inviter Jeanne au conseil de guerre. Elle y chamboule tous les plans. Le Bâtard d'Orléans et ses lieutenants veulent attendre des renforts puisqu'ils sont en état d'infériorité, elle insiste pour attaquer tout de suite.

« Le comble, c'est qu'au sortir du conseil, c'était elle qui paraissait irritée. Elle m'a forcé à la suivre sur les remparts. Du haut de leur bastille, les Anglais l'ont reconnue et se sont mis à l'insulter :

« — Sorcière, on te prendra et on te brûlera !

« Soudain, elle a paru tout abattue. C'est pourtant elle qui avait commencé par leur crier des injures et les provoquer. Tantôt elle se montre outrecuidante, tantôt elle manifeste une extrême naïveté. »

À preuve, elle a faire lire à d'Aulon et aux autres membres de son entourage la lettre qu'elle a écrite au régent de France, le duc de Bedford, pour lui demander tout simplement de lui rendre, à elle la Pucelle, toutes les villes françaises qu'il occupe. Comme elle a écrit à Talbot, le commandant en chef des armées anglaises, pour lui enjoindre de lever incontinent le siège de la ville d'Orléans et de s'en retourner en Angleterre !

Et d'Aulon conclut :

« Je n'ose imaginer les ricanements anglais qui ont dû saluer ses missives. Ces enfantillages ne donneront pas à l'ennemi une idée très forte de notre haut commandement. »

*

En ce début d'après-midi du mercredi 4 mai, Jean d'Aulon se dit qu'il a bien gagné son repos. Même sans bataille, la Pucelle a tellement d'énergie qu'à la suivre du matin au soir, allant ici ou là, participant à des conseils, visitant tout, inspectant tout, il est épuisé. Heureusement, elle vient de monter dans sa chambre pour se reposer. Seul dans la salle commune avec le page Louis de Coutes, il cherche un coin pour s'étendre.

À peine a-t-il pris ses aises et a-t-il fermé les yeux qu'il entend un grand bruit. Jeanne descend l'escalier comme une folle, se rue sur lui et le secoue violemment.

— Ah ! garçon ! Tu ne me disais pas que le sang de France est en train d'être répandu !

Il ne comprend rien. L'hôtesse de Jeanne, Mme Boucher, elle aussi est sortie de sa sieste. Jeanne la supplie de l'aider à s'armer pendant qu'elle envoie Louis de Coutes chercher son cheval. Le page se précipite dans la rue vers les écuries et rencontre des gens courant dans tous les sens.

En effet, quelque chose se passe. Des soldats, des habitants d'Orléans, de leur propre initiative, sont tout simplement sortis de la ville pour aller attaquer la bastille Saint-Loup, un des ouvrages de défense élevés par les Anglais. Tel est l'effet de la Pucelle sur les Orléanais, qu'ils se croient capables de tout ! Mais comment donc Jeanne a-t-elle su que là-bas on se battait et que « le sang de France » coulait ?

Lorsque le page, ayant rapidement sellé le cheval, revient en le tenant par la bride, il trouve Jeanne revêtue de son armure grâce aux bons soins de Jean d'Aulon. Elle saute en selle.

— Mon étendard ! hurle-t-elle.

Elle l'a oublié dans sa chambre. Le chevalier grimpe à l'étage, prend l'étendard, court à la fenêtre et le jette dehors. Jeanne l'attrape et part au galop.

— Courez derrière elle, rattrapez-la ! crie Mme Boucher.

Jeanne se hâte tellement qu'il ne la rejoint qu'à la porte de Bourgogne. Ils ont peine à progresser car la route est encombrée de fuyards, de blessés qui se dépêchent de s'abriter derrière les remparts de la ville. Elle regarde les plaies atroces, les visages ensanglantés. Les larmes coulent sur son visage.

— Jamais je ne m'habituerai à voir le sang français couler.

Cependant, elle poursuit sa progression.

— Arrêtez, ne fuyez pas ! Suivez-moi ! Nous allons les vaincre. Tous à la bastille Saint-Loup !

Le plus étonnant, c'est que les fuyards s'arrêtent. Ils l'écoutent répéter ses exhortations. Ils se reprennent, font demi-tour, lui emboîtent le pas, ils courent presque plus vite qu'elle.

La bastille Saint-Loup est défendue par de grands pieux taillés en pointe enfoncés sur une base de pierres. Les Anglais, qui se croyaient vainqueurs, voient fondre sur eux une troupe furieuse et hétéroclite. Ils reconnaissent la Pucelle à son armure blanche. Jean d'Aulon les repère en train de pointer leurs flèches sur elle, mais elle avance toujours, son étendard à la main en signe de ralliement.

Il se place devant elle pour lui servir de bouclier. Jeanne l'écarte. Les échelles apparaissent, que les Français dressent contre les pieux. Elle monte parmi les premiers, brandissant l'étendard reconnaissable de loin, Jean d'Aulon presque collé à elle.

Les Français, brusquement invincibles, sûrs de la victoire, en un rien de temps enfoncent la défense ennemie. Les Anglais abandonnent la bastille et se réfugient dans l'église voisine. Les Français enfoncent la porte. Le combat se poursuit à l'intérieur même du sanctuaire, dégénère très vite en impitoyable tuerie.

Jeanne entend les cris de souffrance, les hurlements, les grognements d'agonie. Elle veut arrêter ce massacre, elle est repoussée par les Français eux-mêmes. Soudain, sortant par une porte latérale de l'église, elle aperçoit un cortège d'ecclésiastiques. Ils portent bien des chasubles, mais sont-ce de véritables prêtres ? Ils ont une curieuse allure… Jeanne comprend que plusieurs Anglais réfugiés dans la sacristie ont endossé ces vêtements pour tâcher d'échapper à l'hécatombe. Les Français s'en rendent compte en même temps qu'elle et se précipitent.

Cette fois, elle parvient à les contenir et les Anglais sont épargnés.

La victoire est complète. La bastille Saint-Loup, ce n'est vraiment pas important, mais c'est le premier succès des assiégés après des semaines d'angoisse. C'est même le premier succès français depuis des décennies ! Alors, c'est la jubilation. Seule Jeanne n'y participe pas. Elle a reçu aujourd'hui son baptême de guerre. Elle a vu infliger des blessures, elle a vu tuer à côté d'elle. Pas un instant elle n'a eu peur.

— C'est aux blessés, c'est aux morts que je pense. Qu'ils soient amis ou ennemis, c'est la même chose.

Ils se trouvent tous encore sur le champ de bataille. Les soldats français rient, crient, dansent de joie, certains dépouillent déjà les morts. Jeanne promène autour d'elle un regard chargé de toute la tristesse du monde. « Tant de ces soldats sont morts sans confession qui certainement doivent être damnés pour l'éternité… »

D'Aulon est agacé par ce sentimentalisme. La guerre, pour lui qui en a l'expérience, ne peut pas éviter les victimes. Cela fait partie de ce jeu terrible. La guerre, ce n'est pas fait pour des femmes qui pleurent au premier cadavre.

Jeanne comprend qu'il n'a pas à ce moment de sympathie pour elle. Désemparée, elle aperçoit frère Pasquerel qui, lui non plus n'ayant pas froid aux yeux, l'a rejointe alors que la bataille faisait encore rage. Elle a besoin de se confesser à lui, sur place, tout de suite. Après, elle voudrait que tous les soldats qui ont participé à l'engagement se confessent aussi, mais les soldats ont d'autres projets, ils sont ivres de sang, ivres de victoire, ivres de joie. Alors elle se fâche : si c'est ça, la guerre, s'il faut supporter tant d'impiété, elle partira, tant pis pour les autres !

Frère Pasquerel doucement l'apaise, tente de lui faire admettre que les hommes qui viennent de côtoyer la mort ne peuvent pas toujours se conduire en bons chrétiens. Elle écoute, puis tout à coup se redresse, regarde droit devant elle. Frère Pasquerel se retourne, et ne remarque rien de particulier. Pourtant elle s'écrie :

— Avant cinq jours, le siège de la ville d'Orléans sera levé et il n'y aura plus un Anglais devant la cité !

Dans son coin, Jean d'Aulon hausse les épaules. L'engagement d'aujourd'hui n'a en rien changé le déséquilibre des forces. La supériorité des Anglais reste écrasante, et il sait, comme Dunois le sait, comme les lieutenants le savent, qu'il sera pratiquement impossible d'en venir à bout.

*

« Aujourd'hui, c'est l'Ascension. Aussi toute opération a été suspendue et j'ai plus de loisir pour vous écrire. » Ainsi commence le rapport du 5 mai de Jean d'Aulon à Machet.

« Nous logeons chez Jacques Boucher, un notable considérablement nanti et trésorier de Mgr d'Orléans. La Pucelle dispose à l'étage d'une chambre à coucher et d'une chambre de bains qu'elle a eu plaisir à utiliser. Les femmes de la maison dorment avec elle dans le lit familial, et j'ai remarqué qu'elle n'aime pas partager sa couche avec des vieilles et préfère le faire avec des jeunes filles.

« Chaque jour, sur les ordres de notre hôte, un festin est préparé, mais la Pucelle n'y touche pas. Elle a même refusé de goûter à la spécialité locale, une pâte de coing au miel appelée cotignac à laquelle nous avons dû faire honneur pour ne pas offenser nos hôtes. La Pucelle se contente d'un verre d'eau coupé de vin et de morceaux de pain qu'elle y trempe. Elle paraît n'avoir jamais faim, jamais soif, et n'être jamais fatiguée. Son énergie épuiserait de plus endurants que moi.

« Sa piété est telle que nous sommes obligés d'aller à la messe quotidiennement. Non contente d'assister au sacrifice divin, elle y participe littéralement et au moment de l'élévation elle pleure à chaudes larmes.

« J'ai interrogé pas mal de soldats pour connaître leur opinion sur elle. Ils sont habitués aux ribaudes qui suivent l'armée et n'en reviennent pas de la tenue de la Pucelle. Pour eux, il n'y a pas de femme plus chaste. Hier, me tenant à ses côtés, je l'ai vue pour la première fois à la bataille. Son courage nous a tous frappés. Elle s'expose, inconsciente du danger, mais elle garde à tout moment un œil très sûr et elle sait ce qu'elle fait. De toute évidence, elle a été entraînée aux choses de la guerre, et je me demande bien où et comment. De même, elle comprend le déroulement d'une bataille, ce qui ne cesse de m'étonner de la part d'une bergère.

« Mais bien qu'elle possède les qualités d'un homme pour combattre, elle n'en garde pas moins les apitoiements et les sensibleries d'une femme. Hier, alors que nous revenions de la bataille, elle a vu un soldat français taper sur la tête d'un prisonnier anglais. Elle en a fait tout un drame. Elle a sauté de cheval, pris l'Anglais dans ses bras et demandé à son aumônier de le confesser. Elle est restée à lui tenir la tête et à le consoler je ne sais combien de temps. »

« J'ai dû interrompre cette lettre et je la reprends ce soir, le 6 mai. Je vous écris hâtivement car nous avons vécu une rude journée… »

La veille au soir, Dunois avait réuni son conseil de guerre dans le plus grand secret afin d'éviter la présence de Jeanne. Il en avait plus qu'assez de ses interventions, de ses reproches, voire de ses insultes. Avec ses lieutenants, il a minutieusement mis au point une stratégie fort élaborée pour attaquer le fort Saint-Augustin en organisant au préalable deux diversions pour dégager le terrain. Tous ont juré de ne pas en dire un mot à la Pucelle.

« … Car ce matin, la Pucelle s'est fait réveiller à l'aube. Et sans explication, une fois armée, elle est descendue dans la rue, alors nous l'avons suivie. Elle a ramassé alentour tout ce qui traînait de soldats, de volontaires, et nous nous sommes rendus à la porte de la ville. Le gouverneur Raoul de Gaucourt a voulu l'empêcher de passer, Dunois ayant donné ordre de ne laisser sortir personne. Mais elle l'a bousculé, et avec notre misérable troupe elle s'est lancée à l'assaut du fort Saint-Augustin.

« Évidemment, nous n'avions aucune chance de réussir ! C'est alors que Dunois, informé, a poussé la générosité jusqu'à se porter à notre secours. Il a réuni les troupes destinées aux mouvements de diversion et il est accouru, mais comme il l'avait prévu, cela ne suffisait pas, et les Anglais nous ont canardés tranquillement de derrière leurs remparts. C'était bien pour cette raison que Dunois avait prévu de lancer deux sorties avant l'attaque…

« Et puis la nuit a commencé à tomber, et la Pucelle a insisté pour poursuivre l'assaut. Dunois lui a fait observer que bientôt on n'y verrait plus rien, et sans attendre il a donné l'ordre de sonner la retraite. Juste à ce moment-là, les portes du fort se sont ouvertes, et les Anglais ont engagé une sortie. Ainsi, sur le terrain, nous avons pu les battre, le fort est tombé entre nos mains. Et tout le monde d'en féliciter la Pucelle !

« Or, si les Anglais n'avaient commis l'inexplicable, l'invraisemblable erreur tactique de quitter l'abri de leurs remparts, nous aurions été battus à plate couture… »

Le lendemain, 7 mai, le rituel est le même. Le conseil s'est réuni sans Jeanne pour décider d'attendre des renforts avant d'attaquer le fort des Tourelles, une forteresse quasi imprenable, de plus commandée par le redoutable William Glasdale. Et de nouveau, Jeanne les prend de vitesse en rameutant dans les rues les volontaires qu'elle trouve pour se diriger vers le fort des Tourelles sans demander rien à personne. Elle fait traverser la Loire à sa bande et, à six heures du matin, alors que le jour commence à s'étendre, elle lance un premier assaut. Dunois et ses lieutenants, bientôt prévenus, ne peuvent que suivre avec leurs troupes et arrivent en retard, à la fois penauds et exaspérés.

Assaut après assaut, le combat se prolonge et les Français ne progressent pas. Jeanne est toujours en première ligne. Non loin, Jean d'Aulon remarque la présence de frère Pasquerel. Décidément, le bon moine a dans les veines du sang de soldat. D'ailleurs, est-il plus étonnant de voir au milieu de la mêlée ce moine en robe de bure, ou cette jeune fille en armure qui, comme lui, ignore la peur ?

En ce début d'après-midi, la bataille fait rage. Les morts, les blessés tombent autour de Jeanne, et le devoir de Jean d'Aulon est de ne pas la lâcher d'un pas. D'autant qu'elle ne frappe pas, car elle ne veut pas porter de blessure. C'est à lui de se battre à sa place pour lui éviter les coups. Il la défend comme un diable car les ennemis n'ont qu'un but, atteindre « la putain, la sorcière ». Elle crie aux Français d'avoir du courage, que de toute façon ce soir même ils auront gagné, et elle agite son étendard en signe de ralliement. Décidément, elle doit être douée de magnétisme car elle arrive effectivement à galvaniser les soldats.

Et tout à coup, c'est le drame. Une flèche partie des remparts anglais pénètre dans la jointure de l'armure de Jeanne, en haut de la poitrine, et entame profondément sa chair. Elle pousse un cri et tombe en arrière. D'Aulon la reçoit dans ses bras et doucement la couche à terre. Frère Pasquerel se précipite. On desserre l'armure, le sang coule à flots. Des soldats s'arrêtent, proposent des potions, des incantations, des formules magiques apprises de la sorcière de leur village.

Jeanne pleure tant de douleur que de crainte. Elle ne veut pas être guérie par sorcellerie mais elle a peur de mourir. L'héroïne en un instant n'est plus qu'une petite fille qui souffre, qui tremble, et que frère Pasquerel berce tendrement.

D'Aulon se souvient alors que la veille au soir elle avait dit : « Demain il sortira du sang de mon corps au-dessus du sein. »

Elle souhaite se confesser, frère Pasquerel l'entend, elle commence alors à s'apaiser. D'Aulon applique sur la plaie le remède classique des soldats, du lard et de l'huile d'olive, puis lui fait un bandage de fortune. Pendant ce temps, la lutte s'intensifie et un nouvel assaut français se trouve durement repoussé. Alors Jeanne parvient à se relever, mais elle ne peut pas réajuster son armure, car le poids du métal au-dessus de la blessure serait trop lourd à supporter. C'est en simple cotte de maille qu'elle reprend son étendard et retourne au combat.

Quand la lumière du jour commence à baisser, Dunois, sentant le découragement gagner ses hommes, s'approche de Jeanne.

— Il faut sonner la retraite.

— Attendez !

L'ordre a fusé. D'Aulon la voit tendre son étendard au page, croiser les mains, baisser la tête.

Elle n'entend plus autour d'elle les cris, les invectives, les hurlements, elle ne voit plus les échelles qu'on applique contre les remparts, les pluies de flèches qui partent d'entre les créneaux, les corps à corps dans le fossé, le sang qui se répand sur le métal des armures, les visages défigurés par la haine, par la panique, par la douleur. Elle reste parfaitement immobile, statufiée dans la prière, dans la méditation. Elle est partie loin, très loin, dans le monde invisible. Elle dialogue avec ses Voix.

Lorsqu'elle émerge de cet état, elle n'a pas un mot, pas un regard pour Dunois.

— En avant, hurle-t-elle, nous allons gagner !

Et l'assaut reprend pour la énième fois, mais à sa stupéfaction, Jean d'Aulon remarque immédiatement un flottement chez les Anglais. Ceux qui se battent dans les fossés se retirent à l'intérieur de la forteresse, et du haut des remparts les défenseurs laissent les assaillants grimper sur leurs échelles.

Très vite, c'est la débandade. Les Anglais, abandonnant le fort, s'enfuient dans tous les sens, s'écrasant sur les ponts qui enjambent les bras de la Loire.

Certains résistent encore, particulièrement le commandant de la place, ledit William Glasdale. Il est sorti sur le pont qui mène à une des entrées des Tourelles, et à la tête d'une poignée de chevaliers il se défend avec l'énergie du désespoir. Alors Jeanne hurle à son adresse :

— Classdas ! Classdas (c'est sa façon à elle de prononcer Glasdale) ! Classdas, rends-toi ! rends-toi au Roi du Ciel ! Tu m'as appelée putain, j'ai grande pitié de ton âme et de celle des tiens.

À ce moment, le pont sur lequel il se tient s'effondre sous le poids des Anglais. Glasdale tombe dans le bras du fleuve et, entraîné par le poids de son armure, se noie instantanément, comme tous ceux qui se trouvaient autour de lui. Des dizaines, des centaines d'Anglais périssent ainsi, dans l'eau, les autres sont massacrés sur place ou faits prisonniers. Le fort des Tourelles est aux mains des Français !

Alors seulement Jeanne accepte de se laisser soigner, d'Aulon la ramène chez elle. Le chirurgien examine et recoud la plaie. Malgré le besoin de reprendre des forces, elle ne varie pas son régime spartiate. Le chevalier, qui lui a apporté son maigre souper, la regarde tremper quelques morceaux de pain dans de l'eau à peine rougie de vin.

Ce qu'il a vu pendant cette journée mémorable l'a bouleversé. Jeanne ne se bat pas, et pourtant il n'existe pas de soldat plus hardi, plus courageux. Elle n'a aucune expérience, mais il n'y a pas de capitaine plus avisé. Bien sûr, ses Voix l'assistent, mais ce ne sont pas ses saintes qui font d'elle le plus extraordinaire, le plus convaincant chef de guerre.

La jeune fille sent cette admiration dans le regard qu'il a posé sur elle. Elle sourit joyeusement.

— Tu n'as pas beaucoup de muscles, mais tu sais rudement bien te défendre, et me défendre aussi !

C'est au tour de Jean d'Aulon de sourire.

Jeanne s'est endormie, vaincue par la fatigue, par la perte de sang. Le moment de complicité est passé, d'Aulon retrouve l'amère réalité. Il est vrai que les ouvrages militaires édifiés par les Anglais pour le siège ont été détruits. Cependant, la redoutable armée anglaise reste intacte. Elle n'a pas bougé jusqu'ici, se tenant en réserve. Plus nombreuse, plus équipée, plus disciplinée, plus efficace que jamais ne le seront les troupes françaises, elle donnera l'assaut dès le lendemain matin, et cette fois rien ne pourra sauver Orléans.

Personne ne dort tout à fait cette nuit-là car l'angoisse est dans tous les cœurs.

*

Loches est le séjour préféré du roi Charles et de la Cour. L'énorme forteresse enserre une véritable cité. Au sud, fiché sur son roc, se dresse l'imprenable donjon, le plus grand de France. Au nord s'étend l'élégant logis royal. Entre les deux, tout autour de la splendide collégiale, les ruelles s'entrecroisent, que bordent les demeures des courtisans.

Nichée au bas des remparts, la petite ville est l'une des plus jolies, l'une des plus attrayantes de France, avec ses échoppes bien approvisionnées en produits de luxe et ses auberges assidûment fréquentées par une clientèle attirée par la présence de la Cour. Tout autour moutonnent des collines couvertes d'épaisses forêts particulièrement giboyeuses.

La maison où loge Gérard Machet a beau être petite, elle n'en est pas moins pourvue de tous les conforts, comme il sied à un évêque.

Cet après-midi de printemps est délicieux et Machet a laissé grande ouverte la fenêtre de l'oratoire où il se tient. Il peut apercevoir à l'horizon le faîte des très hauts chênes de Fretay, une ancienne commanderie des Templiers, un de ses lieux de promenade préférés. Malgré tant d'invitations pressantes à la rêverie bucolique, c'est pourtant avec toute son attention qu'il écoute Jean d'Aulon assis en face de lui :

— Donc, en ce matin du 8 mai, je suis arrivé avec la Pucelle sur le rempart nord de la ville d'Orléans. Sa blessure lui avait fait perdre tant de sang qu'elle s'était réveillée un peu plus tard que d'habitude. Nous avons trouvé Dunois et ses lieutenants qui regardaient atterrés le spectacle d'en face. L'armée anglaise était rangée en ordre de bataille. Des milliers et des milliers de soldats bien entraînés, l'arme au poing, attendaient l'ordre d'assaut. Ils se tenaient parfaitement immobiles, seuls leurs étendards bougeaient, faiblement animés par la brise matinale. Ils formaient une véritable muraille de métal, on aurait dit une machine diabolique et inhumaine, capable d'écraser tout sur son passage.

« Dunois choisit la seule voie qui restait. Jouant le tout pour le tout, il décida d'opérer immédiatement une sortie. "Vous ne bougerez pas, lui ordonna la Pucelle. — Mais les Anglais vont nous attaquer ! a protesté Dunois. — Ils ne nous attaqueront pas, ils vont se retirer." Je l'ai vraiment crue folle ! Les lieutenants partageaient mon opinion car Dunois, ignorant son injonction, lança le mot d'ordre : "Attaquons, en avant ! — Attendez, regardez", s'interposa la Pucelle. Nous avons regardé, et nous avons vu les Anglais faire demi-tour. Nous n'en crûmes pas nos yeux ! Tranquillement, en ordre parfait, ils rejoignaient la route et prenaient la direction du nord, pendant que d'autres soldats démontaient les tentes et les entassaient sur leurs chariots.

« Jamais je ne comprendrai pourquoi l'armée anglaise a abandonné le siège d'Orléans sans même avoir combattu ! Les Orléanais, eux, n'ont pas soulevé la question. Spontanément, toutes les cloches de la ville se sont mises à sonner. Hommes, femmes, enfants se sont répandus dans les rues, hurlant de joie, s'embrassant les uns les autres, courant dans les églises pour remercier Dieu et dans les tavernes pour arroser cela. La Pucelle ! Jeanne la Pucelle ! Ce cri de joie, de triomphe, repris par des milliers et des milliers de voix, retentissait dans toute la ville. »

D'Aulon ne dit pas à Machet que lui-même avait acclamé Jeanne plus fort que les autres.

L'évêque semble ruminer un moment cette narration enthousiaste, puis il interroge presque distraitement son interlocuteur :

— À quoi avez-vous attribué… comment les appellerions-nous, disons les succès de la Pucelle ?

— J'ai d'abord cru qu'il y avait de la sorcellerie là-dedans. Un fait en particulier m'a frappé. Nous venions d'arriver à Orléans, la Pucelle m'avait entraîné sur les remparts. Les Anglais s'étaient mis à l'injurier, et pourtant… C'est difficile à décrire, mais j'ai eu l'impression qu'ils perdaient dès ce moment leur certitude, leur enthousiasme. Seule la magie peut ainsi imposer un état d'âme, non ?

— Vos conclusions rejoignent celles du régent Bedford. Il accuse le roi notre Sire d'utiliser les services d'une sorcière. Néanmoins, ce sentiment que vous avez décelé chez les Anglais a nom démoralisation…

— Ensuite, j'ai cru que la chance soutenait la Pucelle. Mais à chaque coup ? C'était impensable ! J'ai imaginé alors qu'une main occulte la propulsait et mâchait les événements pour elle.

D'Aulon pose son regard bleu chargé de curiosité mêlée d'une certaine ironie sur Gérard Machet, qui ne cille pas et qui au contraire esquisse le plus innocent des sourires.

— À la fin, poursuit l'intendant de Jeanne, j'ai bien dû accepter l'idée que ses Voix la guidaient, comme elle l'affirmait depuis le début.

— Et elle ? Vous ne croyez pas qu'elle a quelque mérite personnel dans toute cette affaire ?

D'Aulon n'en avait jamais été aussi conscient, mais il se veut rationnel et tient à ramener les choses à leur juste proportion :

— En fait, monseigneur, il n'y a pas eu de siège d'Orléans, en ce sens que jamais les Anglais n'ont réussi à l'encercler complètement. On a parlé d'une énorme différence de forces, mais depuis la libération de la ville, j'ai eu le loisir de refaire les calculs. Nous avions seize mille hommes alors que les Anglais, au début, n'en comptaient que douze mille. Bien sûr, ils tenaient en réserve le gros de leurs troupes, toutefois ils ne les ont jamais engagées dans l'affaire, comme si Orléans était une place de peu d'importance. En résumé, il y a beaucoup de bruit pour très peu.

— Vous oubliez l'effet capital de la symbolique ! Il y a eu dans l'Histoire des batailles immenses qui sont passées inaperçues. En revanche, cette victoire, même petite, connaît un retentissement universel parce qu'elle arrive à point nommé, parce qu'elle contient tous les éléments pour enflammer les imaginations, parce qu'elle suscite l'enthousiasme et surtout l'espoir.

10

Orléans a été libéré, quelques jours se sont écoulés, et le roi Charles se tient dans son cabinet du logis royal de Loches. Ses armoiries, des lys sculptés dans les murs blancs, ornent la minuscule pièce. À peine la place pour une cheminée et quelques sièges, mais splendide est la vue sur l'Indre qui coule au bas de la forteresse, sur les clochers de l'abbaye de Beaulieu, sur les coteaux lointains.

Présentement, Charles confère avec son confesseur, avec le chancelier de France, messire de Trèves, et avec Dunois. Leur discussion est interrompue lorsqu'on frappe à la porte. C'est Jeanne. Elle s'approche du roi, s'agenouille devant lui et lui embrasse le genou selon le vieux rite d'allégeance.

Depuis la délivrance d'Orléans, ils ne se sont pas revus. Elle espérait peut-être qu'il ferait une entrée solennelle dans la cité délivrée, ou tout au moins qu'il viendrait à sa rencontre. Or Charles était bien décidé à ne pas bouger, et cette intrusion même n'est pas sans le déranger. Il a appris à la connaître, il sait qu'elle va encore le presser, le houspiller. Et en effet…

— Noble dauphin, ne tenez pas tant de si bavards

conseils, venez au plus tôt à Reims pour recevoir votre digne couronne.

Faire sacrer Charles, c'est maintenant l'objectif de Jeanne. Or celui-ci ne souhaite que de continuer à couler des jours paisibles dans son bien-aimé Loches. Aller à Reims, ce serait soulever une foule de difficultés, d'obstacles.

Comme Jeanne, les trois hommes réunis dans son cabinet perçoivent l'embarras. Gérard Machet prend les devants et interroge :

— Est-ce vos Voix qui vous ont dit de mener sacrer le roi ?

— Oui, plusieurs fois ces derniers jours, elles m'ont aiguillonnée sur ce sujet.

— Est-ce que vous ne voudriez pas nous confier, ici devant le roi, comment se manifestent vos Voix quand elles vous parlent ?

Jeanne rougit de confusion.

— J'imagine assez ce que vous voulez savoir, et je vous le dirai bien volontiers, répond-elle sans en ajouter pour autant davantage.

Alors Charles intervient :

— Jeanne, vous plairait-il de répondre à la question de l'évêque ?

Elle acquiesce :

— Quand je ne suis pas de bonne humeur, mieux vaut ne pas croire d'emblée entièrement ce que j'annonce de la part de Dieu…

Car elle sait que si les révélations tombent alors qu'elle est la proie de l'impatience, de l'irritation, elle risque de les mal saisir et de les interpréter d'une façon erronée.

— … Dans ce cas-là, le doute s'empare de moi, et je me demande si je suis en droit de croire mes Voix. Alors, dans mon désarroi, je me tourne vers

Dieu et prie avec toute ma ferveur pour qu'il m'éclaire. Chaque fois, je reçois la même réponse : « Fille de Dieu, va, va, va, je serai à ton aide, va. » Quand j'entends cette Voix, je connais une joie suprême et souhaiterais de toujours demeurer dans cet état.

*

Jeanne veut donc que le roi se hâte de prendre une décision, ce qui n'est pas dans ses habitudes. Charles juge qu'il est urgent d'attendre, et Jeanne ne comprend pas.

Jean d'Aulon s'en ouvre à Machet, osant s'étonner de l'inertie du souverain.

— En ce cas présent, mon jeune ami, cette inertie porte deux noms, Regnault de Chartres et La Trémoille. Ils ont rappelé au roi que pour atteindre Reims il fallait traverser des territoires tenus par ses adversaires, et ils ont devant lui multiplié à satiété les dangers de ce voyage.

— Je veux bien admettre, monseigneur, que les favoris jalousent la Pucelle, mais ils aiment notre Sire, ils veulent son succès, sa gloire. Pourquoi l'empêcheraient-ils d'être sacré ?

— Vous êtes bien innocent, jeune homme. Pourquoi ? Parce que le roi sacré et devenu l'oint de Dieu gagnerait en stature. Les favoris le préfèrent en prétendant désargenté pour mieux le dominer et trafiquer dans son dos. Ils ont peur de Jeanne. Aussi utilisent-ils la calomnie. Par l'intermédiaire de leurs créatures, ils s'en sont aussi pris aux marques d'affection qu'elle reçoit du peuple. Ils l'accusent de susciter une véritable idolâtrie.

Le chevalier lui-même est troublé, non point tellement de voir les gens simples embrasser ses mains et ses jambes, mais de la facilité, voire de la complaisance, avec laquelle elle accepte ces hommages déplacés. « Les gens sont gentils avec moi, pourquoi ne le serais-je pas avec eux ? » lui avait-elle expliqué. Cependant, il garde ses réserves par-devers lui, soucieux désormais de cacher à Machet son intimité avec Jeanne.

Ce que Machet de son côté ne révèle pas à d'Aulon, c'est que pour répondre à la campagne de calomnies lancée par les favoris, les Théologues utilisent plus que jamais la propagande. Un peu partout, en Allemagne, en Avignon, en France, en Italie, paraissent de savants mémoires, pondus par de doctes gens d'Église qui tous ont gratté le parchemin pour répéter la même information : « Sainte est la Pucelle, véritable envoyée de Dieu. »

« C'est une sorcière ! » rétorque le régent anglais, le duc de Bedford, pour expliquer les honteuses défaites de ses troupes. « C'est une sorcière ! » clament les professeurs de l'Université de Paris pour faire chorus. Ces prêtres qui oublient leur ministère pour accabler l'Église et la papauté, ces professeurs qui négligent leurs devoirs pour exercer un pouvoir tyrannique et se mêler de tout, ces Français qui piétinent leur origine pour encenser l'occupant anglais et s'en faire les plus zélés collaborateurs ont haï la Pucelle dès son apparition sur le devant de la scène. De leur bastion parisien, ils ont suivi pas à pas sa progression, ils ont décortiqué chacun de ses gestes, chacune de ses paroles. Ils en ont conclu qu'elle sentait fortement l'hérésie, qu'elle méritait d'être arrêtée, jugée, et bien entendu condamnée… par eux.

Néanmoins, leurs glapissements haineux se perdent dans le concert d'acclamations, orchestré par les Théologues, qui monte vers Jeanne, tout comme les calomnies inventées par les favoris. Aussi décident-ils de forcer le trait ; des rumeurs beaucoup plus précises se répandent, beaucoup plus incisives contre Jeanne. Cette guerre qu'elle mène contre les Anglais, est-elle vraiment juste ? Après tout, peut-être pourrait-on négocier, cela permettrait d'éviter de tuer des hommes ! Et puis, cette Pucelle est-elle vraiment inspirée de Dieu ? On peut en douter lorsqu'on la voit parader vêtue en homme, coiffée à la garçonne, alors qu'aux yeux de l'Église cette provocation constitue un péché mortel… ou pis ! Comment confier de nouvelles responsabilités à une fille qui frôle l'hérésie ?

Devant cette campagne, les Théologues font ce qu'ils n'ont jamais fait, ils sortent de l'ombre pour défendre Jeanne publiquement. Deux d'entre eux mettent en jeu leur réputation et leur prestige pour voler à son secours : Jacques Gélu, l'ami de feu le duc Louis d'Orléans devenu archevêque d'Embrun, écrit une lettre publique au roi ; et Jean Gerson, l'ancienne grande figure de l'Université, le maître à penser, interrompt la rédaction d'un ouvrage pour jeter sur le papier des notes, des réflexions sur la Pucelle, aussitôt diffusées. Tous deux soutiennent que la guerre menée contre les Anglais est juste et méritoire. Et si elle s'est fait couper les cheveux et porte des vêtements masculins, c'est que sa mission l'exige, tout simplement.

Ces prises de position retentissantes, que la France entière commente, font reculer un tout petit peu les favoris. Le roi en son conseil décide qu'il ira se faire sacrer à Reims… mais auparavant il faut courir au plus proche, c'est-à-dire nettoyer la vallée de la Loire toujours tenue par les Anglais, puisque non seulement ils ne sont pas partis après avoir perdu Orléans, mais ils ont envoyé des renforts. Reims, c'est bien loin, tandis que Meung, Beaugency, Jargeau, que les Anglais ont transformés en forteresses implantées au cœur même du royaume de France, c'est tout près !

Le roi Charles convoque son armée à Selles-sur-Cher. Il désigne pour la conduire son bien-aimé cousin le duc d'Alençon. Le voyage à Reims est remis aux calendes grecques, et de Jeanne, pas un mot.

D'Aulon, lui, fait ses comptes. La solde qu'il a gagnée au service de la Pucelle lui permet, comme l'avait prédit Machet, de réunir la somme qu'il doit à son usurier. Il s'en va donc dans son officine pour le régler, et ce dernier lui annonce que toutes ses dettes ont été payées deux jours plus tôt.

— Mais par qui ?

— Par le sire de La Trémoille.

Le chevalier se précipite chez le généreux donateur. Il le trouve comme toujours entouré de la nuée de courtisans qui constituent sa clientèle.

— Puis-je vous demander à quoi je dois le paiement de mes dettes, messire ?

Un large sourire détend la bouche lippue du gros favori.

— J'ai pour vous la plus grande estime, d'Aulon, et je ne voulais pas que votre carrière soit entravée par quelques menus problèmes financiers.

— Mais encore ?

— Je souhaite vous voir entrer à mon service. J'aime les hommes d'action comme vous, j'en ai besoin, vous êtes celui qu'il me faut.

Le chevalier sort de sa poche une bourse contenant la somme due à l'usurier.

— Je vous remercie, messire, de m'avoir avancé cet argent et je me fais un plaisir de vous le rendre, dit-il en laissant tomber la bourse aux pieds du favori.

Avant que la rage n'ait eu le temps d'empourprer son interlocuteur, d'Aulon a tourné les talons.

Mais cette manœuvre le fait réfléchir. Il faut que La Trémoille ait encore bien peur de Jeanne pour essayer de le détacher d'elle ! Cela le décide à exécuter une démarche à laquelle il songeait depuis peu. La facilité avec laquelle la Cour avait oublié Jeanne dans ses projets militaires l'a indigné. Il a pensé à aller requérir l'intervention de la reine Yolande, mais il a compris que pour elle, le principal c'est que l'on se batte contre les Anglais. Que ce soit Jeanne ou le duc d'Alençon qui commande les troupes royales, cela n'a pour elle aucune importance. Alors c'est au duc d'Alençon lui-même que le chevalier décide de s'adresser.

Celui-ci l'accueille chaleureusement :

— C'est toujours un plaisir de vous voir, d'Aulon.

— Je viens aujourd'hui, monseigneur, pour vous empêcher de commettre une grave injustice.

Le duc sursaute.

— Le roi notre Sire vous a désigné pour commander son armée. Cependant vous ne pouvez pas abandonner la Pucelle, vous devez lui donner une place…

— Diable ! je n'y avais point pensé. Vous avez raison de m'en faire souvenir, car en vérité j'éprouve la plus profonde amitié pour la Pucelle.

Et de ce pas, le « beau duc » se rend chez le roi.

Armé de pied en cap, superbe, éclatant de jeunesse et de vie, il pénètre dans la salle où siège le conseil. Lorsque La Trémoille voit d'Aulon entrer à la suite du duc, il le transperce d'un regard effrayant de haine.

Le duc tape de son pied ferré le sol de pierre, ce qui provoque un bruit retentissant.

— Sire, je veux prendre avec moi la Pucelle et lui donner un commandement.

Les favoris se recroquevillent.

— Mais bien sûr, beau cousin, emmenez-la tant que vous voulez !

Lorsque d'Aulon atteint le logis de Jeanne pour lui annoncer la bonne nouvelle, il apprend qu'elle vient de partir pour Romorantin, sans attendre rien ni personne, afin de lever ses propres troupes.

*

« 17 juin 1429. Je reprends donc, monseigneur, mon récit épistolaire, commence Jean d'Aulon dans son rapport à l'évêque Machet. Il ne nous a fallu que deux semaines à peine pour atteindre notre objectif et reprendre aux Anglais les villes de Jargeau, Meung, Beaugency. Selon son habitude, chaque fois que nos soldats fléchissaient, de la voix, du geste en brandissant son étendard, la Pucelle les ralliait et les faisait repartir à l'assaut avec un courage nouveau. Même lorsqu'elle a reçu une pierre sur son casque, qui sur le moment l'assomma au point que j'ai dû l'empêcher de tomber.

« Lors du siège de Beaugency, elle a critiqué le dispositif de notre artillerie mis en place par le duc d'Alençon et lui a expliqué comment placer les bombardes. Le noble duc a été le premier surpris de constater qu'elle avait raison. Lors d'un engagement, le duc et la Pucelle se sont retrouvés côte à côte au plus fort du combat.

« — Écartez-vous de là, lui a-t-elle brusquement ordonné, si vous ne bougez pas, cette arme là-bas sur les remparts vous tuera !

« Le duc a fait un bond de côté. Le coup est vraiment parti et a tué le sieur du Lude, qui se tenait exactement à la place du duc. Chaque jour, le duc s'ébaubit un peu plus de la Pucelle. En plus de son affection, il n'éprouve que révérence et admiration pour elle. »

Le ton des rapports de D'Aulon a bien changé depuis la première campagne, car les sentiments qu'il attribue au « gentil duc », désormais il les partage.

« À Orléans, nous habitions séparément et nous n'étions point en campagne. Ici, nous dormons près l'un de l'autre et je ne la quitte pas. Sa piété me frappe en premier. Elle se confesse fréquemment, communie au moins deux fois par semaine, même les jours de bataille, et chaque fois qu'elle reçoit le corps du Christ elle pleure à chaudes larmes tant elle est émue. Elle tient mieux et plus longtemps à cheval que n'importe quel soldat. Elle peut rester en selle des heures sans en descendre, même pour se livrer à des besoins naturels. Ni moi ni aucun des soldats ne l'avons jamais vue s'accroupir pour faire ce que nous faisons tous.

« Jusqu'ici, je ne l'avais jamais vue nue. Au début, elle se couchait en portant son équipement, ce qui lui rendait le sommeil difficile. Puis elle a accepté de s'en débarrasser mais elle refusait d'enlever ses vêtements et c'est tout habillée qu'elle s'étendait sur le sol au milieu de nous. Ce soir, nous campions une fois de plus à la belle étoile dans les ruines d'un faubourg de

Beaugency, au milieu des incendies à demi éteints. Elle avait déjà enlevé son armure lorsque j'ai décidé de prendre les devants. Je me suis carrément mis nu devant elle. Elle m'a regardé faire avec indifférence. Puis soudain elle m'a imité… tout au moins en partie. Elle s'est dépouillée de son pourpoint. Sa chemise était largement décolletée et ouverte jusqu'au nombril, ce qui m'a permis d'entrevoir une jolie paire de seins. De même, elle a baissé ses chausses pour découvrir une paire de jambes superbes.

« Je l'ai contemplée à loisir. Elle est incontestablement belle et elle possède un corps magnifique, j'aurais pu en profiter pour tenter de la violenter, or je n'en avais aucune envie. Cette jeune fille subjugue mais n'inspire aucun désir et n'en éprouve aucun… »

Puis, penaud de s'être laissé aller, d'Aulon revient aux affaires.

« Ce soir donc, la forteresse de Beaugency, le seul point qui restait de la résistance anglaise, s'est rendue. Nous apprenons que des renforts conduits par le sire de Talbot ont, comme à Orléans, fait inexplicablement demi-tour. Il n'y aura donc point de bataille. »

D'Aulon achève et cachette sa lettre, puis il se tourne vers Jeanne. Elle s'est étendue à côté de lui et s'est immédiatement endormie. Elle n'est plus à ses yeux un phénomène déconcertant. Et c'est avec attendrissement qu'il regarde cette très jeune fille au visage pur qui repose tranquillement.

*

Jeanne court les chemins à la recherche de Charles. Le roi vient de partir de Chinon… Le roi a quitté Loches… Elle le trouve à Saint-Benoît-sur-Loire. Elle entre avec fracas dans la maison qui lui sert de palais. Elle est essoufflée, fatiguée, visiblement épuisée par les semaines trépidantes qu'elle vient de vivre.

— Il y a eu bataille, gentil dauphin. Les Anglais ont voulu éviter, ils partaient vers Paris, mais j'ai envoyé un de nos capitaines avec un gros détachement leur couper la route. Ils ont bien été forcés de s'arrêter et de nous affronter…

Une fois de plus, les Anglais avaient la supériorité numérique. Une fois de plus, les Français hésitaient à batailler.

— Ayez de bons éperons, leur lance-t-elle.

— Que dites-vous là ? Devrions-nous donc tourner les talons ?

— Non, ce seront les Anglais qui ne se défendront pas et seront vaincus, et vous aurez besoin d'éperons pour leur courir sus !

Le duc d'Alençon acquiesce, mais les vieux routiers protestent. Jeanne s'énerve :

— Quand les Anglais seraient accrochés aux nuages, nous les aurons, car Dieu nous les envoie pour que nous les châtiions !

La bataille inégale s'est engagée. Dès le début, malgré leur avantage, les Anglais combattaient mollement et se laissaient repousser. La confusion, puis très vite la panique les ont gagnés. Les Français n'ont eu qu'à foncer tout droit. Ils se sont livrés à un massacre et ont fait des milliers de prisonniers. C'était le 18 juin 1429 à Patay.

— … Je l'avais dit d'avance, que mon gentil dauphin aurait la plus grande victoire qu'il eût jamais. Mes Voix me l'avaient annoncé.

Alors Charles, tout de même ému, tout de même un peu reconnaissant mais aussi calculateur, marmonne :

— Jeanne, prenez du repos.

Le repos de Jeanne signifie pour lui l'inertie à laquelle il aspire tant. Jeanne a compris et elle a un moment de découragement. Elle éclate en sanglots, puis se reprend :

— Gentil dauphin, n'ayez pas d'hésitation. Vous recouvrerez tout votre royaume et vous serez rapidement couronné !

— On verra, on verra… Il faut en discuter. Mais entre-temps, reposez-vous.

Patelin, mais pressé de la voir partir.

Le Conseil du roi s'est réuni dans une des belles maisons de pierre qui entourent la grandiose abbaye bénédictine. Jeanne n'y a pas été admise. Très vite les voix graves des conseillers sont couvertes par un chant qui vient de la rue, repris par des dizaines de voix :

Arrière, Anglais, courez arrière
Votre sort ne règne plus. De quoi vous êtes confondus
Dont c'est pour vous dure nouvelle
Ayez la goutte et la gravelle
Et le cou taillé rasibus…

Saint-Benoît-sur-Loire, comme toute la France, chante la victoire de la Pucelle. Et les gens tout heureux de se répéter « Le duc de Bedford a perdu tout espoir, il s'est enfui en Angleterre — Notre roi est entré à Rouen, notre roi est arrivé à Paris ! » et cela, presque sous les fenêtres de la modeste salle où Charles tente en vain de présider son conseil.

— Mais comment ? Notre roi est ici, à Saint-Benoît-sur-Loire !

— Ce n'est pas vrai, il est à Rouen ! Non, il est à Paris !

L'opinion s'accroche au merveilleux sans vouloir en démordre. Désormais, le peuple français croit de toutes ses forces en la victoire totale, et cette conviction exerce la pression la plus efficace.

À preuve, la voix grêle du roi se fait entendre :

— Nous serons heureux de nous rendre en notre bonne ville de Reims, clame-t-il, pour nous y faire sacrer et couronner !

Les conseillers observent tous le plus parfait silence, Regnault de Chartres et La Trémoille y compris.

*

Le cortège royal s'avance lentement vers le nord, vers Reims. Il s'étend sur des kilomètres de route poudreuse, car c'est une armée entière qui accompagne le souverain. Les messagers, les cavaliers vont et viennent au galop, les soldats cliquetant d'armes bavardent à haute voix, les grands seigneurs tâchent de se protéger de la chaleur.

À peine avait-elle appris la décision de Charles que Jeanne avait voulu sauter en selle. Cependant, des jours, des semaines s'étaient écoulés en palabres sur la route à suivre, sur les modalités du voyage, en atermoiements, en ordres et contrordres.

Le 29 juin seulement, l'ordre du départ a été donné. Au soir, on choisit un paysage aimable, un bord de rivière, pour camper. On dresse de grandes tentes pour le roi et les principaux personnages. Les autres dormiront dans les prés, parmi les fleurs des champs.

Bien que Jeanne soit entourée, admirée, le protocole a repris ses droits, qui ne lui assigne aucune place officielle. D'ailleurs, la Cour n'est pas son élément alors que Jean d'Aulon, né et élevé dans ce milieu, s'y trouve à son aise. Et puis elle se sent un peu perdue dans cette atmosphère de détente, de vacance.

11

Les voilà parvenus devant Auxerre, et la fête tourne court car un sérieux obstacle se présente : la ville refuse d'ouvrir ses portes au roi ! Elle tient pour le duc de Bourgogne, et elle craint sa fureur meurtrière si elle pactisait avec l'adversaire.

L'armée française se déploie et le campement royal n'a plus rien d'une gigantesque kermesse. Les hommes d'armes ont repris leurs droits.

— Donnons l'assaut, la ville tombera aussitôt, propose Jeanne.

Le roi, les capitaines, les conseillers, tout le monde élude.

Le lendemain, Jeanne commence à s'impatienter. « Donnons l'assaut ! » répète-t-elle.

Sans répondre par la négative, on trouve de nouveaux faux-fuyants. Elle ne comprend pas. D'Aulon non plus. Machet lui-même paraît perplexe.

Le troisième jour, Jeanne n'en peut plus. Elle se dirige d'un pas rapide vers la tente du roi surmontée de la bannière fleurdelisée. Les pans en ont été relevés pour laisser pénétrer la brise estivale. Charles est assis sur une chaise curule qui disparaît sous les coussins de brocart. Autour de lui, ses conseillers, ses favoris forment un essaim de fleurs monstrueuses en soies multicolores, mais il y a aussi trois inconnus.

— Gentil dauphin, nous ne pouvons plus attendre. Il faut donner l'assaut !

Le roi Charles s'agite sur son siège, il paraît gêné. Il se tourne vers La Trémoille comme pour lui demander de l'aide. Celui-ci s'avance et se plante devant Jeanne.

— Pourquoi un assaut ?

— Dieu est avec nous, la ville tombera.

La Trémoille montre avec emphase les trois inconnus, puis d'un ton doucereux il explique :

— Ces messieurs les échevins de la ville d'Auxerre sont venus nous trouver pour négocier. Nous sommes rapidement parvenus à un accord. Ils nous ont promis de nous fournir des vivres, et ils s'engagent à ouvrir leurs portes au roi notre Sire après que les autres villes de la région encore tenues par nos ennemis l'auront fait. Ainsi, tôt ou tard, Auxerre reviendra à son légitime souverain, sans assaut, sans dégâts, sans morts.

Un sourire satisfait se peint sur le visage mélancolique de Charles. Les autres conseillers approuvent de la tête.

— Votre accord est boiteux, s'écrie la Pucelle, mais, décontenancée, elle ne proteste pas plus et se retire.

Jean d'Aulon trouve Machet dans sa tente dont, malgré la chaleur, il a rabattu les pans. On y voit à peine à l'intérieur. Machet parle très bas, car le son porte et on ne sait jamais qui peut passer dehors.

— Cette négociation, explique le confesseur du roi, s'est faite dans le plus grand secret, à tel point que mon illustrissime pénitent ne s'en est même pas ouvert à moi. C'est évidemment La Trémoille qui en a pris l'initiative. J'ai même appris qu'il a fait débourser au roi une jolie somme pour acheter les échevins d'Auxerre. Il a réussi à damer le pion à la Pucelle et à la rendre quelque peu ridicule. Mais il n'y a pas que cela. Peut-être avez-vous remarqué parmi les échevins un bel homme très brun, maigre, le sourire hardi. Il s'appelle Thierry Lerisson. Je possède des renseignements sur lui, c'est un des agents les plus efficaces du duc de Bourgogne. Ce n'est pas un homme à se laisser acheter comme les autres échevins. S'il a accepté de négocier et de signer l'accord, il ne l'aurait jamais fait sans instructions de son maître. Qu'est-ce que tout cela signifie ? Je ne le sais pas encore mais je suis sur mes gardes et je vous prie d'ouvrir plus que jamais l'œil à tout ce qui vous paraît quelque peu anormal.

Deux jours passent et on ne sait plus très bien pourquoi on reste devant Auxerre, mais tout le monde prend du bon temps. Grâce à l'accord obtenu par La Trémoille, l'armée royale et les Auxerrois ne se considèrent plus comme des ennemis. Aussi, la discipline se relâche. Selon les termes de l'accord, les Auxerrois envoient chaque jour d'importantes quantités de vivres au campement royal. Ce campement, véritable ville de toile, héberge plusieurs milliers de personnes, l'armée royale, la Cour et ses innombrables serviteurs, mais aussi les parasites, marchands, prêteurs sur gages, taverniers.

La nuit est déjà bien avancée. Jeanne dort depuis longtemps, mais Jean d'Aulon ne cherche pas le sommeil. Ses pas l'ont mené en lisière du camp où s'alignent les estaminets sur lesquels fondent des essaims de ribaudes. Il n'a aucune envie de faire l'amour et il a découragé les offres de ces dames. Il s'est assis un peu à l'écart devant un pichet de vin. Et, solitaire comme d'habitude, il s'enivre lentement.

Soudain, une ombre passe devant lui. Instinctivement, il relève la tête et, à la lueur incertaine des lanternes, reconnaît son usurier. D'Aulon avait raconté à Machet l'incident du paiement de ses dettes par La Trémoille. Le confesseur du roi lui avait fait remarquer que l'usurier était certainement de mèche avec le favori et paraissait bien suspect. Une telle foule encombrait le campement royal qu'il n'y avait rien d'étonnant à ce que d'Aulon n'ait pas repéré l'homme jusqu'ici.

Il le suit des yeux, s'étonne de sa démarche furtive et des regards apeurés qu'il jette à droite et à gauche. D'Aulon n'en est heureusement qu'au stade précédant l'ivresse totale qui le clouerait sur son banc, il a encore assez de lucidité pour se lever et lui emboîter le pas le plus discrètement possible. Dans cette partie du campement, consacrée à la boisson et aux femmes, on reste éveillé jusqu'à l'aube. Aussi, toute alerte étant impossible, il n'y a presque aucune sentinelle. Il voit l'usurier traverser l'espace découvert que l'armée a dégagé autour du camp. Il le laisse s'engager dans la forêt puis, aussi vite qu'il le peut, en rejoint la lisière.

L'usurier ne fait aucun bruit en marchant, mais la luminosité de cette nuit d'été éclaire assez le sentier qu'il a emprunté pour que d'Aulon le retrouve facilement. Le vin qu'il a bu le rend maladroit et il étouffe des jurons chaque fois qu'il fait craquer des brindilles, mais l'usurier, tout à son affaire, confond ces bruits avec ceux de la nuit. Il s'arrête près d'un gros chêne qui se dresse au milieu d'une clairière. Il paraît attendre.

Bientôt d'Aulon, caché derrière un tronc, voit sortir de l'ombre un homme qu'il reconnaît. C'est l'échevin Thierry Lerisson signalé par Machet, l'agent du duc de Bourgogne. L'usurier et lui se mettent à parler tranquillement. D'Aulon ne tente pas de saisir ce qu'ils se disent, il est trop loin d'eux. L'entretien dure plus d'une heure, et il sent le sommeil le gagner. Vacillant, titubant, il résiste à l'envie de s'asseoir à terre car il sait qu'il tomberait immédiatement endormi.

Finalement, les deux hommes se séparent. Le chevalier laisse un bon quart d'heure s'écouler avant d'emprunter le même sentier que l'usurier et de rejoindre le campement royal. L'aventure l'a complètement dégrisé. Il décide d'aller immédiatement, malgré l'heure tardive, faire son rapport à Machet. D'ailleurs, celui-ci ne dormait pas. Il commence par se plaindre amèrement de l'inconfort de son lit de camp.

— Et maintenant, d'Aulon, parlez.

L'évêque écoute attentivement le récit de la mystérieuse entrevue.

— Tout est désormais parfaitement clair, conclut-il, et tout s'explique. L'accord concocté par La Trémoille et l'échevin est en fait une manifestation de bonne volonté de part et d'autre. Ensuite, La Trémoille, par son agent l'usurier, prend langue avec le duc de Bourgogne à travers l'échevin. Il faut reconnaître que La Trémoille et son complice Regnault de Chartres sont singulièrement habiles car ils ne pouvaient choisir meilleur moment. Le temps a passé, et la haine que pouvait éprouver le duc de Bourgogne envers le roi, responsable de l'assassinat de son père, s'est estompée. De surcroît, il est de plus en plus irrité et mécontent de son allié anglais. Le duc de Bedford, le régent, bien qu'étant son beau-frère, le heurte par sa hauteur. Enfin, les Anglais qu'il croyait bientôt maîtres de la France entière subissent, grâce à notre Pucelle, revers sur revers. Donc, le duc de Bourgogne ne serait pas opposé à l'idée de trouver un terrain d'entente avec le roi de France.

Machet se tait, et Jean d'Aulon hésite un long moment avant de suggérer :

— Peut-être, monseigneur, que la Pucelle a tort de s'entêter à vouloir la guerre, peut-être la paix entre le roi Charles et le duc de Bourgogne serait-elle plus profitable à la France ?

— Cet espoir de paix n'est qu'un leurre. Le roi Charles, malgré ses succès, est loin d'être en position d'égalité avec Bourgogne. Un accord avec ce dernier se solderait par un prix tel que je préfère ne même pas l'imaginer.

— Alors, pourquoi les favoris cherchent-ils à négocier ?

— Pour une seule raison, éliminer la Pucelle. Elle, c'est la guerre. Eux, c'est la paix. La paix qui correspond beaucoup mieux au tempérament du roi et qu'ils vont lui présenter comme une panacée universelle. Ainsi le détacheront-ils de la Pucelle. Ainsi tiendront-ils leur revanche…

*

Finalement, les bourgeois d'Auxerre prennent une initiative. Ils dépêchent à la Pucelle douze parmi les principaux notables de la ville pour montrer leur intention de faire obédience au roi. Pendant que la négociation s'engage au camp royal, appelés par ces mêmes bourgeois, huit cents hommes d'armes s'introduisent dans Auxerre.

Cependant la Pucelle, quelque peu méfiante, envoie douze hommes du roi dans la ville pour en prendre l'air, pour flairer ce qui pourrait s'y tramer. À peine à l'intérieur des remparts, ces douze hommes tombent sur une multitude de soldats, beaucoup plus que jamais n'en contint la garnison d'Auxerre. Ils s'étonnent, mais ils comprennent vite et veulent s'en revenir au campement. Les bourgeois eux aussi ont compris, ils saisissent les envoyés du roi, les font décapiter et exhibent leurs têtes sur les remparts.

En représailles, la Pucelle donne l'ordre alors d'arrêter les douze notables qui négocient toujours, à leur tour ils sont décapités, et leurs têtes fichées sur des pieux en face d'Auxerre. Puis elle lance l'assaut. Les troupes royales s'élancent et en un rien de temps s'emparent de la ville. L'évêque d'Auxerre est fait prisonnier, alors que lui et ses prêtres, vêtus de leurs plus beaux ornements et portant des reliques, s'avançaient en cortège en lançant de l'eau bénite sur les soldats royaux. Suivant les instructions de la Pucelle, tous sont pendus puis décapités. Ensuite, c'est le massacre. Les hommes, les femmes et les enfants à partir de sept ans sont tous exterminés.

Ce récit est faux ! Néanmoins, les adversaires de Jeanne ont bien travaillé. En répandant cette invention stupéfiante, ils ont suffisamment terrorisé les habitants de Troyes pour que ceux-ci ferment les portes devant Charles.

On avait en effet quitté Auxerre et repris la route

du nord. L'armée avançait lentement, avec précaution, avec méfiance. Sait-on jamais quelle surprise peuvent receler les territoires ennemis ? Or, au contraire, c'était par centaines, par milliers qu'avaient accouru des gens de tout acabit, des paysans, des artisans, des soldats désœuvrés, pour s'enrôler sous la bannière royale. L'une après l'autre, les petites villes avaient ouvert joyeusement leurs portes à Charles, exactement comme l'avait prédit Jeanne.

Troyes, bien sûr, c'était une autre affaire. Cette ville beaucoup plus importante que les autres pouvait résister à tous les assauts, et elle tenait fortement pour le duc de Bourgogne. De surcroît, elle comptait dans sa garnison un important contingent anglais.

Jeanne ignore qu'elle passe, grâce au pseudo-massacre d'Auxerre, pour un épouvantail, presque pour un vampire, aux yeux des habitants de Troyes. Elle leur écrit benoîtement pour leur demander d'ouvrir paisiblement leurs portes et de laisser entrer le roi légitime. Mais pourquoi cette manie d'écrire ! s'énerve Jean d'Aulon, car évidemment Jeanne ne reçoit aucune réponse. Cinq jours se passent pendant lesquels les habitants de Troyes, du haut de leurs remparts, et les soldats du roi se regardent en chiens de faïence.

Un matin, on voit sortir de Troyes une sorte d'échalas vêtu en moine. Il est seul, et ne porte aucune arme. Il s'approche à grands pas du campement royal. Il agite spasmodiquement les bras, comme s'il tenait un discours que lui seul entendait. Les sentinelles françaises le laissent passer. Les curieux l'entourent.

— Je suis le frère Richard, tonne-t-il, qu'on m'amène celle qui se dit la Pucelle !

Ce moine, cordelier, est un original. Il prétend avoir longtemps voyagé au Moyen-Orient, visité les Lieux saints et rencontré les maîtres du mysticisme. Apparitions, révélations, miracles appartiennent à son langage. Récemment, il a prêché à Notre-Dame de Paris. Il a annoncé rien de moins que la fin du monde, précédée d'un nombre impressionnant de malheurs. Ses sermons catastrophe ont eu un effet phénoménal, chaque jour on s'écrasait un peu plus pour l'entendre. Les foules en transe venues l'écouter s'épaississaient sans cesse, jusqu'au jour où on le pria tout simplement de remballer ses sombres prédictions et de déguerpir. Il s'est donc installé provisoirement à Troyes.

Jeanne, prévenue, s'approche de lui avec son entourage. Ils se dévisagent longuement.

— Est-ce un inspiré de Dieu ou un charlatan ? demande d'Aulon à Machet.

— Un tout petit peu du premier et beaucoup du second…

Frère Richard se garde bien d'approcher de Jeanne. Resté à distance prudente, il la transperce de son regard de feu. Puis il fait plusieurs signes de croix ostentatoires et, sortant de dessous sa bure un bénitier, il se met à l'asperger d'eau bénite.

Les habitants de Troyes n'ont rien trouvé de mieux que de dépêcher à cette « créature satanique », à cette soi-disant Pucelle, un moine douteux pour l'exorciser ! Mais l'incarnation du diable qui se tient devant frère Richard ne se dissout pas dans les airs, ne se transforme pas en monstre de flammes. Au contraire, Jeanne éclate de rire et lui lance :

— Approchez hardiment, je ne m'envolerai pas !

Et tous, autour d'elle, de se moquer du moine qui n'a plus qu'à revenir à Troyes avec son bénitier !

*

L'accord boiteux d'Auxerre, l'exorcisme de frère Richard, l'inertie du roi, les chausse-trapes dressées par ses adversaires, les insinuations des conseillers du roi sur la nécessité d'abandonner le voyage pour revenir en arrière, c'est beaucoup pour la patience de Jeanne, d'autant que dans le camp royal les vivres commencent à faire défaut et que les soldats découragés grognent. Armée de pied en cap, elle se précipite donc une fois de plus vers la tente royale et se plante devant Charles.

— Noble dauphin, au nom de Dieu, avant trois jours je vous ferai entrer dans Troyes de bon gré ou par la force, et les traîtres bourguignons seront tous stupéfaits !

Sans attendre les réactions des membres du conseil, Jeanne sort de la tente et, faisant fi des autorisations nécessaires, elle donne ses ordres à l'armée royale. Les troupes la suivent de bon cœur.

Elle dirige les régiments devant les remparts de Troyes, fait entasser des fagots devant les fossés qui défendent la ville pour, le moment venu, les combler et monter à l'assaut. Elle commande de dresser les tentes contre ces remparts. Toute la nuit, les soldats sous sa direction travaillent à la lueur des torches. Les habitants comprennent qu'elle va attaquer dès l'aube, et ils n'en mènent pas large. Cette créature diabolique, que même le frère Richard, un saint pourtant, n'a pu paralyser, ne fera qu'une bouchée d'eux ! Comme à Auxerre, ce sera le pillage, le massacre !

Dès la pointe du jour, elle se poste bien en vue des défenseurs de Troyes, sa blanche armure la rendant reconnaissable de loin. Les soldats du roi jettent les fagots préparés à cet effet dans les fossés. Elle brandit son étendard et de toute sa force elle hurle « À l'assaut ! ».

Les capitaines hochent la tête. Jamais leurs forces ne parviendront à emporter d'aussi formidables remparts, si bien défendus ! Cette fois, c'est l'échec assuré… Or que voient-ils ? Soudain, les portes de la ville s'ouvrent. L'évêque et les échevins s'avancent, sans armes. Ils vont droit jusqu'à la tente du roi Charles, ils défaillent de peur. Hâtivement, ils font leur soumission.

— Elle est folle ! s'écrie Jean d'Aulon éperdu d'admiration. Comment pouvait-elle savoir qu'ils allaient se rendre ?

Machet sourit finement.

— Peut-être ses Voix le lui ont-elles annoncé ? En tout cas, elle savait aussi bien que nous que la ville était imprenable. Alors elle a organisé une mise en scène destinée à démoraliser les habitants. Son génie lui a fait inventer la guerre d'intention…

Après Troyes, plus de difficultés, à part le roi Charles lui-même. Au fur et à mesure qu'on approche de Reims, il sent croître en lui une appréhension insurmontable. Ce ne sont pas ses favoris qui la lui ont instillée, elle vient du plus profond de sa nature, mais aussi de tristes expériences et de terribles souvenirs. Il sait la ville de Reims truffée d'Anglais et de Bourguignons. Il y a du danger donc, et s'il ne tenait qu'à lui il ferait instantanément demi-tour, pour retrouver le confort de ses châteaux et baigner dans la douceur angevine.

Il convoque Jeanne. Gêné comme toujours en sa présence, il garde quelques familiers près de lui.

— Je redoute une résistance des Rémois. Nous manquons d'artillerie, nous manquons de machines de siège, qu'allons-nous faire s'ils se rebellent contre mon autorité ?

— Gentil dauphin, marchez hardiment et sans atermoyer.

Le « gentil dauphin » a l'air si peu convaincu qu'elle se sent obligée d'ajouter :

— Procédez virilement et vous recouvrerez tout le royaume !

La mine du roi Charles s'allonge encore un peu plus.

On atteint le château de Sept-Saulx, la dernière étape avant Reims. L'entrée solennelle est fixée pour le lendemain. De nouveau, Charles convoque Jeanne.

— Nous ne devons pas nous leurrer, insiste-t-il, il y a tout un parti en ville qui tient pour les Anglais et pour les Bourguignons, des personnalités considérables en font partie ! Je redoute une résistance.

— N'ayez crainte, Sire, car les bourgeois de Reims viendront à votre rencontre. Vous n'aurez pas besoin de vous avancer jusqu'à la ville. Avant même que vous l'ayez atteinte, ils se rendront à vous.

Le roi est bien le seul en France à ignorer que le vent a tourné, et qu'il l'a désormais en poupe. C'est lui le vainqueur et l'Anglais le vaincu. La majorité des Rémois, des petites gens, sont pour lui. Ils ont enfin gain de cause contre les puissants, les collaborateurs. D'ailleurs, une délégation de bourgeois se rend bientôt jusqu'au château de Sept-Saulx pour déposer aux pieds du roi les clefs de la ville. Reims a fait sa soumission.

En réponse, le souverain accorde une amnistie générale à tous ceux qui se sont opposés à lui. Puis il monte en selle pour faire son entrée solennelle dans la cité du sacre, par la plus belle et la plus ensoleillée des soirées d'été.

Tous le suivent sauf Jeanne, qui a décidé de passer la nuit sur place. En un instant, le château s'est vidé. Silence et calme remplacent tumulte et agitation.

De son côté, Jean d'Aulon s'est longtemps promené après souper dans le parc. Lorsqu'il revient dans la grande salle à peine éclairée, il trouve Jeanne dans un coin qui, à la lueur d'une bougie, griffonne sur un parchemin.

— Que faites-vous donc, gentille Pucelle ?

Elle écrit au duc de Bourgogne, elle lui a déjà envoyé une première lettre pour l'inviter au sacre. Il n'a pas répondu. Maintenant, elle lui demande instamment de conclure la paix avec le dauphin.

— Il ne vous répondra pas plus que la première fois. Pourquoi donc vous entêtez-vous à rédiger ces missives auxquelles les destinataires ne prêtent aucune attention ?

Il avait décidé de ne rien lui dire des pourparlers secrets engagés entre le duc de Bourgogne et les favoris. Moins elle connaîtrait les intrigues de la Cour, plus elle en resterait abritée. Mais Jeanne tient à lui expliquer la raison de ses lettres :

— Tant qu'il existe une chance, il faut la prendre. Peut-être un jour une de mes lettres portera-t-elle ses fruits… Peut-être un jour un de leurs destinataires écoutera-t-il le message de paix que je leur envoie.

D'Aulon s'est assis à côté d'elle. Le silence et les

ombres de la grande salle les protègent. Les fenêtres ouvertes laissent pénétrer les senteurs d'une nuit d'été. Alors, de sa voix chaleureuse, il pose la question qui l'obsède depuis leur départ de la Loire :

— Pourquoi tenez-vous tant à faire sacrer le roi à Reims ? Nombre de ses ancêtres l'ont été dans d'autres villes, et l'on aurait pu s'épargner la peine de ce voyage. D'ailleurs nous n'avons rien gagné, car toutes ces villes, dès que nous aurons le dos tourné, ouvriront à nouveau leurs portes aux Bourguignons ou à l'Anglais…

— Ici, le roi Clovis a embrassé la croix et la France est devenue chrétienne. En ce lieu le Saint-Esprit apporta à saint Remi l'ampoule contenant l'huile sacrée pour en oindre le front du premier roi.

Jeanne décrit à d'Aulon l'émotion qu'elle a éprouvée en apercevant de loin les flèches de la cathédrale s'élever dans le ciel, cet acte de foi en pierre, ce phare qui attire les pèlerins de partout, ce lieu saint dédié à la Vierge.

— C'est sous la protection de Notre-Dame que le gentil dauphin doit être sacré.

Elle s'est levée, ses yeux semblent percer la pénombre. Il l'avait déjà vue regarder ainsi au-delà du réel.

— Depuis l'aurore de son histoire, Dieu a distingué et a favorisé ce royaume de France. Tout le bien qui peut lui advenir rejaillira sur la chrétienté entière. Sacré est ce royaume, le plus beau, le plus riche, le plus prospère, le plus aimable sous les cieux. Dieu dans sa grâce a élevé cette nation sur toutes les autres. Sacrée est cette maison de France qui, siècle après siècle, a façonné et continue à façonner, à orner ce royaume. Sacré est le roi héritier de cette prodigieuse lignée, unique détenteur de la sainte mission, le désigné par Dieu, l'irremplaçable. Plus sacrés que jamais ils le sont, ce royaume et ce roi, car ils ont touché le fond de la misère humaine. Le malheur leur a donné une nouvelle onction. Ni paix ni indépendance si la souveraineté de ce roi, malheureux jusqu'ici, n'est pas reconnue et si tous les Français ne se regroupent pas derrière l'héritier naturel. Ô peuple ! connaissez pour votre seigneur le dauphin noble et sage car son salut est le vôtre.

Les paroles de l'inspirée ont atteint son compagnon jusqu'au plus profond de lui-même. Il est transporté, et en même temps incapable de bouger. Jamais il n'a connu à Jeanne une telle puissance du verbe. En vérité, cette jeune fille qui n'a pas vingt ans parle comme un prophète des temps anciens.

Mais Jeanne est revenue sur terre, elle se tourne vers lui et le taquine :

— Tu as l'air prêt à tomber ! Va te coucher, sinon tu dormiras demain dans la cathédrale.

*

Dès l'aube de ce 17 juillet 1429, des évêques — mitres et chapes brodées d'or — frappent à la porte de la chambre du roi au palais épiscopal.

— Qui demandez-vous ? dit une voix de l'intérieur.

— Le roi.

— Le roi dort, répond la voix.

Les évêques frappent une deuxième fois, pour obtenir la même réponse.

Une troisième fois, les évêques ayant encore frappé, la voix répète :

— Qui demandez-vous ?

— Nous demandons Charles que Dieu nous a donné pour roi.

Alors les portes de la chambre s'ouvrent toutes grandes et les évêques sont conduits près du lit où le roi est censé dormir.

Pendant ce temps, dans la cathédrale, les grands seigneurs, les conseillers, les ministres, les maréchaux, les princes du sang, les prélats, tous de soie, de velours vêtus, d'or et de joyaux couverts, lentement prennent place. Une joyeuse excitation règne sur cette assemblée brillante. Pour un jour, oubliés les querelles, les rancœurs, les craintes, les calculs, les intrigues et autres soucis.

Suivie de son intendant, Jeanne chevauche en direction du sanctuaire. Elle a revêtu son armure scintillante et porte à la main son étendard, le pallium, le porte-bonheur sacré. Ils progressent lentement car les rues sont noires de monde. C'est une mer de têtes qui s'étend devant eux.

Malgré la presse, la foule fait place devant Jeanne, au milieu d'acclamations sans fin : « Vive la Pucelle ! Vive Jeanne ! » Parvenue à la cathédrale, Jeanne s'arrête sur le parvis pour attendre le roi, et les acclamations ne cessent pas. C'est son nom que la foule crie encore lorsque le roi paraît. L'archevêque de Reims est venu l'accueillir.

À pas majestueux, le cortège s'avance entre les énormes piliers de la cathédrale. Jean d'Aulon cligne des yeux devant les feux des milliers de cierges qui brûlent et font ressortir les couleurs fraîches des tapisseries accrochées aux parois de pierre. Le soleil jouant avec les vitraux jette des taches bleues, rouges, vertes sur les statues et sur les hommes. Le peuple, rompant les barrages, pénètre par toutes les portes, anxieux d'assister à la cérémonie, d'être le plus près possible du roi.

Parvenu dans le chœur, Charles s'agenouille sur un coussin fleurdelisé. Jeanne se tient à ses côtés, ainsi que Charles en a décidé… peut-être influencé par son confesseur Machet.

Jeanne entend son « dauphin » prononcer le serment de soutenir l'Église, de défendre la paix et la concorde, de protéger la veuve et l'orphelin. Deux évêques, heureusement aidés par leurs assistants, prennent le siège sur lequel s'est assis Charles et le soulèvent trois fois en l'air. De même, à l'orée du Moyen Âge, les rois debout sur le pavois étaient hissés pour être présentés et acceptés par leurs sujets.

Jeanne observe avec émotion l'archevêque de Reims tirer de la sainte ampoule quelques gouttes du baume sacré et, avec son aiguille d'or, les déposer sur différentes parties du corps du « dauphin ». Ensuite débute le couronnement proprement dit.

Les joyaux de la Couronne sont restés à Paris aux mains des Anglais, mais on a trouvé dans le trésor de la cathédrale de quoi les remplacer. Les pairs s'approchent, ceux présents en personne comme le duc d'Alençon, et ceux passés à l'ennemi comme le duc de Bourgogne et que suppléent Dunois, La Trémoille et autres principaux acteurs du règne. Ils donnent au dauphin l'épée, la main de justice, le sceptre, les gants, l'anneau. Tout en dernier, l'archevêque dépose lentement sur la tête de Charles la couronne d'or et de pierreries, puis il le mène sur un trône surélevé d'où tous les assistants peuvent le voir, et trois fois il proclame :

— *Vivat rex in aeternum!* Vive le Roi pour l'éternité !

— Vive le roi ! répondent d'une seule voix les assistants.

— Noël ! Noël ! hurlent les milliers d'hommes et de femmes serrés les uns contre les autres dans les rues.

Les cloches de la cathédrale menées par le gros bourdon, bientôt suivies par celles de toutes les églises de la ville, sonnent à toute volée. Alors Jeanne s'avance vers le trône et s'agenouille devant Charles.

— Gentil roi, j'aurai exécuté le plaisir de Dieu qui voulait que vous vinssiez à Reims recevoir votre saint sacre en montrant que vous êtes vrai roi et celui auquel le royaume doit appartenir.

D'Aulon, qui se tient à quelques pas, observe un phénomène extraordinaire. Sur le trône, il n'y a plus l'homme au nez volumineux, aux petits yeux, à la mine chafouine et aux genoux cagneux qu'il connaît si bien, il n'y a plus le velléitaire hésitant, hypocrite, ingrat et faible, il y a le véritable roi de France, l'oint de Dieu, le lieutenant de Jésus-Christ sur terre, le lien vivant entre son peuple et le paradis. Et cette transformation étourdissante et inconcevable, ce miracle, d'Aulon sait que c'est elle, Jeanne, qui l'a voulu, qui l'a conçu et qui l'a réalisé *envers et contre tous*.

À côté du trône se tient l'archevêque de Reims, qui vient de sacrer et de couronner le roi, et qui n'est autre que Regnault de Chartres. D'Aulon surprend le regard chargé d'une haine implacable qu'il pose sur Jeanne, il en frissonne. Elle-même n'a rien remarqué, emportée par la joie, par l'émotion. Le

— Silence… Je n'ai rien dit et vous n'avez rien entendu.

Tous les quatre restent silencieux au milieu du brouhaha, des voix trop fortes, des portes qui claquent, des bruits de vaisselle, des refrains avinés.

Il ne faut pourtant pas qu'il y ait de tristesse un soir comme celui-ci. D'Aulon retrouve son entrain et lui demande :

— Et maintenant, qu'allez-vous faire ? Qu'allons-nous faire ?

— Nous n'avons fait que commencer. Nous allons d'abord courir sur la capitale et la reprendre aux Anglais pour que le roi Charles puisse s'installer dans Paris. Ensuite, nous chasserons les Anglais d'une province après l'autre, afin que le gentil roi soit roi de tout le royaume.

— Et ensuite, tu pourras enfin te reposer…

— Tu te trompes, mon bon Laxart. Ensuite, je partirai à la croisade pour défendre les Lieux saints contre le Maure, contre le païen. Et toi, d'Aulon, tu viendras avec moi. Toi aussi, Laxart, si l'envie t'en dit.

L'imagination de Jean d'Aulon s'envole. Avec Jeanne, il se voit gagner des batailles, libérer des villes, acclamés par des populations en délire. Ils partageront la rude existence des camps. Elle sera heureuse, il sera heureux. Puis ils s'embarqueront pour l'Orient. Ensemble, ils découvriront des contrées légendaires. Côte à côte, ils guerroieront, ils conquerront, ils feront triompher partout la vraie foi, et Notre-Dame, du haut du ciel, les regardera en souriant.

Brusquement, le chevalier abandonne son rêve. Il se souvient de cette scène, à Poitiers, lors des examens de Jeanne. Après des heures et des heures d'interrogatoire, ils étaient restés, elle et lui, seuls dans la pièce, et là il l'avait entendue proférer la prédiction bouleversante : « Je ne durerai... »

— En effet, j'ai annoncé que je ne durerais qu'un an.

Parce qu'elle le regardait, et avec cette faculté de percer les âmes, elle a deviné ce qu'il pensait.

Tout de suite, elle ajoute :

— Il y a plusieurs façons d'interpréter ce que m'ont annoncé mes Voix. Peut-être mon action ne durera-t-elle qu'un an, mais ma vie se prolongera beaucoup plus longtemps. Après tout, je suis bien jeune !

— Pas d'action, pas de croisade, alors que feras-tu ?

— Je pourrais disparaître, me retirer, me faire oublier pour, plus tard, réapparaître...

— Et que feras-tu quand tu réapparaîtras ?

— Pourquoi pas tout simplement me marier...

La soirée est bien avancée. Au fur et à mesure que les heures s'écoulent et que les libations se succèdent, on se sent de plus en plus détendu. On a fait son devoir, on peut respirer, souffler, et on dit un peu n'importe quoi, mais aussi on révèle ce qu'on peut cacher au fond de son cœur. Même Jeanne qui, ce soir-là, exceptionnellement, ne s'est pas contentée d'eau trempée de vin. Elle a bu plus d'un petit verre !

— Pourquoi pas me marier ? répète-t-elle en riant.

Laxart est déconcerté. Il a encore sur le cœur le voyage à Toul où elle l'a emmené pour obtenir de rompre sa promesse de mariage.

— Je croyais que tu avais juré de ne jamais te marier et fait vœu de chasteté.

— Effectivement, j'ai promis de rester vierge, mais seulement tant qu'il plaira à Dieu.

Un espoir absurde saisit d'Aulon qui lui aussi a vidé pas mal de verres. Si Jeanne était à marier, l'épouserait-il ? Il ne la désire pas et pourtant il voudrait bien passer le restant de sa vie avec elle.

— Et tes Voix, qu'est-ce qu'elles te racontent là-dessus ? demande-t-il.

— Ce soir, mes Voix font comme tout le monde, elles sont en vacances.

12

— Et maintenant ?

Les Théologues se sont réunis le lendemain du sacre, à Reims même. Les rues restent encombrées de partisans de Charles VII un peu avinés qui continuent de beugler son nom. Les tentures accrochées aux fenêtres pendent lamentablement, les fleurs commencent à se faner. Dans les églises flotte un parfum d'encens refroidi.

La maison de celui qui les reçoit ce soir est bondée comme toute la ville, aussi n'ont-ils trouvé pour se réunir que l'oratoire privé de leur hôte. Ils s'y tiennent si serrés qu'ils ne peuvent pratiquement pas se mouvoir. Ils sont tristes. Jean Gerson est mort quelques jours seulement avant le sacre. Il a été leur maître à penser, leur ligne directrice, leur force. Malgré le succès étourdissant que représente pour eux le sacre du roi, ils se sentent imprégnés d'une sourde anxiété.

— Et maintenant ? répète celui qui a posé la question cruciale.

Tous comprennent qu'il se réfère à Jeanne.

— Et maintenant, reprend un autre, étonné de la question, nous la laissons sur sa lancée, nous l'y encourageons, afin qu'elle achève de chasser les Anglais hors de France.

L'archevêque Gélu intervient :

— Trop de victoires de la Pucelle porteraient ombrage au roi Charles notre Sire. Elle a été chargée de le hisser sur le pavois et non de s'y mettre elle-même. Les gens, partout, en France, en Europe, n'ont que son nom à la bouche ! Les victoires des armées du roi, c'est elle qui les a remportées… À la cérémonie d'hier, c'est elle qu'on a acclamée, chantée…

Oyez partout l'univers,
Chose surtout merveillable,
Et bien digne de mémoire
Que Dieu par une Vierge tendre
Ait voulu voir
Sur la France une si grande grâce…

L'Épiphane interrompt Gélu pour citer quelques vers :

Et toi, Charles, roi des Français,
Septième de ce haut nom,
Ton renom a été haut élevé par la Pucelle,
Ton royaume tu l'as recouvré,
C'est par la Pucelle…

« C'est notre plus célèbre poétesse qui, de l'abbaye où elle s'est retirée, vient de composer ce poème. Ainsi Christine de Pisan chante-t-elle Jeanne ! »

L'archevêque, agacé de cette interruption, reprend sa tirade :

— Nous avons créé une machine pour propulser la Pucelle sur la scène, et aujourd'hui nous avons réussi au-delà de nos espérances… Il nous faut maintenant la retirer immédiatement de la scène, sinon sa trop grande gloire nuirait à celle du roi. Or, je vous le rappelle, ce n'est pas elle mais lui seul qui peut mener à bien notre projet, celui de rendre l'Église de France indépendante de la papauté.

— Cependant, sans elle le roi n'est rien.

— Il est à présent victorieux, il a été sacré, insiste Gélu. Désormais, il poursuivra seul sa trajectoire ascendante. Bien entendu, avec notre appui et nos conseils.

Gérard Machet proteste avec véhémence :

— Vous voulez donc abandonner Jeanne aux favoris qui n'attendent que cela pour la déchirer en morceaux. Ces mêmes favoris qui feront retomber le roi sous leur coupe, détruisant ainsi toute notre œuvre !

— Avec le roi, les favoris ne durent jamais longtemps. Ils finissent tous mal. Nous ne sommes point ses favoris, nous durerons plus qu'eux. Et si La Trémoille, si Regnault de Chartres s'accrochent à la faveur royale, nous avons, si besoin est, le moyen de les faire tomber. Je vous le dis, le roi Charles n'aurait pu arriver seul là où il se trouve, mais désormais il est impératif qu'il poursuive seul.

— Peut-être, mais alors que faire d'elle ? demande Machet.

— Nous lui ferons accorder les honneurs auxquels elle a droit. Le roi lui donnera un titre, une pension qu'elle a si bien gagnés à son service…

— Elle n'acceptera jamais ! La voyez-vous dame de cour parmi les autres ?

— Inspirée par Dieu, peut-être pourrait-elle renoncer au monde et se consacrer à Dieu.

— Un couvent ! C'est un soldat, pas une nonne.

— Elle pourrait embrasser une autre cause, encore plus vaste. Elle a souvent affirmé que son but ultime était de partir à la croisade pour délivrer les Lieux saints.

— Personne ne s'intéresse à la croisade en ce moment, personne n'a envie de croisade, elle ne peut tout de même pas y partir toute seule !

Un lourd silence tombe, rendu plus épais encore par l'atmosphère renfermée de la pièce. Plusieurs Théologues tournent les yeux vers le retable qui domine le petit autel de l'oratoire pour y chercher l'inspiration, mais le visage de la *Madone à l'Enfant* peinte par un grand maître flamand reste impénétrable. L'un d'entre eux émet enfin l'hypothèse qui leur a tous traversé l'esprit :

— Et si elle refuse de nous écouter et poursuit seule la guerre contre les Anglais ?

Gélu est catégorique :

— Nous lui retirerions instantanément notre soutien.

— Ses Voix lui suggéreront peut-être d'arrêter…

Machet émet un profond soupir.

— En ce cas, elle ne les écoutera pas. J'ai appris à la connaître. Elle recueille fidèlement, respectueusement leurs propos, mais elle évite parfois de les entendre. Je crois même qu'elle est à ce point entêtée, déterminée, qu'elle pourrait bien passer outre.

— Alors que faire d'elle ?

L'Épiphane prend la parole d'une voix sourde :

— Donc, Jeanne est éliminée au nom du roi car une bergère ne peut lui être supérieure, et au nom de Dieu parce qu'un être humain n'a pas le droit de montrer plus d'initiative que le Très-Haut. Si c'est ainsi, laissez-la tout simplement accomplir sa destinée.

Les Théologues se prennent à regretter plus que jamais la disparition de Gerson, qui n'est plus là pour les éclairer. Car ils trouvent les paroles de l'Épiphane trop énigmatiques, il les déconcerte. L'un d'eux, les yeux fixés sur le retable, ne peut s'empêcher de murmurer :

— La Vierge Marie a l'air triste…

Ce qui pousse un autre à ajouter :

— Nous l'abandonnons, alors qu'elle a le droit à toute notre reconnaissance !

— Nos buts exigent des sacrifices, maugrée Machet.

Aucun n'est satisfait, lui moins que tout autre.

— Que Dieu la protège ! prononce une voix étouffée.

— Amen, reprennent-ils en chœur.

Ils se séparent sans se regarder, sans se saluer, soudain isolés les uns des autres.

*

Paris, Paris ! Jeanne n'a que ce nom à la bouche. Il faut foncer sur Paris ! Il faut se lancer à l'assaut de Paris ! Quel objectif plus naturel, plus logique, plus noble que la libération de la capitale héréditaire des rois de France, le siège du Parlement, de l'Université, l'une des villes les plus peuplées d'Europe, un pilier culturel, historique, politique !

— D'accord, déclare Charles VII, nous partons pour Paris.

Jeanne tressaille de joie. Jamais elle ne l'a convaincu aussi rapidement, aussi facilement. Dans son enthousiasme, elle lui propose de partir sur l'heure. Le monarque hausse les épaules : pourquoi se presser ? Les lampions du sacre sont à peine éteints, et il a bien le droit de se reposer quelque peu après ces cérémonies épuisantes… Une semaine, rien qu'une semaine, ce n'est pas trop demander !

Le 21 juillet, la cavalcade royale se met en route. Vers Paris ? Non, vers l'est, vers Laon, Soissons et autres villes où le roi a décidé de se montrer à l'admiration de son bon peuple. Ces modestes détours ne changent pas l'objectif qui reste Paris.

Jeanne, rongeant son frein, est bien forcée de suivre. On pousse même jusqu'à Château-Thierry, mais on pense toujours à la capitale…

Les réserves de patience de Jeanne, qui n'ont jamais été très grandes, s'épuisent.

Il fait beau, et très chaud. Dans l'apothéose verdoyante de cette journée de juillet et dans cette température amollissante, le cortège royal s'étire. Charles musarde sur cette route qui l'éloigne de Paris.

Dans la foule, Jeanne chevauche tristement. Soudain, elle voit une ribaude sauter en selle derrière un soldat. Elle pousse un cri de rage, dégaine son épée et fonce sur la fille affolée. Le soldat a tellement peur qu'il n'a même pas la réaction de partir au galop. Jeanne est sur eux. Elle lève l'épée puis la rabaisse, comprenant tout à coup ce qu'elle allait faire. C'est d'une voix presque douce qu'elle enjoint à la fille de ne plus se mêler aux hommes d'armes. Puis elle tonne :

— Sinon je prendrai des mesures contre toi et tes semblables !

Elle poursuit son chemin, la tête basse. Jean d'Aulon, qui a suivi ce court incident sans mot dire, comprend que la frustration de Jeanne est telle qu'elle a manqué tuer pour la pauvre faute d'une fille de joie.

Il décide de s'en ouvrir à Machet. Cette fois, le confesseur du roi ne l'accueille pas avec son affabilité coutumière. Il est occupé, plongé dans ses papiers, visiblement mécontent d'être dérangé. Cette attitude revêche n'arrête pas d'Aulon :

— Paris est un fruit mûr prêt à tomber aux mains du roi. Comme vous ne l'ignorez pas, monseigneur, d'aucuns ont prématurément annoncé que les Anglais en avaient déjà été chassés. Alors, pourquoi cette promenade de ville en ville qui nous éloigne de la capitale ?

— Pour donner le change. Écoutez-moi, mon fils, le temps est peut-être moins à la guerre qu'à la négociation. Grâce aux incroyables succès du roi notre Sire sous la bannière de la Pucelle, le moment est venu de faire halte et de regarder si l'on ne pourrait pas parvenir à un accord.

— Avec le duc de Bourgogne ! s'exclame le chevalier. Mais vous-même m'avez certifié qu'un tel accord serait un leurre et que ces négociations n'étaient qu'une manœuvre des favoris pour éliminer la Pucelle !

— Tout d'abord, Mgr l'archevêque de Reims et le sire de La Trémoille ne décident pas à leur gré. Le Conseil du roi, dont j'ai l'honneur de faire partie, exerce un contrôle sur leur action. D'autre part, il ne s'agit pas d'accorder des concessions au duc de Bourgogne. Si les hostilités doivent cesser, elles s'arrêteront des deux côtés à la fois.

Machet a gardé son calme mais Jean d'Aulon le sent tendu, presque agressif.

— Vous voulez dire, monseigneur, qu'une trêve est en train d'être conclue entre le roi et le duc de Bourgogne sans que Jeanne le sache ?

— Mettons que cette éventualité soit dans le domaine du possible…

Le confesseur du roi a énoncé cela sèchement puis, d'une voix aigre, il met l'intendant en garde :

— Quant à vous, mon fils, vous devriez vous employer à calmer les ardeurs de Jeanne. Pour l'instant, il lui faut attendre. Sa patience nous ferait le plus grand bien à tous, et pour commencer à elle-même.

D'Aulon en s'en allant ne peut s'empêcher de penser que le ton de Machet semblait presque menaçant.

— Une trêve, s'écrie Jeanne lorsque le chevalier l'informe de sa conversation, ils vont voir ce que je pense de leur trêve !

Les jours suivants, d'Aulon et elle sont atterrés par ce qu'ils apprennent : au cours de négociations de moins en moins secrètes, Philippe, le duc de Bourgogne, a exigé de Charles qu'en gage de bonne volonté il lui rende la ville de Compiègne. Les favoris, obnubilés par l'idée de lui plaire, ont accédé à son désir. Ils ont forcé le roi à rédiger un rescrit ordonnant à ses bons sujets compiégnois de devenir ceux du duc de Bourgogne. Mais voilà : ces derniers ont refusé d'obtempérer. Ils se sont déclarés fidèles et respectueux sujets de Charles, prêts à lui obéir en tout, sauf à se donner au duc. Regnault de Chartres a même couru à Compiègne pour tâcher de les convaincre. En vain. Le roi a été fort étonné, les favoris ont enragé, et Jeanne a bien ri.

Elle rit beaucoup moins lorsqu'elle reçoit une lettre des Rémois où ceux-ci lui font part de leur inquiétude. Ils ont volontiers, eux, ouvert leurs portes à Charles VII, mais si celui-ci se décidait d'un coup à rendre leur ville au duc, quel serait leur sort ? Ne subiraient-ils pas la terrible vengeance de Philippe ? D'un trait, Jeanne rédige sa réponse aux Rémois :

« Il est vrai que le roi a fait trêve au duc de Bourgogne pendant quinze jours durant... Combien que des trêves qui sont ainsi faites je ne suis point contente, et ne sais si je les tiendrai... Je maintiendrai l'armée du roi pour être prête au terme desdits quinze jours. C'est pourquoi, mes très chers et bons amis, je vous prie de ne pas vous faire de souci tant que je vivrai... »

La lettre aussitôt envoyée, aussitôt lue, aussitôt répandue, fait l'effet d'un petit scandale. Pour la première fois, Jeanne critique le roi et s'en démarque dans ce qui constitue une véritable déclaration d'intention.

Cependant, elle reste auprès de lui et le suit dans ses errances qui continuent à les mener de ville en ville, Montmirail, Provins, Coulommiers, La Ferté-Milon.

— Jusqu'à quand devrons-nous attendre ? grondet-elle.

— Chaque jour qui passe, répond d'Aulon, nous rapproche de Paris, car, trêve ou pas, le roi sera bientôt à court de faux-fuyants, et donc se verra obligé de vous y suivre.

C'est alors que Philippe de Bourgogne invite officiellement le roi Charles à lui envoyer des ambassadeurs en sa bonne ville d'Arras pour discuter avec les siens d'une trêve prolongée. Sauf Jeanne et d'Aulon, tout le monde exulte à la cour de France. Le premier pas est fait vers une paix définitive entre la France et la Bourgogne ! Les favoris ont gagné.

La guerre contre les Anglais, plus personne n'en veut, et la marche sur Paris est remise à plus tard.

*

Pendant que ses négociateurs discutent avec ceux de son bon cousin Bourgogne, Charles VII poursuit son agréable promenade estivale. Le cortège royal s'avance dans la poussière et la chaleur.

Le roi a bien voulu laisser Jeanne chevaucher en tête parmi les autorités. Elle se retrouve ainsi entre Dunois, avec qui elle est restée en bons termes depuis la délivrance d'Orléans, et l'archevêque de Reims Regnault de Chartres. On approche de Crépy-en-Valois quand brusquement s'ouvrent les portes de la petite ville, et les habitants se précipitent à la rencontre du cortège. Ils entourent les cavaliers, criant « Noël ! Noël ! » à l'adresse de Charles et de la Pucelle, laquelle se fait modeste.

— Que voici un bon peuple, fait-elle remarquer à ses deux voisins, jamais je n'en vis un autre qui se réjouit tant de la venue d'un si noble roi !

Puis elle se met à déraisonner :

— Comme je serais heureuse, quand je terminerai mes jours, de pouvoir reposer ici…

Regnault de Chartres sursaute, saisi d'un fol espoir, lui qui aimerait tellement savoir cette jeune femme, qu'il hait viscéralement, enterrée.

— Oh ! Jeanne, où avez-vous donc espérance de mourir ? s'inquiète-t-il doucereusement.

Elle prend un air plus modeste encore qu'auparavant :

— Où il plaira à Dieu. Je ne sais ni le moment ni le lieu plus que vous-même, plaise à Dieu mon créateur de me laisser maintenant partir, abandonner les armes et retourner servir mon père et ma mère, en gardant leurs brebis avec mes frères qui seraient bien heureux de me voir.

L'archevêque, mais aussi Dunois, la regardent avec stupéfaction. Quoi ? Elle serait prête à abandonner et à se retirer ? Ce serait trop beau, pense Regnault de Chartres. Mais après tout, peut-être est-elle lasse ! La Trémoille et lui l'auraient-ils surestimée ?

Il ne voit pas le sourire ironique de Jean d'Aulon qui chevauche derrière Jeanne, car pour ce dernier il y a une certitude : elle ne renoncera, elle ne se retirera jamais, et si elle tient ces propos, c'est bien pour se moquer de l'archevêque.

Le cortège royal arrive à Compiègne. Jeanne est richement logée en l'hôtel Dubœuf appartenant au procureur du roi. Son hôtesse, Marguerite Le Boucher, une femme corpulente et joviale issue d'une puissante famille, l'accueille chaleureusement et s'inquiète de son confort. Elle propose un somptueux banquet. Jeanne refuse et se retire.

La nuit s'avance. Elle a depuis longtemps terminé son maigre dîner coutumier. Malgré l'heure tardive, elle n'a pas envie de se coucher. Jean d'Aulon lui tient compagnie. Dans le silence qui les enveloppe, il tourne et retourne la question fondamentale de savoir quoi faire. Soudain, Jeanne se lève si brutalement qu'elle manque renverser la table, et elle s'écrie :

— Partons !

C'est un « partons » joyeux, plein d'élan.

— Partons tout de suite, demain matin, pour prendre Paris !

— Mais le roi ne nous laissera jamais partir…

— Aussi passerons-nous outre à sa permission !

Désobéir au souverain ? En Jean d'Aulon, l'atavisme de fidèles serviteurs de la monarchie se rebelle à cette idée, mais comment résister à l'appel de la Pucelle ?

Jean d'Aulon dort du sommeil de la jeunesse et de la bonne conscience, c'est-à-dire qu'il est quasiment impossible de le réveiller. Aussi l'homme doit-il le secouer longtemps avant qu'il n'ouvre un œil. Lorsqu'il y parvient, il se trouve en face d'un inconnu qui lui fait signe de se taire et lui murmure à l'oreille :

— Monseigneur le confesseur du roi vous demande sur l'heure. Mais soyez discret, personne ne doit le savoir.

D'Aulon se lève, enfile ses chausses, revêt son pourpoint et se glisse à la suite de l'homme hors de la maison de Marguerite Le Boucher. Gérard Machet habite selon son habitude dans le luxe et le confort de la demeure d'un quelconque prélat bien nanti. À peine le chevalier est-il introduit qu'il lui lance :

— Elle ne doit aller à Paris sous aucun prétexte !

D'Aulon en reste ébahi. Comment Machet sait-il déjà ce qu'elle projette ?

— Je n'ai aucun moyen de l'en empêcher, monseigneur.

— Je vous ai placé auprès d'elle non seulement pour la protéger, mais aussi pour lui éviter de faire des bêtises. Si vous voulez continuer à servir le roi et… à bien gagner votre vie, vous ferez ce que je vous dis.

Ce brutal rappel du rôle du confesseur dans sa nomination et de l'aspect matériel de sa fonction le fait rougir, et l'irrite.

— Pourquoi donc, monseigneur, voulez-vous l'empêcher de remporter une nouvelle victoire ?

— Parce qu'il n'y aura pas de victoire.

— Pourtant, jusqu'ici…

— Vous n'êtes tout de même pas assez innocent pour croire qu'elle a remporté toute seule cette série de succès ! Bien sûr, Dieu l'inspire, bien sûr, c'est une personnalité exceptionnelle, invraisemblablement douée, mais vous devinez qu'elle bénéficie d'appuis aussi puissants qu'occultes. Or ce soutien lui sera retiré immanquablement si elle n'en fait qu'à sa tête et court à Paris.

— Pourtant, monseigneur, le roi, même s'il prend son temps, a accepté de la suivre à Paris.

— Par lâcheté uniquement, jeune homme, et méfiez-vous de la lâcheté du roi, car elle recèle pas mal de pièges…

— Tant pis, la Pucelle gagnera désormais ses batailles toute seule.

— Sans ses protecteurs, elle ne peut rien ! Allez, et dépêchez-vous de l'arrêter.

Piqué par la sécheresse de ce congé, indigné, d'Aulon s'en revient au logis. Il n'est pas question de se recoucher, il ne pourrait dormir. Il attend donc le réveil de Jeanne dans la salle commune.

Levée tôt selon son habitude, elle apparaît dès son réveil fraîche et enjouée. Elle déborde d'entrain, impatiente de reprendre l'aventure.

— Pourquoi as-tu cette mine sinistre ? demande-t-elle, surprise, à son intendant.

— Ne vaudrait-il pas mieux surseoir à notre départ et attendre d'obtenir l'accord du roi ?

Elle se fait railleuse :

— Es-tu donc fatigué de me suivre ?

— Tout de même, nous prenons trop de risques en partant ainsi, sans appuis.

— Je n'ai jamais eu d'autre appui que celui de Dieu. Je n'en ai pas besoin d'autre.

Le chevalier est sur le point de lui répéter son entretien avec Machet, mais il se retient. Il ne veut pas la heurter en suggérant que d'autres que Dieu ont jusqu'ici pavé son chemin, et puis il sait qu'il ne peut rien contre sa détermination.

— Viens avec moi, d'Aulon, que ferais-je sans toi ? Qui me défendrait, qui me supporterait ?

Ce jour-là, Jeanne n'est pas la seule à franchir le pas. Jean d'Aulon lui aussi le fait, irrévocablement.

Cependant, Jeanne n'a rien d'une tête brûlée. En toutes circonstances, elle garde les pieds sur terre.

— Ce n'est pas en ramassant quelques volontaires et en achetant quelques mercenaires que nous prendrons Paris.

Ils passent toutes les possibilités en revue. Les capitaines, inutile de les approcher, c'est de la Cour qu'ils attendent honneurs et promotions. D'Aulon avance le nom de Dunois, qui reste son héros.

— Je le connais bien, jamais il ne prendra une initiative qui heurterait le roi.

— Alors qui ?

— Il n'y en a qu'un, le duc d'Alençon.

Le cousin du roi, la tête folle, le guerrier plein de hardiesse qui ne s'embarrasse pas d'obtenir des autorisations pour faire ce qui lui plaît, et qui reste toujours prêt à se lancer dans l'aventure.

À l'appel de Jeanne, il accourt.

— Mon beau duc, faites appareiller vos gens et ceux des autres capitaines. Je veux aller voir Paris de plus près…

Enchanté de cette occasion, Jean d'Alençon réunit

ses régiments qui finissent par former une réelle petite armée. Sans saluer le roi, Jeanne, à la tête des troupes, prend le chemin de Paris. En chemin, elle ramasse encore un certain nombre de volontaires, et trois jours plus tard parvient aux abords de la capitale.

Saint-Denis se rend sans discuter, mais elle fait son entrée dans une ville déserte, quasiment vidée de ses habitants qui ont fui les ennuis. Au loin, elle aperçoit les remparts formidables, les tours innombrables qui défendent Paris. Imprenable ! Paris est imprenable, entend-elle murmurer autour d'elle.

Toutefois, il y a une façon de prendre l'imprenable, une seule : faire venir Charles VII. La présence du légitime souverain, de l'oint de Dieu, galvanisera ses troupes et peut-être poussera les Parisiens à retrouver leur loyauté depuis si longtemps abandonnée.

Jeanne le bombarde de messages pour qu'il se décide au plus vite à la rejoindre. Le roi fait la sourde oreille.

— Vous n'escomptez tout de même pas qu'avec ses favoris autour de lui du matin au soir, il obtempère et vienne vous retrouver, remarque Jean d'Aulon.

— Il viendra parce qu'il n'osera pas refuser. Nous avons pris l'initiative d'amener une armée devant Paris et nous avons ainsi mis la machine en route. Il ne peut plus aller à contre-courant.

— Tu vois que j'avais raison !

C'est ainsi qu'une Jeanne triomphante accueille d'Aulon le lendemain au réveil, car en ce matin du 28 août, elle vient d'apprendre que le roi, avec tout son entourage, a enfin pris le chemin de Paris.

*

Déjà, Charles est furieux d'avoir dû quitter Compiègne. Aussi est-il décidé à ne pas se presser et s'arrête-t-il pour prendre quelque repos à Senlis. Les messages de Jeanne sont ignorés.

Jamais à court de solution, elle lui dépêche le duc d'Alençon pour le hâter. Le duc se précipite à Senlis, le roi promet de partir le lendemain. Le jour suivant, il ne bouge pas. Jeanne expédie de nouveau son messager, de nouveau le roi promet. Cette fois, il n'ose se dédire et c'est quasiment traîné de force qu'il entre en pompeux cortège à Saint-Denis le 7 septembre au soir. Il aura mis trente-six jours pour venir de Reims à Paris, mais au moins est-il arrivé !

Et Jean d'Aulon en son for intérieur d'admirer l'extraordinaire connaissance des hommes que Jeanne a acquise, en dépit de sa jeunesse. Malgré les favoris, malgré les négociations secrètes, malgré les trêves, elle a su qu'avec le roi il fallait jouer l'audace, et elle a gagné.

Sans même attendre l'arrivée de Charles, elle s'est approchée de Paris et s'est installée avec son état-major à La Chapelle.

Dès le lendemain matin, elle range son armée en ordre de bataille. Le roi, le catalyseur, le pallium de la France, est là, on peut donc attaquer. Tant pis si ce roi, au lieu de se mettre à la tête de ses troupes ou même d'être présent à la bataille, reste calfeutré à Saint-Denis, à l'ombre de la majestueuse abbaye où sont enterrés ses ancêtres ! Jeanne est entourée du duc d'Alençon, des capitaines et aussi de Raoul de

Gaucourt, le maître de l'hôtel du roi qu'elle a déjà souvent rencontré sur son chemin.

Ayant choisi pour objectif la porte Saint-Honoré, elle donne l'ordre de l'assaut. Son étendard à la main, suivie de centaines de soldats, elle est la première à descendre dans les fossés, à l'endroit où généralement se tient le marché aux pourceaux. Du haut des remparts, canons et couleuvrines entrent en action. Un tonnerre de feu s'abat sur les assaillants. Vague après vague, soldats et chevaliers commandés par Jeanne appliquent les échelles contre les remparts.

L'artillerie anglaise ne fait pas un instant relâche, mais curieusement il y a très peu de blessés et encore moins de morts. Jeanne protège ceux qui se battent pour elle, se répètent tout bas ses soldats, avec elle, rien ne peut arriver ! Ils repartent à l'assaut plus gaillardement que jamais, sans grand résultat d'ailleurs. Le temps passe, l'énergie des assaillants ne faillit pas, non plus que celle des défenseurs.

Dans Paris même, le pessimisme rampe. Les rumeurs assurent que la bataille est perdue, que les soldats du roi sont déjà à l'intérieur des murs, et les bons bourgeois de fermer leurs volets et de barrer leurs portes. Tremblants, ils se voient déjà en butte à la vengeance de leur souverain légitime.

Ceux qui ne tremblent pas, ce sont les professeurs de l'Université de Paris réunis sans discontinuer.

— La Pucelle est une sorcière et elle ne vaincra pas ! martèlent-ils plus fort que jamais, car les progrès de Jeanne depuis la chute d'Orléans les ont renforcés dans l'idée qu'ils avaient affaire à une créature satanique.

Ils l'ont répété au régent Bedford, ils ont même décidé d'écrire à un pape, ou même aux deux ou trois papes qui se disputent la tiare, pour que ceux-ci interviennent et mettent un terme au scandale qui a nom la Pucelle. Plus subtilement, ils ont alerté l'inquisiteur de France. Qui dit Inquisition dit hérésie, arrestation arbitraire, torture, bûcher. Jeanne est une hérétique et l'Inquisition doit agir ! Et, avec l'impression d'avoir fait leur devoir, ils attendent calmement l'issue de la bataille. Après tout, même si le roi parvenait à se rendre maître de Paris, il serait toujours temps d'opérer un retournement…

La bataille dure depuis des heures, avec un résultat toujours aussi incertain. Le jour commence à tomber. Toujours à la première place, au pied des remparts, Jeanne hurle aux défenseurs :

— Rendez-vous vite, car si vous ne vous rendez pas avant la nuit, nous y entrerons par force, que vous le vouliez ou pas, et vous serez tous mis à mort sans merci !

— C'est à voir, paillarde, ribaude ! riposte un soldat anglais.

Il ajuste son arbalète, il vise, il tire. La flèche traverse la cuisse de Jeanne, une autre perce le pied de son porte-étendard qui se tient toujours à côté d'elle. Celui-ci lève la visière de son casque pour retirer la flèche. Un nouveau trait pénètre entre ses deux yeux et l'étend raide mort. Les flèches sifflent de partout.

Jean d'Aulon se couche presque sur Jeanne pour lui éviter d'être de nouveau blessée. Elle a les larmes aux yeux, tant de douleur que de chagrin d'avoir perdu son porte-étendard. Elle le repousse, tâche de se relever et trouve encore la force de crier : « Courage, approchez-vous des murs, la place sera bientôt prise ! », mais ses soldats sont fatigués, la nuit est presque tombée, elle-même est incapable de bouger.

Le sire de Gaucourt réussit à la rejoindre, il donne l'ordre de l'emporter. Les écuyers la prennent sous leurs bras, elle proteste, elle ne veut pas quitter la bataille. D'Aulon tente de s'interposer, il est repoussé. Jeanne est montée précautionneusement sur le rebord du fossé, elle est furieuse :

— Si vous m'aviez laissée, la place eût été prise !

Ceux qui l'emmènent ne l'écoutent pas. Ils la hissent sur un cheval qu'ils mènent par la bride, et la raccompagnent au camp de La Chapelle.

— Elle a raison, si vous l'aviez laissée, la place aurait été prise, leur répète amèrement Jean d'Aulon.

— Console-toi, ce n'est que partie remise. Rien ne nous empêchera de prendre Paris, lui répond Jeanne.

Le lendemain dès l'aube, elle est prête à récidiver. Sa blessure a été soignée et bandée. Il n'est pas encore huit heures qu'elle envoie Jean d'Aulon convoquer en son logis le duc d'Alençon et autres capitaines. Dominant sa douleur, elle se lève pour les recevoir. Elle leur donne l'ordre de faire sonner les trompettes, de rassembler les troupes pour repartir vers Paris.

Le duc d'Alençon et plusieurs approuvent bruyamment. D'autres se montrent plus réticents. Jeanne les connaît, ces hésitants. Depuis le siège d'Orléans, à chaque bataille ils lui ont mis des bâtons dans les roues. Elle n'a pas le temps de discuter avec eux.

— De toute façon, leur annonce-t-elle, je ne partirai pas d'ici tant que nous n'aurons pas pris la ville.

À ce moment, la porte s'ouvre et entre un homme richement vêtu que tous reconnaissent avec stupeur. C'est le baron de Montmorency, depuis toujours l'un des plus fermes soutiens de l'occupant anglais, qui, ces jours derniers, s'est dépensé pour organiser la défense de la capitale. Or le voilà qui met un genou en terre devant Jeanne, reconnaît son erreur, et c'est à elle qu'il fait sa reddition. Il n'est pas seul. Dehors, ils sont bien une soixantaine de gentilshommes venus se ranger sous la bannière de la Pucelle.

Jeanne se tourne vers ses compagnons.

— C'est un signe, vous voyez que j'avais raison. Allons-y !

Plus un seul n'élève d'objection.

Les trompettes sonnent, les tambours battent, les hommes courent en tous sens se ranger derrière leurs officiers. L'armée s'ébranle. Jeanne a laissé d'Aulon la hisser sur sa monture car sa blessure la fait souffrir. Elle chevauche en tête, entourée des capitaines. Plusieurs fois elle regarde en arrière, elle espère toujours que le roi la rejoindra. Ils sont presque arrivés au bord du fossé qui entoure la capitale lorsqu'elle aperçoit une escouade de cavaliers qui galope vers eux. Elle tressaille de joie. C'est le roi !

C'est seulement son cousin le comte de Clermont, celui-là même qui l'a reçue à Chinon. Il s'approche d'elle.

— Le roi notre Sire vous ordonne de vous arrêter sans faire un pas de plus et de venir immédiatement auprès de lui à Saint-Denis.

Puis il s'adresse au duc d'Alençon :

— Le roi vous mande de le rejoindre et d'amener la Pucelle avec vous — il baisse la voix — même s'il faut employer la force…

L'armée a fait halte, la surprise, la rage, la déception se lisent sur les visages des compagnons de Jeanne.

Impossible, bien sûr, de se dérober à l'ordre royal, mais la Pucelle ne se presse pas. Sans même remarquer l'impatience manifeste de Clermont, elle discute doctement de stratégie avec le duc d'Alençon. La porte Saint-Honoré, où ils ont lancé l'assaut la veille, est trop puissamment défendue… En revanche, les jours précédents, elle a effectué de nombreuses reconnaissances autour de Paris, elle a remarqué qu'en son aval la Seine se rétrécissait et que, de ce côté-là, les remparts de la capitale paraissaient moins redoutables… Aussi pourrait-on pendant la nuit construire en ces lieux un pont de bois afin d'assaillir Paris en son point faible…

Alençon juge le concept brillant et fait approcher à l'instant les ingénieurs qui suivent l'armée. Le comte de Clermont trépigne :

— Le roi vous attend, suivez-moi immédiatement !

Jeanne ne lui prête aucune attention. Elle et Jean d'Alençon expliquent longuement aux ingénieurs ce qu'ils souhaitent. Ils choisissent avec eux le lieu exact où construire le pont de bois, ils indiquent la largeur qu'il devra avoir. Le chef ingénieur pose des questions, entre dans les détails. Le temps passe…

Lorsque, enfin, Jeanne et le duc d'Alençon acceptent de suivre Clermont, celui-ci est cramoisi de rage. Ils arrivent au palais abbatial de Saint-Denis où réside Charles, traversent des galeries sonores emplies de gardes en armure, des cloîtres où les courtisans ont remplacé les moines, et pénètrent dans la vaste salle voûtée qui sert de cabinet au roi. Celui-ci les accueille aimablement. Jeanne et le duc attendent respectueusement d'apprendre ce que le souverain avait de si urgent à leur dire pour arrêter l'assaut prévu. Pas un mot sur l'offensive de la veille, pas un mot des opérations à entreprendre, pas un mot de l'avenir. Le roi ne les entretient que de broutilles sans importance, puis d'un geste bienveillant il les congédie.

Jeanne réussit à garder un zeste de bonne humeur.

— Tant pis pour aujourd'hui, glisse-t-elle au duc d'Alençon, réservons-nous pour demain.

Le lendemain, l'impatience la fait se réveiller encore plus tôt que d'habitude. Le jour n'est pas levé lorsqu'elle saute en selle et, suivie de Jean d'Aulon, galope jusqu'à la Seine pour voir où en est son pont de bois.

Un spectacle insolite l'attend dans la première lueur de l'aube. Les ingénieurs qu'elle a chargés de construire le pont sont alignés sur la berge. Quant au pont, des hommes armés de haches le détruisent pilier après pilier.

— Arrêtez, que faites-vous ? hurle-t-elle.

— Ordre du roi.

Le chef ingénieur approche et, la voix tremblante, les yeux embués, explique :

— Nous avons fait comme vous aviez dit. Nous avons travaillé toute la nuit et nous avons achevé le pont dans les temps voulus. Une armée entière aurait pu y passer. Lorsqu'ils sont arrivés et nous ont dit que le roi notre Sire avait ordonné de détruire le pont, nous n'avons pas compris. Nous avions cru que vous nous aviez demandé de le construire au nom du roi, mais nous avons dû laisser faire, car ils se montraient menaçants et répétaient « ordre du roi, ordre du roi ».

Jeanne ne dit rien, elle semble transformée en statue. Elle ne voit pas les hommes qui dépècent le pont, elle n'entend pas les coups de hache, elle est perdue dans ses pensées. C'est la tristesse qui surnage à tout ce qu'elle éprouve, la plus profonde, la plus sincère tristesse. Non pas tellement de voir ses efforts anéantis et perdu l'espoir de prendre Paris, mais surtout tristesse de constater que ce roi vers qui montait tout son dévouement, tout son amour, n'a toujours rien compris.

À ses côtés, Jean d'Aulon brûle d'une fureur poussée jusqu'à des idées de meurtre. Malgré ses origines qui lui ont fait jurer fidélité inconditionnelle au roi, si lui ou l'un de ses favoris tombait à ce moment entre ses mains, il n'est pas sûr qu'il pourrait se contenir !

Jeanne, sortant de sa sombre méditation, s'adresse aux ingénieurs :

— Rentrez chez vous, braves gens, et soyez remerciés pour ce que vous avez fait.

Puis se raidissant, la tête haute, l'allure fière, elle fait demi-tour et se tourne vers Jean d'Aulon dont elle devine les sentiments.

— Allons, viens… Rentrons et surtout pas de rancœur, elle offense Dieu et ne sert à rien.

Jeanne se claquemure dans le logement qu'elle a choisi au plus près de Paris, une petite maison de pierre, deux pièces, la salle commune au rez-de-chaussée, la chambre mansardée à l'étage. Deux jours elle y reste enfermée, sans voir quiconque sinon Jean d'Aulon qui respecte son silence et sa solitude.

Le troisième jour au matin, le comte de Clermont se présente.

— L'armée se retire, le roi part sur l'heure vers la Loire. Il vous demande de l'accompagner, il est fort pressé.

Jeanne lui claque la porte au nez.

Elle est maintenant seule avec d'Aulon dans la salle assombrie par les volets qu'elle a fait fermer. Il sait qu'elle est en prière, mais il est tellement impatient de lui parler qu'au bout de quelques instants il interrompt sa méditation.

— Nous n'avons pas à les suivre.

— Curieux que tu me donnes ce conseil, c'est exactement ce que mes Voix me disent de faire.

— Laissons-les s'enfuir. Nous trouverons d'autres capitaines, d'autres soldats. Vous savez si bien convaincre, soulever l'enthousiasme et multiplier les volontaires. Nous prendrons Paris.

— Je ne veux pas partir d'ici…

Brusquement, elle vacille. D'Aulon se précipite pour l'empêcher de tomber. Dans l'ombre, il la voit grimacer de douleur. Sa plaie à la jambe est mal cicatrisée. Elle ne veut pas s'étendre mais elle est forcée de s'asseoir.

On frappe de nouveau à la porte. Sans attendre la réponse, elle s'ouvre devant un capitaine de la garde royale. Il commande l'escorte d'honneur que le roi Charles envoie pour accompagner la Pucelle. Il n'est pas difficile de comprendre que ces soldats sont en fait chargés de l'emmener de force, au cas où elle voudrait rester devant Paris. Comment résister alors qu'elle ne peut pratiquement plus se tenir debout ?

Presque portée par le chevalier, elle se retire pour préparer son départ. Lorsqu'elle apparaît sur le seuil du logis, sans armure, vêtue d'une tenue civile, elle ose espérer que l'on saisira l'allusion.

Sur le chemin du retour, Jeanne demande au capitaine de faire un détour par la basilique de Saint-Denis. Elle y pénètre, suivie des soldats de son escorte. En boitant, elle s'avance entre les gisants des rois et des reines. Aidée par Jean d'Aulon, elle porte dans ses bras les pièces de son armure qu'elle va déposer sur l'autel de Notre-Dame. Puisque le roi la condamne à ne plus s'en servir, elle remercie la Vierge Marie de l'avoir protégée jusque-là et elle la prie de recevoir en hommage cette armure désormais inutile.

Puis elle refuse la litière qu'on lui propose. Elle réussit tant bien que mal à monter à cheval. Entourée de ses gardes qui ne la perdent pas un instant de vue, elle rejoint le cortège qui s'est déjà mis en marche. D'Aulon se rappelle soudain qu'il ne l'a pas vue déposer sur l'autel l'épée qui ne l'a jamais quittée au combat, cette épée qu'on avait déterrée sur ses indications dans l'église de Sainte-Catherine-de-Fierbois. Qu'en a-t-elle fait ? lui demande-t-il.

— Je l'ai perdue, et je serais incapable de te dire où et comment.

— Mais vous l'avez souvent dit, c'était votre talisman.

— Je n'ai plus besoin de talisman.

Jeanne poursuit son chemin silencieusement, grimaçant parfois de douleur. D'Aulon sait qu'elle se ronge intérieurement. Finalement, elle lâche dans un murmure :

— Pourquoi a-t-il accepté de venir devant Paris si c'était pour m'empêcher d'agir ?

Il devine aisément qu'elle parle du roi et lui reviennent en mémoire les propos de Machet. C'était par lâcheté que Charles avait suivi Jeanne, mais il fallait se méfier de cette lâcheté car elle enclenchait des réactions imprévisibles qui pouvaient se révéler mortellement dangereuses.

13

En ce début d'automne 1429, la Cour réside depuis trois semaines à Bourges où Charles VII a décidé de rejoindre sa femme, la reine Marie, qui réside habituellement en la capitale du Berry. Pour bien manifester sa volonté de paix, il a licencié son armée. Les vassaux du roi, les capitaines, sont repartis chez eux. Le duc d'Alençon s'en est retourné dans sa seigneurie de Beaumont, où il a retrouvé sa femme à laquelle Jeanne avait promis de lui rendre son mari sain et sauf. Bien tristes ont été les adieux du beau duc et de la Pucelle. Elle l'appréciait comme compagnon d'armes, comme homme, comme ami, et lorsqu'il s'est éloigné, elle n'a pu retenir ses larmes. Elle serait restée entièrement seule, n'était la présence de Jean d'Aulon.

À Bourges, Jeanne se trouve logée chez une dame fort convaincue de sa propre importance, Marguerite La Touroulde, épouse de maître René de Bouligny, conseiller du roi et fort bien en cour. D'abord, Jeanne devait habiter chez un certain Jean Duchesne, mais sur ordre de la Cour, Marguerite La Touroulde l'a remplacé. Probablement elle et son mari ont-ils su se montrer plus dociles et prêts, sur instructions des favoris, à surveiller étroitement la Pucelle et à rapporter ses faits et gestes. Il est vrai que Marguerite ne la quitte pas, même la nuit puisque, comme le veut l'usage, elle dort avec elle dans un grand lit à baldaquin.

La venue de Jeanne a excité la curiosité générale, et Marguerite La Touroulde ne se fait pas prier pour l'exhiber devant ses amies. Aussi la maison ne désemplit-elle pas. Beaucoup de ces femmes bombardent Jeanne de questions :

— Est-il vrai que vous ne craigniez pas de marcher à l'attaque parce que vous saviez bien que vous ne seriez pas tuée ?

— Je n'en étais pas plus certaine que le dernier des soldats, répond doucement l'héroïne qui se laisse aller aux souvenirs.

Elle évoque les examens qu'elle avait passés à Chinon et à Poitiers. Elle remonte plus loin et décrit sa visite au duc de Lorraine.

— Celui-ci, malade, avait voulu me voir. Je m'étais entretenue avec lui et je lui avais dit qu'il se conduisait mal, qu'il ne guérirait jamais s'il ne se rachetait, et je lui avais recommandé d'abandonner sa maîtresse et de reprendre son épouse.

D'autres visiteuses, prenant Jeanne pour une sainte, lui amènent des images pieuses, des chapelets pour qu'elle les touche. Elle éclate alors de rire :

— Touchez-les donc vous-mêmes, ils seront aussi bons de votre toucher que du mien !

Parfois, restées seules, Marguerite propose une partie de dés à Jeanne qui, ayant horreur du jeu, refuse catégoriquement.

Elle ne porte plus son armure mais continue de monter à cheval, de s'exercer avec sa lance, et là elle éblouit son hôtesse. Nul guerrier n'évoluerait avec plus d'aisance ! Lorsqu'elle parle de la guerre, sujet sur lequel elle est intarissable, elle montre qu'elle s'y connaît mieux que le plus expérimenté des capitaines. Mais en dehors de ce sujet, Marguerite La Touroulde pense qu'elle est inculte.

Chaque jour, elle accompagne Jeanne à l'église, pour la messe, pour la confession, souvent pour les matines, puis elle la suit dans ses visites aux pauvres. Jeanne en rencontre beaucoup, et à tous elle donne de l'argent.

— J'ai été envoyée ici pour la consolation des indigents.

La dame La Touroulde l'emmène également aux bains publics. Toutes les deux visitent ensuite les magasins, les drapiers, les bonnetiers, les merciers où l'on vend tous les accessoires possibles. Ainsi, les jours s'écoulent entre les exercices de piété, les aumônes, les courses et les réunions de dames berrichonnes les plus convenables. Bref, la parfaite existence d'une dame d'œuvres bourgeoise.

Jean d'Aulon ne participe pas à ces activités féminines. Il voit de moins en moins Jeanne, qui d'ailleurs ne se confie plus à lui et reste muette sur ses projets. Dans son amertume, il se convainc qu'elle accepte son sort et se rappelle que le soir du sacre, lors de leur beuverie amicale dans l'auberge de Reims, elle avait évoqué la possibilité de se retirer pour se marier et mener une existence tranquille. Il constate qu'elle en prend bien le chemin.

Un jour, Jeanne reçoit une curieuse visite. Elle s'appelle Catherine de La Rochelle, une illuminée qui a des visions et prédit l'avenir. Elle est envoyée par frère Richard, le moine prêcheur à l'odeur de soufre qui, lors de la prise de Troyes, avait voulu exorciser Jeanne. Celle-ci avait vu en lui un charlatan et s'en était moquée. Mais parce qu'elle est toujours accueillante, disponible et généreuse, elle accepte de recevoir cette Catherine, une blonde grande et fraîche qui écarquille sans cesse les yeux comme si elle voyait des choses indicibles et garde ses cheveux frisottés en bataille comme si un vent diabolique les emmêlait.

Elle raconte que, la nuit, elle a vision d'une Dame blanche vêtue d'or qui lui annonce avec précision ce qui va se passer et ce qu'elle doit faire. Jeanne sourit et, curieuse, questionne la voyante. Et celle-ci d'annoncer que la Dame d'or vêtue lui a enjoint d'aller trouver le duc de Bourgogne pour faire la paix. Instantanément hérissée, Jeanne répond d'une voix bourrue :

— Il me semble qu'on ne trouvera point de paix sinon au bout de la lance.

Cependant, l'intérêt de Jeanne est loin d'être éteint.

— Est-ce que la Dame blanche vêtue d'or vient chaque nuit ?

Catherine de La Rochelle répond affirmativement.

— Alors, j'aimerais dormir avec vous dans le même lit pour la voir.

Jean d'Aulon, présent à l'entrevue, la prend à part pour protester :

— Comment pouvez-vous faire confiance à cette fille ?

— Tu ne peux pas comprendre. Je sais que je ne suis pas comme les autres, et ce qu'ils appellent mon « don » me met à part. Je ne peux parler de mes Voix par exemple qu'au frère Pasquerel ou à toi, et je ne vous dis pas tout. Alors, parfois, je me sens seule avec mon secret. Il m'étouffe. Cette fille, comme tu l'appelles, a aussi le « don », c'est une collègue et je suis heureuse de pouvoir dialoguer avec elle.

— Vous voyez bien qu'elle n'est que charlatanisme !

— Pourquoi dis-tu ça ? Nous ne le savons pas encore, et, avant d'en avoir la preuve, je préfère lui donner sa chance. Peut-être est-elle vraiment inspirée par Dieu ?

D'Aulon va pour insister, mais Jeanne ne veut plus l'écouter.

L'heure du coucher venue, Marguerite La Touroulde se pousse un peu, et la voyante se glisse dans le grand lit commun. Jeanne doit se forcer pour rester éveillée jusqu'à minuit, puis s'endort d'un sommeil profond. Dès le réveil, elle interroge Catherine :

— Alors, elle est venue ?

— Oui, mais vous dormiez si fort que je n'ai pas réussi à vous réveiller.

— Viendra-t-elle la nuit prochaine ?

— Certainement.

Jeanne veut en avoir le cœur net, aussi dort-elle pendant la journée pour rester éveillée la nuit suivante. Mais toujours pas de Dame blanche vêtue d'or… Dans son impatience, elle avait passé la nuit à secouer sa voisine pour savoir. « Alors, elle vient ? »

— Oui, tantôt, prenez patience…

Au matin, Catherine de La Rochelle annonce que la Dame blanche — que Jeanne n'a donc pas vue — l'a chargée d'une mission.

— Elle m'a dit d'aller par les bonnes villes et que

mon roi me donne des hérauts et des trompettes pour annoncer que quiconque aurait de l'or, de l'argent ou un trésor caché me l'apportât pour que je puisse vous payer, à vous Jeanne, des hommes d'armes.

Jeanne, éclairée sur le « don » de Catherine de La Rochelle, hausse les épaules.

— Retournez donc à votre mari, faire son ménage et nourrir vos enfants.

La visionnaire repart, folle de rage. C'est frère Richard qui ne va pas être content !

Si Jeanne est déçue, Jean d'Aulon, lui, est soupçonneux. Tout d'abord, comment cette voyante qui fleure bon l'imposture a-t-elle eu si facilement accès à Jeanne ? Certainement grâce à Marguerite La Touroulde, qui filtre les visiteurs. Quelle est l'implication de frère Richard, personnage flamboyant certes, mais véritablement louche ? Tout cela sent la machination. Ainsi, les ennemis de la Pucelle veillent encore dans l'ombre, toujours prêts à un mauvais coup contre elle.

Cette menace imprécise, mais surtout l'« embourgeoisement » de sa protégée décident d'Aulon à prendre en main l'avenir de Jeanne. Malgré elle. Il demande audience à la reine Yolande, qui le reçoit plus raide, plus pincée que jamais, tout de gris vêtue, sans l'ombre d'un sourire, ses yeux noirs dardés sur lui.

Il commence par lui rappeler les services que la Pucelle a rendus à la Couronne, autrement dit à son gendre et à sa fille. Il évoque les encouragements qu'elle lui a prodigués, ainsi que sa promesse de la soutenir. Or Jeanne ne peut rester dans l'inaction. Il faut lui obtenir un commandement, il faut lui donner une mission.

— Impossible, affirme la reine.

— Parce que Madame ne veut point l'aider ? ose-t-il répliquer avec un rien d'insolence.

La reine Yolande n'y prête pas attention.

— Il y a eu très récemment une tentative en ce sens, et elle a échoué.

— Mais la Pucelle n'en a rien su ?

— Il y a beaucoup de choses, mon garçon, que vous et elle ignorez.

Et la reine Yolande commence à raconter.

À peine revenu chez lui, le duc d'Alençon n'a pas pu tenir en place. Aussi a-t-il réuni plusieurs régiments avec l'intention d'aller guerroyer en Normandie et de donner quelque fil à retordre aux Anglais. Sa première intention a été de prendre Jeanne avec lui, tant par amitié que par raison. Il l'a dit lui-même : « La Pucelle est le meilleur aimant pour attirer les volontaires. Avec elle, c'est une armée entière que je réunirais sans difficultés ! » Il a donc envoyé un message au roi son cousin pour le prier de la lui « prêter ».

— Le roi était prêt à céder mais Regnault de Chartres, La Trémoille et leur allié, le sire de Gaucourt, l'en ont empêché, rugit la reine. À aucun prix ils ne voulaient que la Pucelle soit réunie au duc d'Alençon. Ils ont agité les grands mots de complot, de sédition, de rébellion. Une fois de plus, le roi leur a cédé !

— Pourquoi n'êtes-vous pas intervenue, Madame ? Et pourquoi n'intervenez-vous pas maintenant ?

— Devant les favoris, je n'ai plus assez de crédit…

— Vous ne pouvez pas ou vous ne voulez pas, Madame ?

Alors, toute l'immense rancune accumulée par la reine Yolande contre Jeanne, contre Jean d'Aulon, qui avaient eu l'audace d'échapper à son emprise, lui envahit le cœur. Ses yeux lancent des flammes, ses mains, telles des griffes d'oiseau de proie, serrent les accoudoirs de son fauteuil à les briser.

— Je sers ceux qui me servent !

— La Pucelle sert la France et son roi, c'est-à-dire vous d'une certaine façon, Madame.

— Vous pouvez vous retirer, mon garçon.

Le jour suivant, un page se présente chez la dame La Touroulde pour inviter d'Aulon à se rendre chez le sire de La Trémoille. Surpris, sourdement inquiet, il suit le page jusqu'à l'hôtel somptueux où le favori réside.

Celui-ci le reçoit au milieu de ses commensaux habituels. Le taureau toujours prêt à exploser de fureur se montre doucereux :

— Il était inutile, mon cher, de solliciter la reine Yolande comme vous l'avez fait hier.

La Trémoille laisse au chevalier le temps de digérer cette entrée en matière, mais celui-ci reste impassible, point trop étonné de l'efficacité des services de renseignements du favori, qui poursuit :

— Vous auriez dû vous adresser directement à moi. Bien sûr, nous avons eu nos différends avec la Pucelle, car je ne suis pas toujours d'accord avec l'orientation de son action. Mais, quoi que vous en croyiez, j'ai la plus profonde estime pour elle et je trouve fort injuste qu'elle soit réduite à l'inaction. Le roi a choisi la voie de la paix, aussi les possibilités de guerroyer sont malheureusement réduites. Cependant, je vous prie de transmettre à Jeanne la proposition suivante :

« Il y a entre le Nivernais et la Bourgogne une région qui baigne dans l'insécurité. Elle est tenue par un certain Perrinet Gressart, soi-disant au service des Anglais, en fait au service de lui-même, de l'aventure et du pillage. Ce brigand a réussi à s'emparer de l'important centre de La Charité-sur-Loire, après avoir emporté la ville de Saint-Pierre-le-Moûtier… »

Et de conclure que Jeanne pourrait être chargée d'aller l'en déloger.

À l'énoncé de cette offre misérable, Jean d'Aulon sent l'indignation s'emparer de lui.

— Et vous avez choisi pour la Pucelle cette opération de nettoyage, comme on jette un os à un chien !

Le favori ne se départ pas de sa bonne humeur.

— Service du roi, mon cher, service du roi.

Revenu auprès de Jeanne, Jean d'Aulon lui transmet la proposition en l'assaisonnant de ses commentaires. Cette mission est une humiliation, presque une indignité. Néanmoins il parle sans véritable conviction, puisqu'il voit que Jeanne a déjà pris sa décision :

— C'est le roi qui m'a chargée de ce travail, je ne peux m'y dérober. J'irai où l'on a besoin de moi.

*

Vers la fin du mois d'octobre, Jeanne et Jean d'Aulon se retrouvent donc devant Saint-Pierre-le-Moûtier. On commence par mettre le siège devant la place, mais Jeanne déteste attendre, très vite elle commande l'assaut. D'Aulon écrira dans sa chronique destinée à la postérité — qui succède aux rapports exigés par Machet :

« Vu le grand nombre de gens d'armes qui se trouvaient en ladite ville, sa grande force, et aussi la grande résistance que ceux de dedans faisaient, les Français furent contraints et forcés de battre en retraite… À ce moment, je fus blessé d'un trait au talon, tellement que je ne pouvais plus marcher sans béquilles…

« J'aperçus la Pucelle restée avec très peu de ses gens et quelques autres soldats. Mesurant le risque qu'elle prenait, je lui demandai ce qu'elle faisait là presque seule et pourquoi elle ne se retirait pas avec les autres. Elle commença par ôter son casque, puis elle me répondit qu'elle n'était pas seule, qu'elle avait encore cinquante mille de ses gens et qu'elle ne partirait pas d'ici avant d'avoir pris la ville.

« Je me demandais bien où étaient ces cinquante mille, car elle n'avait pas avec elle plus de quatre ou cinq hommes. Les autres pensaient comme moi. Avec moi, ils ont insisté pour qu'elle se retirât. Alors elle a dit qu'il fallait des fagots… et elle s'écria :

« — Aux fagots et aux claies tout le monde, afin de faire le pont !

« Et il en fut fait comme elle l'avait dit. J'en restai tout stupéfait, émerveillé, car ladite ville fut aussitôt prise d'assaut, sans y trouver trop grande résistance… »

En fait, Saint-Pierre-le-Moûtier n'était qu'une ville minuscule, à peine fortifiée. La garnison, composée de bandits comme Perrinet Gressart, leur chef, ne devait pas dépasser quelques centaines d'hommes. Quant aux cinquante mille soldats de Jeanne, ils se réduisaient en vérité à un petit millier. Seulement, d'Aulon s'est fait le chantre de la gloire de la Pucelle. Tout ce qu'elle touche, tout ce qu'elle fait ne peut être que miraculeux. Il en était ainsi déjà durant la campagne d'Orléans, dont il a rapporté fidèlement les événements, et il ne se résigne pas à ce qu'il en soit désormais autrement. Alors un incident militaire sans importance devient un haut fait de légende, grâce à l'amour d'un jeune homme pour une héroïne.

Jeanne s'est chargée de cette peu glorieuse mission parce que son besoin d'agir, augmenté par l'inaction forcée et les humiliations, est devenu tel qu'elle aurait accepté n'importe quelle cause. D'Aulon ne s'y est pas fermement opposé et, dans le fond de son cœur, lui aussi a accepté cette mission parce qu'il désire reprendre avec Jeanne leur vie commune et connaître de nouveau, dans l'exaltation de la victoire, cette complicité, cette intimité qui l'ont fait tomber amoureux. Or Jeanne n'a même pas reçu le maigre honneur de commander l'expédition. C'est le sire d'Albret qui en est le chef.

Dès la chute de Saint-Pierre-le-Moûtier, les difficultés commencent… L'argent. Où est l'argent promis par la Cour ? Il n'est jamais arrivé, ou plutôt il n'en est parvenu qu'une infime partie. Impossible de payer les soldats et les approvisionnements. Mais où peut donc être cet argent ?

— Ne cherchez pas, c'est certainement Charles d'Albret qui l'a détourné à son profit, affirme d'Aulon.

Jeanne ne veut pas le croire.

— Comment aurait-il osé faire cela ?

— J'ai mené mon enquête et j'ai découvert qu'il n'est rien de moins que le demi-frère du sire de La Trémoille…

— J'écrirai au roi aujourd'hui même pour qu'il nous envoie des fonds.

— Ne vous fatiguez pas, car vous ne recevrez ni réponse ni fonds !

Lui qui avait cru revivre avec Jeanne un passé exaltant a brusquement ouvert les yeux et sa lucidité le fait tomber de haut.

— Si La Trémoille vous a envoyée ici, c'est non seulement pour vous humilier, mais aussi pour que vous échouiez.

— Mais j'ai assez d'argent pour nous procurer toute une artillerie. Tu te rappelles la Bergère, cette énorme bombarde qui a si bien brillé au siège d'Orléans. Nous la ferons venir.

— Elle est bien trop lourde pour qu'on puisse la traîner jusqu'ici. Elle défoncerait les routes, ferait s'écrouler les ponts.

Ces objections n'arrêtent pas la Pucelle. On fait traîner la bombarde par vingt-neuf chevaux menés par douze charretiers, on répare les routes, on renforce les ponts, et la Bergère, avec d'autres achetées par Jeanne, se retrouve devant La Charité-sur-Loire, le fief de Perrinet Gressart.

Le campement est installé dans les vignes qui entourent la ville. Jeanne contemple la masse formidable du prieuré bénédictin qui la domine. Elle évalue l'épaisseur des remparts et conclut que son artillerie en viendra facilement à bout.

— Seulement vos bombardes ne servent à rien, car nous n'avons aucune munition, lui rappelle d'Aulon.

— Je n'ai plus d'argent pour en acheter mais ne t'en fais pas, je vais écrire aux habitants de Riom dont j'ai reçu tant de messages d'encouragement et de fidélité. Je vais leur demander de nous envoyer de la poudre, du salpêtre, du soufre, des boulets, des flèches, des arbalètes. Qu'ils s'exécutent et au plus vite, sinon je les accuserai d'être négligents ou refusants.

Un courrier part porter la lettre aussitôt écrite.

Et l'attente commence. Les jours, les semaines passent. Déjà un mois, et le siège n'obtient aucun résultat puisque les habitants de Riom ne répondent pas ni n'envoient les munitions demandées.

L'automne a tourné à l'aigre. Les intempéries se succèdent. La Bergère et les autres bombardes restent muettes, et, du haut des remparts de La Charité-sur-Loire, Perrinet Gressart les nargue. Pis, un jour où un épais brouillard s'étend sur la campagne, il effectue une sortie et s'empare de l'artillerie amenée à grands frais ! Aveuglées, paralysées par cette opacité soudaine, les troupes de Jeanne ne peuvent riposter, et les assiégés de rire de plus belle.

La pluie tombe sans interruption maintenant depuis plusieurs jours, le sol est devenu un cloaque. Le froid aidé par l'humidité transperce les vêtements les plus épais. L'eau, le vent éteignent les torches, et en cette nuit glaciale, seules quelques lanternes sont restées allumées pour éclairer le campement. Jeanne et Jean d'Aulon n'y voient à peu près rien sous leur tente. On n'entend que le bruit monotone de ce déluge qui semble ne jamais devoir finir. Elle et lui savent que le siège ne peut pas continuer dans ces conditions.

Quant à un assaut, comment pourraient-ils s'y lancer alors qu'ils sont englués dans la boue ? D'Aulon voit des larmes perler sous les paupières de Jeanne. Il la serre contre lui et tous deux, dans les bras l'un de l'autre, pleurent de découragement, de désespoir, entourés par la nuit épaisse et sinistre.

Le lendemain, le sire d'Albret donne l'ordre de lever le siège. Il a pleinement réussi dans sa mission.

Grâce à lui, un simple brigand aura tenu tête victorieusement à l'héroïne qui naguère a fait reculer les invincibles Anglais.

Jeanne demeure inerte lorsqu'on sonne la retraite.

Elle revient à Bourges portant tel le plus lourd fardeau son échec cuisant. Mais la voilà triomphalement accueillie à la Cour. Le roi n'est que grâces et amabilités avec elle. Il commence par lui envoyer de la géline lochoise aux champignons et autres chefs-d'œuvre gastronomiques sortis des cuisines royales, auxquels elle ne touche pas. Puis il la couvre de faveurs et de présents. Il va jusqu'à l'anoblir. Les lettres patentes de décembre 1429 lui accordent ainsi qu'à ses parents et à ses frères, à sa descendance future tant masculine que féminine, l'appartenance à la noblesse et des armoiries où se retrouvent — honneur extraordinaire — les fleurs de lys royales.

Les premiers jours, d'Aulon l'aristocrate se laisse impressionner. Y a-t-il un roi plus généreux que celui qui a hissé la petite bergère lorraine jusqu'au rang le plus convoité ? Il ne partage pas le dédain de Jeanne pour ces colifichets. Mais il perce très vite la signification de ces récompenses. À la vérité, les favoris ont assez rabaissé Jeanne pour laisser Charles l'honorer en apparence. Du coup, il regarde avec un certain mépris Pierre et Jean d'Arc se jeter sur les titres et distinctions qu'elle leur abandonne.

*

Et voilà qu'une nouvelle incroyable circule maintenant dans les rues de Bourges. Les habitants qui connaissaient les liens de Jean d'Aulon avec la Pucelle l'arrêtent pour lui en faire part. Dans quelques mois, au printemps, Charles VII va mettre en campagne une formidable armée. Cent mille hommes au moins, ça ne s'est jamais vu ! Et c'est la Pucelle qui la commandera. C'est bien normal puisqu'elle a plus que jamais l'oreille du roi et qu'il ne fait rien sans elle. Elle va achever de chasser les Anglais hors de France. De nouveau, elle va accomplir des prodiges, elle va multiplier les miracles, car en vérité, c'est Dieu qui nous l'envoie...

D'Aulon n'a pas le cœur de détromper ces braves gens, mais il s'étonne que des bruits aussi infondés aient pu naître. Il ne peut savoir que, même s'ils ne l'alimentent plus, la machine de propagande lancée par les Théologues continue sur sa propre lancée. Il sait en revanche qu'à la Cour, on ne fera que rire de ces inventions. Comme il le constate chaque jour, Jeanne ne compte plus, n'existe plus, on ne s'occupe que du remariage du duc de Bourgogne.

Car le duc épouse à Bruges la jeune infante Isabelle du Portugal, et les noces donnent lieu à des fêtes inouïes. L'argent dépensé sans compter, sous l'impulsion d'imaginations enfiévrées, multiplie les créations où le baroque le plus échevelé se mêle au surréalisme le plus insensé dans une apothéose de symbolisme. À cette glorieuse occasion, le « grand-duc d'Occident », comme on le surnomme, crée le très noble et très pieux ordre de la Toison d'or, pour célébrer des vertus qu'il est le dernier à posséder.

Après tant d'années de guerre et de troubles, on ne pense qu'à festoyer. La trêve entre Charles VII et son cousin Bourgogne a été tout naturellement reconduite. La misérable cour de France garde les yeux fixés sur la fastueuse cour de Bourgogne et, prise d'une frénésie de frivolités, ne songe qu'à l'imiter.

Avec un budget infiniment moindre et des dettes énormes, on copie toilettes, recettes de cuisine, décorations de bals dans une sarabande ininterrompue. Jeanne elle-même est emportée dans le tourbillon. Le roi Charles, malgré sa ladrerie, lui a offert des bijoux, des robes, des étoffes, la traitant en véritable princesse. Et c'est en princesse qu'elle apparaît, vêtue d'une robe de soie verte, d'un manteau de drap d'or, et arborant au cou une chaîne précieuse enchâssée de joyaux.

Jean d'Aulon ne peut s'empêcher d'admirer la grâce innée avec laquelle elle porte ces scintillants oripeaux. Pourtant, il se demande si vraiment la Jeanne qu'il a connue a pu disparaître à ce point. Elle se montre toujours aussi affectueuse avec lui mais elle semble distraite, l'esprit ailleurs. Elle a perdu ses réflexes, ses réactions. Elle lui rappelle, par sa démarche raide, ses gestes saccadés, son visage sans vie et ses yeux tristes, l'automate allemand envoyé par l'empereur Wenceslas à Charles VII.

Il refuse de la suivre à Orléans où les habitants l'ont invitée à présider un gigantesque banquet. Il s'abstient de paraître aux fêtes de la Cour où pourtant naguère il brillait, car il veut éviter de voir la Jeanne qu'il a tant aimée défigurée par l'opulence, dévitalisée par les honneurs. Il reste enfermé chez lui, il se laisse aller, ne soigne plus sa mise. Il boit.

D'Aulon n'est pas le seul à s'inquiéter pour Jeanne. Le frère Pasquerel observe lui aussi sa transformation avec une peine sincère. Après le sacre de Reims, lorsque les Théologues l'ont abandonnée à son sort, il a refusé de la quitter mais il n'a pas voulu non plus s'opposer à ses employeurs. Aussi, s'il continue à entendre Jeanne en confession, se garde-t-il de lui donner aucun conseil et se fait-il le plus discret possible. Il comprend bien que privée d'aide, privée de but, privée d'action, elle est arrivée à un tel degré de lassitude, de découragement, qu'elle se laisse faire. Aussi cherche-t-il fiévreusement une cause qui lui conviendrait sans aller contre les intérêts des Théologues. Pourquoi pas les hussites ! Voilà la solution. Bien sûr, les hussites !

Comment n'y avait-il pas pensé plus tôt ? Jeanne, comme tout le monde à la Cour, entend souvent parler de ces hérétiques. Jan Hus est un prêtre de Bohême qui, un beau jour, s'est dit qu'il fallait ramener l'Église à sa simplicité et à ses vertus primitives. Aussitôt, des foules innombrables dégoûtées par le spectacle que leur offraient la papauté et le clergé l'ont suivi. Pour toute l'Église, aussi divisée fût-elle, Jan Hus devint aussitôt le suppôt du diable. Les deux ou trois papes, les conciles et les anticonciles furent unanimes à condamner l'hérétique.

Frère Pasquerel sait peindre les hussites sous les couleurs les plus noires. Ils sont pires que les musulmans, les païens ! Ces ennemis de Dieu doivent être pourfendus ! Il n'en faut pas beaucoup pour enflammer Jeanne. Sur l'heure, elle le prie d'écrire sous sa dictée une lettre aux hussites :

« La voix certaine du peuple comme la voix de Dieu ont porté à mon oreille, à moi la Pucelle Jeanne, que d'hérétiques chrétiens vous êtes devenus des païens aveugles et des sarrasins… Êtes-vous donc tout à fait enragés ? Moi la Pucelle, pour vous dire vraiment la vérité, je vous aurais depuis longtemps visités avec mon bras vengeur si la guerre avec les Anglais ne m'avait toujours retenue ici. Mais si je n'apprends bien votre amendement, votre rentrée au sein de l'Église, je laisserai peut-être les

Anglais et me tournerai contre vous pour extirper l'affreuse superstition avec le tranchant du fer et vous arracher ou l'hérésie ou la vie.

« Si vous revenez vers la lumière, adressez-moi vos envoyés, je vous dirai ce que vous avez à faire. »

L'encre à peine séchée, Jeanne court montrer la lettre à Jean d'Aulon, dont elle a deviné les reproches muets. Elle le trouve dans sa chambre, il a déjà pas mal bu. Il lit et éclate de rire :

— Mais pour qui vous prenez-vous ? Cette lettre pue la prétention. Par quelle aberration vous imaginez-vous dans une position aussi haute ? Personne, les hussites en premier, ne prendront au sérieux vos menaces. Vous ne faites plus que donner des coups d'épée dans l'eau.

Jeanne l'observe avec stupéfaction. Enflammé par ce regard, il titube vers elle, l'enserre dans ses bras et, dans un souffle qui sent le vin, bredouille :

— Vous feriez mieux d'abandonner vos illusions et de venir à l'amour.

Il tente maladroitement de l'embrasser. Elle détourne le visage, ses mains puissantes détachent les bras de son agresseur, elle recule. Lui se laisse tomber sur une chaise et met sa tête entre ses genoux. Jeanne voit ses épaules se soulever. Elle croit qu'il pleure. Elle se retire.

Le lendemain, lorsque d'Aulon émerge de sa chambre avec une forte migraine, c'est pour trouver la maison silencieuse et déserte. Le gardien lui apprend que Jeanne est partie le matin même pour le château de Sully-sur-Loire où l'invitait avec le roi Charles et toute la Cour le sire de La Trémoille.

Sa rage est telle que le gardien se bouche les oreilles pour ne pas entendre les effroyables jurons qu'il prononce et ne tente même pas de l'arrêter quand il brise la moitié de la vaisselle. Il est encore plus étonné lorsqu'il voit le chevalier se figer brusquement. Cet homme si énergique tremble, gémit. Il vient de comprendre que si Jeanne s'est jetée dans la gueule du loup, c'est par sa faute. En attentant la veille à sa vertu, il l'a précipitée au fond du désespoir. Il voulait aider Jeanne à s'en sortir, il l'a détruite un peu plus.

Encore à demi habillé, il sort comme un fou dans la rue, marchant au hasard. La Cour ayant quitté Bourges pour le château du favori, la ville semble quasi déserte. Or voilà que dans son errance douloureuse, au hasard des ruelles, il tombe nez à nez avec celui qu'inconsciemment peut-être il souhaitait rencontrer.

À plusieurs reprises, dans le passé, Jean d'Aulon avait parlé à Jeanne des protecteurs qu'il la soupçonnait d'avoir. Elle lui avait répondu avec sa franchise coutumière qu'elle aussi éprouvait la même curiosité. Elle se doutait bien que dans l'ombre des hommes veillaient sur elle, l'orientaient, aplanissaient pour elle les difficultés. Ils avaient discuté de leurs identités. Gérard Machet manifestement en faisait partie, mais peut-être n'était-il qu'un relais.

Le seul dont elle était sûre qu'il tienne un rôle dans sa vie, c'était ce personnage qui, lors de son adolescence, l'avait convoquée à Neufchâteau pour la connaître, la faire parler de ses Voix et l'observer. Qui était cet homme ? Jeanne n'en savait rien mais à plusieurs reprises elle l'avait aperçu à la Cour. Chaque fois qu'elle avait tenté de s'approcher de lui, il s'était éclipsé. Il ne se cachait pas et pourtant restait insaisissable. Une fois même, Jeanne l'avait désigné de loin à d'Aulon. Et ce dernier avait fixé ses traits dans sa mémoire.

Or c'était lui, posté là dans un carrefour désert de Bourges. Le hasard n'en était pas responsable, car l'homme semblait l'attendre. L'Épiphane en personne. Il avait la faculté de disparaître pour les importuns, et d'apparaître toujours au bon moment pour ceux qui avaient besoin de lui.

Jean d'Aulon hésite, n'osant l'aborder. Mais l'Épiphane le salue comme s'ils étaient de vieilles connaissances, et tout de suite l'invite à déjeuner.

— Rien de tel que bien manger pour tuer les vapeurs de l'alcool…

Le prenant par le bras, il l'emmène chez lui, une maison de modeste apparence précédée par un jardin verdoyant. Malgré sa taille réduite, la demeure abrite des collections somptueuses qui ébahissent le chevalier. Des tableaux religieux, de grands maîtres flamands, des compositions des plus grands peintres italiens voisinent avec les objets venus de la Grèce antique, de l'Égypte, et même de l'Inde.

— Les avez-vous rapportés vous-même, êtes-vous allé dans toutes ces contrées, monseigneur ? questionne le jeune homme avec envie.

— Pas toutes, malheureusement, répond l'Épiphane en assemblant avec grâce les plis de sa robe violette. En tout cas, je suis l'un des seuls évêques *in partibus* à avoir visité son diocèse. Vous savez que j'ai été nommé évêque d'Aphrodisias ? La connotation antique et païenne de ce nom n'est d'ailleurs pas pour me déplaire. C'était une ville brillante du temps de la Grèce, puis de l'Empire romain. Elle se trouve maintenant aux mains des Turcs, en Asie Mineure. J'y suis allé déterrer quelques-uns des objets que vous voyez autour de nous. J'ajoute que vous n'avez pas besoin de m'appeler « monseigneur », considérez-moi comme un ami.

Un déjeuner succulent est servi, sur lequel Jean d'Aulon se jette. L'Épiphane ne lui autorise que la bière, « souveraine pour votre état ! ». Tout en dévorant, d'Aulon le dévisage. Il retrouve le nez busqué, le regard perçant, le large front, l'air majestueux notés en quelques instants lorsque Jeanne lui avait signalé l'homme. Il découvre les yeux d'une couleur indéfinissable, entre brun, vert et jaune, tantôt caressants, tantôt incroyablement durs. Le sourire est charmeur. Il doit approcher la soixantaine mais il paraît plus jeune — ou plutôt il a en lui une vie inextinguible qui le rajeunit.

D'Aulon se restaure et surtout s'apaise. Le pouvoir de l'Épiphane enveloppe même un nouveau venu de chaleur humaine, de confiance. Sans effort, le chevalier lui livre ce qu'il a sur le cœur, tout ce que Jeanne et lui ont supporté depuis le sacre. Il ne cache pas la distance qui s'est créée entre eux depuis.

L'Épiphane, bien entendu, est au courant du départ de Jeanne, et d'Aulon de commenter cette subite invitation de La Trémoille :

— Sans doute, puisqu'ils ont gagné sur toute la ligne, les favoris ont-ils décidé de faire la paix avec elle ?

— Détrompez-vous, jeune homme, ils ont eu si peur pour leur pouvoir lors des victoires de Jeanne qu'ils la craignent encore et la haïssent plus que jamais. Ils restent prêts à tout contre elle.

— Elle m'a parlé de ses mystérieux protecteurs,

dont vous faites partie, m'a-t-elle confié. Or ceux-ci, sans craindre la honte de cette trahison, l'ont lâchée. Machet lui-même me l'a certifié, plutôt rudement d'ailleurs…

— Ils l'ont fait selon des considérations et pour des raisons auxquelles je ne peux m'opposer.

— Ses Voix aussi l'ont abandonnée…

— La vérité est plus subtile, chevalier, car les Voix n'abandonnent jamais ceux qui les entendent. Simplement, il y a des périodes, plus ou moins longues, où elles restent silencieuses sans que nous ayons le droit d'en connaître le pourquoi.

— Que doit-on faire dans ce cas ?

— Prendre patience et attendre qu'elles se manifestent de nouveau.

— Les Voix l'ont chargée d'une mission que vos amis et vous lui avez permis d'accomplir. Vous l'avez lancée dans l'action, et maintenant vous la condamnez au désœuvrement ! Vous êtes le premier à l'avoir reconnue et vous êtes donc responsable. C'est à vous de trouver une solution.

L'Épiphane le regarde droit dans les yeux.

— Très bien. Dites-moi exactement dans quel genre de mission vous voulez voir Jeanne agir en ce moment même ?

Pris de court, d'Aulon effleure diverses possibilités, mais aucune ne convient, il est le premier à en tomber d'accord. Reste la guerre…

— … mais tout le monde autour de nous ne parle que de paix !

— Cela ne durera pas. La guerre recommencera, et même plus vite que vous ne le croyez. Mais une guerre différente de celle que vous avez connue. Elle s'accomplira désormais sur le terrain politique, la science militaire viendra ensuite. L'inspiration divine, l'improvisation, l'élan humain ou surhumain n'y auront plus de part.

— Vous voulez dire qu'à vingt ans à peine, la Pucelle n'a plus sa place dans le siècle ? Alors, persuadez-la de se ranger, pourvu que sa sortie et sa retraite soient en tous points dignes d'elle.

— Même cela, je ne le peux, car je suis impuissant sur elle et sur son destin.

L'Épiphane a prononcé cet aveu avec une gravité qui impressionne d'Aulon.

— Vous avez l'air de savoir ce que l'avenir réserve à la Pucelle…

— L'épopée est terminée, il n'y a plus de place que pour la tragédie.

Lorsque, plus tard, le chevalier s'est retrouvé seul, il a réfléchi à tout ce qui s'était dit pendant cet entretien. Il en a conclu qu'auprès des favoris du roi Jeanne était en danger. Il imagine le poison, le poignard… un meurtre, probablement camouflé en accident.

*

La position de favori du roi représente la plus lucrative sinécure. Le tout nouveau château de Sully-sur-Loire, construit par le sire de La Trémoille, en est une preuve flagrante. Il allie la puissance d'une forteresse quasi imprenable à l'élégance, au luxe, au confort de la demeure du grand seigneur le plus exigeant. Jean d'Aulon ne peut cacher son admiration lorsqu'il aperçoit pour la première fois ses murailles dans leur écrin de prairies, avec le large fleuve qui le contourne paresseusement. La lumière de ce soir de printemps dore les pierres blanches.

Grâce à sa charge d'intendant de la Pucelle, d'Aulon est aussitôt admis à l'intérieur du château. Il évite la grande salle où le banquet bat son plein et se rend directement dans la chambre de Jeanne. Il n'aura pas longtemps à attendre.

Lorsqu'elle pénètre dans la pièce, elle accueille d'un sourire joyeux la surprise qui lui est faite.

— Nous partons, dit-il d'entrée en gardant une expression fermée, sévère.

Pour elle, partir ne peut signifier que reprendre l'aventure. Aussi le regarde-t-elle avec effarement, soudain émerveillée. Malgré les soies et l'or dont elle est couverte, il n'a plus soudain devant lui la dame de cour, mais bien la Jeanne qu'il connaît, qu'il aime.

— Partons, répète-t-il d'une voix plus douce.

Le bon sens de Jeanne reprend ses droits.

— Pourquoi maintenant ?

— Toutes ces fêtes vous empêchent d'apprendre ce qui se passe. Les Anglais ont débarqué en Normandie, le régent Bedford veut à tout prix regagner le terrain perdu. Quant au duc de Bourgogne, tout en batifolant avec sa nouvelle épouse, sournoisement il grignote ici ou là des morceaux du royaume de France.

— Comment vas-tu faire pour trouver des hommes ?

— J'emprunterai pour acheter des mercenaires.

— Je ne veux pas que tu t'endettes. Je n'ai rien dépensé des douze mille écus que le roi m'a offerts. Les voilà, dit-elle en lui tendant une grosse bourse qu'elle est allée chercher dans un coffre.

D'Aulon lui recommande de ne souffler mot de

leur projet. Les murs du château ont certainement des oreilles, et si La Trémoille apprenait ce qu'ils trament, tout serait perdu.

Puis il quitte le château aussi discrètement qu'il est venu.

Revenu à Bourges, le chevalier commence par se procurer cinq coursiers, pour Jeanne, pour Pierre et Jean d'Arc parce que Jeanne a souhaité qu'ils les accompagnent, pour Louis de Coutes, le fidèle page, et pour lui-même. Puis il va trouver Barthélemy Baretta.

Tout le monde à la Cour, à l'armée, connaît cet Italien qui vend aux enchères des soldats, principalement des Piémontais. Il lui achète une centaine de cavaliers, un peu moins d'arbalétriers, quelques trompettes et en prime Baretta lui-même.

Avant de quitter Sully-sur-Loire, il a laissé à Jeanne des instructions précises. Aussi, un matin, annonce-t-elle à la cantonade qu'elle part en promenade. Comme de juste, elle troque sa robe contre sa tenue masculine pour pouvoir monter à cheval. Selon son habitude, elle revêt justaucorps et pantalon noirs. Au petit trot, elle sort du château et gagne rapidement la campagne. Au détour d'un bosquet, elle retrouve Jean d'Aulon ainsi que les mercenaires piémontais. Direction l'Île-de-France. L'Île-de-France où l'on se bat, l'Île-de-France avec en son centre Paris, la perle incomparable.

D'Aulon se félicite de la réussite de son plan, car si les favoris avaient eu vent du départ de la Pucelle, ils auraient persuadé le roi de la retenir de force. Il ignore qu'à ce moment même, La Trémoille et Regnault de Chartres, du haut d'une tour du château, suivent leur course et se félicitent d'avoir fait espionner Jeanne sans relâche durant son séjour au château.

— Nous avons eu bien raison de nous méfier d'elle et de ne pas croire en sa soumission !

— Aussi longtemps qu'elle serait restée auprès du roi, elle représentait un danger pour nous !

Puis ils laissent éclater leur satisfaction : celle de La Trémoille, bruyante et vulgaire ; celle de Regnault de Chartres, discrète et sinistre.

— Enfin elle a agi comme nous l'attendions, mais elle y a mis du temps !

— Elle va à sa perte, car où qu'elle aille, quoi qu'elle entreprenne, vous et moi, nous saurons la piéger…

Tout en avançant à vive allure, Jean d'Aulon fait le compte de ses troupes et grimace. Un peu moins de deux cents hommes. Ce n'est pas avec eux que l'on battra les Anglais et les Bourguignons ! Mais il oublie cette amère constatation en observant Jeanne qui chevauche joyeusement en tête.

En ce tout début avril, le printemps apparaît timidement, les champs commencent à verdoyer, les arbres se couvrent de bourgeons et les buissons de boutons de fleurs, seules les aubépines sont déjà écloses. Jeanne ressemble à un enfant heureux, ou plutôt à un prisonnier évadé. Il sait qu'elle ne reviendra jamais en arrière. Quoi qu'ordonnent le roi et ses favoris, jamais elle ne réintégrera la geôle dorée de la Cour.

Il ne peut s'empêcher de lui poser la question qui le brûle :

— Et vos Voix ? Que vous disent-elles sur notre entreprise ?

— Soit elles ne me parlent pas, soit c'est moi qui ne les entends pas…

14

Parce qu'il s'était persuadé que Jeanne était menacée, Jean d'Aulon avait décidé qu'il était urgent de lui faire quitter la Cour et ses délices. Mais son projet s'arrêtait là. Car de guerre véritable, il n'y avait pas. Les accrochages, les engagements se succédaient ici ou là sans plan préconçu. En fait, d'Aulon ne savait pas où aller.

Ils avaient emprunté la route du nord parce que Paris attirait irrésistiblement Jeanne, mais on ne pouvait songer à s'en prendre à la capitale. Ce ne fut qu'en route qu'ils apprirent que Lagny-sur-Marne se voyait constamment en butte aux attaques des Anglais de Paris.

— Allons-y ! propose fermement Jeanne.

— Bon pour Lagny, acquiesce d'Aulon, soulagé qu'un objectif se présente.

Aux alentours de la petite ville, ils restent sur leurs gardes, car ils apprennent que des bandes incontrôlables ravagent la campagne. Ils ne font cependant aucune mauvaise rencontre. Mais à peine arrivés dans la place, les guetteurs annoncent qu'une bande de pillards se rapproche. Ils sont bien trois ou quatre cents, des soldats anglais ou bourguignons devenus des voleurs de grand chemin, commandés par un certain Franquet d'Arras, un redoutable bandit.

Jeanne rameute son monde, fait ouvrir les portes de la ville et galope dans leur direction. Ils ont beau être le double en nombre de sa petite armée, elle et ses soldats les écrasent. Beaucoup d'entre eux sont tués, peu réussissent à s'enfuir, les autres sont fait prisonniers, et parmi eux leur chef, Franquet d'Arras. Il est ramené à Lagny et promené triomphalement avant d'être enfermé dans la prison.

Pour son procès, on fait venir rien de moins que le bailli de Senlis qui, avec les autorités de Lagny, présidera les séances dans la maison commune. C'est dans les formes et avec équité que bandit et témoins sont interrogés. Lui-même finit par avouer qu'il a été « meurtrier, larron et traître ». Il est condamné à mort.

Jeanne s'en va trouver le bailli. Ayant appris qu'un aubergiste parisien avait été fait prisonnier par les Anglais, elle propose de l'échanger contre Franquet d'Arras.

— Vous feriez grand tort à la justice en libérant ledit Franquet, rétorque le bailli visiblement furieux de l'intervention de la Pucelle.

Deux jours plus tard, Jeanne apprend que l'aubergiste qu'elle voulait échanger est décédé. Pour se faire pardonner, elle retourne voir le bailli.

— Puisque l'homme que je voulais échanger est mort, faites de celui-ci ce que vous devrez faire par justice.

Franquet d'Arras sera décapité.

La justice du roi a triomphé et Jeanne n'est plus qu'un chef de bande, constate amèrement Jean d'Aulon. Dans la balance militaire, elle ne pèse pas plus que ce Franquet d'Arras qu'elle vient d'éliminer. Même sa façon de se battre a changé. Naguère, dans les campagnes glorieuses, la Pucelle n'attaquait jamais, elle se contentait de se défendre. Désormais, elle frappe. Il l'avait déjà remarqué à Saint-Pierre-le-Moûtier, à La Charité-sur-Loire. Elle ne transperce pas, ne fait pas couler le sang, mais du plat de sa lourde épée elle assomme, elle donne des coups capables d'abattre un cavalier, elle fait mal, bref elle agit comme n'importe quel guerrier. Elle va et elle se bat là où on l'appelle, mais ceux qui la sollicitent sont chaque fois moins importants.

D'Aulon est tiré de ses amères réflexions par des femmes qui accourent vers Jeanne.

— Vite, venez à l'église !

Trois jours plus tôt, un nouveau-né est mort sans qu'on ait eu le temps de l'ondoyer, ce qui le voue à la damnation éternelle. Sa mère a transporté son petit cadavre à l'église et l'a déposé sur l'autel de Notre-Dame. Avec d'autres femmes, elle supplie Jeanne de venir tout de suite joindre ses prières à celles des jeunes filles pour rendre vie à l'enfant.

— Vous seule pouvez accomplir un miracle.

Jeanne les suit. Sur l'autel de la Vierge, un berceau a été déposé dans lequel repose inerte un bébé « aussi noir que ma cotte », confiera-t-elle plus tard. Les jeunes filles veulent lui faire place. D'un geste, elle les arrête, s'agenouille modestement derrière elles, puis se met à prier de toute sa ferveur. Combien dure sa méditation solitaire qui s'élève parmi les *Ave Maria* murmurés par l'assistance…

Soudain, la mère pousse un cri. Le nouveau-né paraît reprendre des couleurs. Le curé aux aguets se précipite et le voit ouvrir la bouche. En quelques secondes, il l'ondoie. L'enfant bâille trois fois, puis son corps minuscule se raidit avant de retourner à la mort. Au moins montera-t-il au paradis.

La mère, les tantes, les cousines, les jeunes filles s'accrochent aux bras de Jeanne pour la remercier : c'est grâce à elle que l'enfant a échappé à la damnation éternelle ! Jeanne s'enfuit.

— C'est tout de même grâce à vous qu'a eu lieu ce miracle, insiste Jean d'Aulon.

— Dieu et la Vierge Marie l'ont voulu…

C'est une sainte. Alors pourquoi ne se consacre-t-elle pas à consoler, à guérir, à prier ?

— Je ne suis pas là pour faire des miracles, rétorque-t-elle, mais pour me battre !

Ne voit-elle donc pas que cette voie est sans issue ?

— Vous et moi sommes devenus comme ces routiers qui vendent leur épée au plus offrant, et un jour nous finirons comme eux, transpercés dans une rixe.

— Pourquoi pas, si c'est la volonté de Dieu ?

D'Aulon a tiré Jeanne de la geôle dorée de la Cour mais il constate que cela ne mène nulle part. La liberté, pour quoi en faire ? se demande-t-il. Sans illusions, il suit Jeanne à Melun où elle a été appelée à l'aide.

Elle y arrive pendant la Semaine sainte, qui suspend toute opération. Elle suit dévotement les offices, mais Jean d'Aulon remarque que, derrière sa ferveur, elle paraît préoccupée, presque sombre. Il l'accompagne à la messe de Pâques et la célébration de la résurrection du Christ ne semble pas l'exalter. Il a l'impression que toute la joie qu'elle avait eue en quittant la Cour s'en est allée. Du regard, il l'interroge.

— Mes Voix me parlent à nouveau, murmure-t-elle.

Il la laisse poursuivre.

— La première fois que je les ai entendues, c'est lorsque nous sommes allés inspecter les fossés de la ville. Elles m'ont dit que je serais faite prisonnière avant la Saint-Jean. Depuis, tous les jours elles me le répètent, et tous les jours je leur pose la même question, où ? et quand ? mais elles refusent d'y répondre. La Saint-Jean, c'est dans deux mois.

— Et si vous êtes prisonnière, que vous arrivera-t-il ?

— J'ai dit à mes Voix que je voulais mourir très vite, sans devoir être longtemps tourmentée en prison. Elles m'ont répondu de prendre mon sort en bon gré car il fallait qu'il en fût ainsi.

— Si c'est pour vous annoncer cela qu'elles se manifestent après un si long silence, elles auraient mieux fait de se taire !

Et puisque ses protecteurs avaient abandonné Jeanne, le chevalier se promit de démentir ses Voix et de la protéger.

*

L'information arrive jusqu'à eux tel un coup de tonnerre. Le duc de Bourgogne a décidé de s'emparer de la ville de Compiègne ! C'en est bien fini de la trêve... Bourgogne, après tant de ruses et de faux-fuyants, a levé le masque, d'autant plus que les Anglais débarqués en Normandie s'apprêtent à joindre leurs forces aux siennes.

Révoltée, Jeanne bat le rappel de ses maigres troupes, bondit en selle et part en direction de Compiègne. Pendant qu'ils chevauchent, Jean d'Aulon remarque à son flanc une épée qu'il ne lui a jamais vue.

— Où avez-vous trouvé cette arme ?

— Je l'ai prise sur le cadavre d'un brigand de la bande de Franquet d'Arras.

— Est-elle un talisman, comme celle que vous avez perdue ?

— Je ne sais pas. Tout ce que je sais, c'est que je l'ai essayée et qu'elle est bonne à donner de bonnes buffes et de bons torchons.

À Compiègne, Jeanne retrouve l'hôtel Dubœuf et sa logeuse, Marguerite Le Boucher, qui l'accueille avec la même chaleur que lors de son précédent séjour. On parle évidemment de la situation et Marguerite assure à Jeanne que la ville a été mise en état de soutenir un très long siège.

— Nous sommes admirablement défendus grâce à notre nouveau gouverneur, Guillaume de Flavy.

Ce nom, Jeanne l'a déjà entendu. Cela remontait à l'époque où les Anglais menaçaient Vaucouleurs, et par là même Domrémy. Le dauphin avait nommé pour défendre Beaumont-en-Argonne, qui se trouvait aux avant-postes, ce même Guillaume de Flavy. Très vite, il avait rendu la ville à l'ennemi. Jeanne se souvient que Novillompont et Poulengy avaient émis des doutes sérieux sur ce personnage.

— Est-il un bon Français ? demande-t-elle à Marguerite Le Boucher.

— Le meilleur ! Avec lui, vous ne craignez rien.

Jeanne décide alors de se rendre à l'hôtel réquisitionné par le gouverneur qui y siège, lui a-t-on dit, quasiment sans interruption. Quelle n'est pas sa surprise de constater que c'est l'archevêque de Reims, Regnault de Chartres, qui préside le conseil de guerre. Cet homme blafard et insinuant l'accueille presque courtoisement :

— Jeanne la Pucelle, je vous souhaite la bienvenue parmi nous. Comme vous, je suis accouru dès que j'ai appris que notre bonne ville de Compiègne était en danger.

Pas un mot sur la fuite de Jeanne. Au contraire, il se déclare ravi de son apport en hommes et en armes. Il a décidé de porter secours à la petite ville de Choisy-sur-Aisne, présentement assiégée par le duc de Bourgogne, et invite Jeanne et les siens à le suivre.

Le matin suivant, Regnault de Chartres s'ébranle à la tête de plusieurs régiments de l'armée royale. Le prélat s'est transformé en chef de guerre qui sait se faire obéir. Jeanne et ses mercenaires font partie de l'arrière-garde. Pour atteindre Choisy, il faut descendre l'Aisne jusqu'à Soissons, afin de franchir le fleuve sur le seul pont encore en état. Les voilà devant Soissons. Le gouverneur refuse d'ouvrir ses portes, il ne recevra que seul et sans armes Mgr Regnault de Chartres…

Les troupes passent la nuit dans les champs.

Le lendemain, Regnault de Chartres les rejoint et leur fait part de sa décision :

— L'opération est impossible, il faut renoncer. Je me retirerai avec les troupes royales sur la Marne. Quant à vous, la Pucelle, repliez-vous sur Compiègne, et désormais prenez vos instructions du gouverneur de la ville, messire Guillaume de Flavy. C'est un homme de confiance et un chef militaire efficace.

Les troupes de Charles VII sont à peine disparues à l'horizon derrière le favori que l'on apprend que le gouverneur de Soissons a ouvert ses portes au duc de Bourgogne.

De retour à Compiègne, Jeanne n'a pas le temps de se reposer. L'ordre de Guillaume de Flavy est formel, il faut partir le soir même pour reprendre la ville de Pont-l'Évêque, tenue par les Anglais. On marche toute la nuit, on arrive au matin devant la ville, on attaque, les Anglais surpris paraissent fléchir. Mais curieusement, rien n'avait été révélé sur les Bourguignons massés dans la ville voisine de Noyon. Ils accourent, ils repoussent les Français, qui s'en reviennent piteusement à Compiègne.

Le lendemain, Guillaume de Flavy convoque Jeanne et ses hommes.

— J'aimerais que vous alliez à Lagny.

— Lagny ? Mais justement nous en venons…

— Nous ne connaissons pas les plans des Bourguignons, mais mon intuition me dit qu'ils vont s'attaquer à Lagny, justement parce que grâce à vous la ville leur a échappé. Il serait bon que vous alliez voir si la défense en est bien organisée.

Jeanne obtempère. Elle quitte Compiègne toujours suivie de ses mercenaires. À Lagny, elle trouve le plus grand calme, la défense parfaitement prête, les habitants décidés à se battre. Et surtout personne n'a l'air de redouter un assaut des Bourguignons !

Demi-tour donc, et retour vers Compiègne. La nuit tombée, ils font halte à Crépy-en-Valois. Le campement est misérable, la nourriture peu abondante et mauvaise. Faire la guerre, certes, mais dans de bonnes conditions, pense Jean d'Aulon qui, fatigué, excédé, s'en prend rudement à Jeanne :

— À quoi riment ces mouvements, ces opérations sans plan, sans stratégie, qui nous obligent à nous promener sans but et à perdre notre temps ! Le pire, c'est que vous ne dites rien… Si souvent je vous ai vue tenir tête aux gens de guerre les plus expérimentés, je vous ai entendue leur dire leur fait avec une franchise qui ne reculait devant aucun mot. Vous preniez votre parti sans vous soucier de l'avis des autres, et vous entraîniez tout le monde derrière vous. Que se passe-t-il ? J'ai besoin de le savoir.

Jeanne baisse la tête.

— Depuis qu'il m'a été révélé dans les fossés de Melun que je serais faite prisonnière, je m'en rapporte entièrement, en ce qui concerne la guerre, à la volonté des capitaines.

— Vous n'avez plus confiance en vous, mais est-ce une raison pour faire confiance aux autres ? Vous ne trouvez pas curieux que Regnault de Chartres, un de vos pires ennemis, se soit trouvé à Compiègne pour vous accueillir ? Il nous a assuré qu'il était venu défendre la ville, or cette même ville, il était prêt il y a quelques mois à la céder à Bourgogne ! Et Soissons alors, qui ouvre ses portes aux Bourguignons le lendemain du jour où Mgr l'archevêque de Reims y a été reçu seul ? Et ces opérations qui n'ont aucun sens ? On nous fait tourner en rond. Cela me rappelle la chasse, lorsque pour affaiblir un animal trop puissant on le fait tourner longtemps et sans but jusqu'à ce qu'il perde ses facultés de perception, ses moyens de défense, pour qu'alors on puisse l'abattre.

Jeanne proteste :

— Ils ne pouvaient tout de même pas savoir que nous allions venir à Compiègne !

— Probablement pas, mais ils vous connaissent bien. Ils savaient qu'en ce moment la défense de Compiègne est le seul objectif digne de vous et que vous ne résisteriez pas à l'appel. De plus, personne ne le dit, mais la ville est truffée de partisans des Anglais, de « Français reniés », le pire étant cet abbé de Saint-Corneille qui travaille presque ouvertement pour eux.

— Mais quel but poursuivent-ils ?

— Celui de vous éliminer d'une façon ou d'une autre. Aussi, ne retournons pas à Compiègne. Au contraire, éloignons-nous d'eux. Les occasions de guerroyer contre les Anglais, contre les Bourguignons, ne manqueront pas.

— Attendons demain.

Ils se séparent pensifs, troublés, inquiets.

Demain arrive et le temps passe. D'Aulon sommeille un peu quand il se sent rudement secoué. C'est Jeanne.

— Lève-toi, nous partons.

Elle déborde d'entrain, d'énergie, d'impatience.

— Un messager vient d'arriver. Guillaume de Flavy m'envoie dire que le duc de Bourgogne a commencé le siège de Compiègne. Nous y courons !

Autour de Jean d'Aulon, on s'active déjà frénétiquement. Jeanne a donné ses ordres au capitaine Baretta, qui presse ses mercenaires.

Comme le pays désormais pullule d'ennemis bourguignons et anglais, Jeanne, bien à regret, accepte de prendre des précautions et de ne voyager que dans l'obscurité. Piaffante, elle guette la nuit. Elle veut partir dès que la dernière lueur du jour a disparu. On la retient avec peine. Plus tard on partira, mieux ce sera…

À minuit, elle n'écoute plus personne et donne l'ordre du départ. La petite troupe s'enfonce dans les ténèbres. Seule la pâle luminosité de cette nuit de mai sans lune guide leurs pas.

Ils suivent une route défoncée par tant d'années de guerre et d'insécurité. Trous et ornières les retardent. Devant eux s'étend la vaste et épaisse forêt de Compiègne, propre aux embuscades. Ils abandonnent la grand-route pour emprunter des chemins plus escarpés. D'une main, Jeanne tient les rênes de son cheval, l'autre repose sur la poignée de son épée. Tous sont aux aguets. Le bruit du pas des chevaux est amorti par la terre molle.

Sans faire aucune mauvaise rencontre, ils atteignent la lisière de la forêt, et au bout de la prairie ils aperçoivent dans la grisaille de l'aube les remparts de Compiègne. Sous le couvert des arbres, les hommes contemplent la ville. Jean d'Aulon se penche sur sa selle et murmure à l'oreille de Jeanne :

— Il est encore temps, faisons demi-tour.

— Trop tard, répond-elle, Compiègne a besoin de nous, je ne peux me dédire.

Donnant un coup d'éperon dans les flancs de son cheval, elle part au galop, suivie de sa petite troupe. D'Aulon, derrière elle, se rappelle l'étrange confidence faite le soir du sacre, alors qu'ils soupaient avec Laxart et sa femme : « Je ne crains qu'une chose, la trahison. »

Ils approchent de la porte de Pierrefonds. Aux guetteurs qui du haut des remparts demandent l'identité des voyageurs, ils annoncent l'arrivée de la Pucelle. Le pont-levis s'abaisse, la herse se lève, Jeanne et ses renforts sont dans Compiègne.

Il est cinq heures du matin en ce 23 mai 1430. Premier devoir, Jeanne se rend à l'église Saint-Jacques pour suivre la messe. Elle se trouve près de la rue de l'Étoile où se dresse l'hôtel de Marguerite Le Boucher. Évidemment, c'est là qu'elle logera.

Au sortir de l'office divin, pendant que Baretta et ses hommes vont se reposer et s'installer dans la grande halle sur la place du marché aux herbes, Jeanne se rend avec d'Aulon chez Guillaume de Flavy.

— La situation n'est pas brillante mais loin d'être désespérée, explique celui-ci.

De fait, toute la rive droite de l'Oise au nord de Compiègne est aux mains ennemies. Les Bourguignons occupent au nord le château de Margny, à l'est le village de Clairoix, les Anglais sont concentrés autour du château de Venette. Mais le sud de Compiègne reste encore libre, la preuve étant que Jeanne vient d'y arriver sans encombre.

Guillaume de Flavy emmène Jeanne et son intendant inspecter les défenses de la ville, qu'il s'emploie depuis des semaines à réparer. Il a remis en état les fortifications, consolidé les vieux canons, il en a fait fondre de nouveaux et a entassé les approvisionnements en vivres et munitions, bref il a fait un excellent travail.

— Avec ces réserves, nous pourrons tenir des semaines, des mois ! Je vous promets le plus long siège de la guerre.

— Que me conseillez-vous de faire ? lui demande Jeanne.

Flavy prend son temps avant de répondre, profitant de l'arrivée de Baretta venu se joindre à eux. Puis, regardant Jeanne droit dans les yeux avec un sourire franc et engageant, il lance :

— Pourquoi n'allez-vous pas avec vos hommes attaquer le château de Margny ? Les Bourguignons y sont moins nombreux qu'ailleurs…

Jeanne grimace. Elle est audacieuse mais point imprudente. Elle s'y connaît mieux que quiconque en tactique, elle sait que ce que lui propose Flavy est risqué.

Le regard de ce dernier se fait pétillant.

— Je vous proposais cette sortie car je vous connais, tout au moins de réputation. Je sais que vous ne supporteriez pas de rester longtemps enfermée ici à subir un siège.

D'Aulon, avec un geste de protestation, va pour intervenir lorsque, de la main, Jeanne l'arrête.

— C'est bon, j'accepte. Nous effectuerons cette sortie cet après-midi.

Elle prend congé de Guillaume de Flavy, et d'un pas rapide s'en revient dans la maison de Marguerite Le Boucher. Ses compagnons l'ont suivie. Une fois dans la salle commune, Jean d'Aulon et Baretta s'insurgent :

— C'est de la pure folie ! Vous comptez avec quelques centaines d'hommes vous emparer en plein jour d'un camp de cinq mille soldats ?

— Comme l'a dit le gouverneur, je ne suis pas venue ici pour m'abriter derrière les remparts.

— Si vous voulez absolument vous dépenser, pourquoi ne pas commencer par une simple reconnaissance ?

— Je vous donne rendez-vous à cinq heures à la porte du Pont, indique simplement Jeanne.

D'Aulon s'approche d'elle et la prend par les épaules.

— Jeanne, rappelez-vous La Charité-sur-Loire ! Le sire d'Albret nous commandait. C'était le demi-frère de La Trémoille, et nous avons subi le plus piteux échec. Ici, c'est Guillaume de Flavy qui commande, et c'est le demi-frère de Mgr Regnault de Chartres ! Vous ne trouvez pas la coïncidence curieuse ? Vous ne croyez pas qu'il sent la traîtrise ?

Marguerite Le Boucher a assisté en silence à la réunion. Mais là, elle proteste :

— Guillaume de Flavy ne trahirait jamais. Le roi Charles n'a pas plus dévoué serviteur !

Le chevalier se tourne vers elle et lui répond le plus calmement qu'il peut :

— Dame Le Boucher, tout Compiègne sait que vous êtes la maîtresse de l'abbé de Saint-Corneille, le plus fanatique collaborateur des Anglais. La trahison ne vous fait pas peur…

Marguerite rougit, serre les poings et quitte la pièce en claquant la porte. D'Aulon insiste :

— Vous le voyez, Jeanne, nous sommes entourés de traîtres. Une fois de plus, renoncez ! Et partons.

— J'ai promis, je ne veux pas être traitée de lâche.

— Vos Voix vous ont-elles ordonné de faire cette sortie ?

— Je n'ai eu de mes Voix aucun commandement.

— Ne vous ont-elles toujours pas annoncé le moment où vous seriez prise ?

— Je ne suis toujours point avisée de ma prise, mais si elles m'avaient dit de faire cette sortie, j'aurais fait selon leur commandement, quoi qu'il eût dû m'en advenir.

À l'heure dite, ils sont tous là au rendez-vous, près de la porte du Pont. Le temps de vérifier les tenues, de ranger les hommes en ordre de marche, à cinq heures et demie les battants de la porte s'ouvrent et Jeanne avec sa troupe s'engage sur le pont.

Comme toujours en tête, elle chevauche un cheval gris pommelé. Cette fois, elle porte une nouvelle armure sur laquelle elle a jeté un manteau rouge brodé d'or qui la fait reconnaître de loin, au flanc l'épée prise à Lagny sur le cadavre du brigand. Son « frère » Pierre, Jean d'Aulon l'entourent, Louis de Coutes porte la bannière, derrière viennent Baretta et ses mercenaires.

Toute la population de Compiègne est montée sur les remparts pour la voir partir au combat, hommes et femmes l'acclament : « Vive la Pucelle ! Vive la Pucelle ! »

Elle va une fois de plus triompher, elle les délivrera de Bourgogne et elle ajoutera un nouveau titre à sa gloire.

Il faut peu de temps à la petite troupe pour franchir la distance qui les sépare de Margny. Les Bourguignons, certains qu'à cette heure avancée de l'après-midi ils n'ont plus à craindre une sortie des assiégés, se sont débarrassés de leur équipement et ont déposé leurs armes. Leur surprise est totale lorsque la petite troupe fond sur eux.

— Au nom de Dieu en avant ! Au nom de Dieu en avant, attaquez ! hurle Jeanne.

Les Bourguignons surpris ne savent se défendre. En quelques minutes, c'est la panique totale. Déjà, beaucoup commencent à se rendre. Encore un tout petit peu et Margny tombera aux mains de Jeanne...

Jean de Luxembourg commande le gros des troupes bourguignonnes. Son nom n'est pas inconnu de Jeanne. À l'époque où Guillaume de Flavy était chargé de défendre Beaumont-sur-Argonne, c'était lui qui, à la tête de l'armée du duc de Bourgogne, était chargé d'emporter la place...

À la même heure où Jeanne sortait de Compiègne, il quittait le village de Clairoix à la tête de plusieurs milliers de Bourguignons pour faire sa jonction avec les troupes cantonnées à Margny. Il chevauche tranquillement lorsque, soudain, il perçoit au loin de l'agitation, du mouvement, il saisit le cliquetis des armes, les cris. Il comprend aussitôt que les assiégeants ont fait une sortie. Avec son escorte, il fonce sur les lieux tout en donnant l'alerte au gros de ses troupes.

En vagues successives, les Bourguignons se précipitent vers Margny, et pourtant les hommes de Jeanne tiennent bon. Même s'ils sont repoussés souvent, Jeanne les mène à la charge, une fois, deux, trois fois. Le nombre des Bourguignons va pourtant croissant, mais Jeanne refuse de céder. Brandissant son étendard, elle encourage de la voix, du geste.

Ils se battent désormais à un contre dix quand brusquement un danger bien plus grand se présente. Les Anglais cantonnés à Venette, eux aussi ont entendu les rumeurs de la bataille, eux aussi ont compris. Ils accourent avec l'intention d'attaquer Jeanne sur ses arrières et de la couper de la route de Compiègne. Les mercenaires piémontais de Baretta, assaillis par des centaines d'Anglais, se débandent aussitôt. Leur terreur se communique aux autres soldats. Tous ne cherchent qu'à fuir, les uns en courant sur la route de Compiègne encore ouverte, les autres en se jetant dans des barges ancrées sur les berges de l'Oise.

Très vite, Jeanne est isolée avec une poignée de ses compagnons, alors que devant elle des milliers de Bourguignons et derrière elle des milliers d'Anglais vont bientôt couper la route de sa retraite. Cependant, elle continue à se battre.

— Nous vaincrons ! rugit-elle alors que plus personne n'y croit.

D'Aulon lui crie :

— Courez vers la ville ou nous sommes tous perdus !

— Taisez-vous, il ne tient qu'à vous que l'ennemi soit déconfit ! Ne pensez qu'à vous battre contre eux !

Alors il lui arrache les rênes de son cheval auquel il fait faire demi-tour pour entraîner Jeanne de force vers Compiègne. Elle comprend qu'il faut renoncer mais elle ne veut pas cesser de lutter. Elle tend son étendard à Louis de Coutes et, sortant son épée, elle fonce au premier rang.

Dix fois Jean d'Aulon a tiré son cheval vers l'arrière, dix fois elle retourne se battre contre les Bourguignons. Et c'est la catastrophe. Les Anglais ont fini par repousser les mercenaires qui tentaient encore de s'opposer à eux, ils sont maîtres de la route qui mène à Compiègne et sont maintenant en mesure de couper la retraite de Jeanne et du peu de gens qui lui reste. Elle ne se trouve pourtant qu'à quelques dizaines de mètres des murs de la ville.

Elle reprend son étendard, l'agite en direction de Compiègne. Si seulement Guillaume de Flavy, qui suit le combat du haut des remparts, ordonnait une sortie, elle serait sauvée ! Mais Flavy ne bouge pas. Les habitants de Compiègne se précipitent alors dans les églises et font sonner le tocsin. Et Flavy ne fait pas un geste…

Jeanne tente une dernière fois d'enfoncer les rangs ennemis. Elle éperonne son cheval mais celui-ci, blessé, n'obéit pas. Ils sont maintenant des dizaines à se ruer vers le manteau rouge et or, car chacun sait que celui qui la fera prisonnière touchera une somme énorme. L'appât du gain galvanise Anglais et Bourguignons beaucoup plus que l'idée de vaincre la plus illustre de leurs ennemis.

— Rendez-vous à moi et donnez votre foi ! s'écrie l'un d'eux.

— Ma foi, je l'ai donnée à un autre que vous, et je lui tiendrai serment.

Et elle se bat encore.

Sournoisement, dans la mêlée, un homme s'approche. C'est un Picard au service des Bourguignons, un homme grand, maigre, amer. On ne sait trop pourquoi, il la hait depuis toujours. En se baissant, il se glisse à côté du cheval de Jeanne, attrape son manteau et tire de toutes ses forces. Surprise, désarçonnée, Jeanne glisse de côté et tombe à terre. Elle se débat, appelle à l'aide, mais son « frère » Pierre, Louis de Coutes, Jean d'Aulon, chacun occupé à défendre chèrement sa vie, immobilisé par des grappes d'ennemis, ne peuvent la rejoindre.

Le Picard lui arrache l'épée des mains. Immobilisée par le poids de son armure, elle ne peut plus bouger. Le Picard appelle son capitaine, Lionel de Wandomme, qui accourt. Lorsqu'il reconnaît le manteau rouge et or, il hurle, il danse de joie ! Il relève la visière de son casque et Jeanne a un sursaut d'horreur. Une effroyable balafre le défigure. De plus il boite et un de ses bras est estropié. Selon les lois de la guerre, elle est prisonnière de ce monstre.

La bataille s'arrête. Le dernier à tomber aux mains des ennemis sera Jean d'Aulon. Wandomme a aidé Jeanne à se remettre debout. Il donne un ordre. Ses soldats encadrent les prisonniers. Il est pressé, très pressé d'emmener Jeanne au château de Margny, là où les assiégeants ne pourront pas la reprendre.

Jeanne a été prise avant la Saint-Jean.

Elle a « duré » environ un an.

Elle a à peine vingt ans.

15

La nuit est presque tombée lorsque le cortège atteint le château de Margny qu'une heure plus tôt Jeanne avait cru emporter. C'est à peine un manoir, entouré par la forêt de Compiègne. Elle y est reçue par le maître des lieux, Jean de Luxembourg, le chef de l'armée bourguignonne qui, à sa tête, menaçait deux ans plus tôt Vaucouleurs.

Ce borgne — il a perdu un œil à la bataille — au visage tout de travers a un aspect terrifiant. Néanmoins son expression, malgré sa sévérité, ne porte aucune malveillance. C'est un seigneur courtois, un homme droit et honnête.

Évidemment, rien n'a été préparé pour recevoir des prisonniers de cette importance. On improvise dans l'affairement. Luxembourg mène Jeanne à la chambre qui lui servira de prison. L'épaisse porte de bois se referme. Jeanne se retrouve enfermée et seule. La fatigue aggravant son désespoir, elle demande anxieusement l'aide de ses Voix, elles semblent lui répondre de ne pas perdre courage et de prendre son mal en patience. Maigre réconfort pour une fille qui, si jeune, connaît la terrible expérience de la privation de liberté.

Ses compagnons, son « frère » Pierre, d'Aulon, le page Louis de Coutes, ont été séparés d'elle et enfermés dans une autre pièce.

Pendant ce temps, ses ravisseurs passent aux affaires. Le soldat picard qui a réussi à faire tomber Jeanne sur le sol reçoit une jolie somme de son supérieur, le bâtard de Wandomme, lequel revend sa prisonnière au prix fort à son commandant, Jean de Luxembourg. Jeanne désormais appartient à ce dernier.

Luxembourg dépêche un messager à son suzerain Philippe le Bon, duc de Bourgogne, qui réside à peu de distance, au château du Coudun. Il est presque huit heures du soir et le duc se tient dans la grande salle, avec les chefs de guerre anglais. On s'apprête à passer à table lorsque tombe, telle la foudre, l'incroyable nouvelle : la Pucelle est prisonnière !

Aussitôt, c'est un concert de hourras, de cris de joie. On se congratule, on s'embrasse, on boit à la santé les uns des autres, on saute de joie, on danse de bonheur. « La France est vaincue ! La France est vaincue ! » crient les Anglais.

Philippe le Bon est bien trop grand seigneur pour participer à cette liesse. Il se contente de sourire d'un air satisfait et de répondre aimablement aux félicitations. Puis, plantant là son monde, il monte à cheval suivi de quelques courtisans et, éclairé par les torches que tiennent à bout de bras ses gardes, il galope jusqu'à Margny. La curiosité est trop forte, il veut à tout prix voir sur l'heure cette Pucelle qu'il n'a jamais rencontrée, dont depuis une année on lui rebat continuellement les oreilles et qui lui a donné tant de fil à retordre.

À Margny, les prisonniers perçoivent soudain un remue-ménage venu de la cour du manoir. Ils entendent des pas précipités. Par les fenêtres, ils aperçoivent les lumières mouvantes des torches.

La porte de la cellule de Jeanne s'ouvre brutalement. Elle devine immédiatement l'identité de ce cavalier assez grand, suprêmement élégant dans sa tenue de velours noir surmontée d'une grande coiffe de la même étoffe. À son cou pend le collier de l'ordre de la Toison d'or récemment créé.

Philippe le Bon la fixe intensément, comme s'il voulait en un instant tout savoir, tout comprendre d'elle. Il remarque ses vêtements déchirés et salis. Il donne un ordre afin qu'on lui apporte une tenue neuve. Le « grand-duc d'Occident » n'a pas besoin de se montrer brutal, il laisse cela aux subalternes.

C'est avec une certaine courtoisie qu'il s'adresse à elle et lui demande comment elle s'est laissé capturer. Sans se contraindre, elle raconte sa journée. Il l'interroge sur le passé, elle décrit ses campagnes. Il ne s'attarde cependant pas.

En sortant, le duc livre ses commentaires à Jean de Luxembourg :

— Ainsi donc, c'est cette toute jeune fille qui a fait trembler les Anglais et qui, même si elle ne compte plus beaucoup depuis un an, reste leur obsession ! Malgré son aplomb, elle m'a paru comme un petit oiseau pris au piège. En tout cas, elle n'a rien mais absolument rien d'une sorcière, même si mon cousin et beau-frère Bedford l'accuse d'en être une pour expliquer les cuisantes défaites qu'elle lui a infligées ! ajoute-t-il avec un petit rire.

— Monseigneur doit être satisfait de la voir prisonnière, glisse Jean de Luxembourg avec un rictus qui déforme ses traits.

— Certes, certes, je suis satisfait, répond le duc comme s'il était persuadé du contraire, mais les Anglais vont un peu vite en besogne. Ils m'ont déjà cassé les oreilles en hurlant que la France était vaincue. Tout d'abord, elle n'est pas la France ! Ensuite, la France est loin d'être vaincue. Tant mieux d'ailleurs, car même si des différends continuent à nous opposer à Charles VII, nous ne sommes pas certains de vouloir que la France soit vaincue…

— En tout cas, monseigneur, puisque je suis votre vassal, son sort est désormais entre vos mains.

— Ce qui sans aucun doute multipliera mes soucis, rétorque le duc de Bourgogne dans une grimace.

Quelques jours plus tard, ses sujets peuvent lire la lettre publique qu'il fait afficher :

« *Notre benoît créateur nous a fait la grâce que la femme appelée la Pucelle soit prise… De quelle prise nous sommes certains que partout la nouvelle s'en répandra, et ainsi seront connues l'erreur et la folle croyance de tous ceux qui ont cru et ont été favorables à cette femme…* »

Cette satisfaction proclamée diffère des véritables sentiments du duc qui s'en ouvre à Jean de Luxembourg. Il a convoqué ce dernier au château du Coudun, où il réside toujours, pour discuter des mesures de sécurité concernant la Pucelle. Il juge en effet que le château de Margny se situe trop près des lignes françaises et que, malgré des possibilités infimes, une opération pourrait être tentée par ses partisans pour la libérer. Aussi donne-t-il pour instructions à Luxembourg de l'emmener plus à l'intérieur des terres bourguignonnes, au château de Beaulieu.

Jean de Luxembourg s'est aperçu, dès le début de

l'entretien, que son suzerain était de fort méchante humeur. Il ne cesse de grogner.

— On croirait vraiment que la prise de la Pucelle est un événement apocalyptique ! Figurez-vous que, d'après les rapports que je reçois, on en parle en Espagne, en Italie, en Allemagne et jusqu'en la lointaine Constantinople. Dans le royaume de mon cousin Charles, c'est partout la consternation. Des prières publiques, des processions sont organisées dans toutes les provinces pour sa délivrance. Il me plaît de tenir en mes geôles une adversaire qui nous a donné du fil à retordre, mais je ne peux pas garder enfermée une sainte ! Je ne suis pas un monstre, que je sache…

« Et de quoi se mêle l'archevêque d'Embrun ? Vous savez, ce Jacques Gélu, vous avez lu la lettre publique qu'il a écrite au roi Charles ? Il lui rappelle tout ce qu'il doit à la Pucelle. Il le prie de faire un retour sur lui-même pour trouver si quelque offense de sa part n'aurait pas provoqué la colère de Dieu et cette catastrophe qu'est la prise de la Pucelle. Il recommande vigoureusement au roi de n'épargner ni moyens, ni argent, ni quelque prix que ce soit pour la délivrance de Jeanne s'il ne veut pas encourir le blâme ineffaçable d'une ignoble ingratitude.

Philippe le Bon a ce petit rire ironique qui lui était si particulier.

— Ce bon prélat ignore donc que l'ingratitude fait partie de la nature même des augustes princes et que Charles, mon cher cousin, dépasse en ce domaine tous les autres princes ! Depuis la prise de Jeanne, c'est le seul de tout le royaume à ne pas s'être exprimé. Il n'a pas bougé, n'a pas ouvert la bouche, ni pour déplorer cette catastrophe ni surtout pour me réclamer ma prisonnière comme je m'y attendais. D'ailleurs les Anglais non plus ! J'étais certain que Bedford exigerait que je la lui remette. Il ne s'est pas manifesté…

Il s'est tu. Perdu dans ses pensées, il marche de long en large dans le couloir dallé de pierres. Luxembourg se fait tout petit et les gardes alignés contre le mur semblent des statues porteuses de torches. Puis le duc reprend le cours de ses réflexions.

— Je suis bien sot de m'étonner de l'inertie de Charles, alors que l'explication en réside dans cette lettre envoyée à ses ouailles par son favori, Regnault de Chartres. Publiquement, il se félicite de la prise de Jeanne. Il affirme qu'elle a mérité son malheur à cause de sa confiance excessive en ses forces. Que les bons chrétiens ne s'affligent pas de son emprisonnement car le sauveur de la France, lui, Regnault de Chartres, le tient dans sa manche. Il annonce en effet que dans les montagnes du Gévaudan, près de Mende, est apparu un jeune « pastour » qui apporte au roi Charles des nouvelles merveilleuses. Dieu l'a suscité pour diriger les armées françaises et grâce à lui, les Anglais et nous-mêmes serons bientôt mis en déroute ! Je suis bien certain que l'archevêque de Reims ne croit pas plus que moi à son berger du Gévaudan, mais ce qui est sûr, c'est qu'il veut effacer jusqu'au souvenir de la Pucelle.

Le duc se tait encore, le regard dur. Le silence s'installe quelques instants avant qu'il se décide à poursuivre :

— Saviez-vous, Luxembourg, qu'il est le demi-frère de Guillaume de Flavy, le gouverneur de Compiègne ? Je me demande si ces deux-là n'ont pas manigancé pour que la Pucelle tombe en nos mains, car en vérité sa prise s'est révélée par trop facile.

Toutefois, l'idée qu'une fille aussi intelligente soit tombée dans le piège, si piège il y a eu, et qu'elle ait commandé cette sortie absurde ne cesse de m'intriguer. L'a-t-elle fait exprès ? Voulait-elle être prise et de quelque façon en finir ? Mais pourquoi ? En tout cas, elle est un cadeau bien empoisonné qu'à l'occasion je revaudrai à ceux qui me l'ont offert ! Comme je ferai payer leur outrecuidance à ces insupportables professeurs de l'Université de Paris. Je n'ai jamais pu souffrir ces prêtres qui se considèrent au-dessus de l'Église, ces érudits qui se donnent le droit de trancher de tout et de tous, ces Français qui sont prêts à toutes les bassesses pour manifester aux Anglais leur zèle de collaborateurs !

L'œil unique de Jean de Luxembourg observe avec stupéfaction le duc de Bourgogne, qui éclate de rire :

— Ne me contemplez pas comme si j'étais fou, mon cher Luxembourg ! Je ne suis pas le collaborateur des Anglais, je suis leur allié, et seulement quand il me convient… Pour en revenir à ces maudits universitaires parisiens, je leur permets déjà de me flatter et de me soutenir, ce devrait leur suffire. Or les voilà qui ont l'invraisemblable audace de me sommer, oui, Luxembourg, de me sommer de leur envoyer incontinent la Pucelle pour qu'ils lui fassent son procès. Ils vont jusqu'à me menacer d'une façon à peine voilée si je n'obtempérais.

— Pourtant, monseigneur, puisque la présence de la Pucelle vous gêne, envoyez-la-leur et vous en serez débarrassé.

— Vous rêvez, Luxembourg, ils s'empresseront de l'expédier au bûcher !

Luxembourg, qui ne comprend plus rien, grommelle :

— Je ne savais pas que la bonté de monseigneur s'étendait jusqu'à la Pucelle…

Le duc a un geste d'agacement.

— La bonté n'a rien à voir là-dedans. Je refuse simplement de me laisser dicter la loi par quiconque, et surtout pas par ces trublions fanatiques !

— Alors, monseigneur, qu'allez-vous faire d'elle ?

— C'est bien là qu'est toute la question. Lorsque vous m'avez annoncé, l'air réjoui, que son sort dépendait de moi, je vous l'avais bien dit, qu'elle serait une mine à soucis.

*

Une imposante escorte militaire a conduit Jeanne et les autres prisonniers au château de Beaulieu, jugé plus sûr que Margny. Pourtant, ce petit château situé non loin de Noyon n'a rien d'une impressionnante forteresse. Trois tours peu élevées, reliées par des ailes bâties en matériaux pauvres, entourent une cour où s'ébattent librement poules et canards. Les fossés mal entretenus sont peu profonds. Beaulieu-les-Fontaines est une prise de guerre que Jean de Luxembourg a laissée à son subordonné Lionel de Wandomme, celui-là même qui a capturé Jeanne.

Elle ne peut maîtriser un mouvement de recul lorsqu'elle revoit le hideux balafré, boiteux et estropié. Celui-ci, habitué à l'horreur qu'il provoque, hausse les épaules et la conduit à sa nouvelle cellule, une pièce dans une des tours du château. Les autres prisonniers sont enfermés dans des greniers donnant sur le couloir relié à la tour.

Les jours passent, ennuyeux, interminables, déprimants. L'ancien propriétaire a beau avoir laissé dans la cellule un livre d'heures et une écritoire, Jeanne n'y touche pas. À qui donc écrirait-elle désormais ? Quant à la prière, elle préfère dialoguer avec ses Voix qui l'abreuvent d'exhortations à la patience et ne lui donnent aucune précision sur son sort.

Par l'étroite fenêtre, elle regarde à longueur de journée le ciel bleu et les champs qui jaunissent. La brise apporte jusqu'à ses narines le parfum des fleurs des champs. La nature tranquille, la douceur de l'été naissant sont une invitation. La nuit, le silence n'est dérangé que par les bruits familiers de la ferme. On se croirait dans une paisible maison de campagne et Jeanne, qui ne peut dormir, contemple les étoiles.

Fier de tenir la plus célèbre prisonnière d'Europe, Lionel de Wandomme s'offre le luxe de partager ses repas avec elle et les autres détenus, d'autant que le service est plutôt limité et que porter leur nourriture aux prisonniers dans leur cellule constituerait un excès de travail.

Au cours de ces retrouvailles, Jean d'Aulon note l'accablement de Pierre d'Arc et du page Louis de Coutes. Tout le contraire de la Pucelle, pense-t-il. L'épreuve a creusé son visage, mais le regard reste flamboyant, l'allure énergique. En voilà une qui n'a pas renoncé !

Wandomme, qui se veut parfait gentilhomme, tient à bien faire les choses. À chaque repas, il offre à ses « invités », comme il les appelle, un semblant de banquet. Jeanne y touche à peine, se contentant selon son habitude de tremper des morceaux de pain dans de l'eau à peine rougie de vin. Mais elle se montre loquace et bavarde volontiers avec son geôlier.

Ce jour-là, cependant, elle reste perdue dans ses pensées et parle à peine. Wandomme, déçu d'une invitée aussi peu communicative, tourne son attention vers les autres prisonniers. Elle en profite pour lancer un petit morceau de papier roulé en boule à d'Aulon. Celui-ci l'attrape prestement, mais Wandomme a vu le geste.

— Donnez-le-moi, dit-il en tendant la main.

D'Aulon est bien forcé de s'exécuter. Wandomme déplie le papier et lit à voix haute :

« Je ne tâcherai pas de m'évader.

« Les murs de ma prison sont solides,

« particulièrement celui qui me sépare du couloir.

« Cette nuit est le pire moment. »

Wandomme éclate de rire.

— Même si c'est énigmatique, c'est rassurant. Tenez, chevalier, vous pouvez le garder, dit-il en rendant le billet à d'Aulon.

Celui-ci regarde le mot griffonné sur un coin déchiré d'une page du livre d'heures et dissimule un sourire de joie. Jeanne n'a pas signé de son nom et s'est contentée de tracer une croix. C'était un code entre elle et ses proches, qu'ils avaient mis au point au début de leur campagne. S'il leur arrivait d'être séparés et que Jeanne souhaitât leur donner des instructions sans que celles-ci soient comprises par ceux qui pourraient les intercepter, ils avaient décidé qu'au lieu d'apposer sa signature, elle tracerait une simple croix, ce qui signifiait qu'il fallait entendre et faire exactement le contraire de ce qui était écrit.

D'Aulon comprend donc aussitôt qu'elle veut s'échapper, et qu'il faut agir la nuit même.

— Je n'apprécie pas vos plaisanteries ! tonne entre-temps Wandomme qui pense qu'elle se moque de lui.

Sur son ordre, ses soldats s'emparent des prisonniers et sans trop de ménagement leur font réintégrer leurs cellules. D'Aulon s'arrange pour traîner, aussi est-il le dernier à être enfermé. Le soldat préposé à sa garde va pour rabattre la porte de sa cellule lorsque, brusquement, il est tiré à l'intérieur. Le chevalier lui assène un fort coup de poing pour le déséquilibrer puis lui casse une chaise sur la tête.

Tout cela s'est déroulé en un éclair. D'Aulon tend l'oreille. Les autres gardes ont regagné le rez-de-chaussée. Il les entend parler très haut et rire dans la salle commune. Il grille d'impatience mais il attend que la fatigue les gagne et que le bruit décroisse. Alors, silencieusement, il s'approche du palier sur lequel donne la cellule de Jeanne. Là aussi aucun garde, ils sont tous en bas. Il ne leur vient pas à l'idée que leur prisonnière puisse s'évader, ils se trouvent bien trop loin à l'intérieur des terres bourguignonnes, mais surtout personne ne songerait à trahir la parole donnée au vainqueur. Or, justement, Jeanne a refusé de donner sa parole au bâtard de Wandomme, mais ils l'ignorent.

Le chevalier entend des grattements venus du mur qui le sépare de Jeanne. Il sait qu'elle essaye de démolir la maçonnerie. Il veut l'aider mais il n'a aucun instrument pour ce faire. Alors, à la seule force de ses ongles, il entame la maçonnerie de son côté. Bientôt il a les mains en sang, mais le trou s'élargit et il saisit la main de la jeune fille. En fait, il s'agit d'une porte mal murée, et très vite la brèche est assez large pour qu'elle puisse se glisser dehors. Ils s'étreignent.

— Où sont les autres ?

— Dans le couloir, mais nous n'avons pas les clefs.

Du bruit provient encore de la salle commune, devenant de plus en plus faible. Jeanne et d'Aulon attendent dans les bras l'un de l'autre au milieu de l'obscurité. Il la sent abandonnée, il respire l'odeur de sa peau, de sa joue, il caresse ses cheveux.

Enfin, les derniers soldats encore debout vont se coucher et le silence s'étend. Sans faire le moindre bruit, en tâtonnant sur le mur rond, ils descendent l'escalier à vis de la tour. Ils atteignent le rez-de-chaussée et vont pour sortir dans la cour lorsqu'une porte s'ouvre, et paraît le portier du château, un fanal à la main, qui fait sa ronde.

— Alerte ! crie-t-il d'une voix retentissante juste avant que la Pucelle ne l'étende raide d'un coup de poing sur l'occiput.

« Alerte ! Alerte ! » Le hurlement a retenti de pièce en pièce. Des cris, des cliquetis d'armes, Jeanne et d'Aulon sont déjà dehors et courent vers la poterne restée ouverte.

« Alerte ! Alerte ! » L'appel a réveillé les soldats couchés dans la cour, dans les fossés, et même dans les champs alentour. Soudain, les Bourguignons sont partout, devant, derrière eux, ils sont entourés d'un mur de fer hérissé d'épées, de pertuisanes, de dagues, toutes pointées sur eux. Résister est inutile. Bousculés et battus, ils sont ramenés à l'étage supérieur, brutalement séparés et jetés dans leurs cellules.

Jeanne a beau être au secret, et le château de Beaulieu coupé du reste du monde, la nouvelle de sa tentative d'évasion se répand comme la foudre. Si fort est l'espoir incarné par Jeanne que la majorité affirme que sa tentative a réussi, qu'elle a rejoint ses partisans, prête à reprendre la lutte. Et tous de s'esclaffer à l'idée de cette bonne farce faite aux Bourguignons !

Celui qui ne rit pas du tout, c'est le duc de Bourgogne. Toutes affaires cessantes, il accourt à Beaulieu avec Jean de Luxembourg afin de mener une enquête sévère.

L'idée d'une évasion de Jeanne lui déplaît moins que la certitude d'être ridiculisé. Une fois encore, le sire de Luxembourg doit entendre les récriminations de son irascible suzerain :

— Tout le monde se moque de nous par la faute de cet imbécile de Wandomme, et par la vôtre aussi, Luxembourg, puisque c'est vous qui l'avez désigné comme geôlier de la Pucelle et qui avez choisi ce château de Beaulieu comme lieu de détention !

Jean de Luxembourg a un haut-le-corps, se rappelant que le château de Beaulieu a été désigné par le duc.

— Mais, monseigneur, c'est vous qui…

— Qui quoi, mon cher Luxembourg ? demande Bourgogne d'une voix doucereuse, encore plus inquiétante que ses explosions de colère.

— Rien, monseigneur, vous avez raison.

— S'il n'y avait que les moqueurs, mais j'ai aussi sur le dos ces détestables trublions de l'Université de Paris. Ils m'ont encore écrit ! À croire qu'ils n'ont d'autre occupation ! Ils osent me reprocher de n'avoir point répondu à leur première lettre. Ils insinuent que la Pucelle pourrait s'échapper de nouveau « par la fausseté et séduction de l'ennemi d'enfer, et par la malice et subtilité de vos ennemis adversaires ». Ils me supplient de nouveau de la leur envoyer proprement empaquetée et ficelée, ou bien ils me suggèrent de la livrer à l'évêque de Beauvais. Pour qui se prennent-ils pour avoir le toupet de me dicter ma conduite ? En tout cas, jamais je ne la leur céderai, ils seraient trop contents. Mais d'abord, pourquoi mêlent-ils à cela l'évêque de Beauvais ?

— La Pucelle a été prise sur son territoire. Il a donc une juridiction spirituelle sur elle…

— L'évêque de Beauvais, répète pensivement le duc de Bourgogne, c'est Pierre Cauchon et je le connais bien. Il était dévoué à feu mon père le duc Jean et il m'a rendu des services. Mais lui aussi est issu de cette damnée Université de Paris. Il doit être de la même trempe que ces excités qui me harcèlent de missives comminatoires. Il a participé à la révolte cabochienne. Vous êtes trop jeune, Luxembourg, pour vous en souvenir, mais moi je me rappelle ces horreurs. Même si des cabochiens soutenaient mon père, c'étaient d'ignobles brutes sanguinaires, et Cauchon a pris part alors à leurs sinistres besognes.

« On m'a dit qu'il avait participé à l'élaboration du traité de Troyes cédant la France aux Anglais. C'est d'ailleurs grâce à eux qu'il a obtenu sa mitre épiscopale. Mon cousin Bedford m'a confié que l'évêque de Beauvais le conseille souvent et qu'il l'écoute volontiers. Voilà qui ne me plaît pas du tout. Il se dit évêque de Beauvais, mais il a perdu son siège épiscopal puisque les habitants de Beauvais l'ont chassé pour ouvrir leurs portes au roi Charles. Où donc compte-t-il faire le procès de la Pucelle puisqu'il ne peut plus le faire chez lui ? À Paris peut-être !

*

L'évêque Cauchon se trouvait justement dans la capitale lorsque l'Université a envoyé au duc de Bourgogne la lettre suggérant de le nommer juge de Jeanne. Il en attend benoîtement la réponse lorsque, un soir, on frappe à sa porte. L'heure des visites est depuis longtemps passée, aussi est-ce la curiosité qui le pousse à ouvrir.

— Comment ? Mais c'est monseigneur l'évêque *in partibus* d'Aphrodisias ! Vous, un fidèle du roi Charles, je vous retrouve au cœur de la France anglaise !

Sans y avoir été invité, l'Épiphane entre dans la pièce et va s'asseoir. L'évêque Cauchon fait de même, et les deux hommes se dévisagent longuement.

Même s'ils avaient pris la décision de ne plus la soutenir, la capture de Jeanne avait suscité chez les Théologues une intense émotion. Ils s'étaient réunis d'urgence pour envisager les moyens de la tirer des griffes de l'ennemi. Machet avait été sollicité d'intervenir auprès du roi pour que ce dernier agisse.

Le confesseur n'avait pas caché que sa démarche n'aurait donné aucun résultat. Charles était décidé à ne rien faire, non pas uniquement parce qu'il était aux mains de La Trémoille et de Regnault de Chartres, mais surtout parce que, à l'instar de ses précédents favoris, il avait chassé Jeanne de son esprit, de sa vie.

Alors l'Épiphane s'était levé, et prenant la parole il avait tourné le fer dans la plaie. Il avait affirmé ce que le duc de Bourgogne soupçonnait, à savoir que d'une certaine façon Jeanne s'était laissé prendre par l'ennemi « parce qu'elle ne supportait plus de mener la vie d'une dame de cour ni d'être réduite à des missions humiliantes, sort qu'elle souffrait de subir parce que nous lui avons retiré notre appui »...

— ... une décision contre laquelle d'ailleurs je ne m'étais point élevé.

Il avait si bien développé cette terrible éventualité

que les Théologues s'étaient sentis prêts à partir eux-mêmes la délivrer. Puis il avait changé de discours, son ton s'était fait plus ferme et sa parole plus autoritaire :

— Illustres collègues, je vous le dis, ne bougez pas, ne tentez rien. À partir de maintenant, j'agirai seul, en votre nom bien sûr, et je me charge de tout.

Ainsi se retrouve-t-il en ce soir de fin d'été face à l'évêque de Beauvais. Il commence par lui parler de la lettre de l'Université de Paris dont il connaît la teneur. L'évêque Cauchon l'interrompt :

— Je ne suis pas responsable de ce qu'écrivent mes anciens collègues de l'Université !

— Ne me prenez pas pour un niais, monseigneur, c'est vous qui avez inspiré cette missive, car vous voulez juger la Pucelle. Or je puis vous affirmer que cette fois-ci le duc de Bourgogne acceptera la suggestion de l'Université de Paris.

Un éclair de triomphe brille dans les yeux de l'évêque Cauchon qui lâche d'une voix pateline :

— Soyez assuré que je la jugerai en toute équité…

— J'en doute fort, monseigneur. Cependant, la Pucelle garde des amis puissants. Dès son arrestation, certains d'entre eux se sont manifestés.

— Si vous faites allusion à l'archevêque d'Embrun, vous aurez remarqué que sa lettre au roi n'a eu strictement aucun effet, non plus que les processions et autres prières publiques pour la délivrance de la Pucelle.

— Certes, mais les amis de Jeanne ont d'autre moyens, plus discrets, plus efficaces.

L'Épiphane laisse Pierre Cauchon méditer sur cette affirmation avant d'ajouter :

— Quoi qu'il arrive, la vie de la Pucelle doit être épargnée. Vous vous êtes chargé de la juger, vous êtes donc responsable de son sort. Vous avez devant vous une carrière encore plus brillante que celle que vous avez suivie jusqu'ici. Les récompenses, les honneurs, l'amitié des grands vous attendent. Il serait dommage que votre avenir, et peut-être même votre vie, soient brusquement, inutilement interrompus.

Ces paroles, mais aussi le ton à la fois net et glacial avec lequel elles ont été prononcées, font frissonner l'évêque malgré son assurance. L'Épiphane se lève, s'incline et le laisse seul.

La menace imprécise qui a été brandie a impressionné Cauchon beaucoup plus qu'il ne veut l'admettre. Il avait souvent entendu des rumeurs mentionnant un groupe occulte dont l'évêque d'Aphrodisias ferait partie. Son pragmatisme l'avait retenu de s'y arrêter, mais il avait remarqué que des hommes sérieux et puissants parlaient à voix basse de ce groupe, et avec une sorte de terreur. Son instinct lui dit qu'il valait mieux ne pas trop s'y frotter, d'autant plus que l'exigence de l'Épiphane n'était pas sans correspondre à ses propres calculs.

16

L'évêque Cauchon quitte Paris le lendemain pour se rendre à Calais où réside le régent de France, Bedford. Il s'enferme avec ce dernier pour une longue entrevue. Seul à seul. Aussitôt après, il se remet en route, cette fois en direction de Noyon où se trouve le duc de Bourgogne.

Partout où il s'installait, Philippe le Bon s'entourait d'une magnificence qui aidait à entretenir sa renommée. L'austère château de Noyon n'avait jamais vu autant de courtisans chamarrés, de soldats en armures scintillantes et de pages en livrées de brocart. Les pièces dépouillées de la forteresse étaient à présent décorées de tapisseries brodées de fils d'or et d'argent, de meubles exquisément sculptés, de tapis d'Orient aux ramages multicolores, d'orfèvreries somptueuses et de chefs-d'œuvre des grands maîtres flamands.

Le duc ne fait pas trop attendre l'évêque, il le reçoit dans son cabinet. Il porte une longue robe d'intérieur en velours noir. On dit qu'il ne quitte jamais cette couleur en signe de deuil pour son père le duc Jean, l'assassin assassiné. Sa tête nue laisse voir son crâne allongé en forme d'œuf, prolongé par le nez busqué. Les yeux plissés, le sourire faux aux lèvres, il accueille Cauchon avec une certaine réserve. À ses côtés se tient Jean de Luxembourg.

— Je présume, l'Évêque, que vous êtes venu nous réclamer Jeanne ladite Pucelle pour la juger. Je vous le dis d'avance, je ne peux influencer mon cousin Luxembourg ici présent dont elle est la prisonnière, et qui peut faire d'elle ce qu'il veut.

— Monseigneur, vous vous trompez. Je ne suis venu ici que pour vous tirer d'un profond embarras, mais peut-être m'entendrez-vous mieux seul ?

Le plus aimablement possible, le duc prie Luxembourg de quitter la pièce. Resté seul avec Bourgogne, l'évêque commence :

— Permettez-moi, monseigneur, d'être franc.

Le duc ne peut s'empêcher d'avoir un sourire ironique. La franchise n'était pas le fort de l'évêque ! Celui-ci, imperturbable, poursuit :

— En vérité, vous ne savez que faire de la Pucelle. Vous ne pouvez la garder indéfiniment : aussi longtemps qu'elle restera sous votre garde ou celle de vos vassaux, elle constituera un problème, car elle continuera à agiter tout le monde pour ou contre elle. Elle suscitera des pressions sur vous, des exigences et même des menaces. En résumé, elle est un abcès sur votre flanc. Alors, que faire d'elle ? La rendre au roi Charles ? Vous vous fâcheriez définitivement avec vos alliés anglais, et cette magnanimité friserait la faiblesse. La remettre à l'Université de Paris ? Vous méprisez bien trop mes confrères pour céder à leurs prières... D'autre part, vous savez que Jeanne serait immanquablement exécutée, vous seriez donc tenu comme responsable indirect de sa mort, ce qui vous brouillerait pour toujours avec les Français et jetterait une tache sur votre gloire. Si la

Pucelle était exécutée, le roi se sentirait obligé de manifester son indignation et de réagir en conséquence.

— Là, vous vous trompez, l'Évêque. Jamais, en aucune circonstance, le roi ne bougera le plus petit doigt pour la Pucelle. Il nous l'a déjà assez prouvé !

— Lui non, mais l'opinion publique le forcerait à la venger, c'est-à-dire à attaquer ceux qui l'ont exécutée, même s'il y répugnait fortement. Au contraire, si nous condamnons la Pucelle sans l'exécuter, Charles VII nous en sera éternellement reconnaissant car il pourra continuer à baigner dans son égoïsme et son inertie, qui par ailleurs comblera ses favoris.

Le duc a pris un air rêveur, les yeux à moitié fermés, mais son intérêt maintenant aiguisé, il écoute chaque mot de l'évêque avec une attention passionnée. Tout en supputant son plan, il se garde bien d'émettre le moindre commentaire ou de poser la plus petite question.

Cauchon poursuit calmement :

— La seule solution est que vous cédiez la Pucelle aux Anglais.

— Mais enfin, l'Évêque, ils la mettront à mort encore plus joyeusement que ne le ferait l'Université de Paris !

— Vous vous trompez, monseigneur, les Anglais sont bien moins fanatiques que mes confrères. Ils veulent l'humiliation, l'abaissement de la Pucelle, mais non pas tellement sa mort.

— Ce n'est peut-être pas si faux, car enfin pourquoi se sont-ils tus jusqu'ici à son sujet, et pourquoi ne me l'ont-ils pas encore réclamée ?

— Votre beau-frère, le duc de Bedford, préfère laisser l'Université de Paris faire la sale besogne, il est trop enchanté de voir les Français s'avilir à ce point. Je viens de lui rendre visite, et je l'ai persuadé que pour la grandeur de l'Angleterre, et pour qu'on ne puisse pas lui reprocher son laxisme, il devait exiger qu'on lui remette sa plus illustre ennemie afin qu'elle soit jugée. J'ai eu le bonheur de l'en convaincre. Aussi m'a-t-il chargé d'offrir au sire de Luxembourg de lui racheter la Pucelle pour six mille francs or.

— Si j'accepte, l'Évêque, ce sera dix mille francs or.

— Topons là, monseigneur !

— Pas si vite, l'Évêque. Que ferez-vous d'elle ensuite ?

— Je la mènerai à Rouen, en terre anglaise, pour lui faire son procès. Je la forcerai à reconnaître que son inspiration ne venait pas de Dieu, qu'elle s'est trompée, que tout ce qu'elle a fait, tout ce qu'elle a dit n'était qu'une longue suite d'erreurs, ce qui implique que les Anglais ont raison. Avec mes encouragements, la Pucelle se repentira publiquement de ses fautes. Alors Dieu lui pardonnera, elle échappera au bûcher pour être enfermée dans quelque couvent. Et tout le monde sera content ! Vous, monseigneur, d'être débarrassé d'elle, les Anglais d'avoir eu gain de cause contre elle, et les Français de la savoir vivante.

— Et vous, l'Évêque, quel est votre intérêt dans cette histoire ?

— Je n'ai d'autre intérêt que votre service, monseigneur.

Le duc éclate d'un rire joyeux.

— Votre machination est vraiment brillante. À la fois, vous vous mettez bien avec moi, avec les Anglais et avec les Français. Vous vous attirez notre reconnaissance à tous, et en prime vous clouez le bec à vos confrères de l'Université qui vous exaspèrent par leur fanatisme. Au moins, chez vous, le jugement n'est pas gâté par la haine. Magnifique, l'Évêque, vous gagnez sur tous les tableaux. Que de mirifiques positions, que d'opulentes pensions en perspective !

Il se dirige vers la porte et l'ouvre brusquement. Jean de Luxembourg avait l'oreille collée au battant.

— Entrez, beau cousin, entrez. Il s'agit rien de moins que de vous faire gagner dix mille francs or.

Le duc explique, le beau cousin accepte, l'affaire est conclue. Mais le maître des lieux prend soudain un air soucieux.

— Encore faudra-t-il convaincre la Pucelle d'entrer dans votre jeu…

— Personne, en danger de mort, ne résiste à l'offre d'avoir la vie sauve, monseigneur.

*

La tentative d'évasion de Jeanne a eu pour seul résultat un nouveau transfert des prisonniers. Quittant Beaulieu-les-Fontaines, ils sont repartis sous bonne escorte encore plus au nord, jusqu'au château de Beaurevoir, situé près de Saint-Quentin et qui appartient en propre à Jean de Luxembourg. Ce n'est toujours point une grosse forteresse mais tout de même un château mieux équipé que Beaulieu. Sur trois côtés, des pentes raides préviennent tout assaut, sur le quatrième un très large fossé le sépare de la plaine onduleuse. Les murs des tours sont épais, et tous les bâtiments sont construits en pierres solides.

On a assigné à Jeanne une pièce tout en haut d'une tour de vingt mètres. Des archers logent dans sa cellule pour la surveiller sans relâche. Les autre prisonniers ont été enfermés aux étages inférieurs.

Un après-midi, la porte de sa cellule s'ouvre. Elle voit entrer un prélat en robe de soie violette, qui referme la porte derrière lui. Il regarde les murs nus, l'unique fenêtre très élevée au-dessus du sol, et se dit que ce n'est pas de cette pièce que Jeanne pourra s'évader.

Il se présente, il est l'évêque de Beauvais, Pierre Cauchon. Jeanne connaît ce nom, c'était ce même prélat qui avait été chargé par les Anglais d'extorquer aux Champenois l'argent permettant d'attaquer et de réduire les poches françaises de la région, dont Vaucouleurs et Domrémy. L'évêque prend la seule chaise du lieu pour s'y installer et prie Jeanne de s'asseoir sur le grabat qui lui sert de lit.

Il ne perd pas son temps à scruter cette énigme vivante qu'est la Pucelle, il n'est pas venu pour analyser mais pour convaincre. Et tout de suite, il entre dans le vif du sujet.

— Jeanne, vous allez être livrée aux Anglais. Je ferai en personne votre procès, et si vous collaborez avec moi, votre vie sera épargnée.

— Je préfère mourir plutôt que d'être livrée aux Anglais.

Elle a dit cela d'une voix tremblante mais d'un ton ferme. Cette objection n'arrête pas Cauchon.

— Il vaut tout de même mieux que vous soyez livrée aux Anglais plutôt qu'à l'Université de Paris, qui vous enverrait directement au bûcher. Je vous le répète, si vous faites et surtout si vous dites ce que je vous indiquerai, vous aurez la vie sauve…

— Je ne veux pas être livrée aux Anglais.

— Vous serez condamnée à la prison perpétuelle

mais, rassurez-vous, il n'y a pas de prison dont on ne puisse s'échapper un jour… Seulement, vous ferez les réponses que je vous indiquerai.

— Je ne ferai rien ni ne dirai rien, jamais, qui soit contre ma conscience !

— Qui vous parle de heurter votre conscience ? Laissez-moi simplement vous guider et orienter vos réponses à des questions dont nous serons convenus d'avance.

— Je ne dirai que ce que mes Voix me dictent.

Pierre Cauchon n'est pas renommé pour sa patience. Il se lève et, d'un ton grondant, menace :

— Si vous ne faites pas ce que je vous dis, alors vous serez condamnée à mort et vous mourrez brûlée vive !

— Je ne ferai rien contre ma conscience.

L'évêque explose. D'une voix amplifiée par la rage, il alterne les menaces et les offres de vie sauve…

— Je ne veux pas être livrée aux Anglais ! Je ne dirai ni ne ferai que ce que me dictent mes Voix, répète-t-elle inlassablement.

Cauchon se lève si brusquement que sa chaise se renverse. Il sort en refermant brutalement la porte.

— Elle a la tête dure, très dure ! lâche-t-il à Jean de Luxembourg qui l'attend dehors et qui le raccompagne avec toute la déférence due à un envoyé spécial de son maître le duc de Bourgogne.

— Il me faut du temps, grommelle encore Cauchon, mais par Dieu je la persuaderai de collaborer avec moi.

Grand maître de l'intrigue, il n'est pas habitué à voir ses plans contrecarrés, et il est persuadé que tous les êtres en définitive sont aussi souples et adaptables que lui. Malgré l'entêtement de Jeanne, il est convaincu qu'il réussira à en faire une marionnette entre ses mains. D'ailleurs, il doit réussir pour remplir ses engagements envers le duc de Bourgogne, mais surtout pour écarter la menace de l'Épiphane dont le seul souvenir le fait frémir.

*

Pendant ce temps, l'Université de Paris accentue ses pressions sur le duc de Bourgogne. Dans leur troisième lettre, les doctes professeurs abandonnent toute urbanité pour menacer le grand-duc d'Occident. Ils l'accusent peu ou prou de trahir son serment de chevalier qui l'oblige à défendre l'honneur de Dieu, puisqu'il ne fait rien contre la sorcière nommée la Pucelle et qu'il l'aurait même pour un peu laissée s'échapper ! Ce scandale — ils vont jusqu'à utiliser le mot —, ce scandale doit cesser immédiatement par la remise de ladite Pucelle à l'Université de Paris.

Contre toute attente, le duc, à la lecture de ce poulet, n'explose pas de rage. Il se contente de déchirer la missive.

— Voilà ce que je fais du torchon de ces enragés.

Puis il se met à lire la mise en demeure de l'évêque de Beauvais, qu'il vient de recevoir. Le ton en est encore plus comminatoire. Il doit immédiatement remettre audit évêque cette Pucelle accusée de nombreux crimes touchant l'hérésie pour qu'il lui fasse proprement son procès. À la stupéfaction des secrétaires de sa chancellerie qui avaient décacheté la lettre, le duc éclate de rire.

— Le bougre, il a fait du bon travail, murmure-t-il.

Cauchon, en effet, n'avait rien laissé au hasard. Il

avait prévenu le duc qu'il lui manderait une sommation encore plus violente que celle des professeurs de l'Université de Paris, afin de mieux les faire taire. Le duc dûment intimidé n'aurait plus qu'à céder la Pucelle à l'évêque, et l'Université de Paris ne trouverait rien à redire.

Au château de Beaurevoir vivent trois femmes de la famille de Jean de Luxembourg, les trois Jeanne. Jeanne de Béthune, son épouse, Jeanne de Barre, sa fille, et Jeanne de Luxembourg, comtesse de Ligny, sa tante. Luxembourg est un brave homme, généreux et probablement sensible, mais il est le vassal du duc de Bourgogne. C'est un homme de devoir qui ne s'autorise aucun écart, aucune indulgence. S'il est réellement ému par le sort de Jeanne, il ne se considère pas autorisé à le faire savoir. Les femmes de sa famille, elles, ont toute licence de se montrer compatissantes. Elles ont commencé par proposer à Jeanne d'échanger ses vêtements d'homme contre des vêtements de femme, élégants, bien coupés, confortables, ce qu'elle refuse. Elles font porter des plats de leur propre cuisine, non seulement à Jeanne mais à ses compagnons d'infortune. Elles obtiennent qu'ils soient autorisés à monter chaque jour, séparément, au sommet de la tour pour y prendre l'air. Elles commencent en outre à leur apporter consolation dans leur cellule.

Jean d'Aulon saisit aussitôt la possibilité ainsi offerte. Avec les visiteuses, il use de son charme auquel bien peu de femmes ont résisté. Le sourire timide, l'œil bleu glissé en coin font leur effet habituel. Moins sans doute sur la tante et la mère que sur la fille. Bientôt, celle-ci vient dans sa cellule en l'absence et probablement en cachette des deux autres.

Il lui demande avidement des nouvelles de Jeanne. La jeune fille répond qu'elle paraît triste et préoccupée, qu'elle parle très peu.

D'Aulon est certain qu'il s'agit d'une ruse. Si Jeanne a voulu s'échapper une fois, c'est qu'elle est prête à récidiver. Et grâce à l'aide involontaire des trois Jeanne du château, il est certain aujourd'hui d'y réussir. Comment libérer une prisonnière mieux gardée que le plus riche trésor d'État ? Comment sortir d'un château défendu par une armée ? Comment traverser un territoire pullulant d'ennemis en alerte ? Avec Jeanne, tout est possible, se dit-il. Et à la perspective que bientôt ils seront tous deux réunis et libres, il rayonne. L'espoir le rend encore plus beau que d'habitude, et la jeune Jeanne le regarde avec émerveillement.

Dans le même temps, les deux autres Jeanne, la mère et la tante, s'attardent dans la cellule de la Pucelle, bavardant avec elle comme avec une amie. Bien entendu, elles évitent tout sujet dangereux et toute réflexion qui pourraient heurter la prisonnière. Néanmoins, que peuvent-elles comprendre à ce phénomène qu'est Jeanne ? Elle n'a besoin que d'être tirée de là. Quant à dialoguer, elle préfère le faire avec ses Voix qui, elles au moins, réussissent à la calmer.

Jeanne leur est reconnaissante mais ces adoucissements, loin de l'apaiser, la démoralisent et ne font paradoxalement que lui rappeler le sort qui l'attend.

— J'ai été vendue aux Anglais, je vais être livrée aux Anglais !

Cette idée l'obsède. Et s'il n'y avait que cela, mais elle a saisi les propos de ses gardes. Compiègne, la ville qu'elle est venue défendre, est sur le point de tomber. Et quand elle tombera, il n'y aura pas de quartier, la cité sera brûlée de fond en comble, et tous ses habitants au-dessus de sept ans, hommes, femmes, jeunes, vieux, seront massacrés. Ainsi en a-t-il été décidé.

Jeanne se tourne et se retourne sur sa couche. Elle est seule dans sa cellule, car ces dames ont obtenu que les gardes, la nuit, restent en dehors.

« Je suis vendue aux Anglais, je vais être livrée aux Anglais… » Qu'a voulu dire cet évêque ? Il fallait qu'elle obéisse, mais comment ? Il préparerait les questions avec elle et il faudrait qu'elle réponde de la façon qu'il lui indiquerait… Elle ne saisit pas les implications de cette proposition. De toute façon, jamais personne ne lui a dicté ni ne lui dictera ce qu'il faut dire ! Cependant les menaces de l'évêque résonnent dans sa mémoire. Que feront d'elle les Anglais ? Elle tâche d'imaginer la prison, les tourments. Elle n'ose aller plus loin ni envisager ce qui l'attend au bout.

L'évêque lui a dit pourtant qu'elle aurait la vie sauve, mais au fond d'elle-même elle n'y croit pas. « Sorcière, on te brûlera ! » hurlaient les Anglais chaque fois qu'ils la voyaient, et maintenant elle allait tomber dans leurs mains. Et Compiègne qui est à bout de résistance. Elle voit la soldatesque ivre de meurtres, torches à la main, courant dans les rues de la ville vaincue, allumant les incendies, tuant, transperçant, égorgeant, au milieu des hurlements. Toute la nuit elle est en proie à ces cauchemars qui demain seront réalité.

Une lueur gris sale apparaît dans l'encadrement de la fenêtre. L'aube n'est pas loin. Elle se lève et, comme un automate, s'approche de l'embrasure.

« Ne le fais pas ! » La voix est venue de l'intérieur d'elle-même, une de ces Voix qu'elle a appris à si bien connaître. « Ne le fais pas, Dieu t'aidera et aidera aussi ceux de Compiègne. » Jeanne, malgré la nuit qu'elle a passée, n'a pas perdu son aplomb, qui répond à voix haute :

— Puisque Dieu aidera ceux de Compiègne, je veux y être !

« Sans faute il faut que tu prennes ce qui t'arrive de bon gré. Tu ne seras pas délivrée jusqu'à ce que tu aies vu le roi des Anglais. »

La Voix a dit ce qu'il ne fallait pas dire, car Jeanne réplique vertement :

— Vraiment je ne voudrais pas le voir, et j'aimerais mieux mourir que d'être mise en la main des Anglais !

La fenêtre est très haute. Elle met une chaise contre le mur. La pente du mur sous la fenêtre est raide. Elle s'agrippe où elle peut et parvient à grimper jusqu'au rebord de la fenêtre. Elle se tient accroupie au-dessus du vide. Le fossé en dessous de la tour lui semble très loin en bas, elle le voit à peine car les ombres de la nuit s'accrochent au sol. Au mieux, elle réussira à s'échapper, au pire…

« Ne le fais pas », répète la Voix.

Elle saute dans le vide. Une douleur atroce puis un trou noir.

L'inconscience la garde longtemps dans ses bras. C'est la souffrance qui la réveille, tout son corps lui fait mal. Elle ouvre les yeux. La lumière du soleil à son zénith l'aveugle presque. Elle distingue des visages penchés sur elle, ceux des gardes, des soldats.

— On te croyait morte !
— Que m'est-il arrivé ?
— Tu as sauté par la fenêtre.

On la transporte avec toutes les précautions possibles jusqu'à sa cellule. On la couche doucement. Elle peut à peine bouger. Le moindre mouvement provoque des élancements intolérables. Les trois Jeanne accourent et lui prodiguent tous les soins possibles. Elles la baignent, l'oignent de crème, la pansent, elles la plaignent aussi, prient pour son rétablissement, elles lui apportent des gâteries. Jeanne refuse de manger ou de boire quoi que ce soit. Elle est accablée, désespérée, tant de n'avoir pas obéi à la Voix que de n'avoir pas réussi à s'échapper.

Elle n'a plus la force de résister, elle veut se laisser mourir.

Trois jours et trois nuits, elle reste ainsi inerte dans sa faiblesse et sa dépression. Enfin, la Voix se fait entendre pour la gronder gentiment :

« Allons, Jeanne, fais bon visage. Confesse-toi et demande pardon à Dieu d'avoir sauté. Je te le dis, sans faute ceux de Compiègne auront secours avant la Saint-Martin d'hiver… »

Alors, du fond du puits enténébré où elle croupit, elle aperçoit la lueur tout en haut et se met à remonter vers elle pas à pas. D'une voix quasi inaudible, elle demande un prêtre. Les trois Jeanne s'entremettent. On lui en envoie un. Elle se confesse. Elle se sent aussitôt mieux. Elle accepte de se sustenter. Les trois Jeanne battent des mains, toutes joyeuses.

Jean d'Aulon, alerté par l'agitation, les allées et venues, reconstitue ce qui s'est passé à l'aide des réflexions des gardes. L'angoisse le déchire. Tantôt il prie de toute son âme pour qu'elle survive, tantôt il est la proie de crises de désespoir et pense à se jeter contre le mur, à se casser la tête contre la porte qui reste hermétiquement close. Sa famille a réussi à lui faire parvenir de l'argent, puisque les prisonniers doivent subvenir eux-mêmes à leurs besoins. Il tente de soudoyer les gardes pour au moins voir Jeanne. Les consignes sont bien trop strictes pour que les gardes terrifiés songent à les enfreindre. Il ne respire que lorsqu'il apprend que Jeanne est sauvée.

Tout le monde à Beaurevoir est convaincu qu'elle a voulu se tuer. Aussi, pour éviter qu'elle ne récidive, on tâche de la distraire un peu. Pas question, bien sûr, de lui laisser revoir ses compagnons internés, elle en profiterait pour comploter une évasion, mais en dehors des dames de Luxembourg, on autorise quelques visites, comme celle du chevalier Aimond de Macy.

C'est un guerrier aimable et volage, un courtisan accompli. Elle sympathise d'emblée et se plaît à bavarder avec lui. Il l'interroge habilement car il est aussi un peu espion, et Jean d'Aulon, l'oreille contre la porte de sa cellule, l'entend faire son rapport à Jean de Luxembourg.

Il a réussi à la faire parler de l'incident qui a agité tout le château : « Aimeriez-vous vraiment mieux mourir que d'être livrée aux Anglais ? — Sans hésiter. — Ainsi, en sautant, vous avez cru vous tuer ? — Non, en sautant je me suis recommandée à Dieu, je croyais par ce moyen éviter d'être livrée aux Anglais. — Votre confesseur vous a-t-il infligé une grande pénitence pour ce péché ? — Si pénitence il y eut, j'en ai subi la plus grande partie par le mal que je me suis fait en tombant. »

Un jour, le chevalier, quelque peu éméché, a trouvé Jeanne aguichante, surtout dans la pose abandonnée que son état encore vacillant lui imposait. Et il a osé : « Je lui ai mis la main au sein, raconte-t-il à Luxembourg, elle m'a allongé une gifle retentissante ! » Dans sa cellule, d'Aulon qui a tout entendu écrase ses poings contre la porte. En vain.

Une bonne nouvelle, au moins, relayée par ses gardes qui, dès que leurs officiers tournent le dos, se révèlent des mines d'informations, achève de rétablir Jeanne. Compiègne ne subira pas de pillages, Compiègne n'endurera pas de massacres car, tout simplement, le duc de Bourgogne n'a pas réussi à prendre la ville ! Il avait chargé Jean de Luxembourg de l'emporter. Tous les hommes et toute l'artillerie qu'il réclamait lui ont été fournis. Seulement, lorsqu'il est arrivé devant Compiègne, il a trouvé face à lui une armée française bien supérieure à la sienne…

Charles VII n'a pas voulu détacher un seul de ses hommes tant que Jeanne participait à la défense, mais depuis il utilise les grands moyens en dépêchant des renforts considérables. L'armée française a attaqué Jean de Luxembourg et l'a mis dans une telle déroute qu'il a dû se replier jusqu'à Noyon, abandonnant aux Français toute son artillerie. Compiègne, la ville pour laquelle Jeanne s'était fait prendre, est délivrée, ainsi que ses Voix le lui avaient prédit !

L'humeur du duc de Bourgogne s'en est ressentie considérablement, qui est retombée sur le vaincu Jean de Luxembourg :

— Vous êtes incapable de prendre quoi que ce

soit, sauf une femme seule comme la Pucelle, mais pour emporter des villes, je pourrais attendre encore longtemps !

À dire vrai, le duc a d'autres causes d'irritation.

— J'ai bien l'impression que Cauchon me joue des tours. Il est venu nous offrir dix mille francs or pour le rachat de Jeanne, or il m'informe que Bedford fait le difficile pour aligner cette somme, ce qui me semble invraisemblable. De toute façon, l'évêque, à ce qu'il me soutient, a dû lui proposer la levée d'un impôt exceptionnel sur la Normandie pour couvrir cette rançon. Mais je les connais, nos Normands, ils sont plutôt réticents à lâcher le moindre sou ! C'est moi qui vous le dis, du temps, beaucoup de temps s'écoulera avant qu'ils ne réunissent ces dix mille francs. Peut-être l'évêque s'est-il trop avancé dans les monts et merveilles qu'il m'a promis. Je me demande s'il n'est pas en train de s'empêtrer dans ses projets…

Seulement Cauchon est un entêté. Ces dix mille francs or, il les veut. Il met plusieurs semaines, un petit mois, deux mois, mais il finit par les réunir, sou par sou.

*

Depuis quinze jours, Jeanne a été transférée à Arras, la capitale du duc de Bourgogne, et elle a été enfermée dans le châtelet qui surmonte la porte Ronville. Les Jeanne du château de Beaurevoir l'ont vue partir en pleurant. Quant à Jean de Luxembourg, s'il affichait une mine sévère, c'était en fait pour cacher son émotion et peut-être son remords, car il n'était pas tout à fait sûr d'avoir bien agi, même s'il en avait reçu l'ordre de son suzerain.

À Arras, Jeanne s'est trouvée sans le sou. Avec la permission de ses geôliers, elle a écrit aux habitants de Tournai pour leur demander une aide financière, car, leur précisait-elle, elle ne pouvait plus faire face aux dépenses de première nécessité. Vingt écus, c'est tout ce qu'elle a obtenu, à peine la solde d'un cavalier.

En cette fin de novembre, le froid, la grisaille, le crachin recouvrent la Picardie de leur sinistre chape. L'évêque Cauchon se présente dans la cellule de Jeanne, suivi d'officiers anglais.

— Ces messieurs sont chargés de vous emmener en leur territoire, déclare-t-il.

Les dix mille francs ont été réglés à Jean de Luxembourg, et Jeanne est désormais la propriété des Anglais.

Sa première pensée est pour ses compagnons.

— Et les autres, qu'allez-vous en faire ? Mon frère, mon intendant, mon page ?

— Ils vont être libérés et renvoyés chez eux.

En effet, les Anglais ne souhaitent pas s'encombrer du menu fretin. Jeanne a un soupir de soulagement, suivi d'un geste d'accablement. Même si elle ne pouvait pas les voir, même s'ils ne pouvaient rien pour elle, la pensée qu'ils étaient là, tout près d'elle, la réconfortait. Elle savait que Jean d'Aulon ne renoncerait jamais à tenter de la libérer, et parfois un espoir incontrôlable, absurde, la saisissait quand elle se persuadait qu'il réussirait.

Dehors se dresse devant elle un mur de soldats anglais, immobiles sur leurs chevaux caparaçonnés de fer. Elle se retourne et cherche du regard la cellule du chevalier, espérant l'apercevoir. Le petit oiseau pris au piège, comme l'avait décrite le duc de Bourgogne, est saisi d'une angoisse incontrôlable. Puis elle se redresse, enfourche le cheval qui lui est destiné et passe sous la poterne.

Jean d'Aulon, accroché aux barreaux de sa cellule, l'a vue partir. Il a crié son nom mais elle n'a pas entendu. De toute son âme, il prie pour qu'elle garde espoir. La porte de sa cellule s'ouvre. Il est libre.

Il marche dans les rues d'Arras, seul, désœuvré, ne sachant où aller, l'angoisse au cœur. Sa pensée n'a pas quitté Jeanne quand un homme l'aborde :

— Je suis chargé de vous conduire chez quelqu'un qui souhaite vous rencontrer.

Il le suit sans réfléchir et parvient devant une riche demeure. Il est introduit dans un cabinet où un homme vêtu de violet l'accueille.

— Je suis l'évêque de Beauvais.

Sans savoir pourquoi, d'Aulon s'attendait à ce que Pierre Cauchon fût un gros rougeaud à chevelure poivre et sel. Mais il se trouve en face d'un homme maigre, sec, pâle, aux cheveux blancs. Sous son calme apparent, on devine un homme toujours nerveux, toujours excité, aux fréquentes colères. Aucune urbanité et surtout aucune sérénité en lui.

— Asseyez-vous et écoutez-moi.

Les gardes des prisons, malgré leur réputation, ne sont point muets comme des tombes, au contraire ils sont incroyablement bavards. En les écoutant au cours de ces derniers mois, Jean d'Aulon a appris tout ce qui se tramait contre Jeanne, son achat à Luxembourg, sa livraison aux Anglais, son procès imminent. Tout cela, c'est l'œuvre de cet homme assis en face de lui, qui sourit non sans une certaine grâce.

— Ne me regardez pas comme si vous alliez me tuer ! Vous connaissez l'évêque *in partibus* d'Aphrodisias ?

D'Aulon garde le silence.

— Répondez, chevalier, je ne veux pas me tromper sur votre personne.

D'Aulon concède qu'il connaît l'Épiphane.

— Vous allez retourner au plus vite à la cour du roi. Vous irez trouver l'évêque d'Aphrodisias de ma part, et vous lui répéterez mot pour mot le message suivant : « L'évêque de Beauvais vous fait dire, à vous et à vos amis, qu'il exaucera le souhait que vous avez exprimé. La Pucelle ne sera pas exécutée, l'évêque de Beauvais s'en porte garant. »

D'Aulon ne peut en croire ses oreilles. Soudain l'espoir, la joie illuminent son visage.

— Le bonheur vous va bien, chevalier, vous m'en voyez heureux.

Jean d'Aulon se renfrogne.

— Allez, et ne perdez pas de temps.

D'Aulon à peine parti, Cauchon sort d'un tiroir la lettre qu'il vient de recevoir. Cette fois-ci, ses condisciples de l'Université de Paris s'adressent personnellement à lui. Ils s'indignent du retard qu'il met à juger la Pucelle et exigent qu'il l'amène immédiatement à Paris pour qu'ils entreprennent son procès.

Cauchon déteste se faire rappeler à l'ordre, surtout aussi rudement. Il fronce les sourcils en relisant cette brutale semonce. Il comptait rester plusieurs jours à Arras, mais le lendemain même il quitte la ville. Il emmène avec lui cinquante hommes d'armes, des cavaliers porteurs de lances, des archers, des valets pour transporter les bagages, et c'est dans cet appareil qu'il se présente au château du Crotoy où a été enfermée Jeanne. Il est venu la chercher pour l'emmener au plus tôt à Rouen. En réponse aux exigences des universitaires parisiens, il a décidé de faire juger la prisonnière au cœur même de la France anglaise, dans cette capitale où il sait pouvoir dominer, contrôler, orienter, et où l'ombre du régent Bedford le mettra à l'abri des entreprises de ses confrères.

Le voyage commence en barque jusqu'à Saint-Valery-sur-Somme. Là, on descend à terre pour traverser le pont d'Abbeville. On poursuit par Arques puis Bosc-le-Hard.

Pendant ce temps, Jean d'Aulon a rejoint au plus vite de ses forces et de celles de sa monture la cour de France. Il l'a trouvée batifolant dans l'une des nombreuses résidences royales de la Loire.

Il s'aperçoit très vite qu'il est inutile d'y parler de Jeanne. Nul ne pense à elle, plus personne ne s'y intéresse. Il évite Machet et la reine Yolande, comme il refuse de rendre hommage au roi. Mais il ne met pas longtemps à rencontrer l'évêque d'Aphrodisias.

Il lui répète mot pour mot le message de l'évêque Cauchon. L'Épiphane sourit.

— Je suis heureux qu'il se soit laissé impressionner par mes menaces. En vérité, lorsque je les ai proférées, je n'avais pas la moindre idée de comment les mettre en pratique s'il résistait. Bien sûr, nous disposons de moyens variés et efficaces, mais sur le moment j'étais seul et démuni. J'ai joué l'audace.

— Pourquoi n'avez-vous pas tenté de reprendre Jeanne aux Bourguignons ?

— Nous étions en train de le faire… C'était d'ailleurs une opération fort difficile à monter car nous devions nous défier de la Cour. Si en effet le roi l'avait appris, ses favoris l'auraient forcé à nous faire arrêter car désormais, travailler pour Jeanne, c'est travailler contre Charles VII. C'est votre tentative d'évasion qui a tout brouillé, car du moment que vous avez été transférés à Beaurevoir, toute opération à visage découvert devenait impossible.

— Et maintenant ? demande le jeune homme avec anxiété.

— Notre marge d'action demeure infiniment étroite. Du roi Charles et de son gouvernement, comme je vous l'ai dit, il n'y a rien à attendre, ou plutôt on peut s'attendre au pire ! Donc, dans la situation présente, l'évêque Cauchon est la moins mauvaise solution.

— Un membre de l'Université de Paris, un ancien cabochien, un ennemi acharné du roi ?

— Ce n'est pas un fanatique comme ses confrères de l'Université de Paris, ce n'est plus un violent, c'est simplement un collaborateur bon teint. Notre meilleure garantie qu'il s'emploiera à éviter le bûcher à Jeanne, c'est son intérêt à la sauver. Il vient déjà de l'arracher aux griffes de l'Université, car, sachez-le bien, les plus acharnés contre elle ce ne sont pas les Anglais mais les Français. Or il a eu l'intelligence, pour la protéger des Français, de la mettre sous le couvert des Anglais qui, de toute façon, ne comprennent rien à ces manigances.

— Jeanne ne supportera jamais de rester toute sa vie en prison !

— Qui vous parle de prison ? Dès que les choses se seront un peu calmées, on la fera évader, et après l'avoir mise à couvert pendant quelques années, on la fera réapparaître officiellement et tout naturellement, sans que ce « miracle » provoque la moindre surprise.

— Vous êtes donc si sûr de l'avenir ?

— Même si j'en ai les moyens, je m'abstiens d'interroger l'avenir. Je suis comme Jeanne lorsqu'elle ne veut pas écouter ses Voix…

En ce triste décembre 1430, le cortège menant Jeanne atteint Rouen. Sur les instructions de l'évêque Cauchon, elle est conduite vers l'énorme forteresse construite deux siècles plus tôt sur la colline du Bouvreuil, en lisière de la ville. On lui fait traverser la cour du château, puis par un petit escalier elle accède à un palier. Elle pénètre dans la chambre qui lui servira de prison. Elle regarde la pierre nue, froide, le lit de bois, et partant du mur une longue et lourde chaîne qui se termine par deux anneaux de fer.

Les gardes les lui attachent aux chevilles. Elle est désormais enchaînée comme un animal sauvage. Les gardes, en ricanant, s'installent sur un banc de pierre, car ils vont vivre avec elle dans sa cellule, ils ne la quitteront pas des yeux.

Traînant sa chaîne, Jeanne parvient à l'étroite fenêtre qui donne sur la campagne enneigée. Il n'est que cinq heures de l'après-midi et déjà il fait presque nuit. Nuit dans la campagne, nuit dans la cellule, nuit dans son cœur.

C'est la veille de Noël.

17

Ce sera le plus grandiose, le plus féroce, le plus palpitant, le plus « beau » des procès, ainsi en a décidé l'évêque Cauchon. Il a convoqué pas moins de quatre-vingt-quinze théologiens. Le cardinal de Winchester, le propre oncle du duc de Bedford et du petit roi d'Angleterre, est présent. Il y a des évêques, des abbés commendataires, des chanoines, des docteurs en théologie. Presque tous les ordres sont représentés, bénédictins, franciscains, dominicains, augustins, il se trouve même un célestin. Pour que l'on ne puisse lui adresser aucun reproche, Cauchon a fait venir aussi plusieurs ecclésiastiques tout acquis à la cause anglaise qui, sans même l'avoir vue, haïssent Jeanne, avec en tête Jean d'Estivet qu'il nomme « promoteur », c'est-à-dire procureur. Pour faire la part des choses, il a également choisi des ecclésiastiques honnêtes et tempérés, comme ce Jean de La Fontaine chargé d'interroger la Pucelle. Le notaire Guillaume Manchon, l'huissier Jean Massieu, eux aussi sont de braves gens, mais ils n'ont pas vraiment droit au chapitre.

Pierre Cauchon a envoyé deux commissaires à Domrémy enquêter sur les lieux où l'accusée a passé son enfance et son adolescence. Ainsi Nicolas Railly, un notaire de la Couronne, et Gérard Petit, le prévôt d'Andelot, s'en viennent à Domrémy. Les villageois tiennent pour le roi de France mais, entourés d'Anglais et de Bourguignons, ils n'osent chasser les députés de l'ennemi. Cependant, ils ne ratent pas une occasion de leur manifester leur hostilité. Et lorsque les envoyés de Cauchon ont la malchance de tomber sur Durand Laxart, ils manquent tout simplement de se faire écharper. Aussi sont-ils pressés de terminer leur besogne.

Durand Laxart, ils n'osent même pas le questionner. De même, ils se gardent d'interroger les « parents », les familiers de Jeanne, pour ne pas recueillir de réponses qui lui seraient par trop favorables. Avec les autres, le résultat n'est pas plus brillant. Tous et toutes déclarent que Jeanne était la meilleure des chrétiennes, une excellente fille dotée de toutes les qualités. Impossible de trouver la moindre peccadille à lui reprocher. Aussi les députés s'en reviennent-ils la mine plutôt basse à Chaumont, en territoire bourguignon.

Après avoir lu leur rapport, le prévôt furieux les traite de « partisans des Français ». Et ce n'est qu'un avant-goût de ce qui les attend à Rouen ! Lorsqu'ils présentent le résultat de leur enquête à Cauchon, celui-ci entre en rage, les insulte et refuse de les payer. Ces documents qui constituent une apologie de la Pucelle ne seront pas produits.

— Puisque Jeanne est soupçonnée d'actes d'hérésie, pourquoi l'évêque de Beauvais l'a-t-il fait enfermer dans une prison anglaise au lieu de la remettre aux mains de l'Église ? demande Jean d'Aulon à l'Épiphane.

Lors de leur précédente entrevue, celui-ci l'a prié de ne pas s'éloigner. Aussi d'Aulon se trouve-t-il toujours à Bourges. Ils ont de fréquents contacts, principalement pour commenter les informations fort précises que se procure l'Épiphane.

— Cauchon se méfie des prêtres. Il craint qu'ils lui volent la Pucelle. Tandis qu'il s'entend au mieux avec les Anglais, dont il est persuadé qu'il peut en faire ce qu'il veut.

C'est ainsi que l'évêque a établi avec son ami le comte de Warwick, le gouverneur de Rouen, les conditions de détention de la Pucelle. Toute la journée ses pieds sont enchaînés, au point qu'elle ne peut se déplacer qu'à tout petits pas, et la nuit elle est entravée à un énorme morceau de bois en forme de poutre, trop lourd pour être soulevé, qui la cloue sur son lit. De plus, à l'intérieur même de la cellule, des soldats anglais nuit et jour montent la garde. Ces brutes, dûment conditionnées et justement surnommées « les houspilleurs », ne cessent de se moquer d'elle, de proférer des grossièretés, de la menacer de tourments effroyables, et surtout à chaque instant ils peuvent se jeter sur cette jeune femme entravée, incapable de se défendre, pour la violer.

— Pourquoi ces cruautés inutiles ? gémit d'Aulon. Ce Cauchon est donc un monstre pour faire ainsi le mal pour le mal !

À chaque évocation des souffrances de Jeanne, il est au supplice. Une semblable douleur serre le cœur de l'Épiphane, mais il se domine assez pour garder un ton uni :

— Cauchon, cruel ? Même pas. Il n'a aucune méchanceté, je vous le répète, comme non plus aucune humanité. Il veut tout simplement briser la résistance de Jeanne, la rendre docile en lui faisant comprendre qu'il ne tient qu'à elle de mettre fin à ce régime impitoyable, pourvu qu'elle dise au procès ce qu'il lui aura soufflé. Le pire, c'est que si nous lui reprochions sa conduite, il nous répondrait qu'il met tout en œuvre pour remplir son contrat avec nous... Mais nous ne sommes pas complètement démunis de moyens ! Nous avons réussi à circonvenir la duchesse de Bedford. Comme vous le savez, c'est l'épouse du régent et la sœur de Bourgogne. Ce n'est pas une tendre, loin de là, mais elle a l'instinct de défendre son sexe contre des excès qu'elle juge inutiles. Sur nos conseils détournés, elle a tout de suite envoyé sa matrone, Anne Bavon, à la tête d'une commission de sages femmes, examiner Jeanne. Vous mesurez combien il est essentiel que sa virginité soit prouvée ?

L'Épiphane pose sur d'Aulon un regard interrogateur.

— Si les Anglais la violent, Cauchon s'empressera d'affirmer qu'elle n'est plus vierge depuis longtemps, et donc que toute sa carrière est fondée sur une imposture. Les matrones de la duchesse de Bedford ont affirmé sous serment que Jeanne était toujours « intacte », ce qui fait que les Anglais n'ont plus d'intérêt à la violer. D'ailleurs, la duchesse leur a interdit de la toucher, comme elle a donné des ordres stricts pour qu'ils cessent de la houspiller. Elle a aussi voulu lui faire tailler des vêtements féminins. Sur ses instructions, son propre tailleur, Jeannot Simon, est allé prendre ses mesures. Écoutez la suite, chevalier ! Le tailleur revient dans la cellule de Jeanne lui essayer la robe. Dans un moment d'égarement, il lui met la main sur le sein. Jeanne lui applique une gifle retentissante qui le remet aussitôt à sa place. Vous voyez qu'elle n'a pas perdu tout répondant !

*

Avec des semaines de préparatifs, l'évêque Cauchon connaît enfin la satisfaction de convoquer les principaux participants du procès. Il leur donne ses dernières instructions puis, s'avançant droit sur le notaire Manchon dont il n'est pas tout à fait sûr, il darde ses yeux sur lui et d'une voix chargée de menaces lui dit :

— Ces messieurs ici présents se proposent de faire un procès à la Pucelle. Il convient que *tous*, nous servions le roi !

Le roi d'Angleterre, s'entend. Terrorisé, le notaire incline la tête en signe d'acquiescement.

Ne reste plus qu'une formalité. Faire venir l'Inquisition au nom de laquelle se déroulera le procès. Seulement voilà, le grand inquisiteur de France, Jean Graverent, s'est déjà excusé. Il est retenu ailleurs pour affaires… Cauchon fronce les sourcils. Ce méchant prétexte ne lui dit rien qui vaille. Il convoque néanmoins un remplaçant, le vicaire de l'Inquisition pour le diocèse de Rouen, le dominicain Jean Lemaître.

Ce n'est qu'un petit juge de province, à peine bachelier, qu'il reçoit dans la maison du chanoine Rubet où il a élu domicile. Patiemment, Cauchon lui montre les pièces déjà réunies et lui donne rendez-vous pour l'ouverture du procès qui aura lieu le lendemain. D'un air gêné, en bredouillant un peu, le jeune dominicain explique que Jeanne ayant été faite prisonnière dans le diocèse de Beauvais, son procès n'entre pas dans sa juridiction et donc qu'il n'assistera pas aux séances.

Il fallait toute la mauvaise foi ecclésiastique pour inventer une casuistique aussi ahurissante ! Chez Cauchon, la stupéfaction le dispute à la colère. Il laisse partir le vicaire, mais le lendemain il le convoque de nouveau et le reçoit entouré de ses assistants, les Beaupère, Nicolas Midy, Thomas de Courcelles, Martin Ladvenu et autres confrères enragés, acharnés à la perte de la Pucelle, qui lui lancent insultes et menaces. Tout en bredouillant de plus belle, mais pas du tout intimidé par ce véritable tribunal, le jeune dominicain s'en tient à son argument de la veille.

Ayant renvoyé son monde, Cauchon ne décolère pas mais il est intrigué. Jamais l'inquisiteur de France, ni encore moins son représentant, n'aurait eu l'audace de se récuser si une instance supérieure ne l'avait suggéré ! Une instance qui ne peut être que le pape Martin V, que Cauchon croyait son ami. Mais quel calcul faisait donc ce pape ? L'Inquisition présente au procès condamne la Pucelle, et par là condamne Charles VII... Or Martin V n'a plus aucune envie de se brouiller avec le roi de France, ainsi que le découvre Cauchon.

— Par le diable, hurle-t-il en tapant du poing sur la table, on ne peut donc jamais avoir confiance dans aucun de ces maudits prélats ! J'ai bien envie de lâcher ce Martin et de me rallier à un antipape !

— Plus d'Inquisition, plus de procès, énonce lugubrement le promoteur Jean d'Estivet, son complice préféré.

Calmé, l'évêque hausse les épaules.

— Au contraire, nous le mènerons encore plus rondement et nous nous passerons de l'Inquisition !

D'ailleurs, ce petit dominicain de rien du tout nous a bien dit que nous pouvions commencer sans lui. Allez achever de tout préparer pour demain, et prestement !

Cauchon n'a pas encore digéré ce qu'il appelle la trahison de l'Inquisition lorsqu'on lui annonce qu'un visiteur l'attend dans la grande salle.

— Pourquoi l'avez-vous laissé entrer ? s'exclame-t-il.

— Il a dit apporter des nouvelles d'une extrême importance, Votre Grandeur.

Toujours fulminant, l'évêque fait introduire le mystérieux personnage... et reconnaît d'Aulon.

— Comment avez-vous pu arriver jusqu'ici ?

— Ceux qui m'envoient m'ont procuré un laissez-passer qui abaisse toutes les barrières.

— Qu'avez-vous à me dire ?

— J'ai transmis le message dont Votre Grandeur m'avait fait l'honneur de me charger pour l'évêque d'Aphrodisias et ses amis. Celui-ci, en retour, m'a chargé d'une mission auprès de vous. Vous devez me faire assister au procès pour que je puisse constater que vous remplissez vos engagements vis-à-vis de lui.

— C'est-à-dire qu'il n'a pas confiance en moi, grince l'évêque.

— A-t-il tort, monseigneur ?

Cette insolence exaspère Cauchon.

— Je pourrais vous faire jeter dans un cachot autrement terrible que celui où j'ai fait enfermer la Pucelle !

— En ce cas, monseigneur, l'évêque d'Aphrodisias et ses amis, même s'ils ne réussissent pas à me libérer, tiendraient immanquablement Votre Grandeur pour responsable de mon triste sort et lui en feraient payer les conséquences sans que vous puissiez y échapper.

Alors, devant un Jean d'Aulon impassible, l'évêque lâche une cascade de jurons et d'imprécations fort inattendue chez un prélat de la Sainte Église romaine. Puis il conclut :

— Soyez là prêt demain matin.

*

En ce 21 février 1431, Jean d'Aulon se dépêche de se rendre au château de Rouen. Il n'est pas encore huit heures, il fait encore nuit, il fait froid. Il frissonne, il est inquiet. Mais des ordres ont été donnés, on le laisse passer. Il se dirige vers la chapelle qui se trouve au milieu de la cour du château. Des gradins ont été dressés pour les membres du tribunal. Il se glisse parmi eux et se place contre la muraille le plus discrètement possible.

Tout le monde se lève lorsque l'évêque de Beauvais fait son entrée solennelle. Des dizaines d'assesseurs l'entourent. Il prend place sur un siège surélevé. Commence alors l'interminable lecture des documents établissant le tribunal. Ensuite, le promoteur Jean d'Estivet cite Jeanne à comparaître afin de répondre aux questions qui lui seront posées.

Premier incident — que rapporte dûment le promoteur —, Jeanne a demandé à entendre la messe. Vu ses « crimes », l'évêque de Beauvais n'a pas cru devoir lui accorder cette grâce.

Dans son coin, d'Aulon est révolté. Il se demande dans quel état il va la revoir. Depuis presque deux mois, elle est enchaînée dans sa cellule, gardée nuit et jour par des soudards, seule dans le froid, dans la peur.

Une porte de côté s'ouvre, la prisonnière paraît, entourée de ses gardes. D'Aulon remarque aussitôt qu'elle ne semble pas du tout abattue. Elle a cependant perdu cette expression d'innocence qu'elle gardait même dans le combat et les dangers. Ses traits portent leur jeunesse, à laquelle s'ajoute désormais la trace d'un mûrissement intérieur.

Jeanne a revêtu son habituelle tenue masculine noire. Elle a donc refusé de porter la robe taillée sur les ordres de la duchesse de Bedford ! Le chevalier en est presque soulagé, elle ne s'est pas soumise. La Pucelle n'est donc pas brisée.

Le promoteur lui lit d'abord les actes établissant l'habilitation du tribunal à la juger. Pendant cette longue lecture, elle se tient droite, très calme, très attentive, pas du tout rebutée par le charabia juridique. Puis d'Estivet lui demande de jurer sur l'Évangile de dire la vérité.

— Je ne sais sur quoi vous voulez m'interroger. Il y a peut-être des questions auxquelles je ne répondrai pas.

Cauchon blêmit, les membres du tribunal s'agitent. D'Estivet exige qu'elle prête immédiatement serment. Tranquillement, elle réplique qu'elle est prête à tout dire sur presque tous les sujets, mais quant aux révélations qui lui ont été faites par Dieu, elle ne les avait jamais dites à personne si ce n'est au seul Charles son roi, et elle ne les divulguerait pas, même si elle devait avoir la tête coupée, car ses Voix le lui avaient interdit. Impossible de la convaincre… Les juges sont forcés de passer outre. Elle prête enfin serment, mais dans ses termes et en mettant des limites. Elle n'a pas cédé.

Vient la première question, qui porte sur les nom et surnom de l'accusée.

— Dans mon pays, on m'appelait Jeannette, et depuis ma venue en France, Jeanne. Je ne me connais pas de surnom.

D'Aulon sursaute. A-t-il bien entendu ? Elle ne connaît pas son nom de famille ?

Sur un signe de Cauchon, d'Estivet est déjà passé à la question suivante : Nom du père, nom de la mère.

— Mon père s'appelait Jacques d'Arc, et ma mère Isabelle.

— Votre âge ?

— À ce qu'il me semble, j'ai à peu près dix-neuf ans… Ma mère m'a appris le *Pater Noster*, l'*Ave Maria*, le *Credo*.

— Récitez-nous le *Pater*.

— Si vous m'entendez en confession, je vous le dirai volontiers.

Pas de confession, pas de *Pater*, impossible de l'en faire démordre !

À la fin de l'interrogatoire, Cauchon lui-même intervient :

— Nous vous interdisons de quitter sans notre permission votre prison où vous avez été assignée dans le château de Rouen, sous peine d'être convaincue du crime d'hérésie.

— Je n'accepte pas cette défense. Si je m'évade, personne ne pourra me blâmer d'avoir enfreint ou violé ma foi puisque je ne l'ai jamais donnée à quiconque. Et je me plains d'être détenue enchaînée et avec des entraves de fer.

— En d'autres prisons, vous avez tenté de vous évader à plusieurs reprises, c'est pour cette raison que nous avons donné ordre de vous entraver de liens de fer.

— Il est vrai qu'ailleurs j'ai voulu et que je voudrais m'évader encore maintenant, comme il est licite pour toute personne incarcérée.

Les juges sont estomaqués devant tant de résistance. Pour sa part, d'Aulon aurait applaudi s'il ne s'était retenu. D'emblée, il retrouve celle qu'il admire, l'héroïne à l'intelligence surprenante, dont la force magnifique, un temps éclipsée chez la dame de cour puis chez l'aventurière sans but, est revenue. De nouveau, l'envoyée de Dieu parle au nom de ses Voix.

Le jour suivant, la deuxième séance a lieu non plus dans la chapelle mais dans la « chambre du parement », une des salles les plus somptueuses du château située au fond de la grande cour. Cauchon a convoqué un nombre encore plus grand d'assesseurs. Jean Beaupère, un docteur en théologie, cette fois interroge. C'est un partisan fanatique des Anglais.

— Dans votre jeunesse, avez-vous appris quelque pratique ou métier ?

— Oui, à filer et à coudre. Pour filer et coudre, je ne crains femme de Rouen… Quand j'étais chez mon père, je m'occupais des affaires du ménage, je n'allais pas aux champs avec les moutons et les autres bêtes.

D'Aulon là s'étonne, elle affirme ne pas avoir été bergère alors que le monde entier ne connaît que « la bergère venue des marches de Lorraine ». Pourquoi cette invention ?

Le lendemain encore, elle répète la même assertion.

— Meniez-vous paître les bêtes aux champs ?

— Je vous ai déjà répondu… Quand je fus grande, après l'âge de raison, en général je ne gardais pas les bêtes, mais j'aidais à les mener au pré… Je ne me souviens pas si, dans mon jeune temps, je les gardais ou non.

D'Aulon le fidèle ne comprend pas. Elle dit ne pas connaître son nom alors qu'elle affirme que son père est bien Jacques d'Arc, elle semble ignorer son âge et elle n'a jamais été bergère… Où veut-elle en venir ?

Les séances se poursuivent en présence d'un nombre grandissant d'assesseurs. On harcèle de nouveau Jeanne à propos du serment qu'elle ne veut pas prononcer. Et la voilà qui s'énerve :

— Prenez bien garde à ce que vous dites, mon juge, parce que vous assumez une lourde charge, et vous me chargez trop !

Les interrogateurs reviennent souvent sur ses Voix. C'est leur sujet favori, car il fleure merveilleusement l'hérésie.

— Depuis quelle heure avez-vous entendu la Voix qui venait en vous ?

— Je l'ai entendue hier et aujourd'hui.

— Que faisiez-vous hier matin lorsque la Voix vint à vous ?

— Je dormais, et la Voix me réveilla. Après que je fus tirée de mon sommeil, la Voix me dit de répondre hardiment…

Puis elle se tourne vers Cauchon et elle le pointe du doigt :

— Vous dites que vous êtes mon juge. Prenez

garde à ce que vous faites parce que, en vérité, je suis envoyée de par Dieu et vous vous mettez vous-même en grand danger.

— La Voix vous a-t-elle interdit de divulguer vos révélations ?

— Donnez-moi un délai de quinze jours et je vous répondrai.

— Vos Voix vous ont-elles révélé que vous vous évaderiez de prison ?

— Ai-je à vous le dire ?

Des Voix à la voyance, il n'y a qu'un pas. Lorsque ses juges en viennent aux prédictions qu'elle a faites ou qu'elle pourrait encore faire, elle se fait un plaisir de leur annoncer :

— Avant qu'il ne soit sept ans, les Anglais abandonneront bien plus grand gage qu'ils ne firent devant Orléans, ils éprouveront une plus grande perte qu'ils n'eurent jamais, Dieu enverra une grande victoire aux Français et ils finiront par perdre toute la France.

— Comment le savez-vous ?

— Je sais cela par révélation qui m'a été faite et je sais que cela arrivera avant sept ans, et je serais bien irritée que cela fût différé.

Voilà de quoi faire plaisir aux juges et à leurs amis anglais…

Six fois, dix fois, on lui pose les mêmes questions pour essayer de la confondre. Excédée, elle pointe de nouveau le doigt vers Cauchon.

— Vous êtes mon ennemi !

— Le roi d'Angleterre et de France m'a ordonné de faire votre procès et je le ferai.

Et les questions reprennent, lancinantes, répétitives, au point que Mgr Jean Lefèvre, évêque *in par-*

tibus de Demetriadis, l'un des plus modérés, décide d'intervenir :

— Vous l'accablez beaucoup trop.

— Taisez-vous, lui assène Cauchon.

Les juges tentent de se concentrer sur tous les points qui pourraient mener au crime d'hérésie. Ils vont jusqu'à déterrer le grand hêtre du Bois-Chenu où elle allait pique-niquer avec des gamines de son âge. Puisqu'on l'appelait l'« Arbre aux Fées », n'est-ce pas un lieu où l'on pratiquait la magie ? Et cette épée qu'elle fit déterrer dans l'église Sainte-Catherine-de-Fierbois, par quel sortilège en avait-elle connu l'emplacement ? Et frère Richard, qui avait voulu l'exorciser à Troyes, ne croyait-il pas voir Satan en elle ? Et cette tentative de suicide qu'elle avait faite alors qu'elle était enfermée au château de Beaurevoir, n'est-ce pas un crime condamné par l'Église ?

— Quand j'ai su que les Anglais allaient venir à moi pour m'emmener, j'en fus très courroucée, explique-t-elle. Toutefois, mes Voix m'ont défendu souvent de sauter de la tour. Et finalement, par crainte des Anglais, j'ai sauté, et je me suis recommandée à Dieu et à Notre-Dame, et je fus blessée…

Pas un instant, elle ne se laisse démonter. Il lui arrive de protester mais elle ne demande jamais pitié. Et quel sens de la repartie !

— Savez-vous si vous êtes en la grâce de Dieu ?

— Si je n'y suis, que Dieu m'y mette, et si j'y suis, que Dieu m'y garde.

— Quel aspect avait saint Michel quand il vous est apparu ?

— Je ne lui ai pas vu de couronne, et de ses vêtements je ne sais rien.

— Était-il nu ?

— Pensez-vous que Dieu n'ait pas de quoi le vêtir ?

— Sainte Marguerite ne parle-t-elle pas la langue anglaise ?

— Comment parlerait-elle anglais puisqu'elle n'est pas du parti des Anglais ?

— Quel signe avez-vous donné à votre roi pour lui prouver que vous veniez de par Dieu ?

— Je vous ai toujours répondu que vous ne me tireriez pas cela de la bouche. Allez le lui demander.

Elle est seule, sans avocat, sans aucun témoin pour sa défense. Son esprit et aussi son assurance tranquille commencent à ébranler bon nombre de ces hommes qui, au départ, étaient tous ses adversaires. Elle sait souligner la bêtise de certaines questions et refuse souvent de répondre à celles qui ont déjà été posées nombre de fois.

Arrive maintenant le temps où les juges viennent et reviennent, et avec quelle gourmandise, sur sa décision de porter des habits d'homme.

Jean d'Aulon a envie de leur crier la réponse tant elle est évidente. Une femme ne peut pas monter à cheval, mener des assauts, participer à des batailles en portant une robe !

— Dieu vous a-t-il commandé de prendre un habit d'homme ?

— C'est peu de chose et des moindres. Je n'ai pris l'habit d'homme sur le conseil d'aucun être vivant. Je n'ai pris cet habit et je n'ai rien fait que par le commandement de Dieu et des anges.

— Ce commandement de prendre un habit d'homme vous semble-t-il licite ?

— Si le Seigneur m'avait commandé de prendre un autre habit, je l'aurais pris.

— Dans ce cas particulier, en prenant l'habit d'homme, croyez-vous avoir bien fait ?

— Il n'y a rien au monde dans ce que j'ai fait qui ne le fût par le commandement de Dieu.

Inlassablement, les juges insistent sur ses Voix :

— Quelles promesses vous firent-elles ?

— Cela n'est pas de votre procès du tout. Mais entre autres choses, elles m'ont dit que mon roi serait rétabli dans son royaume, que ses adversaires le veuillent ou non.

— Y eut-il une autre promesse ?

— Il y eut une autre promesse, mais je ne le dirai pas, cela ne touche pas le procès. Cependant, avant trois mois je vous dirai l'autre promesse.

— Vos Voix vous disent-elles qu'avant trois mois vous serez délivrée de prison ?

— Ce n'est pas de votre procès, pourtant je sais que je serai libérée. Ceux qui voudront m'ôter de ce monde pourront bien s'en aller avant moi.

Les juges répètent une nouvelle fois :

— Vos Voix ne vous ont-elles pas dit que vous serez libérée de votre prison actuelle ?

— Demandez aux assesseurs sous leur serment si cela touche le procès.

Les assesseurs délibèrent… Oui, cela touche au procès.

— Je vous ai toujours dit que vous ne saurez rien du tout.

Les juges ne se découragent pas pour autant.

— Avez-vous su par révélation que vous vous évaderiez ?

— Voulez-vous que je parle contre moi… Par ma foi, je ne sais le jour ni l'heure où je m'évaderai.

— Vos Voix vous ont-elles dit quelque chose à ce propos ?

— Oui, vraiment, que je fasse hardiment bon visage.

Au sortir des séances, Jean d'Aulon bavarde avec les uns et les autres. Pour tous, la présence de ce civil — tous les autres sont des ecclésiastiques — s'explique par la protection de l'évêque de Beauvais, aussi lui fait-on bon visage. On rapporte, on discute et on commente. D'Aulon a vite fait de repérer les pires collaborateurs. Il se rapproche évidemment de ceux qu'il voit de plus en plus ébranlés par le courage de Jeanne. Collaborateurs, ils le sont aussi, mais sans grand enthousiasme même s'ils profitent personnellement de l'occupation. Le chevalier sait qu'il faut donner la préférence aux plus humbles, aussi évite-t-il les docteurs en théologie gonflés de leur importance et va-t-il bavarder avec l'huissier Massieu, avec le notaire Manchon.

Au fil des jours, on en vient aux confidences. C'est du premier que Jean d'Aulon chercher à extraire le plus d'informations. Massieu est un témoin de choix, car c'est lui qui va chercher et ramène la Pucelle à chaque séance. Ce qu'il raconte exaspère d'Aulon.

— L'autre jour, je menais la Pucelle de sa prison au lieu de la juridiction. Nous passâmes devant la chapelle du château. Elle me demanda de nous y arrêter un instant pour qu'elle y fasse son oraison, ce que j'acceptai. Bénédicité l'a appris.

— Qui est Bénédicité ?

— C'est ainsi que l'on appelle le promoteur d'Estivet. Peut-être parce que des bénédicités, il n'en prononce pas beaucoup. Donc Bénédicité l'a appris, il m'attrape dans un coin, et textuellement me dit : « Truand, qui t'a fait si hardi de laisser approcher cette putain excommuniée de l'église et sans licence ? Je te ferai mettre pendant un mois en telle tour où tu ne verras lune ni soleil si tu recommences. »

Manchon prend à son tour d'Aulon à part :

— Si vous saviez ce qui se passe ! Vous croyez que mon travail est facile ! Je suis censé enregistrer les questions et les réponses. Mais avez-vous remarqué, dans l'embrasure d'une fenêtre, deux autres scribes qui eux aussi consignent tout ? Ils sont dépêchés par l'évêque de Beauvais. Après les séances, l'évêque me convoque pour faire la collation de mes notes. Souvent il me dit que les autres scribes ont rédigé les questions et réponses d'une autre manière, et il m'ordonne de me conformer à leur version. Chaque fois, je lui réponds que j'ai rédigé avec scrupule et que je n'ai rien à changer. Et croyez-moi, chevalier, je ne change rien malgré les pressions, je transcris avec fidélité.

Le pauvre notaire a visiblement si peur que d'Aulon ne doute pas qu'il cède aux menaces et transcrive ce que l'évêque lui ordonne de transcrire.

Outre l'huissier et le notaire, Jean d'Aulon ne cesse de tendre l'oreille pour recueillir le plus d'informations possible. Tout en feignant d'être absorbé, ou en tenant des propos oiseux avec tel ou tel, il capte tous les bavardages, dont ce dialogue entre deux bénédictins qui l'intéresse particulièrement. Le frère Miget, prieur de Longeville, parle justement de Jeanne :

— J'ai su qu'un homme était allé la voir, de nuit, en tenue de prisonnier. Il lui a raconté qu'il était un partisan du roi de France, et qu'il avait été arrêté. Il l'a persuadée de persévérer dans sa résistance, en lui affirmant que les Anglais n'oseraient pas lui faire de mal.

— J'ai entendu à peu près la même chose, lui répond le frère Guillaume Colles. Il paraît que cet homme s'est fait passer pour un savetier du parti du roi de France, qui aurait été fait prisonnier, et qu'il venait du pays de Lorraine. Enfermé avec Jeanne, il lui a dit de ne pas accorder créance aux gens d'Église. L'évêque le sait, bien sûr. Mais enfin qui est cet homme ?

— Le notaire Manchon affirme qu'il s'agit de maître Nicolas Loiseleur.

Jean d'Aulon s'est renseigné sur tous les membres du tribunal. Loiseleur, un ancien de l'Université de Paris, actuellement chanoine à Rouen, est affilié aux pires adversaires de Jeanne, et c'est un des complices les plus endurcis de l'évêque Cauchon.

Il réussit à bavarder discrètement avec Manchon le notaire.

— Qu'est-ce que c'est que cette histoire d'un faux prisonnier qui se nommerait Loiseleur ?

Ce dernier est trop content de paraître informé :

— Lorsque j'ai été chargé des fonctions de greffier, le comte de Warwick, gouverneur de Rouen, l'évêque de Beauvais et maître Loiseleur m'ont dit que la Pucelle faisait sur ses apparitions des révélations étonnantes, et que pour obtenir d'elle la vérité pleine et entière, ils avaient imaginé ceci : maître Loiseleur se ferait passer pour un prisonnier du pays de Lorraine et de l'obédience du roi Charles. Il pénétrerait dans la cellule en costume de laïc, les gardiens se retireraient, et ils resteraient seuls, elle et lui. Dans une chambre voisine de la cellule, un orifice a été spécialement aménagé pour ce motif. L'évêque m'y fit mettre avec lui et le comte de Warwick pour écouter ce que dirait Jeanne, qui ne pouvait nous voir. Loiseleur entreprit la Pucelle, lui racontant toutes sortes d'histoires sur le roi et sur ses révélations. Jeanne lui répondait, comme elle l'aurait fait à un compatriote de son obédience. L'évêque et le comte m'avaient ordonné d'enregistrer ces réponses, mais je leur ai répondu que je ne le pouvais pas, qu'il était malhonnête de se livrer à une telle supercherie.

D'Aulon ne croit pas un mot de ce conte. Même à lui, le compagnon, l'ami en qui elle a confiance, elle n'en a jamais dit plus sur ses Voix, ni sur ses révélations, qu'au tribunal. Comment donc se serait-elle confiée à un inconnu mystérieusement apparu dans sa prison et devant lequel les « houspilleurs » se seraient retirés ? Il y avait aussi dans ce récit une invraisemblance majeure. Selon lui et les deux bénédictins, Loiseleur aurait été un « espion » chargé de recueillir de Jeanne des confidences qui auraient pu l'accabler. Or il était aussi un membre du tribunal qu'à chaque séance Jeanne voyait siéger parmi ses juges. Comment le supposé prisonnier pouvait-il se transformer ainsi en chanoine ?

Le 3 mars, maître Loiseleur vient en personne fournir à Jean d'Aulon l'explication qu'il cherchait. Arrivé un peu plus tôt que d'habitude, ce dernier s'apprêtait à prendre sa place quand le chanoine s'approcha de lui.

— Vous posez beaucoup de questions sur moi, chevalier.

D'Aulon sursauta. L'homme était insidieux, énigmatique, à la fois hardi et fuyant. Il vit le trouble chez son interlocuteur.

— N'ayez crainte, l'évêque m'a confié votre rôle ici. Vous vous demandez pourquoi je me rends dans la prison de la Pucelle ? C'est simplement par bonté de l'évêque envers celle-ci. Elle réclame à cor et à cri d'être entendue en confession, mais les Anglais n'admettent pas cette mansuétude. Alors, à la suggestion de l'évêque, je me rends dans sa cellule en habits civils sous prétexte de m'entretenir avec elle du procès. Nous nous écartons dans un coin de la pièce, et tout en prétendant bavarder à voix basse je l'entends en confession et je lui donne l'absolution. Vous voyez, il n'y a rien d'autre que la profonde, la sincère sollicitude de l'évêque envers Jeanne.

Jean d'Aulon ne croit pas non plus à cette touchante confidence. Une phrase de Manchon lui revint :

— La Pucelle ne vient pas aux séances du tribunal si maître Loiseleur ne s'est pas auparavant entretenu avec elle.

Ainsi Cauchon envoyait Loiseleur préparer avec Jeanne les réponses qu'elle ferait au tribunal aux questions qu'il lui énumérait d'avance…

Mais répondait-elle comme le souhaitait l'évêque ? D'Aulon en doutait plutôt.

La séance a commencé. Il écoute à peine l'interminable litanie de questions et de réponses. Il est inquiet. Certes, Cauchon semble avoir pensé à tout, mais réussira-t-il à tenir sa promesse ?

En fin de séance, celui-ci se lève et déclare qu'à l'avenir les interrogatoires de la Pucelle se poursuivront en sa prison, en petit comité. Les membres du tribunal qui n'auront pu pénétrer dans la cellule faute de place pourront lire les minutes du procès. D'Aulon comprend instantanément la manœuvre. Trop d'assesseurs, trop de docteurs en théologie, trop de comparses pour manipuler le procès. Le moins on est, le mieux c'est. D'autre part, il est impossible à l'évêque de le faire pénétrer dans la cellule de la prisonnière.

Il ne pourra plus assister aux interrogatoires. On n'a pas apprécié vraiment sa trop grande curiosité.

18

Les jours passent et Jean d'Aulon tourne en rond. L'Épiphane, en l'envoyant à Rouen, lui avait conseillé de ne pas habiter à l'auberge où ses allées et venues pourraient être surveillées. Grâce aux recommandations souterraines de l'évêque d'Aphrodisias, il a trouvé à se loger chez l'habitant.

La plupart du temps, il reste dans sa chambre, à marcher de long en large, à se ronger les sangs. La nuit, il rédige à l'attention de l'Épiphane des rapports sur les informations qu'il a pu glaner, rapports qu'à l'aube il va déposer chez un commerçant de la ville, lequel se charge de les faire parvenir. Sa seule source de renseignements est au château, où il s'applique à traîner avec les autres membres du tribunal désormais exclus des séances. Eux aussi attendent, eux aussi sont poussés par la curiosité, mais pas la même. Puisque le jeune homme n'a pas été admis dans la cellule, ils en ont conclu que sa faveur auprès de l'évêque baissait. Aussi se montrent-ils plus réticents à parler. Les Anglais, omniprésents, regardent avec suspicion ce civil, se demandant ce qu'il fait là. D'ailleurs, ils ne considèrent pas avec plus d'aménité les membres du tribunal.

Les plus loquaces avec lui restent l'huissier et le notaire, Massieu et Manchon. Même s'il leur arrive de raconter n'importe quoi, ils sont presque devenus des amis. Grâce à eux, il reconstitue la scène.

Les « houspilleurs » ont été éjectés de la vaste pièce ronde qui sert de cellule. Les robes violettes, blanches, noires des ecclésiastiques virevoltent. Ils tourbillonnent tels d'énormes bourdons autour de la prisonnière enchaînée. L'un après l'autre en alternance, ils attaquent, questionnent, répètent. Par toutes les ruses, ils essaient de la faire se contredire et commettre un faux pas, la poussent dans les pièges qu'ils lui tendent inlassablement.

Ils reviennent presque chaque jour sur ses révélations, sur le signe qu'elle a donné au roi. Et cette sortie à Compiègne qui l'a menée dans les geôles des Anglais, l'a-t-elle faite sur le commandement de ses Voix ? Il paraîtrait que, avant d'abandonner la demeure familiale — sans d'ailleurs la permission de ses parents —, ceux-ci avaient eu des rêves la concernant. Qu'en est-il ? Quelles raisons l'ont poussée à se jeter du haut de la tour du château de Beaurevoir ? Est-elle donc certaine d'échapper à la condamnation dans ce procès ? Et ce Franquet d'Arras, ce fidèle serviteur de Mgr de Bourgogne qu'elle a fait condamner à mort après qu'il avait été fait prisonnier près de Lagny, n'était-ce pas violer les lois de la guerre et faire montre d'une excessive cruauté ? Est-il vrai qu'elle ait commandé l'attaque sur Paris sans souci qu'une fête religieuse tombât ce jour-là ?

De là, on saute aux questions plus alambiquées de théologie. Quelle est la distinction entre l'Église militante et l'Église triomphante ? Lequel des trois papes reconnaît-elle ? Et le duc d'Orléans qu'elle voulait délivrer, sainte Catherine et sainte Marguerite lui ont-elles dit absolument et sans condition de prendre des soldats et de passer la mer pour aller le délivrer de sa prison anglaise ?

Sur ce point, elle fait une bien curieuse réponse :

— Si j'avais duré trois ans sans empêchement, j'aurais délivré le duc sans faute…

Comment, après ces séances épuisantes, garde-t-elle encore l'énergie de se défendre ?

— Elle répond vraiment avec beaucoup de sagesse. Et puis elle a une telle mémoire ! Vous l'avez entendue, lorsqu'on lui a posé telle question, elle a répliqué qu'elle y avait déjà répondu ailleurs, et elle a répété dans ses termes exacts la réponse qu'elle avait faite, non seulement cela mais elle a demandé que l'on recherche dans les minutes en précisant le jour où elle avait fait cette réponse, et elle ne s'est pas trompée… Elle est tellement jeune, il y a vraiment de quoi s'émerveiller, avoue Nicolas Caval, un chanoine de Rouen, un homme âgé.

Encouragé, Jean Le Sauvage, de l'ordre des frères prêcheurs, ajoute :

— Jamais je n'ai vu une femme, et aussi jeune, donner tant de mal aux enquêteurs. Sa sagesse, sa mémoire sont vraiment plus qu'étonnantes, elles sont merveilleuses.

Le 13 mars, d'Aulon apprend que le vicaire de l'Inquisition, Jean Lemaître, après s'être récusé pendant trois semaines, est venu siéger au procès pour la première fois. Il s'interroge sur ce changement d'attitude et s'en alarme. L'Inquisition aurait-elle décidé de prendre le procès en main, coupant l'herbe sous les pieds de l'évêque ?

Jean Massieu le rassure.

— L'inquisiteur a fait son possible pour éviter de prendre part au procès, mais on lui a fait comprendre que s'il n'y venait, il serait en danger de mort. Il a cédé. Je l'ai moi-même entendu dire : « Je le vois bien, si on ne procède pas en la matière selon le gré des Anglais, la mort n'est pas loin. »

D'Aulon doute fortement que ce soit les Anglais qui aient exercé un chantage sur le vicaire de l'Inquisition, il voit plutôt la main de Cauchon décidé à obtenir l'aval de l'autorité religieuse pour couvrir ses manipulations.

En veine de confidences, l'huissier poursuit :

— Il n'y a pas que le vicaire de l'Inquisition à être menacé. Avant-hier, l'archidiacre d'Évreux a osé dire à l'évêque qu'à son avis le procès, tel qu'il était mené, risquait d'être entaché de nullité. Non seulement j'ai reçu l'ordre de l'évêque de ne plus le convoquer, mais l'archidiacre a dû recevoir des menaces si effrayantes qu'il a quitté la ville. Moi-même, l'autre jour, j'ai rencontré un Anglais, une connaissance, chanteur à la chapelle du château. Il m'a demandé ce que je pensais de la Pucelle. Je lui ai répondu, comme je vous le dis à vous, que je ne voyais rien en elle que de bon, qu'elle me paraissait une excellente femme. Figurez-vous que le comte de Warwick, le gouverneur, m'a convoqué et m'a grondé pour cette réponse répétée par celui que je pensais être mon ami, et m'a menacé au cas où je tiendrais encore de semblables propos.

L'atmosphère s'alourdit de jour en jour. L'évêque Cauchon, de plus en plus déterminé à mener les choses rondement, intensifie les interrogatoires.

— Voyons, Jeanne, vous avez dit que nous nous

mettions en grand danger en vous mettant en cause. Quel est ce danger ?

— Vous dites que vous êtes mon juge. Je ne sais si vous l'êtes, mais faites bien attention de ne pas me mal juger car vous vous mettriez en grand danger. Si Dieu vous en châtie, j'aurai fait mon devoir et je vous aurai averti.

— Vous ne m'avez pas répondu. Quel est ce danger ?

— Sainte Catherine m'a dit que j'aurais secours. Je ne sais si ce sera en étant délivrée de prison ou s'il survenait un trouble quand je serai en jugement par le moyen duquel je pourrais être libérée. En fait, je crois que ce sera l'un ou l'autre. Le plus souvent, mes Voix me disent que je serai libérée par une grande victoire, et ensuite elles me disent : « Prends tout de bon gré, ne te soucie pas de ton martyre, tu viendras finalement dans le royaume du paradis. »

Ces Voix, qui rassurent Jeanne, inquiètent de plus en plus l'évêque, au point de revenir en arrière :

— Avez-vous permission de Dieu ou de vos Voix de partir de prison chaque fois qu'il vous plaira ?

— Je l'ai demandé plusieurs fois mais je ne l'ai pas encore.

— Si vous en voyiez l'occasion présentement, partiriez-vous ?

— Si je vois la porte ouverte, je m'en irai, car ce serait le commandement de Dieu, mais sans sa permission je ne m'en irai pas, à moins de tâcher de savoir si Dieu en serait content. « Aide-toi, le ciel t'aidera. »

Devant cet entêtement, on en vient à la question essen-tielle :

— Voulez-vous vous soumettre à l'Église ?

— Je me soumets volontiers au pape de Rome, je

requiers d'être menée à lui, mais en aucune façon je ne me soumettrai aux personnes présentes qui mènent mon procès parce qu'ils sont mes ennemis.

Frère Isambart de La Pierre, un assesseur dominicain, croit avoir trouvé la solution :

— Je vous conseille de vous soumettre au concile général de Bâle, qui se tient actuellement.

— Qu'est-ce qu'un concile général ?

— C'est une assemblée universelle de l'Église, et même de toute la chrétienté. En ce concile siègent nombre d'hommes du parti des Anglais aussi bien que de votre parti.

— Il y a là des gens de notre parti ?

— Certes.

— Je veux bien me soumettre à ce concile…

— Taisez-vous de par le diable ! glapit l'évêque en fureur, tout en interdisant à Manchon de consigner ce dialogue.

La peur de voir s'effondrer l'édifice qu'il bâtit si secrètement et si impatiemment lui a fait dépasser toute mesure. Lorsque Manchon lui rapporte cette scène, d'Aulon reste pensif.

— Pourquoi, à votre avis, le vicaire de l'Inquisition n'est-il pas intervenu pour autoriser Jeanne à se soumettre au concile ?

— Moi qui vous le dis, je sais qu'il défaille de peur, aussi se contente-t-il de suivre les séances comme un automate.

De son côté, Pierre Cauchon commence à douter de l'issue du procès. Les interrogatoires peuvent durer des mois encore, sans aucun résultat tangible. Or le temps presse.

Alors on tâche de faire avouer à Jeanne que l'étendard auquel elle était tant attachée et qu'elle faisait porter partout devant elle représentait un talisman, et donc était un objet « chargé » par sorcellerie…

— Pourquoi cet étendard a-t-il été porté dans l'église de Reims au sacre de notre roi plutôt que l'étendard des autres capitaines ?

— Mon étendard a été à la peine, c'était bien raison qu'il fût à l'honneur.

Lorsque cette réplique lui est répétée, d'Aulon est bouleversé, car les images du fameux jour du sacre et la grande émotion de Jeanne lui reviennent en mémoire. Elle était en pleine gloire alors, adulée par tout un peuple !

Ce jour-là, l'évêque, devant tant de sérénité, comprend qu'il vaut mieux en terminer là avec les interrogatoires.

*

Les questions et les réponses sont collectées dans un registre que l'on porte dans la cellule de Jeanne pour lui en donner connaissance.

— C'est moi qui les lui ai lues, raconte Manchon à Jean d'Aulon, et pendant que je faisais cette lecture, elle m'a interrompu par deux fois pour faire des réflexions inattendues. Soudain elle m'a dit : « Je suis surnommée d'Arc ou Romée, car dans mon pays les filles portent le surnom de leur mère… », et puis un peu plus tard : « Donnez-moi une tunique de femme pour aller à la maison de ma mère et je la prendrai… »

Elle déclare s'appeler d'Arc ou Romée comme sa mère, alors qu'à la première question du procès elle avait répondu qu'elle ne connaissait pas son surnom… Elle accepte de prendre l'habit de femme si on la renvoie chez elle… Que s'est-il passé ?

— Dites-moi, notaire, êtes-vous sûr que ces deux remarques de Jeanne, au lieu d'avoir été prononcées par elle, ne vous ont pas été dictées par l'évêque ?

Manchon ne répond pas.

Le dimanche des Rameaux de cette année 1431 tombe le 25 mars. Pendant la lecture du procès-verbal, Jeanne demande à Cauchon d'entendre la messe. Ce dernier en profite aussitôt pour insister :

— Au cas où nous vous le concéderions, voudriez-vous laisser l'habit d'homme et prendre l'habit de femme ?

— Je vous demande qu'on me permette d'entendre la messe en habit d'homme.

— Voulez-vous oui ou non laisser l'habit d'homme si nous acceptons que vous entendiez la messe ?

— Je n'ai pas pris conseil de mes Voix sur ce point, et je ne peux encore reprendre cet habit de femme… La décision n'est pas en mon pouvoir.

— Eh bien, parlez à vos Voix afin de savoir si vous reprendrez l'habit de femme pour pouvoir faire vos pâques.

Jeanne se recueille, elle courbe la tête, ferme les yeux. Cauchon l'entend prier :

— Très doux Dieu, en l'honneur de votre sainte Passion je vous requiers si vous m'aimez de me révéler ce que je dois répondre à ces gens d'Église. Je sais bien quant à l'habit par quel commandement je l'ai pris, mais je ne sais point de quelle manière je dois le laisser. Pour ce, qu'il vous plaise de me l'enseigner.

Un long silence s'ensuit. Cauchon s'impatiente. Il veut de Jeanne un geste de soumission, pourquoi ne peut-elle se résoudre à enfiler une robe ?

— Alors, qu'avez-vous décidé ? gronde-t-il.

— Je vous prie une fois de plus de me permettre d'entendre la messe en habit d'homme. Cet habit ne charge point mon âme et le porter n'est pas contre l'Église.

Massieu, qui cette fois se fait le rapporteur du dialogue à Jean d'Aulon, semble troublé. Bien sûr, Jeanne est admirable, mais franchement elle exagère ! L'huissier a même l'impression qu'elle veut provoquer l'évêque, et par-delà les Anglais…

— D'ailleurs mon ami anglais, le chanteur, vous savez, je vous en avais parlé, celui qui m'a dénoncé au comte de Warwick — mais je lui ai pardonné… Donc, au sortir de la séance, il m'a demandé : « Que te semblent ses réponses, va-t-elle être brûlée ? Et maître Loiseleur, celui qui se faisait passer auprès de la Pucelle pour un prisonnier français, je l'ai entendu dire à maître Pierre Maurice que les Anglais avaient si peur d'elle qu'ils n'osaient, tant qu'elle était en vie, entreprendre aucune opération militaire ! » Et maître Loiseleur de prononcer ces paroles que je vous répète textuellement : « Il n'est pas bon de leur déplaire, aux Anglais. On lui fera promptement son affaire et l'on trouvera bien un prétexte pour la condamner à mort. »

D'Aulon est devenu blême. Il a l'impression que son cœur va s'arrêter. Son angoisse est telle qu'il n'ose énoncer la question qui l'obsède : Va-t-elle vraiment être brûlée ?

*

Frère Isambart de La Pierre, lui, n'a pas oublié l'acceptation de Jeanne à sa proposition de la soumettre au concile de Bâle. Accompagné d'un autre moine du même ordre et des mêmes opinions que les siennes, le frère Martin Ladvenu, il s'en va trouver maître Jean de La Fontaine, qui a toujours accès à la prison. Il le convainc facilement du bien-fondé de sa démarche et tous les trois, sans trop se faire remarquer, se glissent dans la cellule. De nouveau frère Isambart propose à Jeanne de se soumettre au concile, en lui expliquant en détail ce dont il s'agit. Jeanne, pour la seconde fois, accepte.

Les trois compères s'en reviennent fort satisfaits d'avoir trouvé la solution idéale… et tombent sur un orage effroyable. L'évêque a des espions partout, il a rapidement appris leur démarche. Il a appelé à l'aide son ami Warwick le gouverneur, et tous deux convoquent ceux qui avaient cru bien faire. C'est Jean de La Fontaine qui souffre le plus, car Cauchon croyait pouvoir compter sur lui. Warwick et lui l'agonisent d'une telle litanie d'horreurs qu'il prend la décision immédiate de fuir. Il quitte Rouen à la hâte pour sauver sa vie, et n'y reviendra plus. Quant aux deux autres, l'évêque et l'Anglais se contentent de les charger de menaces telles que les deux moines sont persuadés d'avoir échappé de peu à la mort.

Et Manchon, qui rapporte fidèlement la scène à Jean d'Aulon, d'ajouter de discrètes imprécations contre Cauchon, « ce valet, cet esclave des Anglais prêt à tout pour leur plaire ».

D'Aulon est maintenant pressé de rentrer chez lui pour demander des instructions à l'Épiphane. La proposition de transférer Jeanne au concile de Bâle, c'était le salut, c'était la vie sauve pour elle ! Doit-il l'imposer par la menace à l'évêque Cauchon ?

Il court chez le négociant qui sert de boîte aux lettres et le prie de transmettre son rapport de toute urgence. La réponse, il la trouve le lendemain matin glissée sous sa porte. D'Aulon ne doit surtout pas bouger… Inutile d'aller trouver Cauchon. Sous aucun prétexte, sous aucune menace celui-ci n'acceptera de voir partir Jeanne pour le concile de Bâle, car il n'est pas l'esclave des Anglais, comme l'affirme Manchon, mais tout simplement l'esclave de son propre intérêt. Jeanne partie de Rouen, fini son rôle primordial, finies les récompenses, les promotions à venir ! À Rouen il est le maître, à Bâle il ne serait plus qu'un prélat parmi d'autres.

Cauchon se chargera de sauver Jeanne tant qu'il y verra son intérêt, il faut donc envers et contre tout encourager cet intérêt. Il faut croire avec lui qu'il peut faire des Anglais ce qu'il veut. S'il les traite en benêts, s'ils paraissent des tyrans cruels et intraitables, c'est uniquement parce que l'évêque veut leur donner cette apparence. Restez calme, conclut l'Épiphane.

Calme ? Alors que chaque jour d'Aulon se tourmente en pensant à Jeanne. Cauchon réussira-t-il ? Le solitaire orgueilleux, autoritaire et violent, ne s'enivre-t-il pas de sa propre habileté à tromper tout le monde ? Ce virtuose pourra-t-il continuer son jeu d'équilibriste sans se prendre les pieds dans ses propres intrigues ?

*

Entre-temps, dans l'intimité de son cabinet, ce même évêque rédige avec ses collaborateurs proches l'acte d'accusation.

« Sorcière ou lectrice de sort, devineresse, fausse prophétesse, invocatrice et conjuratrice de malins esprits, superstitieuse, impliquée et appliquée aux arts magiques, mal pensante et au sujet de la foi catholique, schismatique, doutant et égarée… Apostat à la foi, maldisante, malfaisante, blasphématrice envers Dieu et ses saints, scandaleuse, séditieuse, troublant et empêchant la paix, excitant aux guerres, cruellement altérée de sang humain, ayant abandonné sans honte la décence et la réserve de son sexe. Prenant sans pudeur l'habit infâme des hommes d'armes… Prévaricatrice des lois divines et naturelles, et de la discipline ecclésiastique, séductrice des princes et des simples… »

Dès le lundi de Pâques, on se rend dans la prison de Jeanne pour lui lire les soixante-dix articles d'accusation. Paragraphe après paragraphe, elle se défend avec les mêmes arguments qu'elle a utilisés lors des interrogatoires.

Ensuite, on ordonne des compléments d'information. Puis l'on trouve que l'acte d'accusation est vraiment trop long, et on le réduit à douze articles.

L'évêque Cauchon, toujours pour prouver combien il est consciencieux, demande des consultations à nombre de docteurs en théologie. Il faut réceptionner ces consultations, collationner les délibérations, bref entasser une montagne de feuillets dans laquelle se délectent les curés robins.

Malgré cette intense activité, Manchon le notaire trouve le temps d'aller à l'église. Il y rencontre par hasard une de ses connaissances, maître Jean Lohier, docteur en théologie de Paris, convoqué par l'évêque Cauchon pour donner son avis.

— Alors, maître, avez-vous vu le procès ?

— Je l'ai vu. Mon cher Manchon, ce procès est nul. On ne peut pas le soutenir parce qu'on le fait dans un local où les juges et les conseillers ne se trouvent pas en sûreté. D'autre part, le procès concerne plusieurs personnes qui n'ont point été appelées, et enfin il n'y a pas le conseil d'avocats.

— L'avez-vous dit à l'évêque, maître ?

Le théologien mûrit longuement sa réponse :

— Disons que je lui ai fait entendre certains de mes points. D'ailleurs, Manchon, je pars à l'instant. Je sais qu'il ne fait pas bon pour moi m'attarder ici. Plus je mettrai de distance entre l'évêque et moi, plus j'aurai de chances de survivre.

Le théologien salue rapidement le notaire puis, avant de s'éloigner, murmure :

— À ce qu'il me semble, ils ont bien l'intention de la faire mourir…

Lorsque Manchon répète cette phrase à Jean d'Aulon, celui-ci ne sait plus quoi faire. Jusqu'ici, il avait voulu croire que, dans son propre intérêt, Cauchon voulait sauver Jeanne de la mort. Cela tient-il toujours ? Comment s'y reconnaître dans cet inextricable fouillis d'intrigues, de mensonges, de faux-fuyants, de manigances ?

*

Dans leur profonde sollicitude, dans leur infinie charité, les bons prêtres qui jugent Jeanne ont décidé de venir la trouver dans sa prison pour « l'exhorter charitablement et l'admonester avec douceur afin de la ramener au chemin de la vérité qui est la profession sincère de notre foi ».

Sous la conduite de l'évêque, une délégation se rend dans sa cellule. Surprise ! Ils trouvent Jeanne alitée, malade. Elle a eu des vomissements terribles pendant toute la nuit. Elle se plaint de douleurs continuelles à l'estomac. Elle est si faible qu'elle peut à peine bouger. Elle a le teint cireux et la souffrance la fait se tordre sur son grabat.

Insensible à son état, Cauchon fait son devoir et l'admoneste « charitablement ».

— Il me semble, répond-elle, vu la maladie que j'ai, que je suis en grand péril de mort. S'il en est ainsi et que Dieu veuille faire de moi son plaisir, je vous requiers d'avoir confession, et mon Sauveur aussi.

L'évêque ne dit pas non, mais il faut d'abord qu'elle se soumette « à la Sainte Église ». Pas au concile de Bâle mais à l'Église présente au procès, *leur* Église.

— Je ne saurais maintenant vous en dire plus, ajoute-t-elle d'une voix faible.

Cauchon insiste : plus elle craint de perdre la vie, plus elle doit s'amender.

— Si mon corps meurt en prison, j'attends que vous le fassiez mettre en terre chrétienne. Et si vous ne le faites mettre, je m'en rapporte à Notre-Seigneur.

Sans se soucier de sa faiblesse, on recommence à l'interroger sur ses Voix, sur ses révélations :

— S'il survenait quelque bonne créature affirmant avoir eu révélation de Dieu à votre sujet, Jeanne, la croiriez-vous ?

— Il n'y a pas de chrétien au monde qui vienne à moi et affirme avoir eu quelque révélation, que je ne sache s'il dit vrai ou non…

Malgré ses crampes d'estomac, elle reste incroyablement sereine, et les questions continuent :

— Voulez-vous soumettre vos dits et vos faits à l'Église militante ?

(En d'autres termes, acceptez-vous de faire ce que nous vous dirons ?)

— Quoi qu'il doive m'arriver, je ne ferai ou dirai autre chose que ce que j'ai déclaré au procès.

Rien, jamais, décidément, ne la contraindra !

C'est alors que Nicolas Midy, chanoine à Rouen et proche de l'évêque, ose une menace à peine voilée :

— Si vous ne voulez point vous soumettre à l'Église et lui obéir, on vous abandonnera comme une Sarrasine !

(Et que fait-on aux Sarrasins et autres païens ? On les brûle !)

— Je suis bonne chrétienne, bien baptisée, et je mourrai bonne chrétienne.

Cauchon et les autres se décident enfin à la laisser tranquille. Ils la quittent dans un pire état qu'ils ne l'ont trouvée. Ses douleurs sont encore plus violentes et sa voix est si faible qu'on ne l'entend plus.

Guillaume de La Chambre est, comme Nicolas Midy, chanoine à Rouen. C'est aussi un maître en médecine. Convoqué par le gouverneur, il accourt, point du tout rassuré, et le trouve en compagnie de l'un de ses collègues, Guillaume Desjardin, chanoine et médecin comme lui. Warwick leur déclare que la Pucelle est malade et charge les deux praticiens de s'occuper d'elle.

— Le roi mon maître ne veut pour rien au monde qu'elle meure de mort naturelle. Il tient à elle, il l'a achetée assez cher ! Il ne veut pas qu'elle meure sinon en justice, brûlée vive. Débrouillez-vous donc, examinez-la avec sollicitude et soignez-la.

Les deux hommes se rendent dans la cellule de Jeanne. Ils ordonnent aux « houspilleurs » de s'écarter, et aident la malade à se déshabiller pour pouvoir mieux l'examiner. Ils palpent son estomac, ses reins.

La Chambre ne peut s'empêcher de remarquer qu'elle a le pelvis particulièrement étroit, à tel point que toute pénétration serait impossible, mais il n'est pas là pour ce genre de problèmes. Il l'interroge sur ses symptômes. Il la trouve fiévreuse, agitée. Elle souffre véritablement. Ils décident en plein accord de la saigner. Mais, par prudence, ils ne veulent faire quoi que ce soit sans l'autorisation de Warwick. Ils s'en vont donc lui faire leur rapport et l'informer de ce qu'ils prescrivent.

— Méfiez-vous d'une saignée, elle est rusée, elle pourrait en profiter pour se tuer.

Les deux médecins insistent, il n'y a pas d'autre remède. Warwick consent à contrecœur. Aussitôt la saignée pratiquée, la malade paraît soulagée.

— Je veux voir immédiatement l'évêque, annonce d'Aulon d'une voix si forte qu'elle s'entend jusqu'à l'autre bout de la maison.

Cette fois-ci, les précautions étaient prises. Ils sont plusieurs valets à faire barrage dans l'antichambre.

— Monseigneur se trouve présentement absent, affirme un secrétaire.

— Je sais qu'il est ici ! La Pucelle est en train de mourir par sa faute. Il l'a empoisonnée pour éviter d'avoir à remplir ses engagements !

Une porte glisse silencieusement. Sur le seuil paraît Cauchon qui, la mine résignée, lance d'une voix terne :

— Calmez-vous, chevalier, et entrez.

Il le suit dans son cabinet.

— Je vous tiens responsable de sa vie ! tonne d'Aulon.

— Elle a déjà été examinée par deux médecins

dépêchés par le comte de Warwick, on lui a fait une saignée et elle va beaucoup mieux.

— Je ne vous crois pas, je veux la voir.

— Je lui envoie le médecin en qui j'ai le plus confiance, maître Jean Tiphaine, c'est un chanoine de la Sainte-Chapelle de Paris mais c'est aussi le praticien personnel de la duchesse de Bedford. J'ai demandé au promoteur d'Estivet de l'emmener sur l'heure pour l'examiner de nouveau. Accompagnez-les, je vous en donne l'autorisation.

Tiphaine, d'Aulon ne le connaît pas, mais à le voir, il a confiance. Chez cet homme, la conscience professionnelle sera toujours plus forte que les convictions politiques. Quant au promoteur d'Estivet, il le déteste, c'est un fanatique grossier, l'injure aux lèvres. « Bénédicité » mérite bien son appellation ironique.

Il trouve Jeanne très affaiblie, mais sans ce teint cireux que Manchon lui avait décrit. Elle repose, immobile. Pourtant, lorsqu'elle l'aperçoit, elle a un imperceptible signe de reconnaissance et un maigre sourire se dessine sur ses lèvres. Lui n'ose rien exprimer.

Guillaume de La Chambre, le médecin envoyé par le gouverneur, n'a pas quitté la malade. Tiphaine à son tour l'ausculte, la palpe, il lui prend le pouls qu'il trouve effectivement faible. Il la questionne :

— Savez-vous ce que vous avez et d'où vous souffrez ?

— L'évêque de Beauvais m'a fait envoyer avant-hier une carpe que j'ai mangée pour mon dîner, je crains que ce ne soit la cause de mon mal.

— Ah ! paillarde, tu as mangé de la saumure et autres aliments qui ne te conviennent pas !

Le promoteur a lancé sa méchanceté avec un gros rire.

— Non, ce n'est pas vrai, proteste Jeanne qui s'est redressée, soudain très rouge, très agitée.

— Paillarde, putain, on t'aura bien, tu sais !

La jeune femme se met alors à prononcer des paroles incohérentes, entrecoupées de gémissements, de cris. Les médecins tentent sans succès de la calmer.

D'Aulon se précipite sur Jean d'Estivet, le prend au collet et l'écrase contre le mur.

— Taisez-vous, prêtre d'enfer !

Les « houspilleurs » se jettent sur lui. Ils le rouent de coups et l'entraînent hors de la cellule. Jeanne est retombée sur sa couche, inerte, blafarde. Sa respiration s'est transformée en un râle inquiétant.

Cette fois, l'évêque Cauchon reçoit d'Aulon sans difficulté.

— Alors, comme je vous l'avais dit, vous l'avez trouvée…

L'expression du chevalier l'arrête au milieu de sa phrase. La rage, la frustration, la tristesse empêchent le jeune homme d'articuler convenablement. Il parvient pourtant à raconter ce qu'il a vu, ce qu'il a entendu.

— C'est à cause du promoteur qu'elle est retombée malade !

— Je demanderai au comte de Warwick de lui donner l'ordre de ne plus injurier la Pucelle.

— Mais c'est vous qui l'avez empoisonnée, elle-même vous en accuse. Vous vous êtes rendu compte que vous ne pourriez pas tenir vos promesses ni lui sauver la vie. Alors, un peu de poison dans un poisson, personne n'aura jamais la preuve que c'est vous le coupable. Jeanne disparaît et vous êtes délié de vos engagements…

Cauchon l'interrompt en hurlant :

— Vous êtes un âne, chevalier, vous ne savez rien, vous ne comprenez rien !

D'Aulon sort de sa poche une fiole qu'il tend à l'évêque.

— Alors, faites-lui administrer sur l'heure ce contrepoison, c'est le plus efficace qui existe au monde.

— Comment vous l'êtes-vous procuré ?

— L'évêque d'Aphrodisias me l'a donné avant mon départ.

— Il avait donc tout prévu !

— Avec vous, monseigneur, ne faut-il pas tout prévoir ?

— Une insolence de plus, chevalier, et je vous fais chasser de Rouen. Je sauverai la Pucelle sans vous, et malgré vous.

19

Au bout de quelques jours, Jean d'Aulon apprend que Jeanne est pratiquement guérie. Cependant, le procès semble suspendu. Plus de compléments d'interrogatoire, plus de réunions de juges et d'assesseurs, plus de consultations de docteurs en théologie, plus de visites en la prison.

Une semaine s'écoule, une seconde. Que concocte donc l'évêque ?

Justement, Cauchon vient de convoquer les juges.

— Résumons-nous, leur dit-il. Nous avons essayé de faire avouer la vérité à la Pucelle, elle a éludé. Nous lui avons suggéré de se soumettre à l'Église, elle ne l'a pas voulu. En l'admonestant, nous avons tenté de la remettre dans le droit chemin, elle s'y est refusée. Nous avons envoyé les plus doctes théologiens la sermonner, mais la ruse du diable l'emportant, ils n'ont pu obtenir aucun succès. Tous les moyens ont été essayés, tous, sauf un…

Le 9 mai 1431, l'huissier Massieu se présente comme il l'a fait si souvent dans la cellule de Jeanne pour l'emmener. Ce jour-là, il est pâle, tremblant, il évite de regarder la prisonnière. Encadrée de ses gardes, elle le suit.

On descend le petit degré, on atteint la cour, mais au lieu de la traverser pour se rendre dans la « salle du parement » où ont eu lieu tant de séances du procès, on tourne à gauche, on franchit un fossé sur un pont-levis. On se dirige vers le donjon, qui se dresse tout contre les remparts du château. On descend au sous-sol. Une porte s'ouvre, Jeanne pénètre dans une salle ronde éclairée aux torches. Un regard lui apprend qu'elle se trouve dans la salle de torture du château.

Ils sont tous là, ses juges, réunis autour de l'évêque Cauchon. Impassibles, ils la dévisagent. Elle voit seulement le bourreau, la tête encagoulée, et ses assesseurs, montagnes de muscles dans des tenues de cuir maculées de sang. Elle ne peut pas ignorer les pinces, les tenailles, les chaînes, les crocs, le grand feu allumé malgré la chaleur, les lits de bois, les poulies.

L'appréhension la dévore, mais elle ne veut pas faiblir. Elle réussit à avancer. Elle fixe son regard sur l'évêque qui la regarde tout aussi hardiment.

— Lors de vos interrogatoires, Jeanne, vous avez été requise de répondre la vérité. Or, sur bien des points, vous avez répondu mensongèrement, alors que nous avions des informations certaines, des preuves et de véhémentes présomptions. Aussi, à moins que vous n'avouiez la vérité sur ces points, vous serez mise à la torture…

Instinctivement, Jeanne se recroqueville, elle essaie de reculer mais ses gardes l'en empêchent. Le bourreau et ses assistants s'approchent d'elle. Elle ferme les yeux. Cependant, ils ne la jettent pas sur la table de torture, ils se contentent, silencieusement, de lui présenter certains instruments.

Et Cauchon de poursuivre :

— Ces officiers que vous voyez, Jeanne, sur notre ordre sont prêts à vous appliquer ces tourments pour vous ramener à la voie et à la connaissance de la vérité afin, ainsi, que vous puissiez obtenir le salut de l'âme et du corps que vos inventions mensongères ont gravement exposé.

Alors Jeanne se reprend et redresse la tête.

— En vérité, si vous deviez me faire arracher les membres et faire partir l'âme du corps, je ne vous dirais rien de plus. Et si vous me forciez à parler, je dirais que vous m'avez fait parler par force.

Sa voix n'est plus qu'un murmure :

— J'ai demandé à mes Voix si je serais brûlée, elles m'ont répondu de m'en remettre à Notre-Seigneur et qu'il m'aiderait.

La prisonnière ne veut pas avouer, ne veut ni se soumettre ni se repentir, ainsi, selon la procédure, c'est au bourreau d'agir.

Mais justement il ne bouge pas. Et l'évêque a repris la parole :

— Voyant l'endurcissement de l'âme de l'accusée et ses façons de répondre, nous, juges, craignant que les supplices de la torture ne lui fussent que d'un faible profit, avons décidé de surseoir pour l'instant à leur application, jusqu'à ce que nous en ayons là-dessus plus amples conseils.

Un geste de Cauchon, l'huissier Massieu ramène Jeanne en prison, et les juges retrouvent avec soulagement le grand air dans la cour du château.

*

Il fait bon dans les rues de Rouen. Le printemps fleuri et parfumé règne, et pourtant Jean d'Aulon sue à grosses gouttes. Cramoisi, hagard, il court, heurtant les passants, se trompant de direction. Finalement, il aboutit devant la porte de l'évêque, frappe frénétiquement. Un valet ouvre, le dévisage.

— Monseigneur ne peut pas…

Il tente de repousser la porte, alors d'Aulon l'enfonce d'un coup de poing et entre en torrent dans le cabinet de Cauchon.

Celui-ci ne cache pas son irritation. Il aurait bien forcé l'importun à déguerpir, mais l'ombre de l'Épiphane plane entre eux. L'évêque sait que l'on ne plaisante pas avec lui et ses amis. Il est donc obligé de vivre cet extravagant compagnonnage avec le jeune chevalier.

Ce dernier est si essoufflé qu'il doit laisser passer quelques secondes avant de pouvoir parler.

— Si vous la mettez à la torture, l'évêque, je vous jure que je vous tuerai de mes propres mains !

— Ne soyez pas encore plus stupide que d'habitude, chevalier, asseyez-vous, reprenez vos esprits et réfléchissez. Je suis forcé de suivre la procédure de tous les procès afin de détourner le moindre soupçon. Si j'avais voulu vraiment torturer Jeanne, croyez-vous que j'aurais déclaré que vu son endurcissement il était inutile de la tourmenter ? Ce nonsens, cette aberration ne se sont jamais entendus dans aucun procès. Et pourtant, afin de l'épargner, je l'ai risqué, et, Dieu soit loué, personne n'a relevé !

D'Aulon s'est un peu calmé, mais ses yeux flambent toujours lorsque de sa voix rauque il reprend :

— Vous allez cependant délibérer s'il faut ou non la mettre à la torture !

— En effet, nous délibérerons et nous voterons,

mais ce vote, j'en fais mon affaire. Je vous le répète, contre toute logique, contre toute tradition, Jeanne ne sera pas torturée. Imaginez-vous, si on la mettait à la torture et qu'elle se mettait à parler, ce qu'elle pourrait dire, ce qu'elle pourrait révéler ! Je préfère ne même pas l'envisager.

Le cynisme de Cauchon le révolte tout autant que, finalement, il le rassure. Et l'évêque le sent favorablement ébranlé.

— Au lieu de me soupçonner, de me menacer et de me compliquer la tâche, vous feriez bien mieux de m'aider, j'en ai besoin.

Il s'amuse un instant de l'étonnement qu'il voit se peindre sur le visage de Jean d'Aulon avant de poursuivre :

— Mes informateurs m'indiquent qu'un groupe de partisans de votre Charles de Valois a réussi à s'introduire en ville. Ils ont l'intention de faire échapper Jeanne…

— Grand merci, monseigneur, je m'en vais de ce pas me joindre à eux !

— Restez ici ! Vous connaissez le château de Rouen, vous y êtes allé assez souvent, vous avez vu ses défenses, vous avez compté les soldats de sa garnison, vous savez fort bien qu'il est impossible d'en faire évader qui que ce soit. Cette ridicule entreprise est vouée à l'échec, mais surtout elle anéantirait mes chances de sauver Jeanne. Car après le remue-ménage que provoquerait la tentative ratée de ces hurluberlus, ni l'Université de Paris ni les Anglais n'accepteraient qu'elle échappât à la peine de mort. Vous devez donc aller les trouver. Vous êtes le seul qui puissiez le faire car, partisan de Charles, vous avez du crédit sur eux. Racontez-leur ce que vous voulez, mais empêchez-les de tenter quoi que ce soit.

— Jamais je ne m'opposerai à une tentative de mon roi pour sauver Jeanne !

— Non seulement vous êtes stupide, mais vous êtes naïf, chevalier. Vous croyez donc que Charles VII est derrière cette tentative ?

Pour la première fois, d'Aulon voit Cauchon rire de bon cœur.

— Votre roi serait le dernier à tenter quoi que ce soit en faveur de Jeanne ! Il n'a pas fait un geste, il n'a pas eu un mot depuis qu'elle est aux mains des Anglais. En ce moment même, il traite avec le duc de Bourgogne et il s'entend mieux que jamais avec celui qui a vendu votre Pucelle !

Sur les indications de l'évêque, le chevalier trouve facilement l'auberge. Il pénètre dans la vaste salle sombre et bondée, et il le reconnaît tout de suite. C'est Durand Laxart, le cousin chéri de Jeanne, qu'il avait rencontré au sacre de Charles VII. Avec une trentaine d'hommes, il a envahi tout le fond de la pièce.

Comme il s'approche, Laxart le reconnaît à son tour et l'accueille chaleureusement.

— Toi aussi, chevalier, tu es venu pour nous aider à délivrer Jeanne ?

On s'assoit, on boit, on raconte. Laxart tente de faire croire à d'Aulon qu'il est commandité par un très haut personnage, probablement le roi lui-même, et d'Aulon fait semblant de le croire. Par pitié. Laxart, agissant évidemment de son propre chef, était seul pour tenter de sauver Jeanne, et cet isolement dont il avait conscience suscitait la compassion.

Avec un entrain de commande, Laxart explique comment ses compagnons et lui se sont glissés à travers les lignes anglaises sous des identités d'emprunt, et comment ils ont atteint Rouen par des itinéraires divers et des ruses étudiées. D'Aulon élude lorsqu'il lui demande comment lui-même est parvenu à la capitale anglaise de la France. Alors Laxart et ses hommes lui révèlent leur plan. Ils avaient commencé à poser des jalons auprès de certains sous-officiers de la garnison anglaise, et ils avaient de l'argent, assez pour les acheter. Ils comptaient pénétrer dans le château grâce à ces complicités et en avaient déjà obtenu un plan approximatif. Ils courraient à la cellule de Jeanne, neutraliseraient ses gardes, la feraient sortir sous un déguisement, peut-être celui d'un moine au capuchon rabattu. Ils l'emmèneraient hors de Rouen, où des complices les attendraient avec des chevaux.

D'Aulon n'a pas le courage de leur avouer que leur venue est déjà signalée, et que leur plan est parfaitement irréalisable. Il fait mine de les approuver et d'entrer dans leur jeu. Cependant, ajoute-t-il, le moment n'est pas venu. Aussi, mieux vaut ne rien faire jusqu'à ce que lui-même les en prévienne.

Ces grands gaillards s'étaient bien débrouillés pour arriver jusqu'à Rouen mais, une fois dans la place, et malgré l'assurance affichée de leur chef, ils se sentaient un peu perdus. Aussi acceptent-ils volontiers l'avis de ce nouvel ami qui leur recommande maintenant de se faire aussi discrets que possible et même de quitter momentanément la ville pour s'installer dans un village aux environs. Ils abondent dans son sens.

Cependant, au moment de se quitter, Laxart lui déclare gravement :

— Si tu sauves la Jeanne sans nous, je ne te le

pardonnerai pas. Si tu ne nous laisses pas la sauver, je te retrouverai où que tu sois, et je te tuerai.

*

Pour sa part, Cauchon a tenu parole. La torture est repoussée par neuf voix contre trois. Manchon fournit à d'Aulon le détail des délibérations :

— Ah, chevalier ! Ce n'est pas beau ce que j'ai vu ! Passe encore le vicaire de l'Inquisition qui a hésité, qui a dit qu'il fallait interroger de nouveau la Pucelle… Mais maître Thomas de Courcelles a répondu qu'il ne fallait pas attendre et qu'il serait bon de la mettre à la torture. Quant à maître Nicolas Loiseleur, vous savez, celui qui s'est fait passer pour un prisonnier français, lui il a dit que pour le soulagement de l'âme de Jeanne, il serait bon de la tourmenter !

Le principal, c'est que Jeanne échappe à la torture.

D'Aulon se souvient tout à coup de la phrase prononcée par Cauchon lorsqu'ils se sont séparés l'avant-veille :

— Voyez-vous, nous sommes condamnés à travailler main dans la main…

Tout de même, collaborer avec un collaborateur ! Mais que n'aurait-il fait pour sauver Jeanne ! Il se serait même allié avec le diable !

— Et c'est bien, hélas, ce que je suis en train de faire, grommelle-t-il en se dirigeant vers sa demeure.

Le lendemain même, le comte de Warwick donne un souper dans son logis du château de Rouen, situé entre le donjon et la tour, laquelle sert de prison à Jeanne. En prévision de ce festin, on fait venir d'énormes quantités de venaisons, on sort des coffres les épices les plus chères, on achète à prix d'or les fruits les plus rares — dont ces fraises, les premières de l'année ! —, on ouvre des barriques entières de ce claret venu de Bordeaux dont les Anglais raffolent.

Bref, on a mis les petits plats dans les grands car le gouverneur de Rouen reçoit la fine fleur de l'occupation. Et d'abord les plus distingués parmi les hommes de guerre, tel son grand ami le sire de Stafford. Une brute, celui-là ! L'autre jour, entendant un membre du tribunal s'exprimer favorablement sur Jeanne, il a sorti son épée et il lui a couru sus. L'assesseur n'a eu que le temps de se réfugier dans une église. Stafford voulait l'y poursuivre, et on a dû expliquer au noble lord qu'un sanctuaire représentait un asile sacré et inviolable.

Bien entendu, Mgr l'évêque de Beauvais est aussi du souper, avec l'évêque de Noyon et celui de Thérouanne, et Jean de Luxembourg, en séjour à Rouen, ainsi que le chevalier Aimond de Macy, que l'on avait autorisé à rendre visite à Jeanne dans sa prison de Beaurevoir pour la distraire de ses idées de suicide.

De nombreuses torches éclairent les murs tendus de tapisseries chatoyantes, appartenant à la couronne anglaise, d'innombrables bougies font luire les visages rubiconds — car on boit plus qu'il n'est nécessaire. Au fur et à mesure que les plats passent et repassent, les rires deviennent de plus en plus bruyants, les plaisanteries de plus en plus salées, les gestes de plus en plus incertains. En cette douce soirée, les fenêtres restent ouvertes et peut-être Jeanne, enfermée non loin de là, perçoit-elle l'écho de ces joyeusetés.

Les heures succèdent aux heures sans que les libations s'interrompent, et l'on n'a pas envie de se séparer comme ça, tout bêtement, après une soirée si réussie.

— Si on allait rendre visite à la Pucelle !

Qui a émis cette étrange proposition ? Peu importe. Tous approuvent bruyamment. « La Pucelle ! La Pucelle ! » Les convives se lèvent avec maladresse, renversant des verres, faisant tomber des plats, puis, titubant, ils se dirigent vers la cour. Ils font les quelques pas qui les séparent de la tour prison, et, à la suite de Warwick, grimpent comme ils le peuvent les marches. Un geste du gouverneur, les gardes ouvrent la porte. Tous se bousculent pour pénétrer, et brusquement s'immobilisent. Ils sont là, disposés en demi-cercle autour du grabat où est enchaînée Jeanne.

Elle ne dort pas. Elle les regarde avec une sorte d'indifférence. Elle a peur mais elle ne veut pas le montrer, car elle sait que cela ne ferait que les exciter plus. Elle reconnaît Aimond de Macy, et Jean de Luxembourg. Celui-ci fait un pas.

— Je suis venu vous libérer contre rançon à condition que vous promettiez de ne plus prendre les armes contre nous.

— Au nom de Dieu, vous vous moquez de moi ! Je sais bien que vous n'en avez ni le vouloir ni le pouvoir.

Éméché comme les autres, Luxembourg reste les bras ballants, la bouche ouverte. A-t-il voulu lui faire la plus cruelle plaisanterie en lui faisant espérer sa libération, ou, pris de remords pour l'avoir vendue, a-t-il vraiment commencé à s'entendre avec les Anglais ? En ce cas, serait-il Dieu possible que ceux-ci envisagent de lâcher Jeanne ?

La prisonnière ne cherche pas à le savoir. Pour elle, cette proposition est une imposture, et d'une voix forte elle leur dit à tous :

— Je sais bien que les Anglais me feront mourir, croyant après ma mort gagner le royaume de France. Mais quand ils seraient cent mille Godons de plus que maintenant, ils n'auront pas le royaume !

Elle a dit « godon », la pire insulte que les Français puissent lancer aux Anglais ! Stafford, le lord irascible, tire sa dague et se précipite sur elle l'arme levée. Heureusement, Warwick est plus rapide. D'une main de fer, il l'attrape par l'épaule et le tire en arrière.

— Arrêtez immédiatement !

Cet ordre suffit à dégriser Stafford, et ses autres compagnons se sentent soudain ridicules. Silencieusement, ils sortent l'un après l'autre sans regarder la prisonnière.

Seul l'évêque de Beauvais n'a pas participé à cette expédition, il est resté dans la grande salle. Lui n'avait pas trop bu.

Dix jours passent. L'Université de Paris, qui pourtant a délégué ses membres les plus « vénérables » au tribunal, commence à s'agacer des retards du procès, de ces atermoiements, de ces démarches inutiles. Se pourrait-il que la Pucelle échappât au châtiment ? L'Université ne sait plus à qui s'adresser. Le duc de Bourgogne, auquel elle écrivait naguère, n'a jamais daigné lui répondre. L'évêque Cauchon, sur lequel elle croyait pouvoir compter, n'est plus du tout si sûr. Qui reste-t-il, sinon l'occupant ?

Pour la première fois, l'Université de Paris s'adresse directement au roi d'Angleterre Henri, représenté par le régent Bedford, pour se plaindre « des délais très périlleux » et le supplier que justice soit faite « le plus brièvement possible ».

Pourtant, Cauchon fait tout ce qu'il peut pour rassurer les savants docteurs. Il leur a demandé de s'exprimer sur les douze articles de l'accusation, et l'Université a répondu promptement que Jeanne est coupable de tous les chefs, et d'insister pour qu'elle soit abandonnée à la justice séculière afin de recevoir une punition proportionnée « à la qualité de son crime », c'est-à-dire le bûcher, tout de suite et sans discussion.

Cauchon exprime sa reconnaissance pour ces avis si éclairés… et conclut qu'il admonestera une fois encore ladite Jeanne afin qu'elle revienne à la voie de la vérité, et se sauve corps et âme. Encore des retards inutiles ! Le ferait-il exprès, cet évêque ?

Effectivement, l'évêque le fait exprès, mais ce que les doctes professeurs ignorent, c'est qu'il est aussi pressé qu'eux. Pressé d'en finir, pressé de tenir ses engagements. Néanmoins il doit auparavant obtenir un encouragement de la Pucelle, un geste qui la montre prête à se repentir… Sinon, il ne peut rien.

Le mercredi 23 mai, il se rend au château de Rouen à la tête d'un groupe d'évêques, de juges, de conseillers en théologie. Il fait comparaître Jeanne dans une petite salle du château. On lui relit pour la énième fois les douze articles de l'accusation. On lui conseille de se repentir et de s'en remettre à l'Église. On en profite pour glisser plusieurs questions, répétition de celles déjà posées cent fois. On fait cela sans grande conviction car on est désormais sceptique sur le résultat de cette démarche.

Jeanne écoute avec attention. Elle est la seule à ne

pas se montrer lasse et c'est elle qui en définitive sort victorieuse. Le sermon achevé, on entend la voix claire, juvénile, de la jeune fille chargée de chaînes :

— Je veux maintenir la manière que j'ai toujours dite et tenue au procès. Si j'étais en jugement et que je voyais le feu allumé, les bois préparés et le bourreau prêt à mettre le feu, et que moi-même je fus dans le feu, je ne dirais pas autre chose et soutiendrais ce que j'ai dit au procès jusqu'à la mort.

Personne n'a quoi que ce soit à ajouter, et l'évêque, avec un soupir qu'il ne peut contraindre, annonce :

— Nous vous assignons à demain pour nous entendre porter notre sentence en cette cause.

Le lendemain donc, le jugement sera prononcé.

Jean d'Aulon a tout su par Manchon. Au point qu'il a eu l'impression d'être présent et d'entendre la ferme et magnifique réponse de Jeanne. Il est tellement accablé qu'il ne peut pas bouger de sa chaise, qu'il n'a pas vu les heures s'écouler ni la nuit tomber.

Se présente chez lui le valet de Cauchon, celui qui essaye chaque fois et sans succès de lui refuser sa porte.

— Monseigneur vous demande de venir le trouver.

D'Aulon fait l'immense effort de se lever, puis, marchant comme un automate, il suit le valet. Mis en présence de Cauchon, il reste debout, penché en avant, le regardant sans le voir.

— Ainsi, vous allez la condamner demain et vous direz que vous n'avez pas pu l'éviter.

— Écoutez-moi bien, chevalier, si vous le pouvez. Demain, nous allons présenter à Jeanne un document, une cédule dans laquelle elle abjure ses erreurs passées. Nous lui demanderons de le signer. Lorsqu'elle l'aura fait, nous la condamnerons à la prison perpétuelle comme nous nous sommes engagés à le faire, et ainsi échappera-t-elle à la mort.

Jean d'Aulon soudain revivifié se redresse.

— Jamais elle ne signera son abjuration !

— Aussi est-ce vous qui allez l'en convaincre sur l'heure. Nous partons pour la prison.

Les deux hommes arrivent au château de Rouen, dont les portes s'ouvrent nuit et jour devant l'évêque. Ils traversent la cour éclairée par la faible lumière des étoiles.

— Au moins, remarque Cauchon, vous ne pourrez pas dire que je n'ai pas fait tous les efforts possibles… Vous le répéterez à ceux qui vous envoient.

Ils pénètrent dans la tour, montent le petit escalier, entrent dans la cellule. L'évêque ordonne aux gardes de sortir et referme la porte sur lui, laissant le chevalier face à Jeanne.

D'Aulon voudrait la détacher de ses chaînes, il ne peut pas ; il voudrait la prendre dans ses bras, il n'ose pas. Ainsi entravée, prisonnière impuissante, elle l'intimide. Il reste à quelque distance de son grabat. Elle lui a souri mais sans mot dire. Elle le regarde, curieuse, attentive.

— L'évêque de Beauvais m'a permis de vous voir…

Puis il lui explique ce qui va se passer le lendemain, la cédule d'abjuration qu'elle devra signer, puis la condamnation à la prison.

— Je ne veux pas rester enfermée toute ma vie !

Il lui répète ce que l'Épiphane lui avait dit lors de leur première entrevue :

— On s'échappe d'une prison — puis, plus bas —, d'autres avec moi s'y emploieront.

— Tu veux me forcer à renier tout ce que j'ai fait, tout ce que j'ai dit, tout ce que j'ai cru…

— Il faut que vous viviez afin, un jour, de pouvoir continuer votre œuvre.

— Car tu imagines que les gens me suivront dès lors que je me serai rétractée ?

— Tous, toujours, vous suivront !

— En fait, tu n'es pas différent des autres, ceux qui, depuis le début, tâchent de me faire mentir à moi-même.

Alors d'Aulon comprend l'inutilité de sa démarche, mais surtout il n'a plus envie d'insister. De toute son âme, il voudrait la sauver mais il ne veut pas être celui qui la forcera à se renier. Elle le connaît si bien, jamais elle ne croirait qu'il soit vendu à l'évêque, mais le fait qu'elle ne doute pas de lui n'est qu'une piètre consolation.

Il reste là, à la regarder, elle le regarde aussi, avec sollicitude, avec affection, comme on regarde celui qu'on aime et qui ne comprend pas, qui ne peut pas comprendre. Ce regard…

C'en est trop pour lui. Il frappe à la porte, on le fait sortir de la cellule. Sa mine en dit assez long pour que Cauchon n'ait pas besoin de l'interroger.

— Je vous l'avais dit, chevalier, elle est plus entêtée que dix mille mules réunies. Je vous laisse, je vais retourner chez elle voir si j'ai plus de chance que vous.

Mais d'Aulon sait bien que l'évêque n'a aucune chance.

— Venez tout de même demain, vous ne le regretterez pas, lui dit-il en le quittant.

Sa première réaction est de refuser et de fuir le plus loin possible, mais le ton enjoué avec lequel l'évêque a prononcé cette invitation a éveillé en lui une dernière lueur d'espoir.

20

Pour cette séance du 24 mai, l'évêque Cauchon a voulu monter un grand spectacle. Il a choisi pour scène le cimetière accolé à l'église de Saint-Ouen. Une grande croix se dresse au milieu des tombes, mais il y a assez d'espace vide pour que l'on ait pu dresser pendant la nuit des tribunes, et aussi une sorte d'échafaud où prendra place la prisonnière.

La séance devant être publique, selon la décision de l'évêque, une foule innombrable entoure le petit cimetière et se presse contre la clôture. Jean d'Aulon se fraye difficilement un chemin au milieu des curieux agglutinés. Lorsqu'il atteint l'estrade où sa place est réservée, elle est déjà presque pleine.

Les autorités arrivent et s'asseyent non loin de lui. Cinquante et un docteurs et maîtres de l'Université de Paris, dix abbés commendataires, trois évêques, et enfin, en dernier, non pas le régent mais son oncle, le cardinal de Winchester, qui s'installe sur un trône élevé drapé de rouge.

Le regard de Jean d'Aulon se promène alentour. Il frissonne soudain, car là-bas, derrière les tombes, il a aperçu le bourreau et ses aides, reconnaissables à leurs uniformes, près de la charrette qui devrait mener Jeanne au supplice.

La foule s'écarte lorsqu'elle apparaît entourée de ses gardes, accompagnée par l'évêque et par Jean Lemaître, le vicaire de l'Inquisition qui visiblement n'est pas à l'aise. Elle est hissée sur une plate-forme. Elle porte sa tenue préférée, pourpoint et chausses noirs. D'Aulon la dévisage, et tout de suite son comportement l'inquiète. Elle garde un air absent, son regard vague se pose ici et là sans s'arrêter sur aucun point. Elle penche la tête à droite, à gauche, elle ne semble ni attentive ni intéressée par ce qui va suivre.

Le programme débute par un sermon admonestateur. L'évêque en a chargé Guillaume Érard, l'un des plus brillants professeurs de la Sorbonne. Cette tâche déplaisait manifestement à ce dernier qui aurait préféré être bien loin de Rouen. Il n'a pratiquement pas assisté au procès, sinon à un interrogatoire. Il connaît à peine Jeanne. Aussi attaque-t-il par un discours assez confus en puisant dans l'Évangile :

« *Je suis la vigne véritable, et mon Père est le vigneron… Il enlève en moi tout sarment qui ne porte pas de fruits, et il purifie tout sarment qui porte des fruits afin qu'il en porte davantage…* »

Il développe à satiété, puis brusquement hausse le ton et attaque Charles « qui se dit roi », un hérétique, un schismatique accroché aux jupes « d'une femme inutile, pleine de déshonneur ».

Face à l'insulte, Jeanne, à la stupéfaction de d'Aulon qui suit tous ses mouvements, reste parfaitement indifférente. Trois fois Érard, tout aussi étonné, lui hurle presque au visage :

— Je te dis que ton roi est hérétique…

Aucune réaction.

— C'est à toi, Jeanne, que je parle !

Alors elle semble se réveiller et répond en bredouillant de telle façon que d'Aulon n'attrape que quelques mots. Du moins, elle défend son roi, un noble chrétien, plus noble que tous les chrétiens, qui aime mieux la foi et l'Église…

— … il n'est point tel que vous dites, articule-t-elle d'une voix déformée.

— Faites-la taire ! ordonne l'évêque.

Aurait-elle bu ? se demande d'Aulon. Il ne peut y croire. En tout cas, elle n'est pas dans son état normal. Cauchon à présent rejoint Érard sur l'échafaudage, suivi du vicaire de l'Inquisition. Il admoneste par trois fois la Pucelle :

— Repentez-vous. Soumettez-vous…

Pas de réponse.

Vient alors le tour de Loiseleur, le faux prisonnier, qui intervient plus directement en s'adressant à elle à voix basse :

— Croyez-moi, Jeanne, si vous le voulez, vous aurez la vie sauve. Prenez l'habit de femme, acceptez tout ce qui vous sera demandé, sinon vous êtes en péril de mort. Si vous faites ce que je vous dis, vous serez remise à l'Église.

Jeanne ne paraît toujours pas entendre — bien que d'Aulon, lui, ait pu saisir précisément le message. Elle continue à promener un regard sans vie sur l'assistance qui l'entoure.

Après un court silence, l'évêque se met à lire d'un ton ferme la sentence définitive de condamnation. Les attendus n'en finissent pas. Parmi les Anglais, une voix s'élève : « Vous êtes un traître, l'évêque ! »

— Vous mentez, réplique Cauchon en interrompant sa lecture.

Puis il reprend. Il en arrive à la première sentence, qui déclare Jeanne « excommuniée de plein droit et hérétique comme opiniâtre et obstinée dans ses délits, fautes et erreurs ».

Il ne reste plus qu'à prononcer la seconde, c'est-à-dire l'abandon de Jeanne au bras séculier, qui la condamnera au bûcher. De nouveau il s'arrête. Jeanne se penche vers lui. D'Aulon voit ses lèvres remuer et Cauchon tendre l'oreille vers elle, puis se redresser et d'une voix retentissante annoncer :

— Elle déclare vouloir observer tout ce que l'Église ordonnera et ce que nous, ses juges, voudrions arrêter, disant qu'en tout elle obéirait à notre ordonnance.

L'évêque se tourne maintenant vers le cardinal de Winchester qui trône dans ses soies pourpres.

— Jeanne se soumet. Que convient-il de faire, Votre Éminence ?

L'Anglais répond dans un français rocailleux mais parfait :

— On doit admettre Jeanne à la pénitence.

Alors Cauchon replie la sentence de condamnation et sort des plis de sa robe un tout petit papier qu'il déplie. Au même instant, Massieu l'huissier se matérialise à ses côtés, saisit la feuille et commence à lire son contenu d'une voix monocorde.

— Et maintenant, Jeanne, vous allez à votre tour lire et signer cette cédule d'abjuration.

Jeanne s'empare de la feuille et tente de la déchiffrer. Massieu voit bien qu'elle peine, d'ailleurs Cauchon doit venir à son aide et relire lui-même chaque phrase avant de les lui faire répéter. Un secrétaire du cardinal s'approche d'elle à la fin de la lecture et lui tend une plume et un encrier. Elle prend la plume, l'observe comme si c'était un objet inconnu.

— Signe ! Signe vite, sans quoi tu seras brûlée ! hurle Érard dans ses oreilles.

Elle se penche vers la cédule que tient le secrétaire, et avec la plume fait un gros rond sans forme. L'évêque, impatienté, lui prend la main et la force à remettre la plume sur le papier. Il le fait si fort que la plume menace de se briser. D'Aulon voit que Jeanne trace rapidement quelque chose, puis elle se redresse en éclatant de rire. Là, il est réellement stupéfait et les prélats eux-mêmes se regardent les uns les autres avec effarement. Serait-elle possédée du diable ?

Cauchon, lui, a déjà tiré un autre document de sa poche, dont il donne lecture.

« Nous, Pierre, par la miséricorde divine, évêque de Beauvais, et frère Jean Lemaître, vicaire inquisiteur…

« Parce que Dieu aidant, tu es retournée au sein de notre sainte mère l'Église et de ta propre bouche tu as révoqué tes erreurs d'un cœur contrit et d'une foi non feinte, et que par ton propre organe tu as abjuré toute hérésie de vive voix…

« Nous te délions par les présentes des liens de l'excommunication qui te tenaient enchaînée…

« Mais parce que tu as témérairement délinqué… »

— Vous lui êtes trop favorable !

Cette interruption vient d'un théologien anglais, garde du sceau privé du cardinal de Winchester. Cauchon, soudain furieux, jette la sentence qu'il est en train de lire par terre.

— Je ne ferai plus rien aujourd'hui et j'agirai selon ma conscience !

Tout le monde reste figé.

Puis, comme si de rien n'était, il ramasse le document et en reprend la lecture :

« … Mais parce que tu as témérairement délinqué

contre Dieu et la Sainte Église, nous te condamnons par sentence définitive à mener une salutaire pénitence en prison perpétuelle au pain de douleur et à l'eau de tristesse… »

Il en a fini !

D'Aulon entend encore Loiseleur lancer d'une voix forte, à seule fin probablement que tout le monde entende :

— Jeanne, vous avez fait une bonne journée, à Dieu plaise, et vous avez sauvé votre âme !

Jeanne sûrement lui répond, mais de façon quasi inaudible. D'Aulon ne comprend que les derniers mots :

— Menez-moi en vos prisons, je ne veux plus être dans la main des Anglais.

— Menez-la où vous l'avez prise, clame Cauchon.

Les gardes l'encadrent et ils repartent vers le château de Rouen.

Les assistants ahuris, éberlués, se séparent en silence. La foule, lentement, se disperse.

*

Jean d'Aulon a assisté à cette mise en scène comme s'il s'agissait d'un songe. Tout s'est déroulé à une telle vitesse qu'il n'a pas eu le temps de bien comprendre. Ce qu'il sait, c'est que l'évêque les a tous manipulés en se livrant à des tours de passe-passe étourdissants.

Il n'en reste pas moins que Jeanne s'est parjurée, et cette vérité lui fait mal. Lui-même et avec lui tant d'hommes, tant de femmes lui ont naguère donné leur dévouement, leur espoir, leur amour et presque leur vie, et la voilà qui renie ce passé…

Cependant, il demeure perplexe. Jeanne n'était visiblement pas dans son état normal. Toutes ses réactions le prouvent amplement. Le principal, se répète-t-il, c'est qu'elle ait la vie sauve. Mais est-ce vraiment l'élément principal de cette étrange journée ? Jeanne, se parjurer ! Pourquoi l'a-t-elle fait ? A-t-elle simplement cédé à la peur ? Elle n'a jamais eu peur… Il entrevoit là un mystère dont il est décidé à trouver la clef.

L'après-midi de ce même jour, l'atmosphère en ville a changé. Apprenant que les juges se rendent dans la prison de Jeanne, d'Aulon s'en retourne au château.

Dès son arrivée, il sent une tension nouvelle. Les gardes à la poterne, généralement plutôt accueillants, sont devenus méfiants, nerveux. Bien qu'ils le connaissent de vue, ils le fouillent sans ménagement. La cour grouille de soldats anglais.

Les commentaires vont bon train, à haute et intelligible voix, fort peu aimables pour l'évêque et agressifs vis-à-vis de Jeanne. Ces Anglais le dévisagent avec méfiance, avec hostilité. Ne sachant où aller, il entre à tout hasard dans la salle des parements.

On est en train de démonter les estrades et d'enlever les tentures qui ont servi de décor à tant de séances du procès, mais il y trouve bon nombre de membres du tribunal, réfugiés là pour éviter un mauvais coup des Anglais de la cour. Chez tous, l'appréhension. Ces ecclésiastiques qui, du haut de leur assurance, harcelaient la Pucelle en ces lieux mêmes ont perdu leur arrogance.

Son fidèle informateur, Manchon, se précipite vers lui. Il tremble presque.

— Ces Anglais vont nous faire un mauvais parti. Ils sont furieux que Jeanne ait échappé au bûcher…

— Racontez-moi plutôt ce qui s'est passé.

— L'évêque m'a convoqué pour rédiger le compte rendu de la séance du cimetière de Saint-Ouen. Ah ! chevalier, si vous saviez le nombre de mensonges qu'il m'a fait transcrire ! Il a inventé des réponses de Jeanne à maître Érard, des déclarations qu'elle aurait faites, il m'a forcé à mettre noir sur blanc que c'est elle-même qui avait déclaré vouloir abjurer… Et ce texte de la cédule d'abjuration, lorsqu'il me l'a dicté, il y en avait au moins pour une page et demie. Or je l'ai vu, le texte original, celui que Jeanne a signé, il ne comportait que six ou sept lignes !

— Qu'a-t-elle donc écrit ou griffonné au bas de la cédule ? Oui ou non a-t-elle signé de son nom ?

— Non, chevalier, elle n'a tracé qu'une simple croix.

Une croix ? Pourquoi une croix ? Même dans un état second, elle n'aurait pas oublié d'écrire son nom… Alors, un souvenir revient dans sa mémoire. C'était au château de Beaulieu, lorsque Jeanne lui avait lancé un billet où elle déclarait ne pas vouloir s'échapper et qu'elle avait signé d'une croix. « Quelquefois, lui avait-elle dit au début de la campagne, je mets la croix au bas d'une lettre où je donne des instructions à mes partisans afin qu'ils fassent le contraire. » Un moyen comme un autre de dépister les espions… ou encore de méchants juges. Elle a signé d'une croix ! Cela signifie donc qu'elle restait lucide et ne voulait pas abjurer.

Face à lui, Manchon semble nerveux tout à coup.

— Bon, je dois vous laisser, chevalier, on m'appelle.

Le notaire disparu, c'est l'huissier qui prend sa place. Il est toujours volontaire pour fournir des informations. Il y a presque une concurrence entre lui et Manchon, à qui en dira le plus à d'Aulon.

— Dites-moi, Massieu, c'est vous qui avez lu la cédule d'abjuration. Que contenait-elle ?

— J'ai lu si vite que je ne me rappelle pas les termes exacts. Je sais que Jeanne s'engageait à ne plus porter les armes et à abandonner les habits d'homme. Il y avait d'autres articles dont je ne me souviens pas, mais en tout cas la cédule ne contenait pas plus de huit lignes… J'ai bien vu qu'elle ne comprenait pas ce texte. Comme les autres la pressaient de signer, elle s'est défendue comme elle pouvait. « Que la cédule soit vue par les clercs de l'Église entre les mains de qui je dois être mise, a-t-elle dit. S'ils me donnent le conseil de signer et de faire ce qu'on me demande, je le ferai volontiers. »

Massieu regarde un peu fébrilement autour de lui, puis reprend son récit :

— Alors, cet horrible maître Guillaume Érard lui a crié : « Signe donc, sinon tu mourras par le feu aujourd'hui même ! » Et j'ai entendu Jeanne déclarer qu'elle aimait mieux signer que d'être brûlée. À ce moment, la populace a été saisie d'une violente agitation et des pierres ont été lancées sur l'estrade où je me trouvais…

— Mon cher Massieu, vous oubliez un seul détail. Peut-être ne l'avez-vous pas remarqué, mais j'étais présent sur l'estrade, non loin de vous. J'ai vu, j'ai entendu tout ce que Jeanne a fait ou a dit. Votre récit n'est que le produit de votre imagination.

— Pourtant j'aurais bien cru, s'excuse l'huissier sans la moindre gêne.

Un tumulte venu de la cour les interrompt. Ils vont à la fenêtre. Les juges sortent de la tour où se trouve la cellule de Jeanne. En tête, l'évêque Cauchon avec le vicaire de l'inquisiteur, derrière eux Loiseleur et les autres. Les soldats anglais se sont approchés et les dévisagent avec une curiosité malveillante. Certains se font carrément menaçants.

Sans hésiter, Jean d'Aulon se précipite dans la cour et rejoint l'évêque. Il se met à marcher à côté de lui, la main sur le pommeau de son épée, prêt à dégainer si besoin est. Un grondement inquiétant autour d'eux s'intensifie. Les insultes fusent. Un Anglais lance d'une voix claire :

— Notre roi a bien gaspillé son argent avec vous, l'évêque !

Celui-ci a le bon sens de rester impassible.

Mais d'Aulon sent l'hostilité croître d'une façon palpable. Certains Anglais même portent la main à leur arme. D'un moment à l'autre, tout peut basculer. Heureusement, ils atteignent la poterne, et les gardes les laissent passer.

— Permettez-moi, monseigneur, de vous raccompagner jusque chez vous.

— J'en serais fort satisfait, chevalier.

Arrivé devant sa demeure, Cauchon propose à d'Aulon d'entrer.

— Vous viderez bien un verre avec moi, chevalier, nous l'avons bien mérité !

L'évêque fait apporter son meilleur vin, que le chevalier, grand connaisseur de spiritueux, reconnaît effectivement pour être de toute première qualité.

— Alors, vous voyez que j'ai tenu mes promesses.

— Vous l'aviez droguée, n'est-ce pas, monseigneur ?

— Vous êtes plus observateur que je ne le croyais ! Hier soir, après que nous nous sommes quittés, je me suis convaincu, en retournant dans sa cellule, qu'il n'y avait aucun moyen de lui faire entendre raison. Alors je lui ai administré dans un verre d'eau une potion de ma connaissance. Elle vient d'Orient, c'est un marchand italien qui me l'a apportée. Elle a le bénéfice d'annihiler en quelque sorte la volonté sans faire perdre conscience ni neutraliser les réactions. J'ai donc produit une Jeanne tout à fait plausible, qui a fait exactement ce que je voulais, et ce que vous souhaitiez, j'imagine…

— Et que s'est-il passé dans la prison cet après-midi ?

— Nous lui avons fait enlever ses vêtements d'homme, puis nous lui avons commandé de revêtir la belle robe que lui a fait coudre la duchesse de Bedford.

— Elle vous a obéi parce qu'elle était encore sous l'effet de votre drogue ! Et vous, vous déclarez qu'elle l'a volontairement…

— Apprenez, chevalier, que, de tout temps, c'est ainsi qu'on écrit l'Histoire. D'ailleurs, j'ai soigné les détails. J'ai suggéré à maître Beaupère que c'était lui, avant la séance du cimetière de Saint-Ouen, qui avait convaincu Jeanne de se soumettre à l'Église. De même, j'ai insinué à maître Nicolas Midy que c'était grâce à ses admonestations qu'elle avait renoncé à ses erreurs. Comme vous vous en doutez, c'est faux, Jeanne aurait été bien incapable de prononcer une phrase sensée, mais nos maîtres, comblés à l'idée du rôle flatteur que je leur attribuais, se sont fait les trompettes de ce pieux mensonge.

— Comment avez-vous obtenu la complicité du cardinal de Winchester ?

— Je vous l'ai dit depuis le début, chevalier, les Anglais sont beaucoup plus malléables que ces fanatiques de l'Université de Paris. Le cardinal n'aime pas son neveu Bedford. Il a été trop content d'entrer dans mon jeu sans en connaître les raisons, pour le simple plaisir d'embêter le régent qui voulait l'exécution de Jeanne !

— Vous avez été insulté par ces Anglais, et menacé !

— Quelques excités sans importance... Tout cela se calmera dans quelques jours.

— Alors dites-moi pourquoi, malgré vos promesses, vous avez remis Jeanne dans sa prison anglaise plutôt que de la transférer dans une prison ecclésiastique où elle eût été mieux traitée ?

— Parce que je continue à avoir plus confiance dans les Anglais que dans mes confrères de la Sainte Église. Jeanne est sauvée, c'est ce que vous vouliez ? Pourtant, vous n'avez pas l'air de vous en réjouir...

— Vous avez sauvé sa vie, monseigneur, mais avez-vous sauvé son âme ? En tout cas, avec cette abjuration obtenue de force, vous avez tué une héroïne, une sainte et une légende. C'est peut-être d'ailleurs ce que vous souhaitiez depuis le début, car ainsi vous servez vos amis anglais mieux qu'ils n'auraient jamais pu l'espérer.

Cauchon serre les poings sous l'insulte. La rage se lit sur son visage.

— Je me suis engagé à lui épargner le bûcher et je l'ai fait ! Allez l'annoncer à ceux qui vous ont envoyé, et je vous conseille fortement de ne plus vous mettre en ma présence.

D'Aulon se lève, finit son verre d'un trait et sort lentement sans saluer.

*

Sa mission achevée, Jean d'Aulon est resté quelques jours à Rouen pour s'assurer que tout allait bien, et pour aussi commencer déjà à envisager l'évasion de Jeanne. D'ailleurs, son instinct lui disait de ne pas s'éloigner trop tôt, il n'était pas convaincu que tout fût fini.

Ce dimanche soir, comme rien n'était survenu, il est en train de boucler ses maigres effets lorsque le valet de l'évêque surgit :

— Monseigneur vous demande immédiatement. Venez vite, chevalier, je ne l'ai jamais vu dans un tel état !

Tout de suite, d'Aulon pressent la catastrophe. Laissant le valet ahaner derrière lui, il court jusqu'au domicile de Cauchon et entre en trombe dans son cabinet. Il le trouve plus pâle que jamais, ses cheveux blancs hérissés, ses yeux lançant des flammes. La bouche tordue, il peut à peine parler :

— Elle a repris ses habits d'homme ! aboie-t-il.

D'Aulon le regarde sans tout de suite comprendre.

— Bougre d'âne, vous ne comprenez pas ! Elle a repris ses habits d'homme, bien qu'elle ait juré dans la cédule ne plus le faire. Elle est retombée dans son erreur. Elle est relapse, comme nous disons dans notre jargon. Plus rien ne peut la sauver ! Je suis obligé, sans que personne ne puisse m'en détourner, de la condamner…

Malgré le choc qu'il éprouve, d'Aulon n'est pas si étonné. En son for intérieur, il s'attendait à une surprise de ce genre.

Il garde son calme pour demander ce qui s'est exactement passé.

— À la vérité, je n'étais pas entièrement sûr d'elle. Aussi hier ai-je envoyé en sa prison maître Beaupère, vous le connaissez ? Vous avez dû le voir au procès.

S'il l'avait vu ! Jean Beaupère s'était montré l'un des pires, l'un des plus perfides dans les interrogatoires.

— Je l'ai donc envoyé vérifier que Jeanne se comportait comme elle l'avait juré. Je lui ai adjoint maître Midy — encore plus agressif que Beaupère, se remémore d'Aulon —, je voulais qu'il conseillât à Jeanne de persévérer dans son bon maintien. Arrivés au château, ils n'ont pu trouver le portier qui conserve la clef de la cellule. Pendant qu'on partait à sa recherche, des Anglais se sont approchés d'eux et les ont menacés de les jeter à la Seine. Ils ont compris que leur soutane ne les préserverait pas. Ils ont donc fait retraite. En franchissant le pont-levis, d'autres Anglais les ont serrés de près, les menaçant d'une façon encore plus terrible. Ils n'ont dû leur salut qu'en prenant leurs jambes à leur cou.

L'évêque se met à marcher nerveusement de long en large.

— Ce matin, Warwick m'envoie un messager m'annoncer qu'elle a repris ses habits d'homme. J'ai voulu aussitôt le faire constater, et j'ai dépêché plusieurs de nos juges, avec l'huissier et le notaire. Ils ont trouvé la cour du château remplie d'Anglais. Ils étaient au moins cent, paraît-il, qui, à leur vue, se sont mis à vociférer, à crier des menaces, des injures si grossières que je vous les épargnerai. L'un de nos hommes de loi, maître André Margeri, a voulu les raisonner en leur expliquant qu'il serait tout de même bon de demander à la Pucelle pour quel motif elle a repris ses habits d'homme… Un Anglais s'est précipité sur lui la hache à la main, et les autres n'ont pas voulu en savoir davantage, ils ont fui au plus vite. Donc personne n'a vu Jeanne.

— Et vous, monseigneur, qui étiez si sûr de vos amis anglais !

— Je ne comprends pas ce qui se passe. Ils étaient si mesurés en comparaison de nos doctes maîtres de l'Université. Avec les gages de fidélité que je leur avais donnés, ils nous laissaient faire…

C'était bien la première fois que d'Aulon voyait l'évêque aussi déconcerté, déstabilisé.

— Qu'allez-vous donc faire, monseigneur ?

— J'ai déjà fait prévenir le comte de Warwick que je me rendrai demain dans la prison avec une commission d'enquête.

Après une nuit sans sommeil, d'Aulon rôde nerveusement aux abords du château. Pour la première fois, les gardes lui en ont refusé l'accès et l'ont repoussé brutalement. Presque fou d'impatience, d'angoisse, il attend de voir ressortir l'évêque Cauchon. Heureusement pour lui, il n'a pas longtemps à patienter, car la séance a peu duré.

L'évêque apparaît la tête haute, la mine sévère. Il fait semblant de ne pas le reconnaître et passe à côté de lui comme s'il ne l'avait jamais vu. Il doit presque courir pour rattraper Manchon et Massieu, qui marchent hâtivement comme s'ils le fuyaient. Ils s'excusent tous deux en prétextant beaucoup de travail.

Jean d'Aulon se fait persuasif pour les entraîner dans une auberge. À contrecœur, ils le suivent mais refusent de boire une goutte de vin. Le vieux Manchon se décide à parler le premier :

— Lorsque l'évêque m'a convoqué de grand matin, j'ai refusé de retourner au château. Notre dignité y avait été bafouée hier, et je ne voulais pas de nouveau être exposé aux insultes de la soldatesque. Le comte de Warwick en personne, à la prière de l'évêque, m'a envoyé un garde pour m'accompagner et m'éviter tout désagrément. Lui-même m'a conduit jusqu'à la cellule de la Pucelle.

— Mais enfin que s'est-il passé ? Pourquoi a-t-elle repris ses habits d'homme ?

Massieu prend alors la parole :

— Quand elle s'est réveillée le dimanche matin, elle a eu envie de satisfaire des besoins naturels. Bien entendu, elle s'était déshabillée pour la nuit. Elle demande à ses gardes de la détacher et de lui passer ses vêtements. Ceux-ci avaient subtilisé ses habits de femme et lui tendent le sac resté dans sa cellule, qui contenait ses anciens habits d'homme. Elle argue qu'il lui était défendu de les revêtir, et qu'elle ne le ferait sous aucun prétexte. Mais eux, malgré ses prières, refusent de lui rendre sa robe. La querelle a duré jusqu'à midi. Finalement, par nécessité physique, elle a été contrainte de reprendre ses vêtements masculins.

Tout cela n'avait aucun sens, juge d'Aulon. Comme toujours, l'huissier inventait n'importe quoi ! Le notaire, lui, même si de temps en temps il travestissait la vérité pour se couvrir ou se gonfler, restait plus fiable.

— Et vous, Manchon, qu'avez-vous entendu ?

— Devant moi, l'évêque lui a demandé pourquoi elle avait repris ses habits d'homme. Elle a commencé par répondre qu'elle n'avait rien compris à la cédule d'abjuration, et qu'elle n'avait pas conscience d'avoir juré de ne plus les porter. Si, cependant, elle s'est résignée à le faire hier matin, c'était pour défendre sa vertu, en habit de femme elle ne se sentait pas en sûreté parmi ses gardes qui voulaient sans cesse attenter à sa pudeur. Elle était certaine que, si elle avait gardé sa robe, elle aurait été violée. D'ailleurs, ajouta-t-elle, ses juges lui avaient promis de l'envoyer dans une prison d'Église, et de ne mettre dans sa cellule que des femmes. Aussi, si ses juges voulaient bien la mettre en un lieu sûr où elle n'eût rien à craindre, elle était prête à reprendre ses habits de femme.

« De son côté, maître de Courcelles affirme l'avoir entendue dire pour sa défense qu'il était plus décent d'être habillé en homme parmi des hommes, et frère Ladvenu l'a surprise en train d'avouer qu'un grand seigneur anglais avait voulu la violenter. Quant à frère Isambart, il jure qu'elle avait une expression bouleversante de peur et des larmes aux yeux… »

D'Aulon n'écoutait plus. Il imaginait Jeanne enchaînée, en habits de femme, avec autour d'elle ces soudards, l'obscénité à la bouche, qui peut-être tentaient un geste sur elle mais qui surtout la menaçaient sans arrêt de viol. Il sentait son angoisse, son affolement qui la rendait sûrement incapable de raisonner, de prier, et même d'appeler ses saintes au secours.

Il avait envie de tuer.

Lorsqu'il se retrouve seul, il se calme un peu. En y réfléchissant, il se prend à soupçonner Manchon d'avoir inventé une histoire. Selon lui, Jeanne aurait repris ses habits d'homme pour éviter le viol. Mais ce n'est pas un pourpoint et des chausses qui auraient mieux qu'une robe arrêté le brutal désir des soudards ou leur volonté de la tourmenter. Donc, le notaire lui aussi avait menti.

C'est le visage dur et très maître de lui qu'il se présente chez l'évêque.

— Dites à monseigneur de me recevoir sur l'heure, c'est dans son propre intérêt.

Et monseigneur le reçoit.

Il a sa tête des mauvais jours. Sans se départir de son habituelle courtoisie, d'Aulon lui demande quelles raisons Jeanne lui avait données pour avoir repris l'habit d'homme.

— Elle m'a répondu qu'elle l'avait fait de sa propre volonté, sans que personne l'y contraigne, et qu'elle aimait mieux cet habit que l'habit de femme. Elle a ajouté qu'elle n'avait jamais compris avoir fait le serment de ne plus les porter.

L'évêque fait une pause.

— Je suis sincère, chevalier, je vous dit tout. Elle m'a aussi fait des reproches. Je lui avais promis de lui faire enlever ses chaînes, de la laisser entendre la messe et de l'autoriser à recevoir la communion. Elle m'a accusé de ne pas avoir tenu mes promesses.

— Du coup, elle s'est sentie libre de ne pas tenir les siennes…

Cauchon baisse la voix, d'Aulon remarque qu'il évite son regard.

— Je lui ai demandé si elle avait entendu ses Voix. Effectivement, elle les avait entendues et elles lui avaient reproché son indigne trahison en faisant abjuration et rétractation pour sauver sa vie, et qu'ainsi elle se damnait. Elle a évoqué le sermon de maître Érard, qu'elle a appelé un faux prêcheur. Elle m'a répété qu'elle n'avait rien compris de la cédule d'abjuration. Elle a avoué qu'elle aimait mieux faire sa pénitence et mourir dans la souffrance que supporter plus longuement sa peine de prison.

L'évêque s'arrête et regarde attentivement le chevalier. A-t-il réussi à le convaincre ?

— Vous mentez, monseigneur.

Cette accusation est lancée d'une voix égale et presque douce.

— Je vous crois, poursuit d'Aulon, lorsque vous dites que Jeanne regrette son abjuration. Je crois aussi que ses Voix lui ont reproché cette trahison. Mais pour la reprise des habits d'homme, c'est vous qui avez tout organisé. Vous avez ordonné de laisser le sac les contenant dans la cellule, vous avez chargé vos soudards de la harceler pour créer chez elle une telle panique qu'immanquablement elle aurait repris ses mêmes habits. Ah ! monseigneur, vous êtes vraiment fort habile ! Pourquoi donc ces soudards n'ont-ils fait que la menacer, sans passer à l'acte ? Car s'ils l'avaient vraiment violée, leur culpabilité eût été instantanément établie, et Jeanne devenait aussitôt une victime innocente. Tandis qu'il n'existe aucune preuve que vous l'ayez forcée à reprendre ses habits d'homme !

D'Aulon s'est rapproché insensiblement de l'évêque.

— Jeanne est la prisonnière la plus célèbre du monde. Jamais ses gardes n'auraient osé une parole ou un geste contre elle sans en avoir reçu l'autorisation, et c'est vous qui la leur avez donnée. Ainsi, non seulement vous avez obtenu son abjuration, qui enlève toute crédibilité à ce qu'elle a accompli, à ce qu'elle a été, mais vous allez la faire brûler en prouvant que vous avez tout essayé pour l'éviter, et vous l'empêchez d'accéder au rang de martyre. Il faut une dose quasi inconcevable de ruse et de perfidie pour manipuler ainsi une jeune fille qui ignore tout de vos tortueux cheminements. Vous gagnez sur tous les tableaux, monseigneur, vous avez réussi à tromper tout le monde, sauf votre serviteur.

À sa grande surprise, Cauchon ne se fâche pas. Il prend au contraire un ton tout aussi mesuré que le sien pour répondre :

— Vous oubliez, chevalier, que je ne suis pas maître au château du roi. Si instructions ont été données aux gardes de Jeanne, c'est par le comte de Warwick, ou même par le régent, de sa lointaine résidence…

— Alors pourquoi, tout à l'heure en sortant de sa cellule, vous êtes-vous adressé aux officiers anglais qui vous attendaient impatiemment pour leur dire : « *Farewell*, faites bon visage, c'en est fait… » ?

— Comment ? Qui vous a dit ça ? Quoi qu'il en soit, chevalier, puisque mon intention est de tromper les Anglais sur le sort final de Jeanne, je n'allais tout de même pas prendre publiquement pitié d'elle !

— Quelque explication que vous trouviez, monseigneur, quelque impossibilité dont vous vous targuiez, quelque échappatoire que vous choisissiez, je vous tiens responsable de son sort et vous en subirez les conséquences…

— Que voulez-vous que je fasse ?

— Sortez-la de prison, tout simplement.

— À la barbe des centaines de soldats qui montent la garde nuit et jour hors du château, dedans, dans la tour, dans sa cellule même ?

Jean d'Aulon repense soudain à Laxart, qui voulait délivrer Jeanne en l'habillant en moine.

C'était le déguisement idéal, explique-t-il à l'évêque.

— Vous avez amené tant d'ecclésiastiques auprès

d'elle que personne ne remarquera s'il y entre un de plus ou un de moins…

Il propose de s'aboucher avec Laxart et ses hommes, en espérant qu'ils attendent toujours le signal qu'il devait leur donner.

En revanche, ce qu'il garde pour lui, c'est qu'il n'est plus du tout sûr de l'évêque, lequel a tant de ressources dans sa manche ecclésiastique qu'on peut craindre toutes les dérobades de sa part.

En rentrant chez lui, il fait un détour pour déposer chez le négociant qui sert de boîte aux lettres un billet pour l'Épiphane, où il lui explique brièvement la situation et requiert ses conseils et son assistance, tout en se demandant si son message arrivera à temps.

La nuit est déjà bien avancée et Jean d'Aulon, incapable de dormir, tourne et retourne encore dans sa tête la question de savoir pourquoi Jeanne a repris ses vêtements d'homme, quand il voit la porte de sa chambre s'ouvrir silencieusement. Une silhouette apparaît, qui s'approche jusqu'au bord de son lit. C'est l'Épiphane, l'homme qu'il souhaitait tant voir et qui se tient maintenant devant lui.

Comment était-il entré ? Peu importe. Depuis combien de temps était-il à Rouen, le laissant agir, prêt à sortir de l'ombre et à intervenir si le besoin en devenait pressant ? Depuis plus longtemps qu'il ne l'imaginait.

Revenant de sa surprise, d'Aulon se lève maladroitement et se rajuste. Puis il lui explique en détail les événements des derniers jours et ses propres agissements.

L'Épiphane l'écoute d'un air absent et se contente d'approuver ses décisions.

— Au point où nous en sommes, seul un plan aussi fou que le vôtre peut réussir.

D'Aulon lui répète la question qui l'obsède, pourquoi Jeanne a-t-elle repris ses vêtements d'homme ? Parce que l'évêque l'y a indirectement obligée ?

L'Épiphane prend son temps pour répondre :

— Tous ceux que vous avez entendus mentent, mais tous aussi, même à leur insu, détiennent une part de vérité. Il y a certainement eu d'effrayantes pressions sur Jeanne, orchestrées probablement par l'évêque. Devant la menace, elle a pris peur mais, je l'affirme, c'est volontairement qu'elle a remis ses vêtements d'homme.

— Pourquoi veut-elle ainsi se condamner ?

— C'est sa seule manière d'annihiler son abjuration. Aussitôt sortie des effets de la drogue, elle a compris la signification de ce qu'on l'avait forcée à faire et elle l'a rejeté, en sachant fort bien à quels dangers elle s'exposait. Elle s'exorcise de l'ignominie inventée par Cauchon en attirant la foudre sur elle.

— Mais on n'accepte pas de mourir brûlée vive sur un bûcher uniquement pour pouvoir porter des vêtements d'homme !

— Si, mon ami, si cela devient un symbole. De toute façon, elle aurait trouvé un prétexte pour conjurer les calculs de l'évêque et pour expier ce qu'il l'a forcée à faire, car de ce fait elle redevient l'héroïne qu'elle a été.

— Alors, réplique le jeune homme, je suis plus décidé que jamais à la sauver par tous les moyens !

L'Épiphane garde sur son visage une expression impénétrable, mais il ajoute d'une voix douce :

— Je ne cesserai de penser et de prier pour elle et pour vous.

Le matin suivant, l'évêque réunit son monde dans la chapelle de l'archevêché de Rouen. Plus de petit comité, c'est tout son conseil qui est présent. On constate solennellement que « sous la suggestion du diable » Jeanne a repris l'habit masculin, et l'on met au vote le châtiment à lui infliger.

Unanimement, les quarante-deux théologiens, juges et assesseurs présents déclarent « ladite Jeanne relapse, impénitente, hérétique » et décident de la déférer au bras séculier, priant « qu'on l'exhorte charitablement au salut de son âme… ».

Charitablement donc, Jeanne est convoquée le lendemain matin sur la place du Vieux-Marché.

Au soir, Jean d'Aulon a rendez-vous avec l'évêque pour faire son rapport.

Il n'a eu aucun mal à retrouver Durand Laxart, puisque c'est lui qui leur avait indiqué le nom du bourg où se mettre à l'abri en attendant sa venue. Il s'est donc entendu avec Laxart et sa bande. Ceux-ci amèneraient dès l'aube des chevaux dans un bosquet situé sur l'autre rive de la Seine, près de l'entrée du pont. Une bure de moine a été choisie, qui correspond à peu près à la taille de la Pucelle.

L'évêque écoute benoîtement, puis prend la parole à son tour :

— Moi aussi, j'ai beaucoup travaillé pour nous, chevalier, et j'ai trouvé à Jeanne une remplaçante.

D'Aulon en reste bouche bée. Quelle est cette nouvelle diablerie ? L'évêque sourit.

— Vous n'imaginiez tout de même pas que j'allais faire sortir Jeanne pour que, sa fuite découverte, on m'envoie à sa place sur le bûcher ! J'ai donc cherché quelqu'un qui accepterait de la remplacer…

— Vous avez trouvé une femme qui consente à se laisser brûler vive ?

— Je me suis rendu dans notre prison ecclésiastique où, comme vous l'imaginez, j'ai mes entrées. Il y avait là une sorcière condamnée au bûcher. Je lui ai promis de lui éviter la torture préalable, et aussi, comme cela se passe souvent avec les condamnés qui en ont les moyens, de la faire étrangler au dernier moment afin qu'elle ne souffre pas. Elle a aussitôt consenti à remplacer Jeanne sur le bûcher.

— Mais enfin, tout le monde connaît le visage de Jeanne. Comment éviterez-vous que la supercherie soit dénoncée ?

— N'ayez crainte, chevalier, j'ai pris toutes les mesures. Non seulement personne ne pourra la reconnaître, mais tout ira tellement vite que nulle question n'aura le temps d'être posée.

— Et si cela se sait, monseigneur ?

— C'est pourquoi j'exige de vous le silence absolu. Il n'y aura que vous et moi dans Rouen à savoir. Cependant, pour prix de l'immense service que je vous rends et que je rends à Jeanne, j'exige qu'une fois libérée, elle se mette volontairement au secret pendant plusieurs années, afin que je ne pâtisse pas de sa libération.

*

En ce mercredi 30 mai 1431, il fait déjà jour à sept heures du matin. L'évêque s'est levé bien avant et à cette heure il se trouve dans la chapelle de l'archevêché de Rouen, avec le vicaire de l'Inquisition toujours muet et quelques acolytes. On rédige l'acte solennel qui a présidé à la condamnation de Jeanne :

« J'ai cité personnellement une femme communément appelée la Pucelle à comparaître en personne devant nous ce mercredi après la fête de la Sainte-Trinité, avant-dernier jour du présent mois de mai, à huit heures du matin au Vieux-Marché à Rouen, afin qu'elle y soit déclarée par nous relapse, excommuniée et hérétique… »

Cette formalité accomplie, l'évêque se dépêche de retourner chez lui. Il y trouve Jean d'Aulon comme prévu. Le jeune homme reste très décidé, en pleine possession de ses facultés même si son cœur bat à tout rompre.

Cauchon commence par s'excuser :

— Je n'ai pas pu me soustraire à la procédure. J'ai dû faire signifier à Jeanne son arrêt de mort. C'est Massieu qui l'a fait à six heures ce jour. Croyez bien que si je l'avais pu, je lui aurais épargné cette souffrance inutile. Mais depuis, j'ai envoyé le frère Ladvenu la confesser. Celui-ci m'a fait prévenir qu'elle demandait la communion. Cela aussi, je l'ai accordé. J'ai même requis le frère Isambart de La Pierre pour la lui porter. Au moins lui ai-je procuré quelques adoucissements…

— Et vous ne l'avez pas prévenue que vous alliez l'échanger ?

— Elle est bien trop franche, elle n'aurait jamais pu taire ce qui se prépare.

Puis l'évêque s'en va chercher la « sorcière » qu'il tient enfermée dans une des caves de la maison.

Au lieu d'une possédée du diable crachant du venin, d'Aulon découvre avec effroi une demeurée qui, visiblement, n'a pas toute sa tête et qui bredouille continuellement des « Jésus Marie, priez pour moi ». Effectivement, elle a un peu la carrure de Jeanne, et de loin on pourrait s'y tromper. Toutefois, le visage n'a aucune ressemblance. L'âge peut-être, car elle doit être bien jeune, mais les traits n'ont aucun rapport. Du moment que Cauchon affirme avoir tout prévu...

On fait enfiler à la « sorcière » la bure de moine, on lui rabat le capuchon sur le visage. On ouvre la porte. Dans la rue attendent des gardes, des membres du tribunal, des moines, des valets venus chercher Mgr l'évêque de Beauvais.

L'évêque se penche vers Jean d'Aulon pour lui murmurer ses dernières instructions. Puis il part, entouré de son cortège.

Le chevalier emmène, lui, la pauvre « sorcière ». Affaiblie par de longs mois en prison, elle marche lentement. D'Aulon la soutient comme il peut et tâche de la faire hâter.

Malgré l'heure matinale, la foule est déjà très nombreuse dans les rues et se dirige vers la place du Vieux-Marché, avide d'assister à ce spectacle de choix qu'est une exécution par le feu. D'Aulon rejoint le cortège de l'évêque à la porte du château. Les gardes, bien entendu, laissent passer monseigneur et sa suite, dans laquelle se glissent le chevalier et sa prisonnière.

Ils traversent la cour, pénètrent dans la tour, montent les huit marches et s'arrêtent sur le palier. L'évêque frappe à la porte de la cellule de Jeanne, de l'intérieur les gardes lui ouvrent. Il donne un ordre bref, les gardes sortent. Alors, d'un geste vif, Cauchon fait approcher d'Aulon et son faux moine, les pousse presque dans la cellule, puis, avec une lenteur solennelle, il y pénètre à son tour.

Jean Toutmouillé, un jeune frère qui fait partie du cortège, entend la voix de Jeanne prononcer cette phrase qui le hantera toute sa vie :

— Évêque, c'est par vous que je meurs !

— Ah ! Jeanne, vous mourrez parce que vous n'avez pas tenu ce que vous aviez promis, scande Cauchon d'une voix forte.

Puis le frère Toutmouillé, qui se trouve contre l'huis, perçoit encore ce conseil dit tout bas :

— Prenez patience, Jeanne.

Et la lourde porte de la cellule se referme dans un bruit de tonnerre.

Depuis la veille, les ouvriers avaient travaillé sans relâche pour que tout soit prêt dès les premières lueurs. Trois estrades ont été édifiées, à base de plâtre et de chaux, sur la place du Vieux-Marché. Les deux premières portent des gradins de bois recouverts d'étoffes. Quant à la troisième, qui attire tous les regards, elle est destinée à la partie la plus attendue du spectacle.

Huit heures sonnent et déjà tout le monde a pris place sur les deux premières estrades, le tribunal au complet sur la première, avec tous ses membres jusqu'au dernier assesseur, les personnalités sur la seconde, prélats bien sûr mais aussi grands seigneurs qui entourent le cardinal de Winchester. C'est un bouquet de soies rouges, violettes, de robes blanches, noires, grises, brunes, de colliers d'or, de velours, de soies, de grandes coiffures drapées.

Huit cents soldats anglais empêchent la foule immense qui commence d'arriver. Les badauds se plaignent à voix haute d'être maintenus si loin qu'ils ne pourront rien voir. Sur ordre supérieur, des volets de bois ont été cloués sur les fenêtres qui donnent directement sur la scène. Personne n'a le droit de voir le spectacle de près.

Personne, sauf un homme qui se tient derrière l'un

des volets. On y a percé suffisamment de trous pour qu'il puisse tout voir et entendre. Il est seul dans la pièce. C'est l'Épiphane. Et de son poste d'observation, déjà certaines irrégularités le frappent.

Selon l'usage, avant que la justice séculière ne prononce sa condamnation, le bûcher ne doit pas être dressé. Le poteau auquel est lié le condamné et les fagots ne sont amenés qu'après la condamnation. Or, sur la place du Vieux-Marché, tout est déjà prêt. Il n'y aura donc pas un instant de retard.

Il remarque aussi la distance où la soldatesque maintient la foule. Les tribunes ont été élevées de façon que le moins possible de badauds assistent au spectacle. L'extraordinaire déploiement militaire l'impressionne, comme si l'on craignait de voir l'armée du roi de France tomber soudain sur Rouen.

Son regard s'étant porté sur les tribunes, il note que juges et personnalités commencent à s'agiter. À huit heures devait commencer le spectacle, mais il est presque neuf heures, et rien ne point. Retard inexplicable.

Enfin, les cloches de l'église voisine de Saint-Sauveur annoncent les neuf heures lorsque le cortège tant attendu apparaît. Pas moins de cent vingt hommes d'armes entourent la charrette où la condamnée a pris place entre frère Martin Ladvenu et frère Isambart de La Pierre. Un silence glacé tombe sur la place, juste perturbé par le bruit des roues de la charrette sur les gros pavés inégaux.

La condamnée porte une robe noire, et on l'a coiffée d'un bonnet en carton portant inscrits ses crimes. Le bonnet a été enfoncé très bas, cachant tout le haut du visage et enveloppant d'ombre la bouche et le menton.

— Priez pour le salut de votre âme, Jeanne, priez pour le salut de votre âme, répètent les deux frères prêcheurs.

On hisse la jeune fille sur l'estrade où se tiennent ses juges. Maître Nicolas Midy, justement l'un de ceux qui se vantaient d'avoir induit Jeanne à abjurer, se lève et s'approche d'elle pour prononcer son sermon. Prenant pour thème un passage de l'Épître de Paul aux Corinthiens — «*Si un membre souffre, tous les autres membres souffrent avec lui*» —, il développe assez brièvement, terminant par la formule usuelle :

— Jeanne, va en paix, l'Église ne peut plus te défendre et te laisse en la main séculière.

La condamnée n'a pas bougé.

C'est maintenant au tour de l'évêque de s'avancer, suivi encore du vicaire de l'Inquisition, Jean Lemaître, qui jusqu'au bout assumera son rôle de témoin silencieux. Levant les yeux vers la troisième estrade, Cauchon livre le contenu de la sentence :

— Aussi souvent que l'hérésie infecte de son poison pestilentiel un membre de l'Église et le transforme en membre de Satan, il convient avec zèle ardent d'empêcher que la contagion pernicieuse ne se répande aux autres parties du Corps mystique du Christ… Ainsi donc, nous, Pierre, par la miséricorde divine évêque de Beauvais, et frère Jean Lemaître, vicaire de l'illustre Inquisition…

Suivent le rappel rapide du procès, l'abjuration, la reprise des vêtements d'homme — «Nous t'avions cru sincèrement revenue de tes erreurs et de tes crimes… tu y es, ô douleur ! retournée ainsi que le chien retourne à son vomi…» —, d'où il suit que «nous te déclarons de nouveau passible de l'excommunication que tu avais encourue, relapse en tes erreurs et hérétique. Par cette sentence… »

— Hé ! le prêtre, vas-tu nous faire dîner ici ? clame un officier anglais en ricanant.

L'évêque, pas plus ému que ça d'avoir été interrompu, reprend :

— Par cette sentence, nous, siégeant en tribunal, déclarons que tu dois être, comme un membre gangrené, rejetée de l'unité de l'Église afin de ne pas infecter les autres membres, retranchée de son Corps et abandonnée au bras séculier. Et nous supplions le bras séculier de modérer envers toi son jugement en deçà de la mort et de la mutilation des membres…

Tout à coup le mouvement se précipite. L'évêque et l'inquisiteur n'ont pas le temps de se rasseoir que déjà deux sergents anglais grimpent sur l'estrade, empoignent la condamnée et la forcent à descendre.

En bas, les soldats s'emparent d'elle et la traînent presque en courant jusqu'à l'estrade où le bûcher l'attend. Ils l'attachent au poteau. Le bourreau qui tient la torche prête allume les fagots du dessous. Les premières flammes apparaissent. Frère Martin Ladvenu se précipite vers le bûcher et brandit une croix pour que la condamnée puisse la voir jusqu'à son dernier souffle.

De son poste, l'Épiphane entend crier plusieurs fois le nom de Jésus. Les flammes s'élèvent lentement, il perçoit une toux, la fumée a envahi les poumons. Derrière ses volets, il voit aussi le bourreau qui écarte les fagots. Le feu n'a pas encore atteint la condamnée mais elle a penché la tête, son corps inerte s'est affaissé. L'asphyxie a eu raison d'elle.

Du haut de leurs estrades, les juges et les personnalités invitées peuvent constater que la relapse est morte. Alors le bourreau remet les fagots enflammés en place et le feu commence à faire son œuvre. Des flammes s'élèvent haut, dévorant rapidement leur proie.

L'Épiphane est resté immobile, pas un muscle de son visage n'a bougé.

Le spectacle est terminé. Les juges et les autres s'en sont retournés à leur domicile, et les badauds, déçus pour la plupart d'avoir été écartés de la scène principale, ne se sont pas attardés. Les soldats anglais patrouillent mollement sur la place et dans les rues avoisinantes.

Descendu de sa cachette, l'Épiphane contemple le ciel immaculé de ce matin de printemps, la lumière qui tombe sur les maisons à colombages. Jamais le temps n'a été plus doux, plus invitant.

Quelques curieux se sont tout de même approchés des restes du bûcher. Figés, ils contemplent le tas de cendres d'où émergent des débris d'os noircis. L'Épiphane voit un sergent anglais, en compagnie de quelques soldats, réunir cendres et débris dans un récipient et l'emporter. Il les suit jusqu'à la Seine. Le sergent prend le récipient, l'ouvre et le renverse. Les cendres tournoient un instant dans la brise, puis descendent et se posent sur l'eau pour être entraînées par le courant.

L'Épiphane s'approche du sergent et lui demande la raison de son geste. L'homme est intelligent et s'exprime bien :

— Si vous avez assisté à l'exécution, vous avez remarqué que le bourreau a écarté des fagots. C'était pour que vous puissiez tous constater que ladite

Pucelle était bel et bien morte. Et maintenant, j'ai dispersé ses cendres pour que personne ne puisse dire qu'elle a échappé à son châtiment, ou prétendre qu'elle s'est évadée.

21

Sept ans se sont écoulés.

La nuit est tombée sur Paris depuis longtemps mais, au couvent des Célestins, tout le monde ne dort pas. Dans l'ancienne cellule du protecteur du couvent Philippe de Mézières, les Théologues sont réunis. C'est la première fois, depuis vingt et un ans exactement, depuis l'assassinat du duc Louis d'Orléans, qu'ils peuvent le faire à Paris. Car la révolte des cabochiens, la tyrannie des Bourguignons, l'occupation des Anglais les avaient éloignés de la capitale.

Depuis, la situation s'est inversée, et Paris est revenu aux mains de son maître légitime, le roi Charles VII.

— Et dire qu'il y a quelques années les Parisiens avaient acclamé le petit roi d'Angleterre Henri VI, venu se faire couronner ici ! Ces mêmes Parisiens qui ont acclamé il y a peu de temps le roi Charles, notre Sire, lorsqu'il a fait son entrée solennelle dans sa capitale retrouvée.

— Et qui a eu l'insigne honneur de mener le cheval du roi par la bride, sinon notre ami d'Aulon…

— Et qui a adressé au roi une harangue solennelle

à la porte de la ville, sinon maître Nicolas Midy, naguère un de ses plus acharnés adversaires !

Ils enregistrent le fait sans s'y arrêter. Ces hommes, par leur connaissance, par leur réflexion, par une profonde sérénité également, sont entraînés à toutes les volte-face humaines comme à tous les retournements de l'Histoire. Aussi ne sont-ils pas particulièrement étonnés par l'extraordinaire, l'époustouflante ascension de Charles VII. Ce rejeton, accusé d'être un bâtard par sa propre mère, ce faible, ce peureux, cet indécis, a reconquis sa capitale. Il est entré dans Rouen, il a chassé les Anglais de Normandie puis de Guyenne, et de leurs autres provinces l'une après l'autre. Ses armées paraissent invincibles, personne ne doute que dans quelque temps il aura achevé de reconquérir tout le royaume de France. Ce méprisé est devenu Charles le Victorieux.

— Le moment est venu, nous l'avons tiré de l'ornière, nous l'avons mis en selle, le piédestal que nous lui avons bâti est désormais si solide qu'il peut défier le pape et proclamer l'indépendance de l'Église de France. Par sa bouche, nos idéaux de réforme et de purification de l'Église seront annoncés, et par sa signature ils entreront en vigueur.

— Veuillez lire, monseigneur, le projet que vous avez rédigé.

Monseigneur, c'est Gérard Machet, le confesseur du roi. Il donne lecture du document qui résume tout ce que les Théologues cherchent à obtenir depuis tant d'années. Dans un préambule rigoureux, ils dénoncent les abus de la papauté puis, en vingt-trois articles, ils la déclarent inapte, sans toutefois cesser de reconnaître l'autorité spirituelle du pape. Ils ramènent ainsi l'Église de France à sa discipline ancienne et à sa vocation, et la placent sous la protection du roi. Désormais, le souverain serait considéré comme l'expression la plus complète de sa liberté.

— Demain, Charles VII signera cette ordonnance.

— Mais le pape va réagir, protester, menacer, excommunier !

— On lui enverra un Courcelles pour le calmer et le convaincre. Personne ne saura mieux défendre nos intérêts que notre ancien ennemi.

Puis ils parlent de l'avenir. Ils veilleront à l'application de leurs principes, il encadreront le roi, ils apporteront la lumière là où ils le pourront, ils continueront à se réunir entre gens de même caste pour examiner, analyser, décider et agir.

En fait, aucun n'ose dire ce que tous pensent, à savoir qu'ils ont achevé leur tâche, et qu'après avoir lutté de toutes leurs forces, ils ont gagné. Ils se séparent, à la fois satisfaits et mélancoliques.

Pas une fois le nom de Jeanne n'a été prononcé.

L'Épiphane, bien que présent, n'est pas intervenu.

*

Un an plus tard, ce dernier se retrouve dans la ville d'Orléans, très exactement le 28 juillet 1439. Il flâne dans les rues avec un réel plaisir. Cet homme si puissant apprécie la discrétion. Tout en agissant sans se cacher, tout en se mouvant au vu et au su de tous, tout en fréquentant les grands de ce monde, il garde l'ombre. Vêtu en bourgeois, nul ne le reconnaît, il peut se perdre dans la foule, il profite de la liberté que procure l'anonymat.

Autour de lui, les badauds deviennent de plus en

plus nombreux, des petites gens, des artisans, des ouvriers, des paysans venus des villages environnants, mais aussi des notables, des bourgeois. Détendus, joyeux, ils tournent sans cesse la tête vers le fond de la rue où doit apparaître celle qu'ils attendent tous impatiemment, Jeanne la Pucelle, celle qui dix ans plus tôt les a délivrés de l'Anglais.

Depuis, elle a réapparu miraculeusement en Lorraine, comme l'a rapporté dans son journal le doyen de l'église Saint-Thibault de Metz. Ses « frères », Pierre et Jean d'Arc, ont été les premiers à la reconnaître. Elle a eu des contacts épistolaires avec la Cour, des messagers ont volé entre le château royal et la Lorraine. Elle a été reçue aussi par la duchesse de Luxembourg, et celle-ci l'a mariée à un grand et riche seigneur, Robert des Armoises.

Ensuite, elle a vécu l'existence tranquille d'une grande dame, mais sans oublier ses fidèles admirateurs. Aussi, répondant à leur invitation, a-t-elle décidé de revenir à Orléans, sur le théâtre de son plus glorieux fait d'armes.

L'Épiphane se souvient des rumeurs nées à Rouen le soir même de l'exécution de la condamnée. Errant dans la ville, s'arrêtant devant les échoppes ou dans des tavernes, il avait recueilli les propos des bonnes gens :

— La Jeanne, elle n'est pas morte, elle s'est évadée, on l'a remplacée par une autre. C'est une autre qu'on a brûlée aujourd'hui !

Cela, l'Épiphane l'avait entendu dix, vingt fois, à croire que tout Rouen était persuadé qu'on avait substitué une autre condamnée à Jeanne.

« La voilà ! » crient soudain les Orléanais. Ils se serrent, les cous se tendent, les yeux cherchent. Ils l'aperçoivent tout de suite car elle est reconnaissable de loin.

Ce n'est ni une entrée officielle ni un défilé militaire. Il n'y a pas de gens d'armes pour maintenir la foule qui d'ailleurs reste bon enfant. Elle passe près de l'Épiphane. Habillée en femme, montée en amazone, elle porte avec aisance, avec élégance, la robe de soie, le manteau brodé et la coiffe ornementée. Des acclamations, des cris de joie retentissent :

— Vive Jeanne ! Vive la Pucelle ! Noël ! Noël !

L'Épiphane lit sur les visages une émotion profonde et sincère. Il y a parmi ces badauds tant d'hommes et de femmes qui, dix ans plus tôt, étaient présents, que Jeanne a su tirer de l'angoisse, de la terreur, pour leur apporter le soulagement infini de la libération. Il ne reconnaît pas dans sa suite ses deux « frères », mais il ne doute pas qu'ils soient présents, puisque depuis sa réapparition ils ne l'ont pratiquement pas quittée.

Le cortège s'est arrêté. Les édiles s'avancent. Au nom de la ville, ils reçoivent Jeanne et la prient d'accepter leur hospitalité, ils lui offrent le gîte et le couvert. Ce sont des barriques entières de vin, d'énormes quartiers de viande qu'ils mettent à sa disposition, avec bien entendu des quantités imposantes de cotignac, la pâte de coings au miel, spécialité de la ville, à laquelle Jeanne avait goûté lors du siège. Les édiles eux aussi étaient présents lorsqu'elle se battait pour eux. Aussi, après délibération, ont-ils voté un don en argent des plus substantiel « pour le bien qu'elle a fait à ladite ville durant le siège ».

Que de souvenirs, que d'images passent dans la tête de ces gens. Ils avaient littéralement idolâtré Jeanne lorsqu'elle avait chassé les Anglais. Maintenant, elle est de retour parmi eux. Comme si le temps s'était arrêté, elle n'a pas changé, et eux non plus n'ont pas changé vis-à-vis d'elle. Ils l'aiment, et elle les aime puisqu'elle est là.

Une femme doit se réjouir beaucoup plus que les autres. C'est la propre « mère » de Jeanne, Isabelle, qui depuis quelques années habite Orléans. Elle va enfin revoir cette enfant à laquelle elle a su donner beaucoup de tendresse. L'Épiphane cherche des yeux le mari de Jeanne, le sire des Armoises, mais il est probablement resté en Lorraine.

Un homme apprécie grandement le faste de cette réception, de ce triomphe, c'est le bailli de Chaumont. Chaumont qui, du temps de l'épopée, appartenait aux Anglais, est redevenu tout entier français. Et le roi, à la place d'un collaborateur indigne, a nommé bailli de la ville Robert de Baudricourt, celui-là même qui a joué un rôle si important dans les débuts de Jeanne. Baudricourt peut d'autant plus fêter le succès de Jeanne qu'il est le cousin germain par alliance du sire des Armoises, son époux…

*

Seize années plus tard, en ce jour de novembre 1455, il ne fait pas froid à Paris, c'est plutôt la grisaille avec un manteau de nuages qui s'appesantit sur la ville. La bruine tombe par intervalles.

La capitale, débarrassée de l'occupant et de la violence, a changé. Elle s'est considérablement étendue, aérée, modernisée.

Ce matin-là, les pensées des Parisiens se tournent vers leur cathédrale bien-aimée de Notre-Dame. Les portails ont été laissés grands ouverts pour que tous ceux qui le veulent puissent y pénétrer. Les autres resteront sur le parvis en tâchant d'attraper ce qu'ils peuvent de la représentation.

Devant le maître-autel, des trônes ont été installés. Sur l'un d'eux a pris place l'archevêque de Reims, non plus Regnault de Chartres, mort couvert d'honneurs, mais Jean Jouvenel. À côté de lui, le grand inquisiteur, qui n'est plus Jean Graverent, lequel avait refusé d'assister au procès de la Pucelle, mais Jean Bréhal. De l'autre côté, l'évêque de Paris, et tout près l'évêque de Castres, Mgr Machet, confesseur du roi. Autour d'eux, des abbés, des chanoines, des docteurs en théologie, des assesseurs, des théologiens, des professeurs de l'Université de Paris devenue farouchement française et soutien inconditionnel du roi Charles.

Des milliers de cierges éclairent le vaste sanctuaire, et des vastes encensoirs s'élèvent des volutes qui tâchent de couvrir les senteurs par trop ingrates qui émanent des innombrables spectateurs.

Dans les premiers rangs sont assis Novillompont et Poulengy, toujours restés proches depuis l'époque de Domrémy, Durand Laxart avec Jeanne sa femme, Catherine Le Royer qui avait hébergé Jeanne à Vaucouleurs, Louis de Coutes le page et beaucoup d'autres, même dame Marguerite La Touroulde, l'hôtesse de Bourges. Certains ont vieilli, certains se maintiennent en état, aucun mieux que frère Pasquerel qui, malgré les ans, reste vif, gardant l'œil à tout. Mgr le duc d'Alençon et le comte de Dunois ont préféré rester auprès du roi.

Le plus grand silence règne dans la basilique. Pas d'orémus ni de chorale, tout le monde attend dans l'immobilité la plus complète. Soudain, un mouvement au fond de la basilique. Dans la travée centrale, entièrement dégagée, s'avance une vieille, une très vieille femme. Elle a tant de peine à marcher qu'elle est soutenue par deux hommes. À la main, elle tient serré un grand parchemin d'où pendent de multiples sceaux. Il lui en faut du temps pour parcourir toute la longueur de la nef, elle gémit, elle soupire, des larmes coulent sans interruption sur son visage ridé. Enfin, elle arrive devant les marches du maître-autel. Là, elle s'agenouille péniblement et courbe la tête. L'âge autant que le respect envers les autorités la font se prosterner.

C'est Isabelle Romée, la « mère » de Jeanne. Et les deux hommes qui l'assistent sont ses fils, Pierre et Jean d'Arc. Gracieusement, l'archevêque de Reims l'invite à se relever, mais ses jambes se dérobent sous elle. Tant bien que mal, ses fils parviennent à la redresser. Alors elle commence à parler. Elle bredouille tant que Pierre ou Jean doivent répéter à haute voix ses paroles. Souvent d'ailleurs, elle ne se rappelle plus très bien ce qu'elle voulait dire, et ses fils lui soufflent le discours appris par cœur :

— De mon légitime mariage j'avais une fille, elle avait été baptisée et dûment confirmée. Je l'avais élevée dans la crainte de Dieu, le respect et la tradition de l'Église, pour autant que le permettaient son âge et notre condition. Vivant parmi les bêtes et les travaux des champs, elle n'en fréquentait pas moins l'église, très souvent… Elle n'a jamais rien pensé ni fait contre la foi.

« Et pourtant, ma Jeanne, les ennemis du royaume l'ont traînée en justice ! Ils l'ont condamnée au feu, et la souillure s'en est répandue sur nous tous ! Jusqu'à ce qu'il plût à la divine Clémence de rendre, après les nuages, le ciel bleu, après les guerres, la paix, après les ténèbres, la lumière…

Dame Isabelle et ses fils ont pris conseil de prud'hommes et autres avocats, et ils ont décidé de recourir au Saint-Siège apostolique. Dans leur humilité, ils s'en étaient remis à « notre Saint-Père Calixte » qui avait bien voulu accéder avec bienveillance à leurs supplications. Le pape Calixte III avait effectivement ordonné la révision du procès de condamnation.

Exténuée par l'effort, Isabelle ne tient plus debout. Ses fils l'aident à s'agenouiller de nouveau, presque à se coucher, son bras décharné tend vers les prélats le parchemin qu'elle tient en main. C'est le rescrit du pape ordonnant l'annulation de la condamnation de Jeanne et sa réhabilitation.

Le document est alors solennellement lu en chaire par un prêcheur. Le texte papal rappelle toutes les injustices, les monstruosités du procès. L'évêque Cauchon et le vice-inquisiteur Jean Lemaître, le silencieux, sont chargés de tous les crimes. Tout y a été noté, les irrégularités, les pressions, les menaces, les chantages, les violences, les mauvais traitements subis par Jeanne, les tortures physiques et morales. Lorsque le prêcheur en vient à raconter la mort sur le bûcher, les douleurs atroces, les flammes dévorant ce corps innocent, la férocité inouïe de son exécution, les assistants ne peuvent plus se contenir, la description du calvaire subi par la jeune femme les bouleverse.

D'Isabelle Romée toujours effondrée sort un gémissement ininterrompu. Ses fils, à côté d'elle, tous ceux qui ont été proches de Jeanne pleurent. Même les grands personnages ne peuvent dissimuler leur chagrin et leur horreur.

Le désordre est si total, les lamentations si

bruyantes que les prélats se lèvent de leur trône et préfèrent se retirer dans la sacristie. Ils y font venir Isabelle avec ses fils, et attendent que le calme revienne. Puis l'archevêque de Reims relit calmement le rescrit du Saint-Père. Paternellement, il se penche vers la vieille femme et s'engage à exécuter pleinement et entièrement les désirs du pape.

Bredouillant des remerciements, dodelinant et tremblant plus que jamais, la « mère » de la Pucelle est emmenée par ses fils…

*

L'Épiphane n'avait pas jugé utile d'assister à cette scène historique. Tout, dans ses moindres détails, avait été prévu. D'avance, il en connaissait la mise en scène, les acteurs et le rôle qu'ils y joueraient. Au moment où elle se déroulait, il était sur les routes. Il avait largement dépassé les quatre-vingts ans, et même si son esprit était encore puissant, son corps cédait devant l'âge. Il voyageait désormais en litière.

C'était une grande armature de bois que portaient quatre mules, à l'intérieur capitonné et recouverte à l'extérieur de cuir. Ses gens l'accompagnaient à cheval. Arrivant ainsi à Lyon, il se fait conduire directement au couvent des frères prêcheurs. Il a prévenu de son arrivée, il y est reçu avec discrétion, certes, mais avec honneur. L'abbé en personne le conduit vers une des cellules. L'Épiphane y entre et ferme la porte derrière lui.

Un homme, grand et maigre, se lève. C'est Jean d'Aulon. Il considère avec calme ce visiteur inattendu, enveloppé dans une ample et sombre cape. Il reconnaît les yeux perçants, le nez en bec d'aigle.

Au lieu de se débarrasser de son vêtement de voyage, l'Épiphane semble s'y emmitoufler.

— Je n'ai jamais pu m'habituer au froid, commence-t-il. Pardonnez-moi mon intrusion après toutes ces années où vous avez appris à m'oublier. Tout ce temps, vous n'avez pas su ce que je suis devenu et il est inutile que vous le sachiez. J'ai suivi votre carrière. Comme pour s'excuser de n'avoir rien fait pour la Pucelle, le roi vous a couvert de récompenses. Il vous a donné une des plus hautes charges de sa Cour en vous nommant un de ses chambellans. Il vous a choisi pour tenir la bride de son cheval lors de son entrée solennelle à Paris, cette ville que la Pucelle et vous n'aviez pu prendre. Il vous a désigné pour le représenter comme sénéchal en sa bonne ville de Beaucaire. Et puis, un beau jour, vous avez abandonné la Cour et ses honneurs pour vous retirer dans ce monastère. Il est inutile d'épiloguer sur vos raisons, elles ne tiennent qu'à un seul nom : Jeanne. Si je vous ai ainsi suivi sans me manifester, c'était aussi pour vous éviter quelques ennuis. Durand Laxart vous cherchait pour vous tuer. J'ai dû lui expliquer la vérité.

L'Épiphane laisse s'installer le silence, examinant chaque détail de la cellule, la table chargée de papiers, la page interrompue par son arrivée. Il inspecte aussi d'Aulon. La cinquantaine approchante, celui-ci gardait sa séduction juvénile, avec ses yeux bleus étirés, sa bouche bien dessinée, ses traits fins. Le corps dont Jeanne lors de leur première rencontre avait moqué la maigreur et l'absence de muscles conservait sa souplesse, sa force, sans une once de graisse. Jean d'Aulon portait la tenue mi-civile mi-religieuse de ceux qui ont choisi de se retirer dans un couvent sans entrer dans les ordres.

C'est lui qui parle le premier.

— Ainsi, le roi Charles s'est enfin décidé à montrer un peu de reconnaissance en réhabilitant Jeanne…

— Ami, vous vous trompez. Les Anglais qui croyaient, en tuant Jeanne, neutraliser la malédiction dont elle les menaçait, l'ont en fait attirée sur eux. Morte, elle est devenue invincible. Elle a été l'étendard de la France, le talisman du roi. Morte, elle a gagné bien plus de batailles qu'elle ne l'aurait fait vivante, et Charles qui n'a rien tenté pour la sauver a profité sans limites de son trépas. Ayant récupéré aujourd'hui son royaume, il ne lui restait plus à entreprendre qu'une démarche essentielle. Il devait prouver au monde que ce n'était pas une sorcière hérétique qui lui avait donné la victoire et la légitimité, mais au contraire une inspirée de Dieu. Ainsi, son succès inespéré serait justifié et légalisé. L'Église avait condamné Jeanne, c'était à l'Église de se contredire pour la réhabiliter.

« Le roi Charles a donc circonvenu le pape avec notre aide discrète. Dans ce procès de réhabilitation, il a poursuivi exclusivement son intérêt, et jamais l'ingratitude des augustes princes n'a été aussi flagrante ! Vous voulez une preuve ? Il ne veut à aucun prix que Jeanne apparaisse telle que vous et moi l'avons connue, c'est-à-dire comme une personnalité exceptionnelle, une intelligence hors pair, un chef de guerre imbattable, une tête politique, visionnaire… Car un tel personnage lui porterait ombrage.

« De même, une inspirée de Dieu ne doit être qu'un automate aux mains de la providence, et non pas un être bouillonnant d'initiatives et fier de son indépendance. Aussi, dans ce procès, va-t-on fabriquer à la place de cette immense figure une bergère ignare et naïve, une jeunette sortie de sa province qui n'a fait qu'exécuter ce que lui dictaient ses Voix, et dont le rôle s'est limité à transmettre la volonté de Dieu au roi. Nous approuvons cette déformation de la vérité, car elle rejoint la légende que nous avons nous-mêmes bâtie autour de Jeanne.

« Vous êtes bien placé, d'Aulon, pour connaître les monstrueuses et innombrables irrégularités du procès de condamnation. Je vous annonce que le procès de réhabilitation sera autant, sinon plus encore, trafiqué. On a fait déjà disparaître certains documents, on évitera d'en utiliser d'autres. On fera venir beaucoup de témoins, mais les plus essentiels ne seront pas interrogés. D'autres, trop importants pour être circonvenus, verront leur témoignage limité par des questions sans intérêt. Quant à la majorité d'entre eux, ils répéteront au tribunal les réponses qu'on leur aura dictées mot pour mot et qui, à peu de chose près, seront toutes les mêmes !

« La vérité sera piétinée sans mesure. Jeanne sera la fille de Jacques d'Arc et d'Isabelle Romée, bien qu'à son procès elle ait affirmé ne pas connaître son nom de famille. Cette bergère gardait les bestiaux aux champs, alors qu'elle a soutenu le contraire. Elle passera pour illettrée, alors que vous-même l'avez vue lire les rapports, rédiger des instructions. Toute seule elle aura percé le chemin qui l'a menée de Domrémy à Chinon en passant par Vaucouleurs. Ses victoires, ce seront à ses seules Voix qu'elles seront attribuées.

« Comment expliquer l'échec devant Paris, la dégringolade, la prise à Compiègne ? Eh bien, on ne les expliquera pas. Tout simplement, on s'abstiendra d'en parler. On ne pourra tout de même cacher son intelligence, qui éclate à chaque page du procès-verbal de son procès de condamnation, ni son courage héroïque, mais on insistera sur ses moments de faiblesse. C'est par peur qu'elle aura abjuré, c'est par peur qu'elle aura repris ses habits d'homme pour devenir relapse.

« Et nous devrons, vous et moi, voir ce mensonge naître, grandir, s'épanouir, sans intervenir ni protester. Je vous invite même instamment à y contribuer lorsqu'on viendra ici prendre votre déposition. Vous n'aurez, sans mentir, qu'à ne dire qu'une partie de la vérité. Il faut laisser le roi se parer des plumes de Jeanne, sous peine de voir dévoilés sa véritable identité et notre propre rôle dans son élévation.

Une question cependant dérange profondément d'Aulon.

— Il y a tout de même une invraisemblable contradiction dans le fait d'exalter la mort de Jeanne au bûcher, comme on commence à le faire au procès de réhabilitation, après avoir reconnu quelques années plus tôt la fausse Jeanne…

— On a tout de même attendu que cette dame des Armoises meure avant d'admettre la mort de Jeanne à Rouen !

— Pourquoi cette fausse Jeanne ? Dites-le-moi, j'ai besoin de savoir.

— Vos tentatives pour la faire échapper et les manigances de l'évêque Cauchon ont fait naître dès le jour de la mort de Jeanne des rumeurs affirmant qu'elle avait été remplacée et qu'elle s'était échappée. Quelque part se trouvait à l'époque une jeune fille qui lui ressemblait étonnamment. « Mais c'est notre Jeanne ! » s'est exclamé un témoin qui avait pourtant connu la vraie. La rumeur devenant certitude s'est répandue. D'autres témoins l'ont reconnue sans hésiter, tellement heureux d'apprendre qu'elle avait survécu. Très probablement, la jeune fille elle-même, qui ne devait pas être très équilibrée, s'est prise pour Jeanne…

« Informés, le roi et ses favoris ont vu aussitôt l'avantage de cette imposture. Le monde entier les avait accusés de n'avoir rien tenté pour sauver la vraie, et de n'avoir même pas manifesté le moindre chagrin, le plus petit repentir à sa mort. Cette ingratitude, cette méprisable indifférence n'existaient plus du moment que Jeanne avait survécu ! Sa réapparition blanchissait automatiquement Charles et ses favoris. Ceux-ci, sachant tout de même à quoi s'en tenir, n'allèrent pas jusqu'à la recevoir, mais ils la firent recevoir, pour authentifier ce qu'elle racontait.

— Comment est-il Dieu possible que ses frères aient accepté de la reconnaître ?

— Parce que, comme vous vous en doutez sans doute, ce ne sont pas ses véritables frères. J'ai assisté à son entrée dans Orléans. Même ceux qui l'avaient approchée le plus près lors du siège dix ans plus tôt ont été convaincus d'avoir en face d'eux leur héroïne… Mais une fois établie sa survie, la Cour n'avait plus eu besoin d'elle. Du coup, elle s'est évanouie dans la nature. On l'a signalée ici ou là. Certains qui l'avaient reconnue ont eu un doute et se sont rétractés. D'autres pucelles encore plus fausses ont fait de brèves apparitions. Bref, la dame des Armoises et son imposture se sont diluées dans le temps.

Un nouveau silence s'établit. Assis sur l'unique chaise de la cellule, l'Épiphane réfléchit pendant que d'Aulon, resté debout, marche de long en large. Au fur et à mesure que la matinée s'avance, l'atmosphère se réchauffe dans la petite cellule où pénètre le pâle soleil d'hiver.

L'Épiphane reprend alors la parole, et retrace l'énorme conspiration du bien et de la lumière qui avait abouti à la publication de la Pragmatique Sanction destinée à assurer enfin l'indépendance de l'Église de France vis-à-vis de la papauté.

En un instant, la frustration, le désespoir reviennent après tant d'années chez l'ancien compagnon de Jeanne.

— Ainsi, vous l'avez sacrifiée à vos desseins… Elle est morte brûlée vive mais vous la tenez, votre Pragmatique Sanction, vous devez être content !

— Si mes amis l'ignorent, je sais quant à moi qu'elle ne durera pas et qu'elle sera vite abolie, mais là n'est pas l'essentiel.

D'Aulon ne l'a pas écouté. D'une voix triste, il poursuit :

— Ses Voix ont trompé Jeanne, elles lui avaient annoncé qu'elle serait sauvée dans les trois mois.

— L'important, lorsqu'on a le DON et qu'on peut communiquer avec l'invisible, ce n'est pas de demander ce qui se passera mais ce qu'on doit faire. Les Voix se font entendre pour dicter une conduite et non prédire un avenir. Mais pour répondre à votre remarque, ses Voix n'ont pas trompé Jeanne. Trois mois après lui avoir annoncé qu'elle serait sauvée, la mort l'a délivrée.

Jean d'Aulon secoue la tête.

— Votre réponse n'est qu'un jeu de l'esprit, monseigneur. Comment ses Voix ne l'ont-elles pas mieux protégée, comment ses Voix, puisqu'elles procèdent de l'inspiration divine, ont-elles pu vouloir sa souffrance et cette mort atroce ?

— Vous savez, mon ami, Jeanne ne les écoutait pas toujours, ses Voix…

L'Épiphane prend une profonde inspiration :

— Parlons-en, de ses Voix. Au début de son adolescence, elles se sont pour la première fois manifestées pour lui révéler qu'elle avait le DON et pour lui indiquer sa mission. Cette mission, d'ailleurs, elle était libre de l'accepter ou de la refuser. Comme, jusqu'à la fin, elle est restée libre de solliciter ou non leurs conseils. Voyez-vous, les Voix ne s'imposent jamais à celui qui a le privilège de les entendre. Elles répondent toujours aux questions posées mais elles ne parlent pas si on ne le souhaite pas. Quelquefois, pour un temps et pour des raisons que nous ne pouvons connaître, elles font silence, comme je vous l'avais expliqué lorsque Jeanne croupissait dans l'inaction après son échec devant Paris.

D'Aulon tâchait d'absorber ces notions si nouvelles, qui néanmoins trouvaient un écho chez lui.

— Depuis que je l'ai connue, je me suis interrogé sur le DON de Jeanne. J'ai cherché à percer le secret de ses Voix dont elle me parlait si souvent. Il est vrai en effet qu'elle refusait parfois de les écouter, elle se rebellait même contre ce qu'elles lui disaient, mais en définitive elle a été poussée par elles, dirigée par elles, manipulée. Malgré toute sa personnalité et ses qualités, que reste-t-il de Jeanne face à ses Voix ?

L'Épiphane le transperce du regard, puis esquisse un sourire.

— Tout. Vous n'avez donc pas compris, d'Aulon ? Ses Voix, c'est elle !

— Et ses apparitions, saint Michel, sainte Catherine, sainte Marguerite, elle ne mentait pas, elle les voyait comme je vous vois !

— Il est quasi impossible à un être humain, lorsqu'il entend des Voix, d'admettre qu'elles procèdent de lui-même. Il croit qu'elles viennent d'ailleurs. Et pour les mieux entendre, sans s'en rendre compte, il visualise, chacun selon son tempérament, je dirais même chacun selon son goût. Comme tant d'autres avant et après elle, Jeanne voyait ces saints qui établissaient le relais entre elle et ses Voix. Particulièrement Catherine et Marguerite, représentées sur les vitraux de l'église de son village et qui l'avaient marquée depuis l'enfance.

« Mais en vérité, l'inspiration divine qu'elle a reçue, que tant de nous reçoivent, provient de cette parcelle de Dieu que tous, nous avons au fond de nous-même, et les Voix que certains entendent et qui semblent venir de très loin sortent en réalité du profond de notre conscience. Bien sûr, certains ont ce DON plus développé que d'autres, mais en réalité chacun de nous pourrait entendre des Voix. Vous-même, vous les avez souvent entendues et vous ne les avez pas reconnues…

L'Épiphane s'arrête puis, d'une voix sourde, ajoute :

— Je l'ai dit le jour où j'ai scellé son destin, c'était un être exceptionnel qui possédait un DON exceptionnel. Elle l'a prouvé.

Envahi par un profond désarroi, d'Aulon questionne encore :

— Comment est-elle morte ? Ce matin-là, je n'ai pas eu le courage de rester. Je n'ai pas assisté à… J'ai fui le plus loin possible et je me le reproche encore.

— À tort, ami, je vous assure. Tenez, voici les dépositions qui seront insérées au procès de réhabilitation. Vous pourrez les lire à loisir. Frère Martin

Ladvenu affirme que Jeanne, à l'annonce de sa condamnation, a poussé des cris de douleur et a souhaité être décapitée sept fois plutôt que brûlée. Frère Isambart de La Pierre soutient lui qu'elle a manifesté la plus grande contrition et qu'elle a fait pleurer tous les assistants, y compris le cardinal de Winchester. Le bourreau aurait même exprimé le plus profond remords.

« L'huissier Massieu, votre ami, a vu les Anglais, tous les Anglais sans exception, pleurer. L'un même, alors que Jeanne réclamait une croix, en fabriqua une avec deux bouts de bois et la lui a présentée pour qu'elle la mette sur son sein. Votre autre ami, le notaire Manchon, jure que de sa vie il n'a autant sangloté, ce qui d'ailleurs est peut-être vrai. Il ajoute qu'avec l'argent gagné au procès, il a acheté un petit missel afin de prier pour Jeanne, ce qui risque d'être moins vrai. Loiseleur était à ce point bouleversé qu'il a sauté dans le char qui emmenait Jeanne au supplice pour lui demander pardon. On a même entendu un secrétaire du roi d'Angleterre s'écrier : "Nous sommes tous perdus, nous avons brûlé une sainte !"

« Et pourtant tous mentent, comme ils ont menti depuis le début. Tous s'étendent sur de pieux faits et gestes, sur les paroles bouleversantes de Jeanne, simplement pour se mettre eux-mêmes en valeur, pour affirmer leur attachement, et aussi pour se louer d'avoir siégé parmi ses juges.

« En fait, tout s'est passé très vite. J'étais présent sur la place du Vieux-Marché car je voulais savoir si vous aviez réussi. Malgré les soins pris par l'évêque pour dissimuler son visage, je l'ai reconnue. Vous pouvez imaginer mes sentiments… Si j'ai eu le courage de rester, c'est parce que je voulais être près d'elle, pour prier de toutes mes forces afin qu'elle souffre le moins possible. La prière, en ces moments d'horreur et plus tard, seule la prière m'a soutenu. À la vérité, Jeanne n'a prononcé aucune parole notable, mais justement la scène dans sa sobriété est bien plus frappante que les cent anecdotes inventées par ces mauvais chrétiens. Jeanne est morte sans rien prononcer d'autre que plusieurs fois le nom de Jésus. Elle est morte dignement, avec tout le courage qu'on pouvait attendre d'elle.

L'Épiphane ne peut cacher lui-même une certaine émotion avant de se tourner vers son hôte.

— À mon tour, fidèle ami, de vous demander ce qui s'est exactement passé ce matin-là, entre sept heures et demie et neuf heures, depuis le moment où vous êtes entré dans la cellule avec la condamnée destinée à remplacer Jeanne ?

D'Aulon ne répond pas tout de suite. Le regard perdu, il se remémore la scène. Il avait pourtant mis des années à l'estomper dans sa mémoire, mais brusquement tout lui revient.

Il se trouve ce matin du 30 mai 1431 devant Jeanne…

— Je viens de fermer la porte de la cellule. Elle se tient là, dans sa robe noire. On lui a déjà enlevé ses chaînes pour l'emmener. L'évêque lui explique le plan dont il s'attribue la paternité. Et c'est aussitôt un non catégorique. L'évêque lui rappelle qu'au procès elle a répété qu'elle trouvait tout à fait licite de s'évader, et qu'elle a proclamé son intention de le faire :

« — Je veux bien m'évader en ce moment même, je veux bien que mon fidèle d'Aulon m'y aide, mais jamais je ne consentirai à ce qu'une autre condamnée prenne ma place sur le bûcher !

« L'évêque a rétorqué que si elle acceptait, elle évitait à la condamnée la torture, et bien d'autres souffrances. Elle ne voulait rien entendre.

« — Personne ne mourra à ma place, a-t-elle affirmé.

« Cauchon était désarçonné, presque affolé. Il sortait tous les arguments qui lui venaient en tête. Charles son roi avait besoin d'elle, il la réclamait... Si elle se laissait brûler, elle prouverait ainsi que ses Voix, qui lui avaient annoncé qu'elle serait sauvée, s'étaient trompées... Enfin, si elle mourait maintenant, elle n'aurait pas accompli ce qu'elle avait annoncé, délivrer le duc d'Orléans et achever de chasser les Anglais de France... Rien n'y faisait. Elle n'écoutait même pas. Elle avait d'avance accepté sa mort, elle s'y était préparée, elle savait que plus rien ne l'en séparait et que personne ne pouvait la lui éviter.

« Le temps passait, les quarts d'heure se succédaient, raison pour laquelle l'exécution a pris du retard. Finalement, ce sont les Anglais qui ont eu gain de cause. Pendant toute cette discussion, ils s'impatientaient de plus en plus. Nous les entendions dans la cour, puis bientôt dans l'escalier, dans la tour même, et à la porte de la cellule ! Ils frappaient à grands coups de poing, ils réclamaient la Pucelle. Nous avons vu le moment où ils allaient enfoncer la porte ! L'évêque a dû admettre qu'il était inutile de poursuivre, il a tiré le verrou. Les Anglais se sont rués dans la cellule et ont emmené Jeanne, sans s'occuper de nous.

« L'évêque a dit alors à l'autre condamnée qu'il avait amenée de déguerpir, ce qu'elle a fait sans demander son reste. De toute façon, elle comprenait à peine ce qui se passait. Je peux vous assurer que

Cauchon, malgré ses manigances tout au long du procès, a vraiment voulu ce matin-là la sauver.

« C'est pourquoi nous n'avons pas mis à exécution notre menace, et nous avons laissé l'évêque poursuivre sa carrière. Elle n'a pas été brillante, mais point déshonorante non plus, et nous l'avons au moins laissé mourir de sa belle mort.

L'Épiphane voit maintenant des larmes poindre sous les paupières de D'Aulon, qui demande doucement :

— Dites-moi, monseigneur, qu'est-ce qui nous a fait échouer, vous, moi, et même l'évêque, car nous avions quelques chances de réussir…

— Au début, lorsqu'elle a été prise, les Anglais n'ont pas bougé, ce qui a laissé croire à l'évêque qu'il pouvait faire d'eux ce qu'il voulait. Mais au cours du procès, ils se sont échauffés, et lors de la séance au cimetière de Saint-Ouen, quand il lui a permis d'échapper à la mort, ils ne l'ont pas accepté. En fait, Cauchon, comme tant d'hommes d'intrigues, a été pris à son propre jeu. Mais il y a une autre raison. Le sacrifice de Jeanne était nécessaire…

— Et pourtant il s'est révélé inutile ! Vous-même, vous prévoyez que la Pragmatique Sanction sera bientôt abolie et que tous vos efforts n'auront servi à rien.

— La Pragmatique Sanction, le roi Charles, la maison de France, nous aussi, nous appartenons tous à l'Histoire, c'est-à-dire qu'un jour ou l'autre nous serons oubliés, sinon de quelques érudits. En revanche, par sa mort Jeanne s'est mise au-dessus de l'Histoire, au-dessus des frontières du temps et de l'espace. De ce fait, son action n'est plus historique mais universelle, et elle s'est chargée d'un message d'espoir. Les malheureux, les opprimés, les faibles, d'où qu'ils viennent, sauront qu'ils pourront un jour avoir un défenseur, et plus encore, un défenseur qui est une femme.

« Sa mort lui a fait dépasser les limites, aussi étroites soient-elles, imposées par les bâtisseurs de sa légende, et même ses limites propres, aussi larges soient-elles. Son message, jamais personne ne l'oubliera, et c'est par sa fin que Jeanne l'a déposé dans le cœur de chacun. C'est en connaissant elle-même la solitude, la misère, la peur, la souffrance, qu'elle s'est fait entendre des malheureux. C'est en devenant l'une de celles et ceux qui ont besoin d'espoir qu'elle peut leur apporter cet espoir. Elle s'est elle-même volontairement sacrifiée pour assurer à son message le retentissement nécessaire.

L'Épiphane se redresse, entrouvre un peu sa lourde cape comme pour s'imprégner de la chaleur ambiante, et semble chercher ses mots :

— J'ai voulu… enfin, j'ai attendu pour venir vous trouver que vous ayez fait la paix avec vous-même… et que je sois au bord de la mort, ou plutôt de ce passage dans une dimension bien plus lumineuse…

— Quel a été votre rôle exact, dites-moi, auprès d'elle ?

— Pourquoi me posez-vous cette question alors que vous en connaissez la réponse ? J'étais son père, et je connaissais son avenir. J'étais écartelé entre mon désir de l'épargner et la nécessité de la laisser suivre son destin, sachant qu'il serait plus grand que tout ce que nous aurions pu projeter pour elle, et que l'humanité entière en bénéficierait. Être le père d'une héroïne et d'une martyre crée un dilemme dont je ne suis pas sorti, et engendre un tourment qui ne disparaîtra qu'avec moi.

Bouleversé par la souffrance qu'il découvrait et mesurait chez cet homme jusqu'alors inaccessible, Jean d'Aulon s'approche de lui et pose la main sur son épaule dans un geste de compassion, d'amitié.

L'Épiphane lève encore une fois les yeux vers lui et ajoute à voix basse :

— Votre rôle a été de lui offrir ce que nul autre ne lui a offert et qui se rapproche le plus de l'amour. Vous avez passé toutes ces années à vous reprocher de n'avoir pu la sauver, et moi je viens vous dire qu'il ne fallait pas le faire, qu'elle-même l'avait compris, et admis.

Le soleil inonde désormais la cellule, Jean d'Aulon s'approche de la fenêtre, appuie son front contre la vitre.

Le silence reprend ses droits jusqu'à ce que l'Épiphane le rompe pour déclarer :

— La Vierge Marie a envoyé Jeanne sur terre. Elle suscitera une autre femme pour sauver, lorsqu'il y aura besoin de sauver. Ou alors, comme elle l'a déjà fait une fois, elle viendra elle-même…

POSTFACE

C'était en 1949, j'avais dix ans et nous venions d'arriver à Paris. On m'envoya prendre des cours d'équitation au manège Montevideo, dans le XVIe arrondissement. Souvent, pendant que nous tournions au pas, je voyais un peu plus loin la propriétaire des lieux faire des exercices de haute école. Cette dame fine et élégante restait à quatre-vingts ans passés parfaitement droite et portait noblement amazone et tricorne noirs. C'était la duchesse de La Trémoille. On me raconta alors la légende.

Le sire de La Trémoille, l'ancêtre du duc, avait trahi Jeanne d'Arc, et par sa faute elle était morte sur le bûcher. Aussi la malédiction s'était-elle abattue sur lui et sur sa descendance. Elle prédisait que le dernier duc de ce nom mourrait comme la sainte, et qu'avec lui s'éteindrait sa maison…

Les siècles passèrent et les La Trémoille perduraient avec éclat. Dans les années trente, le duc d'alors, le mari de l'amazone en noir, fréquentait les châteaux où il côtoyait le grand monde, particulièrement les plus jolies femmes de l'aristocratie internationale. Lors d'un week-end en Angleterre, alors que la demeure était comble, un incendie éclata mystérieusement au milieu de la nuit. Tout le monde put s'échapper, sauf le bel invité qui, inexplicablement, ne put trouver d'issue et périt dans les flammes. Le dernier duc de La Trémoille était donc mort brûlé vif, et sans enfants.

Je m'intéresse à Jeanne d'Arc depuis une trentaine d'années. J'ai d'abord été agacé par cette image « bondieusarde » d'une petite bergère naïve qui, guidée par ses Voix, part seule de son village et brandit son étendard en gagnant des batailles. Je soupçonnais cette fable d'être aussi fabriquée que celles qui déforment à l'envi Saint Louis ou Henri IV au point de les rendre insipides. Une simple lecture de son procès de condamnation puis de celui de sa réhabilitation me révéla une vérité bien différente et autrement passionnante, qui soulevait de plus d'énormes questions. Je décidai alors d'explorer les sources la concernant.

On imagine que tout est connu, que tout est transparent dans la vie d'un personnage aussi célèbre que Jeanne. Or à chaque pas on trébuche sur des contradictions, des invraisemblances, des énigmes. Des détails insolites apparaissent sans cesse, pour compliquer l'étude. Peut-être en est-il ainsi de toutes les grandes figures du mysticisme…

Aussi me repliai-je sur les seuls documents indubitablement authentiques, qui sont d'ailleurs fort peu nombreux. Quasiment toutes les informations proviennent des comptes rendus des deux procès cités plus haut, dont il a été maintes fois dit qu'ils avaient été dès l'époque tous deux abondamment trafiqués. S'y ajoutent quelques lettres de Jeanne elle-même, plusieurs pièces administratives comme les comptes de la ville d'Orléans, et des chroniques rédigées de son vivant ou peu après par des personnages plus ou moins proches de sa trajectoire, dont il faut également se méfier. Bref, ce qui existe sur elle est souvent incomplet, toujours insuffisant, et la plupart du temps volontairement travesti.

Pourtant, à force de décortiquer les mêmes écrits, d'user de bon sens pour démêler le vrai du faux, d'envisager ce qui n'est pas dit à partir de ce qui l'est, j'ai vu une histoire plausible et inédite se dégager de l'ombre. Et si le manque de sources a nécessité que je romance, lorsque je bâtissais tel personnage ou que je grossissais le rôle de tel autre, lorsque je composais une scène ou que j'élaborais un enchaînement, je croyais moins inventer que retrouver une réalité perdue.

*

La véritable identité de Jeanne d'Arc constitue le premier point qui intrigue. Malgré l'opposition virulente des tenants de la thèse officielle, des gens sérieux ont douté que Jeanne fût la fille de Jacques et d'Isabelle d'Arc. Ils ont voulu en faire une bâtarde de la reine Isabeau de Bavière et de Louis d'Orléans, mais leurs preuves, dignes d'être prises en considération, ne sont pas vraiment convaincantes.

Par ailleurs, quoi que prétende la légende, les d'Arc n'étaient pas des paysans. La maison montrée aujourd'hui à Domrémy comme la leur ne l'était peut-être pas, néanmoins cette demeure de notables aurait pu l'être. Et le fait que Jacques d'Arc ait affermé avec son ami Aubry, le maire, une terre appartenant à la suzeraine de Domrémy, la dame de Joinville, prouve qu'il possédait plus de biens qu'un simple laboureur. Cette erreur sur l'origine sociale des D'Arc, Jeanne elle-même, au cours de son procès, l'a soulignée :

« Dans votre jeunesse, avez-vous appris quelque pratique ou métier ? lui demande l'un de ses juges.

— Oui, à filer et à coudre. Pour filer et coudre, je ne crains femme de Rouen… Quand j'étais chez mon père, je m'occupais des affaires du ménage, je n'allais pas aux champs avec les moutons et les autres bêtes. »

Ultérieurement, ses juges reviennent sur la question : « Meniez-vous paître les bêtes aux champs ?

— Je vous ai déjà répondu… Quand je fus grande, après l'âge de raison, en général je ne gardais pas les bêtes, mais j'aidais à les mener au pré… Je ne me souviens pas si, dans mon jeune temps, je les gardais ou non. »

Jeanne a donc publiquement déclaré qu'elle n'avait jamais été bergère, réfutant ainsi l'un des points les plus tenaces de sa légende. Était-elle cependant issue de cette famille de notables appelée les d'Arc ? Elle-même le nie d'une certaine façon lorsque ses juges lui demandent ses nom et surnom : « Chez moi, on m'appelait Jeannette. Et depuis ma venue en France, Jeanne. Je ne connais pas mon surnom. »

J'ajouterai qu'entre Jeanne et Jacques d'Arc, il y eut indiscutablement mésentente. L'épisode du fiancé de Toul qui l'assigne au tribunal pour rupture de parole est vrai. Bien qu'elle ait déclaré ne pas vouloir se marier, elle a été promise, et elle ne peut l'avoir été que par son « père ». Il a tout arrangé sans lui en avoir parlé, et elle s'est vue forcée de le contrer. De même, lorsqu'elle annonce qu'elle va quitter Domrémy, les menaces de Jacques d'Arc pour la retenir révèlent dans leur fond comme dans leur expression une agressivité peu paternelle, comme le fait qu'elle abandonne ses parents sur un mensonge témoigne d'un manque de piété filiale. Tout cela, je le reconnais, ne suffit pas à prouver que les d'Arc n'étaient pas ses véritables parents.

La preuve la plus concrète en repose dans la reconnaissance par Pierre d'Arc, et sans doute par son frère Jean, de la dame des Armoises. Même s'il est probable qu'ils ont agi sur ordre, même si la Cour a réussi à les convaincre de reconnaître cette fausse Jeanne, peut-on concevoir que deux frères de sang, ayant connu les souffrances puis la mort atroce de leur sœur, aient pu légitimer une imposture qui insultait sa mémoire ? Et la « mère » de Jeanne, Isabelle Romée, comment n'a-t-elle pas protesté en voyant la dame des Armoises parader à Orléans où elle habitait alors ?

Il y a une autre explication, évidemment plus abstraite, de la filiation de Jeanne. Elle a été choisie pour une mission. Choisie certes par Dieu et ses Voix, mais aussi par des hommes. Pour arrêter leur choix, ceux-ci ont utilisé des méthodes similaires à celles, par exemple, qui permettent aux bonzes de désigner le prochain dalaï-lama. Il est prouvé qu'en ce Moyen Âge, où l'Église condamnait sans appel ces pratiques, des prélats de haut rang, à commencer par le pape Pie II, contemporain de Jeanne, poursuivaient impunément les grandes traditions de la connaissance antique dans les domaines de l'invisible. Si leur science et les puissants moyens qu'elle leur fournissait les avaient conduits à distinguer Jeanne, c'est que l'identité de cette dernière leur était connue. La piste qu'ils avaient suivie, si longue fût-elle, ne pouvait les avoir menés jusqu'à la fille d'un simple notable de province. Elle s'est manifestement arrêtée sur un être proche d'eux par la naissance, autrement dit proche des cercles les plus fermés, les plus élevés du pouvoir. Et l'occultation de ses origines peut laisser supposer une bâtardise.

Il est impossible de comprendre Jeanne d'Arc sans être frotté de spiritualité, ou tout au moins sans en reconnaître la force. D'ailleurs, ses dépositions concernant ses liens avec ses Voix en constituent un enseignement exemplaire. Jeanne — elle l'a amplement prouvé — possédait cette conscience supérieure qui met l'être en contact avec d'autres dimensions, cette communication avec une puissance inconcevable qu'on appelle Dieu, cette union entre ce dont nous procédons et ce dont nous sommes part. Ce « don », tous les êtres, même à un degré différent, le possèdent, mais bien peu acceptent de le reconnaître et de le développer. Aussi ceux qui en portent témoignage comme Jeanne deviennent-ils — à tort — des exceptions.

Pour les incroyants, Jeanne en a prouvé l'existence par ses talents de voyante et de guérisseuse. Elle n'a jamais simulé, elle n'a pas abusé de ce don. Elle ne l'a pas utilisé non plus pour satisfaire des ambitions. Au contraire, elle l'a abordé avec cette humilité qui s'accorde si bien à sa simplicité et à son naturel. Cependant, ses Voix n'étaient pas des dictateurs auxquels elle devait obéir aveuglément. Au contraire, elle dialoguait respectueusement avec elles, sans se départir de la liberté qui nimbe la véritable foi. Car ses Voix, ainsi qu'elle les appelait, l'orientaient, la conseillaient, la consolaient à l'occasion et aussi l'apaisaient, mais la laissaient décider et agir.

Une autre part de sa légende la veut illettrée, mais elle lisait, écrivait et parlait un français très convenable, alors que son entourage utilisait le patois lorrain. Dès son départ de Domrémy, elle fait preuve d'une maîtrise extraordinaire de l'équitation et du maniement des armes. Mieux encore, elle se révèle un chef de guerre hors pair et une brillante tête politique. Autant de preuves que, malgré le silence opaque de l'histoire officielle, elle a reçu dès son jeune âge une éducation et un entraînement intensifs.

Trois personnages jouent un rôle important au début de sa vie publique, qui tous trois affirment l'avoir rencontrée par hasard, Novillompont et Poulengy à Vaucouleurs, frère Pasquerel après Chinon. Or Novillompont, lors de sa déposition au procès de réhabilitation, admet qu'il connaissait d'avance la mission de Jeanne. Poulengy, lui, déclare avoir été un habitué de Domrémy. Et frère Pasquerel connaît depuis longtemps la « mère » de Jeanne, puisqu'il est parti en pèlerinage avec elle. Il n'est pas difficile d'imaginer que tous trois l'avaient donc rencontrée plus tôt qu'on ne l'affirme, et qu'une autorité occulte les avait dépêchés pour la former.

Cette même autorité a préparé sa route, car le parcours de Domrémy à Vaucouleurs, puis celui de Vaucouleurs à Chinon, elle n'a pu les couvrir sans aide, sans complicités. Comment, dans le cas contraire, cette jeune provinciale apparemment ignorée de tous aurait-elle pu parvenir à la Cour et avoir accès au roi ?

Cette même autorité a organisé une sérieuse « campagne de presse » autour d'elle. Dès l'époque où Jeanne, alors totalement inconnue, se trouve à

Vaucouleurs, des lettres de personnages influents, la plupart des ecclésiastiques mais aussi des ambassadeurs, des marchands, la mentionnent. D'abord de façon indirecte, en ressortant les vieilles prophéties d'un royaume perdu par une femme et sauvé par une autre, des contes assez vagues qui se font progressivement de plus en plus précis, jusqu'à indiquer que la salvatrice du royaume viendrait des marches de Lorraine et serait une bergère… À peine Jeanne est-elle hissée sur la scène et commence-t-elle sa carrière militaire que d'un bout à l'autre de l'Europe on s'ébaubit de ses hauts faits. Bien sûr, il y avait de quoi s'étonner, de quoi admirer, mais l'action de la Pucelle restait géographiquement limitée. Aussi son retentissement un peu disproportionné laisse-t-il deviner une orchestration soigneusement préméditée.

Qui étaient les commanditaires, les protecteurs de Jeanne ? Ceux qui se sont penchés sur les mystères de sa vie citent volontiers la reine de Sicile, Yolande d'Aragon, la belle-mère de Charles VII. Adversaire acharnée des favoris de son gendre, elle travaillait à la victoire de Charles et, comme Jeanne, visait à chasser les Anglais de France. Son rôle est apparent dans le changement d'attitude de son féal, le sire de Baudricourt qui, par deux fois, chasse impatiemment Jeanne pour ensuite aplanir ses difficultés et l'envoyer à la Cour. On peut cependant douter que la reine Yolande fût seule à agir dans ce sens.

La présence derrière elle d'autres protecteurs se manifeste surtout de façon négative, car il est évident qu'après le sacre, ils ont lâché Jeanne. Tout auparavant lui réussissait. Cette provinciale inconnue parvient à la Cour, gagne à ses vues le roi, obtient une armée, remporte victoire sur victoire. Mais à partir de Reims et jusqu'à sa capture, son histoire n'est plus qu'une succession d'échecs. Comme si on avait brusquement enlevé le principal pilotis de l'échafaudage. Du coup, elle devient la proie des favoris du roi, La Trémoille et Regnault de Chartres, impuissants jusqu'alors à la renverser et qui désormais semblent avoir tout loisir de l'embourber puis de la perdre. Cependant, la mission qu'elle s'est fixée est loin d'être terminée, car les Anglais occupaient toujours une grande partie de la France. Que Jeanne achève de les chasser n'était donc pas le but de ses protecteurs.

Pour connaître ce but, il devient indispensable de les identifier.

Si pour élucider l'histoire de Jeanne on se concentre sur la guerre entre Français, Anglais et Bourguignons, on omet un épisode fondamental, celui de la lutte féroce qui, parallèlement, déchire l'Église chrétienne. Le Schisme, les papes et les antipapes, les conciles et les anticonciles s'emmêlent pour former une jungle inextricable. La guerre de Cent Ans continue à occuper le devant de la scène mais, sans qu'on le sache encore, elle appartient au passé. La crise la plus grave qu'ait subie l'Église, elle, concerne l'avenir. Elle ne connaît pas de spectaculaires batailles pour remplir les livres d'histoire, elle est tissée de rebondissements, de traîtrises, d'imprévus, de coups bas autant que de coups de théâtre. De cet imbroglio surnagent des noms d'ecclésiastiques. Ils furent amis avant d'être ennemis. Ils sont quasiment tous issus de l'Université de Paris. Beaucoup jouent un rôle considérable dans l'histoire de Jeanne d'Arc.

Ses ennemis d'abord, l'évêque Cauchon en tête, mais aussi nombre de religieux qui figureront parmi ses juges, ses « amis » ensuite, le confesseur du roi Gérard Machet, dont le féal, Gobert Thibault, est un intime de Poulengy et de Novillompont mais surtout du célèbre théologien Jean Gerson et de l'archevêque Jacques Gélu, lesquels se feront publiquement les champions de Jeanne.

Ainsi qu'il a déjà été remarqué, la progression triomphale de cette dernière s'arrête au sacre de Reims. En revanche, celle du roi Charles VII se poursuit. Parti de rien, ce miséreux finit par recevoir le surnom de « Victorieux ». On peut alors soupçonner que Charles VII plus que Jeanne intéresse les mystérieux protecteurs. Dans la situation où se trouvait le roi, avec sa personnalité, il était en ses débuts bien incapable de redresser la situation tout seul. Jeanne fut suscitée pour le mettre en selle, d'abord par son activité concrète, surtout pour le retentissement du symbole qu'elle représentait. Le rôle de la symbolique dans l'histoire de Jeanne d'Arc procède indiscutablement d'une pensée aussi profonde que novatrice pour l'époque, chez elle comme chez ses protecteurs. Ceux-ci, après qu'elle a transformé le roi perdant en roi vainqueur, n'ont plus besoin d'elle et donc l'abandonnent à son sort.

Charles VII continue, lui, sur sa lancée, qui bientôt lui donnera assez de puissance pour proclamer la Pragmatique Sanction de Bourges. Les ecclésiastiques mêlés à l'histoire de Jeanne, amis ou ennemis, sont tous gallicans. Ils soutiennent l'indépendance de l'Église française vis-à-vis de la papauté. Cette conception nouvelle, audacieuse, née de la dégradation de la papauté, allait jusqu'à espérer, à partir de l'exemple français, une Europe constituée d'Églises indépendantes, tenues à la papauté par des liens plus ou moins lâches.

Par les amis de Jeanne, on remonte directement à Philippe de Mézières, un grand inspiré qui fut en quelque sorte le fondateur du gallicanisme. Des ecclésiastiques gallicans soutiennent Charles V, Charles VI, puis le duc Louis d'Orléans, l'assassiné, dans leur politique d'indépendance vis-à-vis de la papauté. Les plus féroces adversaires de Jeanne se rallieront à Charles VII et retrouveront ses partisans et ceux de Jeanne pour préparer la Pragmatique Sanction, la finalisation, la concrétisation, la consécration de leur programme. La mission de Jeanne était de chasser l'occupant. Ses protecteurs de l'ombre, les gallicans, se sont servis d'elle et de cette mission pour atteindre leur but réel et établir un protestantisme avant l'heure.

Si l'on en vient maintenant au procès, et en premier lieu à Pierre Cauchon, universellement désigné comme le juge cruel, l'ennemi infatigable et en définitive le bourreau de Jeanne, on s'aperçoit en y regardant de plus près que son rôle se révèle hautement équivoque. À peine Jeanne faite prisonnière, l'Université de Paris la réclame à cor et à cri pour la juger, la torturer et la brûler au plus vite afin de mieux témoigner de son zèle collaborateur. À cet effet, l'Université désigne sa créature, en qui elle croit pouvoir compter, l'évêque Cauchon, pour mener le procès, et elle exige qu'il se déroule sous ses yeux, à Paris, ce qui lui permettra de le contrôler. Aussitôt nommé, Cauchon manigance pour que le procès ait lieu à Rouen !

Au cours de ce même procès, l'Université de Paris se plaint à plusieurs reprises des lenteurs, des faiblesses, en un mot du laxisme de l'évêque. Elle lui reproche à mots à peine couverts de travailler pour Jeanne. Les Anglais, vers la fin du procès, ont eux aussi conçu des soupçons à l'encontre de Cauchon. Ils l'ont insulté, ils l'ont publiquement accusé de vouloir la sauver, persuadés qu'il œuvrait en sa faveur.

D'autre part, l'incident Nicolas Loiseleur paraît également inexplicable. L'huissier Massieu et le notaire Manchon font de ce religieux un « mouton » introduit dans la prison de l'accusée et prétendant être un prisonnier français afin de recueillir d'elle des confidences qui pourraient l'accabler. Est-il possible que Jeanne, intelligente et méfiante comme elle l'était, se soit confiée au premier venu, curieusement apparu dans sa cellule ? Est-il possible qu'elle n'ait pas reconnu en ce pseudo-prisonnier un des membres du tribunal qui l'accablaient chaque jour ? On peut donc supposer que Loiseleur était une sorte de *go between* envoyé par Cauchon pour seriner à Jeanne ce qu'elle devait dire à chaque séance. Libre à elle, d'ailleurs, d'obtempérer ou de n'en rien faire.

Autre mystère : chacun sait qu'à cette époque, dans pratiquement tous les procès, on utilisait la torture pour faire avouer les accusés. Un jour donc, on conduit Jeanne dans la salle de torture, on lui présente les instruments pour lui faire peur, on lui demande d'avouer, elle refuse. Alors, au lieu de l'abandonner à ses bourreaux, on déclare qu'elle est tellement entêtée qu'il est inutile de poursuivre. Mieux encore, on passe ultérieurement au vote et la majorité décide de clore le chapitre de la torture. Cette incohérence prouve que, d'une certaine manière, Cauchon protégeait effectivement Jeanne tout en redoutant ce qu'elle aurait pu dire en étant torturée…

Viennent ensuite les bizarreries qui parsèment la célèbre scène de l'abjuration au cimetière de Saint-Ouen. De toute évidence, Cauchon ne parvenait pas à faire de Jeanne ce qu'il voulait. Or, il fallait à tout prix qu'elle abjurât pour qu'il puisse la condamner, non pas au bûcher mais à la prison. Et abjuration il y eut. Tout d'abord, elle si vive, si rapide, paraît ne pas comprendre ce qu'on lui dit et ce qu'on lui lit. Puis, lorsqu'on lui présente la cédule d'abjuration, au lieu de tracer les lettres de son nom, elle griffonne un point et une croix en guise de signature, montrant ainsi soit qu'elle ne voulait pas véritablement signer, soit qu'elle n'était pas dans son état normal, peut-être d'ailleurs les deux. Car la voilà qui, au milieu de cette séance solennelle et dramatique, éclate de rire. Mais surtout, il n'était pas dans le personnage de Jeanne d'abjurer. Elle avait résisté aux menaces de torture, elle n'allait pas céder aux menaces de mort !

La reprise le surlendemain de ses vêtements masculins, qui la rendent relapse, constitue l'épisode le plus crucial et le plus brouillé du procès. Les membres du tribunal, qui plus tard déposeront au procès de réhabilitation, affirmeront presque unanimement que si elle a repris ses vêtements masculins, c'est parce qu'elle y a été obligée par ses gardes anglais. Dans le procès de condamnation, on lui fait dire qu'elle les a repris de son plein gré, consciente de l'erreur qu'elle avait commise en abjurant. Beaucoup en profiteront pour accuser Cauchon de l'avoir forcée à abjurer pour ensuite mieux l'envoyer à la mort.

De ces dépositions contradictoires se dégage la

possibilité qu'elle ait repris ses vêtements d'homme sous la menace tout en l'assumant comme une décision volontaire. On peut vraisemblablement absoudre Cauchon d'une hideuse duplicité, car le jour de l'exécution il y eut un évident cafouillage qui permet d'envisager une dernière tentative de l'évêque pour la sauver. Le long retard de l'apparition de la condamnée reste inexplicable, les mesures pour dissimuler le plus possible son visage ne se justifient pas, mais surtout, dès ce moment, les rumeurs se multiplient pour affirmer que l'on a brûlé une autre femme à la place de Jeanne. Pourquoi Cauchon aurait-il tenté d'épargner sa vie ? Certainement pas par générosité ni charité ! Toute sa vie, l'évêque n'a agi que selon son intérêt, et c'est donc dans son seul intérêt qu'il a voulu l'épargner. Comment trouvait-il son compte dans cette tentative ? La réponse reste ouverte à toutes les spéculations.

Les rumeurs sur un échange de dernier moment, et donc sur la survie de Jeanne, ouvraient la porte à la dame des Armoises. On ne sait rien de ses origines ni de ses motivations. On peut cependant imaginer un cheminement semblable à celui, beaucoup plus tard, de la fausse Anastasia qui se prétendait la fille du dernier tsar Nicolas II ayant échappé au massacre. Une certaine ressemblance avec la Pucelle, et un quidam qui le premier remarque cette ressemblance… D'autres feront chorus.

Des générations de chercheurs, d'historiens, d'érudits, de théologiens se sont penchés et ont décortiqué chaque mot des chroniques du doyen de Metz. Personne ne doute de son honnêteté ni de la véracité des faits qu'il énonçait. Les retrouvailles de Jeanne et de ses frères, sa reconnaissance par ceux qui avaient été ses proches à l'époque glorieuse de sa vie, la haute protection de la duchesse de Luxembourg, et cela cinq ans seulement après le bûcher, autant de preuves irréfutables pour affirmer bien haut que Jeanne d'Arc n'était pas morte brûlée le 30 mai 1431 à Rouen.

Des historiens classiques, qui ne démordent pas de la légende officielle et interdisent à quiconque de s'interroger, même de la façon la plus discrète, sur Jeanne, affirment que ses contemporains furent « abusés par la ressemblance ». Cette absurdité ne peut être prise en considération.

La dame des Armoises était un imposteur. Peut-on une seconde imaginer Jeanne d'Arc bourgeoisement mariée, châtelaine nantie, s'occupant des affaires de son mari et vivotant loin du tintamarre de l'Histoire ? Donc, si elle a été reconnue, c'est parce que des motifs puissants et souterrains le dictaient. Qui pouvait avoir intérêt à prétendre que la Pucelle avait survécu, sinon Charles VII et ses favoris ? Dès la prise de l'héroïne à Compiègne, ces derniers avaient tout tenté pour minimiser l'affaire, alors que la France entière avait pleuré sur ses souffrances, puis sur sa mort. Le seul moyen de se dédouaner de l'avoir abandonnée, puis trahie, puis laissée mourir de façon atroce sans lever le petit doigt pour la sauver, était de prouver qu'elle n'était pas morte.

La Cour n'alla pas jusqu'à consacrer cette imposture mais ne protesta pas non plus lorsque de grands personnages, et les familiers de Jeanne, les municipalités, le bon peuple se laissèrent abuser. Ce but atteint, on oublia la dame des Armoises… Alors plusieurs parmi ceux qui avaient été bernés, dont le doyen de Metz, le principal chroniqueur de cette duperie, reconnurent du bout des lèvres s'être trompés.

On attendit plusieurs années, et probablement la mort de la dame des Armoises, pour passer d'un extrême à l'autre. Après s'être réjoui de la survie de Jeanne, on se lamenta sur son martyre à Rouen, sans souci des contradictions. Dans ce festival de sentimentalisme que fut le procès de réhabilitation, ses anciens accusateurs se blanchirent en multipliant les traits touchants la concernant, et par là même en se donnant le beau rôle.

Jeanne devint la victime sans tache universellement pleurée. Charles VII ayant lui-même lancé cette opération visant à rendre justice à sa championne, on pouvait croire à sa reconnaissance tardive. En fait, il en était arrivé à ce point de succès qu'il ne lui était plus possible de se laisser accuser d'avoir été naguère soutenu par une sorcière. C'était Dieu lui-même qui avait mené sur le chemin de la victoire celui qui avait sevré les liens de l'Église de France avec la papauté. Telle était la conclusion indirecte du procès de réhabilitation qui ne servait que sa propre gloire. À preuve cette image de la bergère naïve et illettrée que dessinent la plupart des témoins, particulièrement ceux qui l'avaient connue à Domrémy et dont les dépositions se répètent avec une concordance lancinante. La véritable Jeanne n'apparaît qu'en filigrane dans certaines anecdotes contées par ses examinateurs de Chinon et de Poitiers, puis par ses compagnons d'armes, enfin par les membres du tribunal de Rouen.

Cette image complètement déformée avait en vérité précédé le procès de réhabilitation. Les protecteurs de Jeanne l'avaient inventée, puisqu'on la trouve déjà dans les rumeurs accompagnant ses premiers pas de chef de guerre. Cette image traversera les siècles car, après l'oubli où elle était trop longtemps tombée, nos contemporains, depuis sa réapparition glorieuse à but patriotique à la fin du XIXe siècle, l'ont reprise intégralement.

Combien plus vaste pourtant, combien plus unique, plus attirante fut la véritable Jeanne d'Arc ! Il suffit de lire ses réponses lors de son procès de condamnation ou de décrypter les dépositions à son procès de réhabilitation — malgré l'orientation qu'on a voulu lui donner — pour voir apparaître un personnage bien différent de la tenace légende. Jeanne, malgré la façon dont on l'a présentée, n'a jamais été l'instrument aveugle de ses protecteurs, ni le *zombie* de ses Voix, ni la victime de son destin. Ses Voix l'ont guidée, certes, et ses protecteurs ont écarté pendant un temps les écueils de son chemin. Mais en définitive, c'est elle, et elle seule, qui a fabriqué son épopée et qui a choisi la voie du martyre, car elle possédait la force de caractère, l'endurance, la liberté d'esprit, le courage et la foi poussés à un degré inouï.

L'histoire de Jeanne d'Arc mêle un cas d'inspiration divine, une conjuration politique organisée par un groupe occulte, et un être d'une dimension quasi surhumaine qui en font l'un des plus merveilleux personnages de l'histoire de France.

M. de G.

REMERCIEMENTS

Je remercie

Bernard,

et les dames de la maison : Anne, Édith, Catherine, Joëlle, Bertrand Deschamps pour m'avoir assisté dans mes recherches,

Odile de Crépy qui a pris sur son sommeil pour retaper les différentes étapes du manuscrit,

Micky et Fredy pour m'avoir prêté de précieux ouvrages de référence,

Alexandra et François Huertas,

Olivier, et surtout Marina.

Cet ouvrage a été composé par Nord Compo
à Villeneuve-d'Asq

Impression réalisée sur Presse Offset par

BRODARD & TAUPIN

GROUPE CPI

20317 – La Flèche (Sarthe), le 01-10-2003

Dépôt légal : octobre 2003

POCKET – 12, avenue d'Italie - 75627 Paris cedex 13
Tél. : 01.44.16.05.00

Imprimé en France